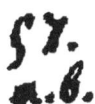

GRAMMAIRE

LATINE.

COURS

THÉORIQUE ET PRATIQUE

DE LANGUE LATINE,

PAR DE BLIGNIÈRES,

Chef d'Institution, Ancien Elève de l'abbé Gaultier.

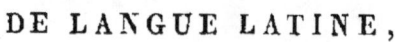

———⬦———

	fr.	c.
Grammaire latine	2	25

Cours de Thèmes latins soigneusement gradués et accompagnés de notes, suivi d'un dictionnaire. Ouvrage à l'usage des classes élémentaires, et dont le
but est d'aplanir aux commençans les difficultés de
la traduction du français en latin. et d'inculquer
dans leur mémoire, par de très-nombreuses applica-
tions, toutes les règles de la Grammaire latine. 2 25

Sous presse (pour paraître en octobre 1836):

Syntaxe latine en exemples, ou *Traduction,* avec le texte
en regard, *de tous les exemples* cités dans la Grammaire latine.

Racines latines, avec leurs composés et leurs dérivés les
plus usités, et l'indication de tous les comparatifs et
superlatifs, d'après Facciolati.

———

Autres ouvrages du même auteur:

Petite Géographie ancienne comparée, présentant sépaié-
ment la partie géographique et les notions histori-
ques, et contenant tous les détails nécessaires pour
l'intelligence des auteurs anciens. . . . . 1 »»

Petit Atlas de Géographie ancienne contenant huit cartes. 2 50

Nouvelles éditions des Méthodes de l'abbé Gaultier (l'un
des quatre collaborateurs).

IMPRIMERIE DE C. ÉBERHART,
rue du Foin S.-Jacq., 12.

GRAMMAIRE LATINE,

DANS LAQUELLE

LES RÈGLES SONT APPUYÉES D'UN GRAND NOMBRE
D'EXEMPLES TIRÉS DES AUTEURS CLASSIQUES ;

Par DE BLIGNIÈRES,

Chef d'Institution, Ancien Élève de l'Abbé Gaultier ;

SUIVIE D'UN TRAITÉ SUR LES HELLÉNISMES,

PAR M. CHARMA,

PROFESSEUR DE PHILOSOPHIE A LA FACULTÉ DE CAEN.

QUATRIÈME ÉDITION,

REVUE ET CORRIGÉE.

Ouvrage

ADOPTÉ PAR LE CONSEIL ROYAL DE L'INSTRUCTION
PUBLIQUE.

PARIS,

LIBRAIRIE CLASSIQUE DE Vᵉ MAIRE-NYON,

Quai Conti, nᵒ 13.

1836.

Extrait des Procès-Verbaux du Conseil Royal de l'Instruction publique.

(Séance du 20 septembre 1833.)

Sur le compte qui lui est rendu de la GRAMMAIRE LATINE de M. de Obliguières, le Conseil décide que cette Grammaire méthodique et bien rédigée, peut être admise pour l'usage des Classes.

AUTEURS CITÉS.

AD HER. Auctor ad Herennium.
CÆS. Cæsar.
CATUL. Catullus.
CIC. Cicero (M. Tullius).
COLUM. Columella.
CURT. Quintus Curtius.
EUT. Eutropius.
FLOR. Florus.
GELL. Aulus Gellius.
HOR. Horatius.
JUST. Justinus.
JUV. Juvenalis.

LIV. Titus Livius.
LUC. Lucanus.
NEP. Cornelius Nepos.
OVID. Ovidius.
PERS. Persius.
P. S. Publius Syrus.
PHÆD. Phædrus.
PLAUT. Plautus.
PLIN. Plinius (Caius).
PLIN. J. Plinius Junior.
POM. MEL. Pomponius Mela.
QUINT. Quintilianus.

SALL. Sallustius.
SEN. Seneca.
SEN. T. Seneca Tragicus.
SUET. Suetonius.
TAC. Tacitus.
TER. Terentius.
TIB. Tibullus.
VAL. MAX. Valerius-Maximus.
VARR. Varro.
VIRG. Virgilius.

PRÉFACE

DE LA TROISIÈME ÉDITION (1833).

———◦———

Voué depuis long-temps, par état et par goût, à l'instruction publique, j'offre à la Jeunesse studieuse le travail que j'ai fait pour mes Élèves et presque avec eux.

Cette grammaire a paru pour la première fois en 1825. Depuis ce temps, je me suis constamment efforcé de l'améliorer. Des changements notables et définitifs, font de cette troisième édition un ouvrage nouveau que j'ai porté maintenant au degré de perfection que je suis capable de lui donner; et c'est avec moins de défiance que je soumets au jugement du public ce fruit de longues et consciencieuses recherches.

Je dois exposer le plan que j'ai suivi, et indiquer sommairement en quoi cette Grammaire Latine diffère surtout de celle de Lhomond, qui, trop louée par les uns, trop dépréciée par les autres, est d'un usage presque universel.

La première partie de ce livre a pour objet

*a**

les formes des mots, les *inflexions*. J'ai présenté sous un même coup d'œil les quatre conjugaisons, et là, comme dans tout le reste de l'ouvrage, j'ai toujours eu soin de mettre en regard ce qui pouvait donner lieu à un rapprochement intéressant, à une comparaison utile. On se borne généralement à distinguer dans les verbes le radical de la terminaison : j'ai, dans celle-ci, distingué de la *désinence personnelle*, commune à toutes les conjugaisons, ce qui est particulier à chaque temps de chaque conjugaison, tant à l'actif qu'au passif. Ainsi dans *amabat*, je distingue le radical *am*, le signe du temps *aba*, et la désinence personnelle *t*, qui au passif se change en *tur*, le signe du temps restant le même, *amabatur*. Cette distinction, que j'ai empruntée à l'abbé Gaultier, dont je m'honore d'être un des plus anciens élèves, rend beaucoup plus facile l'étude des verbes en la réduisant pour ainsi dire à la connaissance d'un petit nombre de syllabes, caractéristiques de chaque temps.

J'ai renvoyé à un supplément les irrégularités des déclinaisons, suivant le bon exemple qu'en a donné Lhomond, et j'y ai ajouté des remarques sur les genres, sur les nombres, sur les noms hétéroclites et défectueux, et un tableau des noms qui au pluriel changent de signification: mais la plus importante addition est celle d'un traité de la formation des composés et des dérivés, où l'élève trouvera expliquées avec clarté et méthode les diverses modifications que les prépositions et certaines désinences font subir à la signification du mot primitif.

Je publierai séparément les listes de mots radicaux, qui dans les deux premières éditions accompagnaient les paradigmes de chaque déclinaison et de chaque conjugaison, et je les rendrai plus utiles en y joignant les composés et les dérivés les plus usités.

C'est en étudiant ainsi les mots par familles, qu'on peut parvenir à une connaissance exacte et approfondie du matériel de la langue.

La seconde partie est précédée d'une introduction renfermant en quelques pages, d'une manière claire et précise, à ce que je crois, des notions élémentaires d'analyse logique, qui appartiennent, il est vrai, plutôt à la grammaire générale, mais qui sont d'une si grande importance pour l'étude de la syntaxe, que j'ai cru nécessaire de leur donner place dans une grammaire latine. Le Maître, au reste, verra plutôt dans ces prolégomènes un texte à expliquer à l'Élève que des leçons à lui faire apprendre par cœur.

La partie syntaxique de Lhomond a le mérite de la clarté et de la simplicité: mais il n'y faut point chercher un plan méthodique; on n'y

aperçoit pas les rapports qui existent entre la
plupart des règles de la grammaire latine, on
ne peut pas les généraliser, les classer; elles
n'arrivent point à la mémoire par l'intelligence;
trop souvent elles sont présentées d'une manière
incomplète, inexacte, sans raisonnement, et
comme des recettes pour traduire mécanique-
ment du français en latin. J'ai voulu éviter ces
défauts tout en m'efforçant de rendre cette partie de mon travail claire, facile; de me mettre
enfin, comme Lhomond, à la portée des commençants.

Je présente d'abord le fait syntaxique,
l'exemple, je le traduis, le commente, l'explique, et j'en déduis la règle comme une consé-
quence. La règle devient alors facile à saisir, elle
n'est plus une abstraction, elle repose sur un fait.
Cette marche est certainement la plus naturelle,
la plus logique, car les langues n'ont pas été
faites après les grammaires; on a parlé, et le
grammairien est venu ensuite réunir les analo-
gies et ériger en loi l'usage qu'il a trouvé établi.

J'ai emprunté à Lhomond la plupart de ses
exemples: courts et faciles, ils jouissent d'une
sorte de popularité et ont des droits acquis que
j'ai respectés. C'est d'ailleurs un passe-port que
j'ai voulu donner au nouvel ordre dans lequel
je présente les règles, et que je vais faire connaître.

J'ai partagé la syntaxe latine, comme M. Burnouf a partagé la syntaxe grecque, en deux livres : syntaxe générale et syntaxe particulière. Le livre premier, divisé en trois chapitres, renferme les lois générales de syntaxe communes à toutes les langues, et quelques règles particulières à la langue latine, mais d'un si fréquent usage qu'il importe de les connaître dès le commencement.

Un mot peut s'accorder avec un autre en genre, en nombre, en cas ou en personne; de là des règles de concordance qui sont l'objet du chapitre premier.

Un substantif est dans la proposition, ou sujet, ou attribut, ou complément d'un autre mot; suivant le rôle qu'il joue, il se met à différents cas; mais les cas ne suffisent pas pour exprimer tous les rapports des mots entr'eux, les prépositions y suppléent. L'emploi général des cas, l'emploi ou l'ellipse des prépositions devant les compléments des verbes et des adjectifs, et devant diverses sortes de noms, tels que noms de temps, de lieu, etc., forment le sujet du deuxième chapitre.

De même que les mots dépendent les uns des autres, les propositions sont à l'égard les unes des autres, dans des rapports de dépendance. Le troisième chapitre traite de la dépendance des propositions, et montre quelles sont les dif-

férentes formes que prennent les propositions
subordonnées, ou incidentes ou complétives, et
par quels mots elles se lient à la proposition
principale. C'est là que sont expliqués, d'une
manière aussi facile que logique, et le fameux
que retranché, et l'emploi de *ut, ne, quin, an*,
entre deux verbes, et l'ablatif absolu.

Les principes fondamentaux de la syntaxe
sont connus. Il reste à expliquer les faits syn-
taxiques propres à la langue latine, c'est la matière du second livre. Les trois premiers chapitres se rapportent aux trois chapitres de la
syntaxe générale et les complètent; puis viennent des observations sur les divers emplois du
subjonctif, sur les adjectifs, les comparatifs, les
superlatifs, les noms de nombre, les pronoms,
les participes, les adverbes, les conjonctions.
L'ordre abrège, aussi ai-je pu, sans sortir des
bornes que doit avoir un ouvrage élémentaire,
offrir dans cette seconde partie un grand nombre de règles nouvelles, d'observations impor-
tantes qu'on chercherait en vain dans Lhomond.
C'est lui qui m'a fourni les matériaux du chapitre, où je passe en revue les principaux *gallicismes*, montrant par quels équivalents on les
rend en latin. Mon savant ami, M. Charma,
professeur de philosophie à la faculté de Caen,
m'a prêté le secours de son érudition et c'est à
son obligeance que je dois le chapitre ou plu-

tôt le traité sur les *hellénismes*, qui s'adresse à des élèves déjà avancés dans leurs études. C'est par là que se termine cette Grammaire latine dont je n'ai fait connaître encore que la partie théorique; il me reste à parler des exercices que j'y ai joints. Chaque règle est appuyée de nombreux exemples puisés dans les auteurs classiques, et placés sous la forme de notes au bas de la page, de telle sorte que ce qu'on doit apprendre est parfaitement distinct de ce qu'on doit traduire. Ces exemples, si soigneusement gradués qu'on n'y trouve jamais que l'application des règles déjà connues, ou rappellent un fait historique ou renferment une notion utile. C'est un recueil de belles maximes, de grandes et instructives pensées, de ces traits saillants qu'on est bien aise de trouver et qu'on a le désir de retenir. « Des exemples habilement choisis, a dit » Chénier en parlant de la grammaire de Mar- » montel, donnent le goût du beau, sous le point » de vue moral, comme sous le point de vue lit- » téraire, et l'on voit que l'auteur, selon son » expression, a voulu enseigner à ses enfants » autre chose que des mots. » J'ai toujours eu ces lignes sous les yeux, et je voudrais qu'elles pussent s'appliquer à ma grammaire latine. Elle est accompagnée d'un *Cours de thèmes gradués* dans lequel tous les exemples ont été choisis a-vec le même soin, et dans le même esprit. Le dictionnaire qui suit cet ouvrage donne aux commençants le mot propre, et les préservera de ces graves erreurs que leur fait commettre l'usage prématuré d'un grand dictionnaire.

Heureux si par la publication de ce *Cours* véritablement *théorique et pratique de langue latine*, je puis rendre quelque service à l'enseignement! Je n'ai d'autre ambition, que celle de suivre, de loin, les traces du maître habile qui fut le protecteur, le guide de ma jeunesse, et à qui je dois le peu que je suis. Le souvenir de l'abbé Gaultier vit toujours dans mon cœur, ses leçons restent gravées dans ma mémoire; tout mon désir est de perpétuer les traditions de son enseignement, de continuer, autant qu'il est en moi, ses travaux; et si les miens obtiennent quelque estime, c'est à lui que je le devrai, mon succès sera son ouvrage.

ERRATUM.

Pag. 258, lig. 2, au lieu de : OBSERVATIONS, lisez : CONJONCTIONS.

GRAMMAIRE
LATINE.

PREMIÈRE PARTIE.

La langue latine se compose de neuf sortes de mots, savoir : le Substantif, l'Adjectif, le Pronom, le Verbe, le Participe, la Préposition, l'Adverbe, la Conjonction, l'Interjection.

Ces neuf sortes de mots peuvent se réduire à trois grandes classes :

1° Les *Noms*, comprenant le Substantif, l'Adjectif et le Pronom.

2° Les *Verbes*.

3° Les *Invariables*, savoir : la Préposition, l'Adverbe, la Conjonction et l'Interjection.

Le Participe, qui tient tout à la fois de la nature du nom et de celle du verbe, peut être regardé comme un mode du verbe.

La langue latine n'a point d'article (1).

LIVRE PREMIER.

NOMS.

Le substantif, l'adjectif, le pronom et le participe sont susceptibles de genres, de nombres et de cas.

La langue latine, outre le masculin et le féminin,

---

(1) Nous ne définirons pas les parties du discours, parce que nous supposons que ceux qui commencent l'étude de la langue latine, connaissent déjà la grammaire de la langue française.

admet un troisième genre appelé neutre qui comprend tous les noms qui ne sont ni masculins ni féminins.

Le latin, comme le français, a deux nombres : le singulier et le pluriel.

Les noms reçoivent en latin différentes terminaisons suivant la manière dont ils sont employés dans le discours. Ces terminaisons s'appellent *cas*.

On compte six cas, savoir : le *Nominatif*, le *Génitif*, le *Datif*, l'*Accusatif*, le *Vocatif*, l'*Ablatif*.

Décliner un nom, c'est le faire passer par ses douze formes, ou par les six cas du singulier et par les six cas du pluriel.

Il y a en latin cinq déclinaisons, c'est-à-dire, cinq manières différentes de décliner les noms. On les distingue par la terminaison du génitif.

Tout nom est formé de deux élémens : le *radical*, qui ne change pas, et la *terminaison*, qui varie suivant les cas. Le radical renferme le sens du mot, la terminaison en marque le cas.

L'article, les prépositions, la disposition des mots dans la phrase indiquent dans la langue française, où les noms ne varient pas, les rapports que les Latins marquent par les différentes désinences du même mot.

CHAPITRE PREMIER. Déclinaison des substantifs.

§ 1. *Première déclinaison.*

La première déclinaison a le génitif singulier terminé en *æ*, et le génitif pluriel en *arum*.

Singulier.

	Rad.	Termin.	
Nominatif. *f.*	Ros	*a*	la rose.
Vocatif.	Ros	*a*	ô rose.
Génitif.	Ros	*æ*	de la rose.
Datif.	Ros	*æ*	à la rose.

Accusatif.	Ros *am*		la rose.
Ablatif.	Ros *á*	de la *ou* par la rose.	

Pluriel.

N.	Ros *æ*	les roses.
V.	Ros *æ*	ô roses.
G.	Ros *arum*	des roses.
D.	Ros *is*	aux roses.
Ac.	Ros *as*	les roses.
Ab.	Ros *is*	des *ou* par les roses.

Déclinez pour exercice les noms suivans :

Masculins.	Féminins.
Poet a, *æ*, poète.	*Mens a*, *æ*, table.
Naut a, *æ*, matelot.	*Janu a*, *æ*, porte.
Aurig a, *æ*, cocher.	*Musc a*, *æ*, mouche.

Tous les noms de la première déclinaison terminés en *a* sont du genre féminin, à l'exception de ceux qui désignent des êtres mâles (1).

§ ii. *Deuxième déclinaison.*

La deuxième déclinaison a le génitif singulier terminé en *i* et le génitif pluriel en *orum*.

Nom masculin terminé au nominatif en *us*.			Nom neutre terminé au nominatif en *um*.		
Singulier.			Singulier.		
N.	Domin *us*	le maître.	N.	Templ *um*	le temple.
V.	Domin *e*	ô maître.	V.	Templ *um*	ô temple.
G.	Domin *i*	du maître.	G.	Templ *i*	du temple.
D.	Domin *o*	au maître.	D.	Templ *o*	au temple.
Ac	Domin *um*	le maître.	Ac.	Templ *um*	le temple.
Ab.	Domin *o*	du maître.	Ab.	Templ *o*	du temple.

---

(1) *Operæ*, manouvriers ; *custodiæ*, sentinelle ; *excubiæ*, *vigiliæ*, patrouille, guet, quoique éveillant l'idée d'êtres mâles, sont du féminin. Quelques mots en *a*, dérivés du grec et masculins en cette langue, le sont aussi en latin ; tels sont : *cometa*, comète ; *planeta*, planète.

Pluriel.			Pluriel.		
N.	Domin *i*	les maîtres.	N.	Templ *a*	les temples.
V.	Domin *i*	ô maîtres.	V.	Templ *a*	ô temples.
G.	Domin *orum*	des maîtres.	G.	Templ *orum*	des temples.
D.	Domin *is*	aux maîtres.	D.	Templ *is*	aux temples.
Ac.	Domin *os*	les maîtres.	Ac.	Templ *a*	les temples.
Ab.	Domin *is*	des maîtres.	Ab.	Templ *is*	des temples.

Déclinez sur *Dominus* :

Masculins.	Féminins
Hort us , i , jardin.	*Fic us . i ,* figuier.
Corv us , i , corbeau.	*Alv us , i ,* ventre.
Cib us , i , aliment.	*Vann us , i ,* van.
Popul us , i , peuple.	*Popul us , i ,* peuplier.

Déclinez sur *Templum* les noms neutres

Brachi um , i , bras.	*Ov um , i ,* œuf.
Bell um , i , guerre.	*Sax um , i ,* pierre.
Viti um , i , défaut.	*Horre um , i ,* grenier.

Noms masculins dont le nominatif et le vocatif singuliers sont terminés en *er*.

Nom dont le génitif se forme par l'addition d'un *i* au nominatif.			Nom dont on forme le génitif en retranchant l'*e* qui précède le *r*.		
Singulier.			Singulier.		
N.	Puer	l'enfant.	N.	Liber	le livre.
V.	Puer	ô enfant.	V.	Liber	ô livre.
G.	Puer *i*	de l'enfant.	G.	Libr *i*	du livre.
D.	Puer *o*	à l'enfant.	D.	Libr *o*	au livre.
Ac.	Puer *um*	l'enfant	Ac.	Libr *um*	le livre.
Ab.	Puer *o*	de l'enfant.	Ab.	Libr *o*	du livre.
Pluriel.			Pluriel.		
N.	Puer *i*	les enfants	N.	Libr *i*	les livres.
V.	Puer *i*	ô enfants.	V.	Libr *i*	ô livres.
G.	Puer *orum*	des enfants.	G.	Libr *orum*	des livres.
D.	Puer *is*	aux enfants.	D.	Libr *is*	aux livres.
Ac.	Puer *os*	les enfants.	Ac.	Libr *os*	les livres.
Ab.	Puer *is*	des enfants.	Ab.	Libr *is*	des livres.

Déclinez :

Sur *Puer* :

Gener, i, gendre.
Socer, i, beau-père.
Vir, i, homme (1).

Sur *Liber* :

Ager, agri, champ.
Aper, apri, sanglier.
Magister, tri, maître.

Tous les noms terminés en *us* sont masculins, à l'exception de *vannus, alvus* et des noms d'arbres, qui sont féminins (2).

Tous les noms terminés en *er* sont masculins; tous les noms terminés en *um* sont neutres.

§ III. *Troisième déclinaison.*

La troisième déclinaison a le génitif singulier terminé en *is* et le génitif pluriel en *um* ou en *ium*.

Cette déclinaison comprend des noms de tout genre et de toute terminaison.

Les noms de cette déclinaison sont *parisyllabiques* ou *imparisyllabiques*. Les parisyllabiques ont au génitif le même nombre de syllabes qu'au nominatif; les imparisyllabiques ont plus de syllabes au génitif qu'au nominatif.

Tous les cas, excepté le nominatif et le vocatif du singulier, se forment du génitif. Ainsi, lorsqu'un mot reçoit un accroissement de syllabes au génitif, il le conserve à tous les cas qui en dérivent.

Nom masculin.		Nom neutre.	
Singulier.		Singulier.	
N. Honor	l'honneur.	N. Corpus	le corps.
V. Honor	ô honneur.	V. Corpus	ô corps.
G. Honor *is*	de l'honneur.	G. Corpor *is*	du corps.
D. Honor *i*	à l'honneur.	D. Corpor *i*	au corps.
Ac. Honor *em*	l'honneur	Ac. Corpus	le corps.
Ab. Honor *e*	de l'honneur.	Ab. Corpor *e*	du corps.

(1) *Vir* et ses composés, *levir*, le beau-frère; *decemvir*, le décemvir, etc., sont les seuls noms de cette déclinaison qui se terminent en *ir*.

(2) Plusieurs mots en *us*, dérivés du grec et féminins dans cette langue, le sont aussi en latin; tels sont : *abyssus*, abîme; *crystallus*, cristal; *periodus*, période.

Nom masculin.			Nom neutre.		
Pluriel.			**Pluriel.**		
N.	Honor *es*	les honneurs.	N.	Corpor *a*	les corps.
V.	Honor *es*	ô honneurs.	V.	Corpor *a*	ô corps.
G.	Honor *um*	des honneurs.	G.	Corpor *um*	des corps.
D.	Honor *ibus*	aux honneurs.	D.	Corpor *ibus*	aux corps.
Ac.	Honor *es*	les honneurs.	Ac.	Corpor *a*	les corps.
Ab.	Honor *ibus*	des honneurs.	Ab.	Corpor *ibus*	des corps.

Nom féminin.			Autre nom neutre.		
Singulier.			**Singulier.**		
N.	Av *is*	l'oiseau.	N.	Cubil *e*	le lit.
V.	Av *is*	ô oiseau.	V.	Cubil *e*	ô lit.
G.	Av *is*	de l'oiseau.	G.	Cubil *is*	du lit.
D.	Av *i*	à l'oiseau.	D.	Cubil *i*	au lit.
Ac.	Av *em*	l'oiseau.	Ac.	Cubil *e*	le lit.
Ab.	Av *e*	de l'oiseau.	Ab.	Cubil *i*	du lit.
Pluriel.			**Pluriel.**		
N.	Av *es*	les oiseaux.	N.	Cubil *ia*	les lits.
V.	Av *es*	ô oiseaux.	V.	Cubil *ia*	ô lits.
G.	Av *ium*	des oiseaux.	G.	Cubil *ium*	des lits.
D.	Av *ibus*	aux oiseaux.	D.	Cubil *ibus*	aux lits.
Ac.	Av *es*	les oiseaux.	Ac.	Cubil *ia*	les lits.
Ab.	Av *ibus*	des oiseaux.	Ab.	Cubil *ibus*	des lits.

Déclinez sur *Honor* :

Pavo, pavonis, m. paon.
Homo, hominis, m. homme.
Passer, is, m. moineau.
Pater, patris, m. père.
Soror, sororis, f. sœur.
Æstas, æstatis, f. été.
Gigas, gigantis, m. géant.
Paries, parietis, m. mur.

Pes, pedis, m. pied.
Miles, militis, m. soldat.
Lapis, lapidis, m. pierre.
Flos, floris, m. fleur.
Lepus, leporis, m. lièvre.
Virtus, virtutis, f. vertu.
Laus, laudis, f. louange.
Frutex, icis, m. arbrisseau.

Déclinez sur *Avis* :

Amnis, amnis, m. fleuve.
Auris, auris, f. oreille.

Clades, cladis, f. désastre.
Rupes, rupis, f. rocher.

Déclinez sur *Corpus* :

Omen, ominis, n. présage.
Papaver, is, n. pavot.
Fœdus, deris, n. alliance.
Frigus, goris, n. froid.

Marmor, is, n. marbre.
Guttur, is, n. gosier.
Crus, cruris, n. jambe.
Caput, capitis, n. tête.

Déclinez sur *Cubile* :

Mare, *maris*, n. mer.	*Animal*, *is*, n. animal.
Rete, *retis*, n. filet.	*Calcar*, *is*, n. éperon.

L'usage apprendra le genre des noms de la troisième déclinaison ; on remarquera toutefois :

1° Que les noms terminés en *or* sont masculins, à l'exception de trois qui sont féminins : *arbor*, *is*, arbre ; *uxor*, *is*, épouse ; *soror*, *is*, sœur ; et de trois autres qui sont neutres, *ador*, *is*, fleur de farine ; *marmor*, *is*, marbre ; *æquor*, *is*, plaine.

2° Que les noms terminés en *e*, *men*, *t*, *ar*, comme *rete*, *omen*, *caput*, *calcar*, sont neutres.

§ IV. *Quatrième déclinaison.*

La quatrième déclinaison a le génitif singulier terminé en *ús*, et le génitif pluriel en *uum*.

Cette déclinaison comprend des noms masculins, quelques noms féminins et des noms neutres qui ne sont déclinables qu'au pluriel.

Nom féminin.		Nom neutre.	
Singulier.		**Singulier.**	
N. Man *us*	la main.	N. Corn *u*	la corne.
V. Man *us*	ô main.	V. Corn *u*	ô corne.
G. Man *ûs*	de la main.	G. Corn *u*	de la corne.
D. Man *ui*	à la main.	D. Corn *u*	à la corne.
Ac. Man *um*	la main	Ac. Corn *u*	la corne.
Ab. Man *u*	de la main.	Ab. Corn *u*	de la corne.
Pluriel.		**Pluriel.**	
N. Man *us*	les mains.	N. Corn *ua*	les cornes.
V. Man *us*	ô mains.	V. Corn *ua*	ô cornes.
G. Man *uum*	des mains.	G. Corn *uum*	des cornes.
D. Man *ibus*	aux mains.	D. Corn *ibus*	aux cornes.
Ac. Man *us*	les mains.	Ac. Corn *ua*	les cornes.
Ab. Man *ibus*	des mains.	Ab. Corn *ibus*	des cornes.

Déclinez sur *Manus* :

Fruct us, *ûs*, m. fruit.	*Sin us*, *ûs*, m. golfe.
Exercit us, *ûs*, m. armée.	*Nur us*, *ûs*, f. bru.

Déclinez sur *Cornu* :

Genu, n. genou. | *Tonitru* , n. tonnerre.

§ v. *Cinquième déclinaison.*

. **La** cinquième déclinaison a le génitif singulier en *ei* , et le génitif pluriel en *erum*. Tous les noms de cette déclinaison sont du féminin , excepté *dies* , qui est des deux genres.

Singulier.

N.	Di *es*	le	jour.
V.	Di *es*	ô	jour.
G.	Di *ei*	du	jour.
D.	Di *ei*	au	jour.
Ac.	Di *em*	le	jour.
Ab.	Di *e*	du	jour.

Pluriel.

N.	Di *es*	les	jours.
V.	Di *es*	ô	jours.
G.	Di *erum*	des	jours.
D.	Di *ebus*	aux	jours.
Ac.	Di *es*	les	jours.
Ab.	Di *ebus*	des	jours.

Déclinez sur *Dies* :

Res, rei , chose. | *Species, ciei, image.*
Facies, ciei, visage. | *Spes , spei, espérance.*

Le génitif, le datif et l'ablatif pluriel de cette déclinaison ne sont guère usités que dans les noms *dies*, *res* et *species*.

§ vi. *Tableau des désinences des cinq déclinaisons.*

Singulier.

	1re	2^e	3^e	4^e		5^e
N.	a	us, er, um	o, or, er, us, is, en, *etc.*	us,	u	es
V.	a	e, er, um	o, or er, us, is, en, *etc.*	us,	u	es
G.	æ	i	is	ûs,	u	ei
D.	æ	o	i	ui,	u	ei
Ac.	am	um	em	um,	u	em
Ab.	à	o	e, i	u,		e

Pluriel.

	1re	2e		3e	4e	5e
N.	æ	i,	a	es, a, ia	us, ua	es
V.	æ	i,	a	es, a, ia	us, ua	es
G.	arum	orum		um, ium	uum	erum
D.	is	is		ibus	ibus	ebus
Ac.	as	os,	a	es, a, ia	us, ua	es
Ab.	is	is		ibus	ibus	ebus

REMARQUE. Dans toutes les déclinaisons, les datifs et ablatifs pluriels sont semblables. Il en est de même des vocatifs et nominatifs pluriels.

Dans les noms neutres, le nominatif, l'accusatif et le vocatif, tant du singulier que du pluriel, sont toujours semblables, et ces trois cas au pluriel sont terminés en *a*.

CHAPITRE II.

DÉCLINAISON DES ADJECTIFS QUALIFICATIFS.

§ 1er *Première et seconde déclinaison.*

Il y a des adjectifs terminés en *us* pour le masculin, en *a* pour le féminin, en *um* pour le neutre, et qui se déclinent comme *Dominus, rosa, templum.* Exemple :

BONUS, BONA, BONUM.

Bon, bonne, bon.

Singulier.

N.	*m.* Bon *us,*	*f.* Bon *a,*	*n.* Bon *um.*
V.	Bon *e,*	Bon *a,*	Bon *um.*
G.	Bon *i,*	Bon *æ,*	Bon *i.*
D.	Bon *o,*	Bon *æ,*	Bon *o.*
Ac.	Bon *um,*	Bon *am,*	Bon *um.*
Ab.	Bon *o,*	Bon *á,*	Bon *o.*

1*

Pluriel.

N.	Bon *i*,	Bon *æ*,	Bon *a*.
V.	Bon *i*,	Bon *æ*,	Bon *a*.
G.	Bon *orum*,	Bon *arum*,	Bon *orum*.
D.	Bon *is*,	Bou *is*,	Bon *is*.
Ac.	Bon *os*,	Bon *as*,	Bon *a*.
Ab.	Bon *is*,	Bon *is*,	Bon *is*.

Déclinez sur *Bonus, bona, bonum* :

Alt us, a, um, haut. |*Magn us, a, um*, grand.

Cunctus, a, um, tout entier. |*Parv us, a, um*, petit (1).

Il y a des adjectifs terminés en *er* pour le masculin, en *a* pour le féminin, en *um* pour le neutre, et qui se déclinent comme *puer, rosa, templum* (2). Exemple :

NIGER, NIGRA, NIGRUM.

Noir, noire, noir.

Singulier.

N.	*m.* Niger,	*f.* Nigr *a*,	*n.* Nigr *um*.
V.	Niger,	Nigr *a*,	Nigr *um*.
G.	Nigr *i*,	Nigr *æ*,	Nigr *i*.
D.	Nigr *o*,	Nigr *æ*,	Nigr *o*.
Ac.	Nigr *um*,	Nigr *am*,	Nigr *um*.
Ab.	Nigr *o*,	Nigr *á*,	Nigr *o*.

Pluriel.

N.	Nigr *i*,	Nigr *æ*,	Nigr *a*.
V.	Nigr ,	Nigr *æ*,	Nigr *a*.
G.	Nigr *orum*,	Nigr *arum*,	Nigr *orum*.
D.	Nigr *is*,	Nigr *is*,	Nigr *is*.
Ac.	Nigr *os*,	Nigr *as*,	Nigr *a*.
Ab.	Nigr *is*,	Nigr *is*,	Nigr *is*.

(1) On exercera l'élève à décliner des adjectifs joints à des substantifs. On en trouvera des exemples, Syntaxe, règle 5.

(2) Quelques adjectifs en *er* conservent l'*e* du nominatif mas-

Déclinez sur *Niger*, *nigra*, *nigrum* :

Asper, *era*, *um*, dur.	*Æger*, *gra*, *um*, malade.
Miser, *era*, *um*, malheureux.	*Piger*, *gra*, *grum*, paresseux.
Tener, *era*, *erum*, tendre.	*Pulcher*, *chra*, *chrum*, beau.

Un seul adjectif se termine en *ur* au nominatif masculin :

Satur, *a*, *um*, saoûl, rassasié.

§ II. *Troisième déclinaison.*

Il y a des adjectifs de la troisième déclinaison qui n'ont au nominatif qu'une seule terminaison pour les trois genres. Exemple :

PRUDENS, *Prudent.*

Singulier.

N. Prudens
V. Prudens
G. Prudent *is* } *pour les trois genres.*
D. Prudent *i*

Ac. m. et *f.* Prudent *em*, *n.* prudens.

Ab. Prudent *e*
ou Prudent *i* } *pour les trois genres.*

Pluriel.

	Masc. et fém.	Neutre.
N.	Prudent *es*	Prudent *ia.*
V.	Prudent *es*	Prudent *ia.*
G.	Prudent *ium*	} *pour les trois genres.*
D.	Prudent *ibus*	
Ac.	Prudent *es*,	Prudent *ia.*
Ab.	Prudent *ibus* *pour les trois genres.*	

---

culin aux autres cas et aux autres genres, comme *liber*, *libera*, *liberum*, libre, gén. *liberi*, *liberæ*, *liberi* ; d'autres adjectifs perdent partout cet *e*, comme *niger*, *nigra*, *nigrum*, etc. Le mot *dexter*, droit, est employé des deux manières : on dit *dextera* et *dextra*, *dexterum* et *dextrum*.

Déclinez sur *Prudens :*

Feli x , icis , heureux.   *Velo x , ocis ,* prompt.
Sapien s , tis , sage.   *Auda x , acis ,* hardi.

Il y a des adjectifs de la troisième déclinaison qui
ont au nominatif deux terminaisons , l'une pour le
masculin et le féminin, l'autre pour le neutre.
Exemple :

FORTIS , FORTE , *Courageux.*

Singulier.

	Masc. et fém.	Neutre.
N.	Fort *is,*	Fort *e*
V.	Fort *is,*	Fort *e*
G.	Fort *is*	} *pour les trois genres.*
D.	Fort *i*	
Ac.	Fort *em,*	Fort *e*
Ab.	Fort *i pour les trois genres.*	

Pluriel.

N.	Fort *es ,*	Fort *ia*
V.	Fort *es ,*	Fort *ia*
G.	Fort *ium*	} *pour les trois genres.*
D.	Fort *ibus*	
Ac.	Fort *es,*	Fort *ia*
Ab.	Fort *ibus pour les trois genres.*	

Les adjectifs qui ont le neutre en *e,* font l'ablatif
en *i ,* afin que l'on puisse distinguer ce cas des trois
cas du neutre.

Déclinez sur *Fortis :*

Comis , e , poli.   *Omnis , e ,* tout.
Levis , e , léger.   *Suavis , e ,* doux.

Il y a quelques adjectifs de la troisième déclinaison
qui ont au nominatif et au vocatif du singulier trois
terminaisons, *er* pour le masculin, *is* pour le féminin,
e pour le neutre. Aux autres cas du singulier et au
pluriel, ils se déclinent comme les adjectifs de deux

terminaisons, c'est-à-dire comme *fortis, e*. Il faut observer que l'*e* du nominatif se retranche toujours, excepté dans *celer*. Exemple : N. *Acer, acris, acre*, vif. V. *Acer, acris, acre*. G. *Acris*. D. *Acri*. Ac. *Acrem, acre*. Ab. *Acri*.

Ainsi se déclinent :

Alacer, cris, e, actif.	*Celeber, bris, e*, célèbre.
Saluber, bris, e, salutaire.	*Celer, is, e*, prompt.

CHAPITRE III. Formation des comparatifs et superlatifs dans les adjectifs.

Du positif se forment le comparatif et le superlatif.

Le comparatif se forme du cas du positif terminé en *i*, auquel on ajoute *or* pour le masculin et le féminin, et *us* pour le neutre. Exemples : *Doctus (docti), doctior, doctius*, plus savant ; *Utilis (utili), utilior, utilius*, plus utile ; *Prudens (prudenti), prudentior, prudentius*, plus prudent. Les comparatifs se déclinent sur la troisième déclinaison : le masculin et le féminin comme *honor*, le neutre comme *corpus* ; l'ablatif est en *e* ou en *i*, *utiliore* ou *utiliori*.

Le superlatif se forme du cas du positif terminé en *i* auquel on ajoute *ssimus* pour le masculin, *ssima* pour le féminin, *ssimum* pour le neutre. Exemples : *docti-ssimus, a, um*, le plus savant, très-savant ; *utilissimus, a, um*, le plus utile, très-utile : *prudentissimus, a, um*, le plus prudent, très-prudent. Les superlatifs se déclinent pour le masculin et le neutre sur la seconde déclinaison, pour le féminin sur la première.

REMARQUES. I. Les adjectifs terminés en *er* forment leur superlatif en ajoutant *rimus* à la terminaison du nominatif. Exemples : *Pulcher, pulcherrimus ; acer, acerrimus*.

II. Quelques adjectifs en *lis* ont le superlatif en *il-limus*, comme *facilis*, facile; *difficilis*, difficile; *gracilis*, grêle; *humilis*, humble; *similis*, semblable; *dissimilis*, dissemblable. Superlatif: *facillimus, difficillimus, gracillimus*, etc.

Les quatre adjectifs suivans forment leurs comparatifs et superlatifs très-irrégulièrement.

Bonus, bon; *melior*, meilleur; *optimus*, très-bon.
Malus, méchant; *pejor*, pire; *pessimus*, très-mauvais.
Magnus, grand; *major*, plus grand; *maximus*, très-grand.
Parvus, petit; *minor*, plus petit; *minimus*, très-petit.

CHAPITRE IV.

Déclinaison des adjectifs déterminatifs (1).

§ 1. *Adjectifs possessifs vulgairement appelés pronoms possessifs.*

MEUS, MEA, MEUM.

Mon, ma, mon; le mien, la mienne, le mien.

Singulier.

	Masc.	Fém.	Neutre.
N.	Meus,	mea,	meum.
V.	Mî,	mea,	meum.
G.	Mei,	meæ,	mei.
D.	Meo,	meæ,	meo.
Ac.	Meum,	meam,	meum.
Ab.	Meo,	meâ,	meo.

---

(1) Ces adjectifs peuvent être considérés comme des pronoms quand ils s'emploient seuls, c'est-à-dire quand ils ne sont pas accompagnés d'un substantif.

Pluriel.

	Masc.	Fém.	Neutre.
N.	Mei,	meæ,	mea.
V.	Mei,	meæ,	mea.
G.	Meorum,	mearum,	meorum.
D.	Meis, *de tout genre.*		
Ac.	Meos,	meas,	mea.
Ab.	Meis, *de tout genre.*		

Ainsi se déclinent :

Tuus, a, um, ton, ta, ton, le tien, la tienne, le tien.
Suus, a, um, son, sa, son, le sien, la sienne, le sien.
Cujus, a, um, à qui?
Ces trois pronoms n'ont point de vocatif.
Cujus ne s'emploie guère qu'au nominatif et à l'accusatif.

Noster , nostra , nostrum.

Notre ; le nôtre, la nôtre, le nôtre.

Singulier.

	Masc.	Fém.	Neutre.
N.	Noster,	nostra,	nostrum.
V.	Noster,	nostra,	nostrum.
G.	Nostri,	nostræ,	nostri.
D.	Nostro,	nostræ,	nostro.
Ac.	Nostrum,	nostram,	nostrum.
Ab.	Nostro,	nostrâ,	nostro (1).

Pluriel.

	Masc.	Fém.	Neutre.
N.	Nostri,	nostræ,	nostra.
V.	Nostri,	nostræ,	nostra.
G.	Nostrorum,	nostrarum,	nostrorum.
D.	Nostris, *de tout genre.*		
Ac.	Nostros,	nostras,	nostra.
Ab.	Nostris, *de tout genre.*		

---

(1) On ajoute quelquefois *pte* à l'ablatif singulier des adjectifs possessifs, comme *meopte, tuopte, suopte, meâpte, nos-
trâpte.*

Ainsi se décline :

Vester, a , am , votre, le vôtre, la vôtre; le vôtre. Il n'a pas de vocatif.

§ 11. *Adjectifs démonstratifs vulgairement appelés pronoms démonstratifs.*

Tous les adjectifs démonstratifs ont , pour les trois genres , le génitif singulier terminé en *ius* ou en *jus*, et le datif singulier en *i. Hic* , par exception , fait au datif singulier *huic*.

Hic, hæc, hoc.

Ce, cette, ce; celui-ci, celle-ci, ceci.

Singulier.			Pluriel.		
masc.	fém.	neutre.	masc.	fém.	neutre
N. Hic,	hæc,	hoc.	*N.* Hi,	hæ,	hæc.
Il n'a pas de vocatif.			*Il n'a pas de vocatif.*		
G. Hujus	} de tout genre.		*G.* Horum, harum,		horum.
D. Huic			*D.* His de tout genre.		
Ac. Hunc,	hanc ,	hoc.	*Ac.* Hos,	has,	hæc.
Ab. Hoc,	hâc ,	hoc.	*Ab.* His de tout genre (1).		

Ille , illa, illud.

Ce, cet, cette ; celui-là, celle-là, cela.

Singulier.			Pluriel.		
N. Ille,	illa,	illud ,	*N.* Illi,	illæ,	illa.
G. Illius	} de tout genre.		*G.* Illorum, illarum , illorum.		
D. Illi			*D.* Illis , de tout genre.		
Ac. Illum,	illam,	illud.	*Ac.* Illos,	illas,	illa.
Ab. Illo,	illâ,	illo.	*Ab.* Illis, de tout genre.		

Déclinez de même *iste, ista, istud, ce,* celui-là, etc. (2).

---

(1) On ajoute quelquefois aux pronoms *hic, hæc, hoc,* la syllabe *ce,* et dans l'interrogation et au singulier seulement *cine* : *hicce; hæcce, hocce, hujusce,* etc.; *hiccine, hæccine, hoccine, hujuscine,* etc.

(2) *Iste* marque souvent le mépris. Cela vient peut-être de ce que l'orateur appelait son client *hic* , et sa partie adverse *iste.*

IPSE, IPSA, IPSUM.

Même, moi-même, toi-même, lui-même, elle-même, cela même.

Singulier.			Pluriel.		
masc.	fém.	neutre.	masc.	fém.	neutre.
N. Ipse,	ipsa,	ipsum.	N. Ipsi,	ipsæ,	ipsa.
G. Ipsius			G. Ipsorum,	ipsarum,	ipsorum.
D. Ipsi	de tout genre.		D. Ipsis,	de tout genre.	
Ac. Ipsum,	ipsam,	ipsum.	Ac. Ipsos,	ipsas,	ipsa.
Ab. Ipso,	ipsâ,	ipso.	Ab. Ipsis	de tout genre.	

IS, EA, ID.

Il, elle, ce.

Singulier.			Pluriel.		
N. Is,	ea,	id.	N. Ii *ou* ei,	eæ,	ea.
G. Ejus			G. Eorum,	earum,	eorum.
D. Ei	de tout genre.		D. Iis *ou* eis de tout genre.		
Ac. Eum,	eam,	id.	Ac. Eos,	eas,	ea.
Ab. Eo,	eâ,	eo.	Ab. Iis *ou* eis de tout genre.		

IDEM, EADEM, IDEM.

Le même, la même, le même (1).

Singulier.

Masc.	Fém.	Neut.
N. Idem,	eadem,	idem.
G. Ejusdem	de tout genre.	
D. Eidem		
Ac. Eumdem,	eamdem,	idem.
Ab. Eodem,	eâdem,	eodem.

---

(1) *Rex ipse*, le roi même, le roi lui-même ; *idem rex*, le même roi.

Pluriel.

Masc.	Fém.	Neutre.
N. Iidem,	eædem,	eadem.
G. Eorumdem,	earumdem,	eorumdem.
D. Eisdem *ou* iisdem *de tout genre.*		
Ac. Eosdem,	easdem,	eadem.
Ab. Eisdem *ou* iisdem *de tout genre.*		

§ III. *Adjectif conjonctif ou pronom relatif.*

QUI, QUÆ, QUOD.

Singulier.

N. Qui,   quæ,   quod, *qui, lequel, laquelle.*
G. Cujus ⎫   *dont, duquel, de laquelle.*
D. Cui   ⎬ *de tout genre.* *à qui, auquel, à laquelle.*
Ac. Quem, quam,   quod, *que, lequel, laquelle.*
Ab. Quo,   quâ,   quo, *dont, duquel, de la-
                            quelle.*

Pluriel.

N. Qui,   quæ,   quæ, *qui, lesquels, lesquelles.*
G. Quorum, quarum, quorum, *dont, desquels,
                               desquelles.*
D. Quibus   ⎧ de tout ⎫ *à qui, auxquels,*
  et queis (*peu usité*) ⎨ genre, ⎬ *auxquelles.*
Ac. Quos, quas, quæ, *que, lesquels, lesquelles.*
Ab. Quibus.   ⎧ de tout ⎫ *dont, desquels,*
  et queis (*peu usité*) ⎨ genre, ⎬ *desquelles.*

§ IV. *Adjectif ou pronom interrogatif.*

QUIS , QUÆ , QUID *ou* QUOD?

Qui, quel, quelle, quoi ?

Singulier.

	Masc.	Fém.	Neutre.
N.	Quis ,	quæ,	quod (*avec un nom*) *et* ~quid (*seul*).
G.	Cujus	} *de tout genre.*	
D.	Cui		
Ac.	Quem ,	quam ,	quod (*avec un nom*) *et* quid (*seul*).
Ab.	Quo ,	quâ ,	quo.

Pluriel.

	Masc.	Fém.	Neutre.
N.	Qui ,	quæ ,	quæ.
G.	Quorum ,	quarum ,	quorum.
D.	Quibus *de tout genre.*		
Ac.	Quos ,	quas ,	quæ.
Ab.	Quibus *de tout genre.*		

§ V. *Adjectifs ou pronoms indéfinis.*

Singulier.

	Masc.	Fém.	Neutre.
N.	Ullus,	ulla ,	ullum, *aucun, quelque, un.*
G.	Ullius	} *de tout genre.*	
D.	Ulli		
Ac.	Ullum ,	ullam ,	ullum.
Ab.	Ullo ,	ullâ ,	ullo.

Le pluriel se décline sur *boni, bonæ, bona.*

Ainsi se déclinent les adjectifs indéfinis :

Nullus, a, um, *nul.*

Alius, a, ud, *autre* (gén., alius; dat., alii.)

Alter, era, um, *l'autre.*

Uter, tra, um, *lequel des deux.*

Neuter , tra , trum , *ni l'un ni l'autre.*

Et les deux adjectifs suivants :

Solus, a, um, *seul.*

Totus, a, um , *tout entier.*

Dans les composés de *uter*, savoir :

Alteruter, tra , um, l'un ou l'autre ;
Uterque , utraque , utrumque, l'un et l'autre ;
Utercumque , utracumque , etc. qui des deux que ce soit :

on décline seulement *uter*, et' on ajoute à chaque cas *alter, que, cumque* :

Alterutrius , alterutri, alterutrum , alterutro ;
Utriusque , utrique , utrumque , utroque ;
Utriuscumque , utricumque, utrumcumque, utrocumque.

Composés de Qui et de Quis.

Dans les composés de *qui* et de *quis*, on ne décline que le pronom ; la syllabe ou les syllabes qui le précèdent ou le suivent restent invariables. Tous ces pronoms, excepté *quicumque*, ont le double neutre *quid* et *quod*.

N. Quicumque, quæcumque, quodcumque, *quiconque.*
G. Cujuscumque. *D.* Cuicumque, *etc.*
N. Quidam, quædam, quoddam *et* quiddam, *un certain.*
G. Cujusdam. *D.* Cuidam , *etc.*
N. Quilibet, quælibet, quodlibet *et* quidlibet, } *qui que ce soit, ce que l'on voudra.*
G. Cujuslibet. *D.* Cuilibet, *etc.*
N. Quivis, quævis, quodvis *et* quidvis, } *qui que ce soit, ce que l'on voudra.*
G. Cujusvis. *D.* Cuivis, *etc.*
N. Quisnam, quænam, quodnam *et* quidnam, } *quel , quelle , quelle chose*
G. Cujusnam. *D.* Cuinam, *etc.*
N. Quispiam, quæpiam, quodpiam *et* quidpiam, } *quelqu'un , quelqu'une , quelque chose.*
G. Cujuspiam. *D.* Cuipiam, *etc.*
N. Quisquam, quæquam, quodquam *et* quidquam, } *quelqu'un , quelqu'une , quelque chose.*
G. Cujusquam. *D.* Cuiquam, *etc.*
N. Quisque, quæque , quodque *et* quidque , } *chacun, chacune , chaque chose.*
G. Cujusque. *D.* Cuique, *etc.*

Quis se double. *Sing. N.* Quisquis , quidquid, *qui que ce soit , tout ce qui. D.* Cuicui. *Ab.* Quoquo. *Plur. Ac.* Quosquos. (Ce pronom n'a point d'autres cas).

Les deux pronoms suivants ont le nominatif féminin du singulier et les cas du pluriel en *a*.

N. Aliquis, aliqua, aliquod *ou* aliquid,
G. Alicujus. D. Alicui.
Ac. Aliquem, aliquam, aliquod *ou* aliquid.
Ab. Aliquo, aliquâ, aliquo.
Plur. N. Aliqui, aliquæ, aliqua, *etc.*

} *quelque, quel-*
qu'un, quel-
qu'une, quelque
chose.

N. Ecquis, ecqua, ecquod *et* ecquid, *quel, quelle, quoi.*
G. Eccujus. D. Eccui, *etc.*

§ v. *Adjectifs numéraux.*

Unus, a, um, un, se décline de la manière suivante :

	masc.	fém.	neut.
N.	Unus,	una,	unum.
G.	Unius, } *de tout genre.*		
D.	Uni,		
Acc	Unum,	unam,	unum.
Ab.	Uno,	unâ,	uno.

Unus se joint à *quisque*, les deux noms se déclinent :

N.	Unusquisque,	unaquæque,	unumquodque.
	chacun,	*chacune,*	*chaque chose.*
G.	Uniuscujusque. } *pour les 3 genres.*		
D.	Unicuique.		
Ac.	Unumquemque,	unamquamque,	unumquodque.
Ab.	Unoquoque,	unâquâque,	unoquoque.

Duo, deux, se décline de la manière suivante :

N.	Duo,	duæ,	duo.
G.	Duorum,	duarum,	duorum.
D.	Duobus,	duabus,	duobus.
Ac	Duos *ou* duo,	duas,	duo.
Ab.	Duobus,	duabus,	duobus.

Ainsi se décline *Ambo, bæ, bo*, tous les deux.

Tres, trois, se décline ainsi :

N.	Tres,	tres,	tria.
G.	Trium } *pour les 3 genres.*		
D.	Tribus		
Ac.	Tres,	tres,	tria.
Ab.	Tribus *pour les 3 genres.*		

Tous les autres noms de nombre cardinaux jusqu'à cent sont indéclinables. *Mille* ne se décline pas ; *millia* se décline sur *tria*. Les noms de nombre cardinaux, tels que *primus, a, um*, premier ; *secundus, a, um*, second, se déclinent sur *bonus, a, um* (1).

CHAPITRE V. Déclinaison des pronoms.

Pronoms personnels.

Première personne.			Seconde personne.		
Singulier.			**Singulier.**		
N.	Ego	*Je* ou *moi.*	N.	Tu	*tu* ou *toi.*
		Point de vocatif.	V.	Tu	*ô toi.*
G.	Meì	*de moi.*	G.	Tuì	*de toi.*
D.	Mihi *me,*	*à moi.*	D.	Tibi *te,*	*à toi.*
Ac.	Me *me,*	*moi.*	Ac.	Te *te,*	*toi.*
Ab.	Me	*de moi.*	Ab.	Te	*de toi.*
Pluriel.			**Pluriel.**		
N.	Nos	*nous*	N.	Vos	*vous.*
		Point de vocatif.	V.	Vos	*ô vous.*
G.	Nostrûm *ou* nostrì	*de nous*	G.	Vestrûm *ou* vestrì	*de vous*
D.	Nobis	*à nous.*	D.	Vobis	*à vous.*
Ac.	Nos	*nous.*	Ac.	Vos	*vous.*
Ab.	Nobis	*de nous*	Ab.	Vobis	*de vous.*

Pronom réfléchi de la troisième personne.

Le pronom de la troisième personne *suí* est de tout genre et de tout nombre. Il n'a point de nominatif (2).

---

(1) Voir le tableau des noms et des adverbes de nombre, à la fin de la 1re partie, et la Syntaxe des noms de nombre, ·ᵉ partie, règles 235 à 237.

(2) *Il, elle,* se traduisent par *ille, illa, illud; is, ea, id.*

G. Suî, *de soi*, *de lui-même d'elle-même*, *d'eux-mêmes*, ou *d'elles-mêmes.*

D. Sibi, *se, à soi, à lui-même, à elle-même, à eux-mêmes, à elles-mêmes.*

Ac. Se, *se, soi, lui-même, elle-même, eux-mêmes, elles-mêmes.*

Ab. Se, *de soi*, *de lui-même*, *d'elle-même*, *d'eux-mêmes*, *d'elles-mêmes* (1).

LIVRE SECOND.

VERBES.

SECTION PREMIÈRE. VERBES RÉGULIERS.

Il y a à considérer dans les verbes le nombre, les personnes, les temps et les modes. En latin comme en français, les verbes ont deux nombres, le singulier et le pluriel; trois personnes; trois temps principaux, le présent, le passé et le futur.

Les verbes latins ont cinq modes, trois personnels, c'est-à-dire, qui admettent la distinction des personnes, l'indicatif, l'impératif, le subjonctif; deux impersonnels, l'infinitif et le participe.

Le présent, l'imparfait, le plus-que-parfait, le futur et le futur passé de l'indicatif, le présent de l'impératif, le présent et le parfait du subjonctif correspondent aux mêmes temps français.

---

(1) On ajoute quelquefois aux pronoms personnels la syllabe *met, egomet, tibimet, semet, nosmet, vosmet*; on ajoute *te* à *tu*, *tute*. Le pronom *suî* se redouble à l'accusatif et à l'ablatif, *sese.*

Les Latins confondent les trois nuances de passé que nous exprimons par le passé défini, le passé indéfini, le passé antérieur ; leur parfait remplace ces trois temps.

L'imparfait du subjonctif latin correspond à notre imparfait du subjonctif et quelquefois à notre présent du conditionnel.

Le plus-que-parfait du subjonctif latin correspond à notre plus-que-parfait du subjonctif et quelquefois à notre passé du conditionnel.

Conjuguer, c'est énoncer de suite les divers changements de nombres, de personnes, de temps et de modes que subit un verbe.

Il y a en latin quatre conjugaisons, c'est-à-dire, quatre manières différentes de conjuguer les verbes. La première conjugaison a l'infinitif terminé en *are*, comme *amare*, aimer ; la seconde en *ēre* long, comme *monēre*, avertir; la troisième en *ĕre* bref, comme *legĕre*, lire (1) ; la quatrième en *ire*, comme *audire*, entendre.

Tout verbe est composé de deux éléments : le *radical* et la *terminaison*. Le radical représente une idée principale d'action ou d'état ; la terminaison indique le temps, le mode, le nombre et la personne. Dans *amabamus*, nous aimions, *am* marque l'action d'aimer, *abamus* indique l'imparfait de l'indicatif à la première personne du pluriel.

Les onze temps des trois modes personnels se divisent en deux séries :

La première série comprend { Les trois présents, Les deux imparfaits. Le futur absolu.

---

(1) Le signe (‾) indique les voyelles longues, celles qu'on doit prononcer plus lentement; le signe (˘) indique les voyelles brèves.

Dans les temps de la première série, le radical du verbe est ce qui reste de son infinitif quand on en a retranché *are*, *ēre*, *ĕre*, *ire*; les radicaux des verbes *amare*, *monére*, *legĕre*, *audire*, sont :

am,   mon,   leg,   aud.

La terminaison est ordinairement composée de deux parties dont l'une distingue, *caractérise* chaque temps de chaque conjugaison, et dont l'autre, indiquant le nombre et la personne, est commune à tous les temps de toutes les conjugaisons. Dans *am-abamus*, *aba* est le signe de l'imparfait, *mus* est le signe de la première personne du pluriel. Cette dernière partie de la terminaison s'appelle la *désinence* personnelle. L'autre pourrait s'appeler le *signe temporel*. La désinence personnelle forme quelquefois à elle seule toute la terminaison, comme dans *am-o*, j'aime ; *leg-o*, je lis.

Dans les temps de la première série, le présent de l'impératif excepté, les désinences personnelles sont :

Première personne du singulier, o ou *m*,
Deuxième personne   *s*,
Troisième personne   *t*,
Première personne du pluriel,   *mus*,
Deuxième personne   *tis*,
Troisième personne   *nt*.

Les désinences de l'impératif communes à tous les verbes sont : *to*, *te* ou *tote*, *nto*.

Tableau des terminaisons dans les temps
de la première série.

TEMPS.	1re Conjug.	2e Conjug.	3e Conjug.	4e Conjug.
Présent de l'indicatif.	.... o a { s t mus tis nt	e { o s t mus tis nt	.... o i { s t mus tis u nt	o i { s t mus tis iu nt
Imparfait de l'indicatif.	aba { m s t mus tis nt	eba { m s t mus tis nt	eba { m s t mus tis nt	ieba { m s t mus tis nt
Futur.	ab o abi { s t mus tis abu nt	eb o ebi { s t mus tis ebu nt	a m e { s t mus tis nt	ia m ie { s t mus tis nt
Présent de l'impératif.	a { ... to a to a { te tote a nto	e { ... to e to e { te tote e nto	e { ... i to i to i { te tote u nto	i { ... to i to i { te tote iu nto
Présent du subjonctif.	e { m s l mus tis nt	eu { m s t mus tis nt	a { m s t mus tis nt	ia { m s t mus tis nt
Imparfait du subjonctif.	are { m s t mus tis nt	ere { m s t mus tis nt	ere { m s t mus tis nt	ire { m s t mus tis nt

Les temps de la seconde série sont :

> Les deux parfaits,
> les deux plus-que-parfaits,
> le futur passé.

Le parfait de l'indicatif des verbes

amare, *monere*, *legere*, *audire*
est *amavi*, *monui*, *legi*, *audivi*.

On voit que dans toutes les conjugaisons le parfait est terminé en *i*. Ce qui reste du parfait, quand cette désinence est retranchée, forme le radical de tous les temps de la seconde série.

Les terminaisons du parfait sont dans toutes les conjugaisons : *i, isti, it, imus, istis, erunt* ou *ére*.

Les désinences personnelles des autres temps sont les mêmes que celles des temps de la première série, c'est-à-dire *o* ou *m, s, t, mus, tis, nt*.

Dans toutes les conjugaisons

Le plus-que-parf. de l'indic. est terminé en *eram* ;
Le futur passé   en *ero* ;
Le parfait du subjonctif   en *erim* ;
Le plus-que-parfait du subj.   en *issem*.

TABLEAU des terminaisons dans les temps de la seconde série.

PARF. INDIC.	PL. PARF. IND.	FUT. PASSÉ.	PARF. SUBJ.	PL. PARF. SUBJ.
.... i		*er* o		
.... isti		s		
.... it	*era* { t	*eri* { t	*eri* { t	*isse* { t
.... imus	mus	mus	mus	mus
.... istis	tis	tis	tis	tis
.... { erunt / ére	nt	nt	nt	nt

Le premier de tous les verbes est le verbe substantif *esse*, être ; mais, comme c'est aussi le plus irrégulier de tous, nous n'en donnerons la conjugaison qu'après celle des verbes actifs et neutres.

CHAPITRE PREMIER. Verbes actifs et neutres.

1re conjugaison.   2e conjugaison.   3e conjugaison.   4e conjugaison.

INDICATIF.

PRÉSENT.

J'aime (1).	J'avertis.	Je lis	J'entends
Am ..o (2)	Mon e o	Lĕg ..o	Aud i o
Am a s	Mon e s	Leg i s	Aud i s
Am a t	Mon e t	Leg i t	Aud i t
Am a mus	Mon e mus	Leg i mus	Aud i mus
Am a tis	Mon e tis	Leg i tis	Aud i tis
Am a nt.	Mon e nt	Leg u nt.	Aud iu nt.

IMPARFAIT.

J'aimais.	J'avertissais.	Je lisais.	J'entendais.
Am aba m	Mon eba m	Lĕg eba m	Aud ieba m
Am aba s	Mon eba s	Leg eba s	Aud ieba s
Am aba t	Mon eba t	Leg eba t	Aud ieba t
Am aba mus	Mon eba mus	Leg eba mus	Aud ieba mus
Am aba tis	Mon eba tis	Leg eba tis	Aud ieba tis
Am aba nt.	Mon eba nt.	Leg eba nt.	Aud ieba nt.

PARFAIT.

J'ai aimé,	J'ai averti,	J'ai lu,	J'ai entendu,
ou J'aimai,	ou J'avertis,	ou Je lus,	ou J'entendis,
ou J'eus aimé.	ou J'eus averti.	ou J'eus lu.	ou J'eus entendu.
Amav i	Monu i	Lĕg i	Audiv i
Amav isti	Monu isti	Leg isti	Audiv isti
Amav it	Monu it	Leg it	Audiv it
Amav imus	Monu imus	Leg imus	Audiv imus
Amav istis	Monu istis	Leg istis	Audiv istis
Amav erunt	Monu erunt	Leg erunt	Audiv erunt
ou ère.	ou ère.	ou ère.	ou ère.

(1) En conjuguant, on joindra à chaque personne du latin la personne correspondante du français; on dira : amo, j'aime; amas, tu aimes; amat, il aime, etc.

(2) Les points indiquent que le signe temporel manque.

1re conjugaison.	2e conjugaison.	3e conjugaison.	4e conjugaison.

PLUS-QUE-PARFAIT.

J'avais aimé.	*J'avais averti.*	*J'avais lu.*	*J'avais entendu.*
Amav *era* m	Monu *era* m	Lĕg *era* m	Audiv *era* m
Amav *era* s	Monu *era* s	Leg *era* s	Audiv *era* s
Amav *era* t	Monu *era* t	Leg *era* t	Audiv *era* t
Amav *era* mus	Monu *era* mus	Leg *era* mus	Audiv *era* mus
Amav *era* tis	Monu *era* tis	Leg *era* tis	Audiv *era* tis
Amav *era* nt.	Monu *era* nt.	Leg *era* nt.	Audiv *era* nt.

FUTUR.

J'aimerai	*J'avertirai.*	*Je lirai.*	*J'entendrai.*
Am *ab* o	Mon *eb* o	Lĕg *a* m	Aud *ia* m
Am *abi* s	Mon *ebi* s	Leg *e* s	Aud *ie* s
Am *abi* t	Mon *ebi* t	Leg *e* t	Aud *ie* t
Am *abi* mus	Mon *ebi* mus	Leg *e* mus	Aud *ie* mus
Am *abi* tis	Mon *ebi* tis	Leg *e* tis	Aud *ie* tis
Am *abu* nt.	Mon *ebu* nt.	Leg *e* nt.	Aud *ie* nt.

FUTUR PASSÉ.

J'aurai aimé.	*J'aurai averti.*	*J'aurai lu.*	*J'aurai entendu.*
Amav *er* o	Monu *er* o	Lĕg *er* o	Audiv *er* o
Amav *eri* s	Monu *eri* s	Leg *eri* s	Audiv *eri* s
Amav *eri* t	Monu *eri* t	Leg *eri* t	Audiv *eri* t
Amav *eri* mus	Monu *eri* mus	Leg *eri* mus	Audiv *eri* mus
Amav *eri* tis	Monu *eri* tis	Leg *eri* tis	Audiv *eri* tis
Amav *eri* nt.	Monu *eri* nt.	Leg *eri* nt.	Audiv *eri* nt.

IMPÉRATIF (1).

PRÉSENT.

Aime.	*Avertis.*	*Lis.*	*Entends.*
Am $\left\{ \begin{array}{l} a \\ a\ to \end{array} \right.$	Mon $\left\{ \begin{array}{l} e \\ e\ to \end{array} \right.$	Lĕg $\left\{ \begin{array}{l} e \\ i\ to \end{array} \right.$	Aud $\left\{ \begin{array}{l} i \\ i\ to \end{array} \right.$
Am *a* to (ille)	Mon *e* to (ille)	Leg *i* to (ille)	Aud *i* to (ille)
Am *a* $\left\{ \begin{array}{l} te \\ tote \end{array} \right.$	Mon *e* $\left\{ \begin{array}{l} te \\ tote \end{array} \right.$	Leg *i* $\left\{ \begin{array}{l} te \\ tote \end{array} \right.$	Aud *i* $\left\{ \begin{array}{l} te \\ tote \end{array} \right.$
Am *a* nto.	Mon *e* nto.	Leg *u* nto.	Aud *iu* nto.

(1) L'impératif latin manque de la première personne du pluriel ; les Latins y suppléent par la personne correspondante du subjonctif présent : *amemus*, aimons ; *moneamus*, avertissons, etc. C'est ainsi que notre impératif manquant de la troisième personne au singulier et au pluriel, nous empruntons ces formes au subjonctif présent.

1ʳᵉ conjugaison.   2ᵉ conjugaison.   3ᵉ conjugaison.   4ᵉ conjugaison.

SUBJONCTIF.

PRÉSENT.

Que j'aime.	*Que j'avertisse.*	*Que je lise.*	*Que j'entende.*
Am *e* m	Mon *ea* m	Lĕg *a* m	Aud *ia* m
Am *e* s	Mon *ea* s	Leg *a* s	Aud *ia* s
Am *e* t	Mon *ea* t	Leg *a* t	Aud *ia* t
Am *e* mus	Mon *ea* mus	Leg *a* mus	Aud *ia* mus
Am *e* tis	Mon *ea* tis	Leg *a* tis	Aud *ia* tis
Am *e* nt.	Mon *ea* nt.	Leg *a* nt.	Aud *ia* nt.

IMPARFAIT.

| *Que j'aimasse,* | *Que j'avertisse,* | *Que je lusse,* | *Que j'entendisse* |
ou j'aimerais.	*ou j'avertirais.*	*ou je lirais.*	*ou j'entendrais.*
Am *are* m	Mon *ere* m	Lĕg *ere* m	Aud *ire* m
Am *are* s	Mon *ere* s	Leg *ere* s	Aud *ire* s
Am *are* t	Mon *ere* t	Leg *ere* t	Aud *ire* t
Am *are* mus	Mon *ere* mus	Leg *ere* mus	Aud *ire* mus
Am *are* tis	Mon *ere* tis	Leg *ere* tis	Aud *ire* tis
Am *are* nt.	Mon *ere* nt.	Leg *ere* nt.	Aud *ire* nt.

PARFAIT.

Que j'aie aimé.	*Q. j'aie averti.*	*Que j'aie lu.*	*Q. j'aie entendu.*
Amav *eri* m	Monu *eri* m	Lĕg *eri* m	Audiv *eri* m
Amav *eri* s	Monu *eri* s	Leg *eri* s	Audiv *eri* s
Amav *eri* t	Monu *eri* t	Leg *eri* t	Audiv *eri* t
Amav *eri* mus	Monu *eri* mus	Leg *eri* mus	Audiv *eri* mus
Amav *eri* tis	Monu *eri* tis	Leg *eri* tis	Audiv *eri* tis
Amav *eri* nt.	Monu *eri* nt.	Leg *eri* nt.	Audiv *eri* nt.

PLUS-QUE-PARFAIT.

| *Que j'eusse aimé,* | *Q. j'eusse averti,* | *Que j'eusse lu,* | *Q. j'eusse entendu,* |
J'aurais aimé.	*j'aurais averti.*	*ou j'aurais lu.*	*j'aurais entendu.*
Amav *isse* m	Monu *isse* m	Lĕg *isse* m	Audiv *isse* m
Amav *isse* s	Monu *isse* s	Leg *isse* s	Audiv *isse* s
Amav *isse* t	Monu *isse* t	Leg *isse* t	Audiv *isse* t
Amav *isse* mus	Monu *isse* mus	Leg *isse* mus	Audiv *isse* mus
Amav *isse* tis	Monu *isse* tis	Leg *isse* tis	Audiv *isse* tis
Amav *isse* nt.	Monu *isse* nt.	Leg *isse* nt.	Audiv *isse* nt.

INFINITIF.

PRÉSENT.

Aimer.	*Avertir.*	*Lire.*	*Entendre.*
Am are.	Mon ĕre.	Lĕg ĕre.	Aud ire.

1re conjugaison.	2e conjugaison.	3e conjugaison.	4e conjugaison.

PARFAIT.

Avoir aimé.	*Avoir averti.*	*Avoir lu.*	*Avoir entendu.*
Amav isse.	Monu isse.	Lĕg isse.	Audiv isse.

PARTICIPE.

PRÉSENT.

Aimant.	*Avertissant.*	*Lisant.*	*Entendant.*
Am a ns, ntis.	Mon e ns, ntis.	Lĕg e ns, ntis.	Aud ie ns, ntis.

FUTUR.

Devant aimer.	*Devant avertir.*	*Devant lire.*	*Devant entendre.*
Amaturus,a,um.	Moniturus,a,um.	Lecturus,a,um.	Auditurus,a,um.

SUPIN.

A aimer.	*A avertir*	*A lire.*	*A entendre.*
Am atum.	Mon itum.	Lectum.	Aud itum.

GÉRONDIF.

D'aimer,	*D'avertir,*	*De lire,*	*D'entendre,*
Am andi.	Mon endi.	Lĕg endi.	Aud iendi.
En aimant,	*En avertissant,*	*En lisant,*	*En entendant.*
Am ando	Mon endo	Lĕg endo	Aud iendo
A ou pr. aimer,	*A ou pr. avertir,*	*A ou pour lire,*	*A ou p. entendre.*
Am andum.	Mon endum.	Lĕg endum.	Aud iendum.

Conjuguez sur *Amare* :

Laudare, parfait *laudavi*, supin *laudatum*, louer.

Vituperare, *avi*, *atum*, blâmer.

Mutare, *avi*, *atum*, changer.

Vocare, *avi*, *atum*, appeler.

Domare, *domui*, *domitum*, dompter.

Secare, *secui*, *sectum*, couper.

Dare, *dedi*, *datum*, donner.

*Stare, *steti*, *statum*, être debout.

La plupart des verbes de la première conjugaison ont le parfait en *avi* et le supin en *atum*.

Conjuguez sur *Monere* :

Terrere, *terrui*, *territum*, effrayer.

*Studēre, *studui*, (sans supin), étudier.

Docēre, *docui*, *doctum*, enseigner.

Delēre, *delevi*, *deletum*, détruire.

Vidēre, *vidi*, *visum*, voir.

Mordēre, *momordi*, *morsum*, mordre.

*Hærēre, *hæsi*, *hæsum*, être attaché.

*Fulgēre, *fulsi*, (sans supin), briller.

Augēre, *auxi*, *auctum*, augmenter.

*Fervēre, *ferbui*, (sans supin), bouillir.

Jubēre, *jussi*, *jussum*, ordonner.

Conjuguez sur *Legere* :

Emĕre , emi, emptum , acheter.

Vendĕre, vendidi, venditum, ven-dre.

Lædĕre , læsi, læsum , blesser.

Gerĕre , gessi, gestum , porter.

Regĕre, rexi, rectum, gouverner.

*Surgĕre, surrexi, surrectum, se lever.

Scribĕre, scripsi, scriptum, écri-re.

Crescĕre, crevi, cretum, croître.

Petĕre , petivi, petitum, deman-der.

Quærĕre , quæsivi , quasitum , interroger.

Vincĕre , vici, victum , vaincre.

Agĕre , egi , actum , faire.

Tribuĕre tribui , tributum , ac-corder.

Fallĕre, fefelli, falsum, tromper.

Conjuguez sur *Audire* :

Nutrire, nutrivi, nutritum, nour-rir.

Punire, punivi, punitum, punir.

Sepelire, sepelivi , sepultum, en-sevelir.

Vincire, vinxi, vinctum , lier.

Sentire, sensi , sensum, sentir.

Haurire, hausi, haustum, puiser.

*Venire , veni, ventum , venir.

On regarde comme appartenant à la troisième con-jugaison des verbes dont le présent de l'indicatif est en *io*, l'imparfait en *iebam*, le futur et le présent du subjonctif en *iam*, et l'infinitif en *ere*. Exemple :

CAPERE.

INDICATIF. Présent.

Cap i o	Je prends,	
Cap i s	Tu prends,	
Cap i t	Il prend ;	
Cap i mus	Nous prenons,	
Cap i tis	Vous prenez,	
Cap iu nt	Ils prennent.	

IMPARFAIT.

Cap ieba m	Je prenais,
Cap ieba s	Tu prenais, etc.

PARFAIT.

Cep i	J'ai pris,
Cep isti	Tu as pris, etc.

PLUS-QUE-PARFAIT.

Cep era m	J'avais pris,
Cep era s	Tu avais pris.

FUTUR.

Cap ia m	Je prendrai,
Cap ie s	Tu prendras.

FUTUR PASSÉ.

Cep er o	J'aurai pris ,
Cep eri s	Tu auras pris.

IMPÉRATIF. Présent.

Cap e ou ito	Prends,
Cap ito (ille)	Qu'il prenne ,
Cap ite ou itote	Prenez,
Cap iu nto	Qu'ils prennent.

SUBJONCTIF. Présent.

Cap ia m	Que je prenne,
Cap ia s	Que tu prennes.

IMPARFAIT.		PARFAIT.	
Cap *ere* m	*Que je prisse,* ou *je prendrais,*	Cep isse	*Avoir pris.*
Cap ere s	*Que tu prisses.*	**PARTICIPE.** Présent.	

PARFAIT.

Cap iens, ientis *Prenant.*

| Cep eri m | *Que j'aie pris,* |
| Cep eri s | *Que tu aies pris.* |

FUTUR.

Capturus, a, um *Devant prendre.*

PLUS-QUE PARFAIT.

SUPIN.

| Cep *isse* m | *Que j'eusse pris,* ou *j'aurais pris,* | Captum | *A prendre.* |
| Cep *isse* s | *Q. tu eusses pris.* | GÉRONDIF. | |

INFINITIF. Présent.

Cap iendi	*De prendre,*
Cap iendo	*En prenant.*
Cap ere	*Prendre.*	Cap iendum	*A* ou *pr. prendre.*

Conjuguez sur *Capere* :

Jacĕre, io, jeci, jactum, jeter.
Fugĕre, io, fugi, fugitum, fuir.
Rapĕre, io, rapui, raptum, ra-

vir, entraîner.
Parĕre, io, peperi, partum, en-
fanter, produire.

De la formation des temps.

Les temps sont ou primitifs ou dérivés. Les temps primitifs sont : le présent et le parfait de l'indicatif, le présent de l'infinitif et le supin.

DU PRÉSENT DE L'INDICATIF se forment :

1° L'IMPARFAIT DE L'INDICATIF en changeant :

1re conjugaison, o en *abam*,	amo,	ama*bam*;
2e conjugaison, eo en *ebam*,	moneo,	mone*bam*;
3e et 4e conjug., o en *ebam*,	lego,	lege*bam*;
	capio,	capie*bam*;
	audio,	audie*bam*.

2° LE FUTUR DE L'INDICATIF en changeant :

1re conjugaison, o en *abo*,	amo,	ama*bo*;
2e conjugaison, eo en *ebo*,	moneo,	mone*bo*;
3e et 4e conj. o en *am*,	lego,	leg*am*;
	capio,	capi*am*;
	audio,	audi*am*.

2*

3° Le présent du subjonctif en changeant :

1re conjugaison,	*o* en *em*,	amo, amem ;
2e conjugaison,	*eo* en *eam*,	moneo, moneam;

5e et 4e conj.   *o* en *am*,
{
lego, legam ;
capio, capiam;
audio, audiam.
}

4° Le participe présent en changeant :

1re conjugaison,	*o* en *ans*,	amo, amans ;
2e conjugaison,	*eo* en *ens*,	moneo, monens;

3e et 4e conj.   *o* en *ens*,
{
lego, legens ;
capio, capiens ;
audio, audiens.
}

4° Le gérondif en changeant dans la première conjugaison *o* en *andi, ando, andum*, amo, amandi, amando, amandum; dans la seconde *eo* en *endi, endo, endum*, moneo, monendi, monendo, monendum ; dans les deux autres *o* en *endi, endo, endum*, lego, legendi, legendo, legendum; capio, capiendi, capiendo, capiendum ; audio, audiendi, audiendo, audiendum.

DU PARFAIT DE L'INDICATIF se forment dans toutes les conjugaisons :

1° Le plus-que-parfait de l'indicatif en changeant *i* en *eram*, amavi, amaveram; monui, monueram; legi, legeram; cepi, ceperam ; audivi, audiveram.

2° Le futur passé en changeant *i* en *ero*, amavi, amavero; monui, monuero ; legi, legero ; cepi, cepero; audivi, audivero.

3° Le parfait du subjonctif en changeant *i* en *erim*, amavi, amaverim ; monui, monuerim ; legi, legerim ; cepi, ceperim ; audivi, audiverim.

4° Le plus-que-parfait du subjonctif en changeant *i* en *issem*, amavi, amavissem; monui, monuissem ; legi, legissem; cepi, cepissem ; audivi, audivissem.

5º LE PARFAIT DE L'INFINITIF en changeant *i* en *isse*, amav*i*, amav*isse*; *monui*, monu*isse*; legi, leg*isse*; cep*i*, cep*isse*; audivi, audiv*isse*.

DU PRÉSENT DE L'INFINITIF se forment dans toutes les conjugaisons :

1º LE PRÉSENT DE L'IMPÉRATIF en ôtant *re*, ama*re*, ama; mone*re*, mone ; cape*re*, cape; lege*re*, lege : audi*re*, audi.

2º L'IMPARFAIT DU SUBJONCTIF en ajoutant *m*, amare, amare*m* ; monere, monere*m* ; legere, legere*m* ; capere, capere*m* ; audire, audire*m*.

DU SUPIN se forme dans toutes les conjugaisons :

LE PARTICIPE FUTUR ACTIF en changeant *m* finale en *rus*, *ra*, *rum*, amatu*m*, amatu*rus*, *ra*, *rum* ; monitu*m*, monitu*rus*, *ra*, *rum* ; lectu*m*, lectu*rus*, *ra*, *rum* ; captu*m*, captu*rus*, *ra*, *rum* ; auditu*m*, auditu*rus*, *ra*, *rum*.

Les participes se déclinent : savoir les participes en *ans* et *ens*, comme *prudens* ; et les participes en *us*, comme *bonus, a, um*.

REMARQUES. 1º On retranche quelquefois au parfait et aux temps dérivés du parfait la syllabe *ve* ou *vi*, ou seulement la lettre *v*. Au lieu de *amavisti, amavero, petiveram, quæsivissem, audivi, audivisse*, on peut dire *amâsti, amâro, petieram, quæsiissem, audii, audiisse*. On ne retranche *vi* que devant *s*. Ce retranchement d'une lettre ou d'une syllabe au milieu d'un mot s'appelle *syncope*.

2º Les trois verbes *dicere, facere, ducere* font à l'impératif *dic, duc, fac*, au lieu de *dice, duce, face*, formes anciennes et primitives.

CHAPITRE II. Verbe substantif *ESSE*.

INDICATIF.

PRÉSENT.

Sum	*Je suis,*
Es	*Tu es,*
Est	*Il est;*
Sumus	*Nous sommes,*
Estis	*Vous êtes,*
Sunt	*Ils sont.*

IMPARFAIT.

Eram	*J'étais,*
Eras	*Tu étais,*
Erat	*Il était;*
Eramus	*Nous étions,*
Eratis	*Vous étiez,*
Erant	*Ils étaient.*

PARFAIT.

Fui	*J'ai été,*
Fuisti	*Tu as été,*
Fuit	*Il a été;*
Fuimus	*Nous avons été,*
Fuistis	*Vous avez été,*
Fuerunt *ou* fuère	*Ils ont été.*

ou *Je fus, tu fus, il fut; nous fûmes, vous fûtes, ils furent ; ou J'eus été, tu eus été, il eut été ; nous eûmes été, vous eûtes été, ils eurent été.*

PLUS-QUE PARFAIT.

Fueram	*J'avais été,*
Fueras	*Tu avais été,*
Fuerat	*Il avait été;*
Fueramus	*Nous avions été,*
Fueratis	*Vous aviez été,*
Fuerant	*Ils avaient été.*

FUTUR.

Ero	*Je serai,*
Eris	*Tu seras,*
Erit	*Il sera;*
Erimus	*Nous serons,*
Eritis	*Vous serez,*
Erunt	*Ils seront.*

FUTUR PASSÉ.

Fuero	*J'aurai été,*
Fueris	*Tu auras été,*
Fuerit	*Il aura été;*
Fuerimus	*Nous aurons été,*
Fueritis	*Vous aurez été,*
Fuerint	*Ils auront été.*

IMPÉRATIF.

PRÉSENT.

Es *ou* esto	*Sois,*
Esto (ille)	*Qu'il soit ;*
Este *ou* estote	*Soyez,*
Sunto	*Qu'ils soient.*

SUBJONCTIF.

PRÉSENT.

Sim	*Que je sois,*
Sis	*Que tu sois,*
Sit	*Qu'il soit ;*
Simus	*Que nous soyons,*
Sitis	*Que vous soyez,*
Sint	*Qu'ils soient.*

IMPARFAIT.

Essem	*Que je fusse,*
Esses	*Que tu fusses,*
Esset	*Qu'il fût ;*
Essemus	*Que n. fussions,*
Essetis	*Que v. fussiez,*
Essent	*Qu'ils fussent.*

ou *je serais , tu serais , il serait ;* | Fuissemus   *Q. n. eussions été,*
nous serions , vous seriez , ils se- | Fuissetis   *Q. v. eussiez été,*
raient. | Fuissent   *Qu'ils eussent été.*

PARFAIT.

ou *J'aurais été, tu aurais été, il*
aurait été; nous aurions été, vous
auriez été , ils auraient été.

Fuerim	*Que j'aie été*
Fueris	*Que tu aies été ,*
Fuerit	*Qu'il ait été ;*
Fuerimus	*Que n. ayons été,*
Fueritis	*Que v. ayez été ,*
Fuerint	*Qu'ils aient été.*

INFINITIF.

PRÉSENT. Esse *Être.*
PARFAIT. Fuisse *Avoir été.*

PARTICIPE.

PLUS-QUE-PARFAIT.

FUTUR.

Fuissem	*Que j'eusse été*
Fuisses	*Q. tu eusses été,*
Fuisset	*Qu'il eût été ;*

Futurus , a, um *Devant être.*

Point de participe présent.

Ainsi se conjuguent les composés de *sum* , comme :

Adesse, être présent. | *Interesse* , assister à.
Abesse, être absent. | *Obesse,* nuire.
Deesse , manquer à. | *Praesse* , présider à.

CHAPITRE III. VERBES PASSIFS.

Les temps des verbes passifs sont ou simples ou composés.

Les temps simples se forment des temps correspondans de l'actif. Le signe temporel reste le même.

La désinence personnelle diffère.

A la première pers. du sing.	*o* se change en *or.*	
	m	*r.*
A la deuxième	*s*	*ris* ou *re.*
A la troisième	*t*	*tur.*
A la première pers. du plur.	*mus*	*mur.*
A la deuxième	*tis*	*mini.*
A la troisième	*nt*	*ntur.*

Dans la troisième conjugaison , à la deuxième personne du présent de l'indicatif *is* se change en *eris* ou *ere* : leg*is,* leger*is* ou leger*e* ; à la deuxième personne

du singulier du futur, *abis* dans la première conjugaison se change en *aberis* ou *abere* ; amab*is*, ama-
b*ere* : *ebis* dans la deuxième conjugaison se change en
eberis ou *ebere :* moneb*is*, moneb*eris* ou moneb*ere*.

Les temps composés sont le parfait et les temps qui
en dérivent; ils se forment du participe passé et d'un
temps du verbe *sum*.

Le participe passé se forme du supin actif en changeant *um* en *us, a, um* ; amat*um*, amat*us, a, um* ;
lect*um*, lect*us, a, um*, etc.

Le participe futur passif se forme du présent de
l'indicatif actif en changeant dans la première conjugaison *o* en *andus* ; dans la deuxième *eo* en *endus* ;
dans les deux dernières , *o* en *endus*. Amo, am*andus* ;
moneo, mon*endus* ; lego, leg*endus* ; audio, audi*endus*.
Le supin passif se forme du supin actif par le retranchement de *m* finale, amat*um*, amatu.

1re conjugaison.	2e conjugaison.	3e conjugaison.	4e conjugaison.
Infinitif en *ari*.	Infinitif en *eri*.	Infinitif en *i*.	Infinitif en *iri*.

INDICATIF.

PRÉSENT.

Je suis aimé.	Je suis averti.	Je suis lu.	Je suis entendu.
Am .. or	Mon e or	Leg .. or	Aud i or
Am a ris, re	Mon e ris, re	Leg e ris, re	Aud i ris. re
Am a tur	Mon e tur	Leg i tur	Aud i tur
Am a mur	Mon e mur	Leg i mur	Aud i mur
Am a mini	Mon e mini	Leg i mini	Aud i mini
Am a ntur.	Mon e ntur.	Leg u ntur.	Aud iu ntur.

IMPARFAIT.

J'étais aimé.	J'étais averti.	J'étais lu.	J'étais entendu.
Am aba r	Mon eba r	Leg eba r	Aud ieba r
Am aba ris, re	Mon eba ris, re	Leg eba ris, re	Aud ieba ris, re
Am aba tur	Mon eba tur	Leg eba tur	Aud ieba tur
Am aba mur	Mon eba mur	Leg eta mur	Aud ieba mur
Am aba mini	Mon eba mini	Leg eta mini	Aud ieba mini
Am aba ntur.	Mon eba ntur.	Leg eba ntur;	Aud ieba ntur.

1re conjugaison. 2e conjugaison. 3e conjugaison. 4e conjugaison.

PARFAIT.

1re conjugaison	2e conjugaison	3e conjugaison	4e conjugaison
J'ai été aimé,	*J'ai été averti,*	*J'étais lu,*	*J'ai été entendu,*
Je fus aimé,	*Je fus averti.*	*Je fus lu,*	*Je fus entendu.*
J'eus été aimé.	*J'eus été averti.*	*J'eus été lu.*	*J'eus été entendu.*

Amatus, Monitus, Lectus, Auditus
- sum ou fui
- es ou fuisti
- est ou fuit

Amati, Moniti, Lecti, Auditi
- sumus ou fuimus
- estis ou fuistis
- sunt ou fuerunt.

PLUS-QUE-PARFAIT.

J'avais été aimé, averti, lu ou entendu.

Amatus, Monitus, Lectus, Auditus
- eram ou fueram
- eras ou fueras
- erat ou fuerat

Amati, Moniti, Lecti, Auditi
- eramus ou fueramus
- eratis ou fueratis
- erant ou fuerant.

FUTUR.

1re conjugaison	2e conjugaison	3e conjugaison	4e conjugaison
Je serai aimé.	*Je serai averti.*	*Je serai lu.*	*Je serai entendu.*
Am *ab* or	Mon *eb* or	Leg *a* r	Aud *ia* r
Am *abe* ris, re	Mon *ebe* ris, re	Leg *e* ris, re	Aud *ie* ris, re
Am *abi* tur	Mon *ebi* tur	Leg *e* tur	Aud *ie* tur
Am *abi* mur	Mon *ebi* mur	Leg *e* mur	Aud *ie* mur
Am *abi* mini	Mon *ebi* mini	Leg *e* mini	Aud *ie* mini
Am *abu* ntur.	Mon *ebu* ntur.	Leg *e* ntur.	Aud *ie* ntur.

FUTUR PASSÉ.

J'aurai été aimé, averti, lu ou entendu.

Amatus, Monitus, Lectus, Auditus
- ero ou fuero
- eris ou fueris
- erit ou fuerit

Amati, Moniti, Lecti, Auditi
- erimus ou fuerimus
- eritis ou fueritis
- erunt ou fuerint.

IMPÉRATIF.

PRÉSENT.

1re conjugaison	2e conjugaison	3e conjugaison	4e conjugaison
Sois aimé.	*Sois averti.*	*Sois lu.*	*Sois entendu.*
Am *are ou* ator	Mon *ēre ou ē*tor	Leg *ĕre ou* itor	Aud *ire ou* itor
Am *a* tor (ille)	Mon *e* tor (ille)	Leg *i* tor (ille)	Aud *i* tor (ille)
Am *a* mini	Mon *e* mini	Leg *i* mini	Aud *i* mini
Am *a* ntor.	Mon *e* ntor.	Leg *u* ntor.	Aud *iu* ntor.

1ʳᵉ conjugaison.   2ᵉ conjugaison.   3ᵉ conjugaison.   4ᵉ conjugaison.

SUBJONCTIF.

PRÉSENT.

Que je sois aimé. Q. je sois averti. Que je sois lu. Q. je sois entendu.

Am e r	Mon ea r	Leg a r	Aud ia r
Am e ris, re	Mon ea ris, re	Leg a ris, re	Aud ia ris, re
Am e tur	Mon ea tur	Leg a tur	Aud ia tur
Am e mur	Mon ea mur	Leg a mur	Aud ia mur
Am e mini	Mon ea mini	Leg a mini	Aud ia mini
Am e ntur.	Mon ea ntur.	Leg a ntur.	Aud ia ntur.

IMPARFAIT.

Q. je fusse aimé, Q. je fusse averti, Q. je fusse lu, Q. je fusse entend.
je serais aimé. je serais averti. je serais lu. je serais entendu.

Am are r	Mon ēre r	Leg ĕre r	Aud ire r
Am are ris, re	Mon ere ris, re	Leg ere ris, re	Aud ire ris, re
Am are tur	Mon ere tur	Leg ere tur	Aud ire tur
Am are mur	Mon ere mur	Leg ere mu	Aud ire mur
Am are mini	Mon ere mini	Leg ere mini	Aud ire mini
Am are ntur	Mon ere ntur	Leg ere ntur	Aud ire ntur.

PARFAIT.

Que j'aie été aimé, averti, lu ou entendu.

Amatus, Monitus, Lectus, Auditus {
sim	*ou* fuerim
sis	*ou* fueris
sit	*ou* fuerit

Amati, Moniti, Lecti, Auditi {
simus	*ou* fuerimus
sitis	*ou* fueritis
sint	*ou* fuerint.

PLUS-QUE-PARFAIT.

Que j'eusse été aimé, averti, lu ou entendu,
ou j'aurais été aimé, averti, lu ou entendu.

Amatus, Monitus, Lectus, Auditus {
essem	*ou* fuissem
esses	*ou* fuisses
esset	*ou* fuisset

Amati, Moniti, Lecti, Auditi {
essemus	*ou* fuissemus
essetis	*ou* fuissetis
essent	*ou* fuissent.

INFINITIF.

PRÉSENT.

Être aimé   *Être averti*   *Être lu*   *Être entendu*

Am ari.   Mon eri.   Leg i.   Aud iri.

1ʳᵉ conjugaison.   2ᵉ conjugaison.   3ᵉ conjugaison.   4ᵉ conjugaison.

PARFAIT.

Avoir été aimé. Avoir été averti. Avoir été lu. Avoir été entendu.
Amatum esse   Monitum esse   Lectum esse   Auditum esse
ou fuisse.   *ou* fuisse.   *ou* fuisse.   *ou* fuisse.

FUTUR.

Devoir être aimé Devoir être averti Devoir être lu Devoir être ent.
Amatum iri.   Monitum iri.   Lectum iri.   Auditum iri.

PARTICIPE.

PASSÉ.

Aimé   Averti   Lu   Entendu
Amatus, a, um. Monitus, a, um. Lectus, a, um. Auditus, a , um.

FUTUR.

Devant être aimé Dev. être averti Devant être lu Dev. être entendu.
Am andus, a, um.   Monendus, a, um. Legendus, a, um. Aud iendus, a, um.

SUPIN.

A être aimé   A être averti   A être lu   A être entendu.
Am atu.   Mon itu.   Lectu.   Aud itu.

Conjuguez pour exercice le passif des verbes actifs non marqués d'un astérisque, *voy.* pages 30 et 31.

Temps simples d'un verbe passif de la troisième conjugaison terminé en ior.

CAPI , être pris.

INDICATIF.

Présent.   Cap ior, eris *ou* ere, itur, imur, imini, iuntur.
Imparfait. Cap iebar, iebaris *ou* iebare, iebatur, etc.
Futur.   Cap iar, ieris *ou* iere, ietur, iemur, iemini, ientur.

IMPÉRATIF.

Présent.   Cap ere *ou* itor, itor, imini, iuntor.

SUBJONCTIF.

Présent.   Cap iar, iaris *ou* iare, iatur, iamur, iamini, iantur.
Imparfait. Cap erer, ereris *ou* erere, eretur, eremur, etc.

INFINITIF.

Présent.   Cap i.

PARTICIPE.

Futur.   Cap iendus, a, um.

Conjuguez pour exercice le passif des verbes actifs en *io, voy.* page 33.

CHAPITRE IV. Conjugaison périphrastique.

Poùr exprimer une action qu'on est sur le point ou dans l'intention de faire, qu'on doit recevoir ou souffrir, on se sert d'une périphrase formée du participe futur actif ou passif et du verbe *sum*. A l'idée d'avenir, le participe futur passif ajoute celle d'*obligation*, de *devoir*.

§ I. *Actif.*

INDICATIF.

PRÉSENT. . . . . . Lecturus sum, *je dois* ou *je vais lire*,
Lecturus es, *tu dois* ou *tu vas lire*,
Lecturus est, *il doit* ou *il va lire*;
Lecturi sumus, *nous devons* ou *nous allons lire*;
Lecturi estis, *vous devez* ou *vous allez lire*,
Lecturi sunt, *ils doivent* ou *ils vont lire*.

IMPARFAIT. . . . . Lecturus eram, *je devais* ou *j'allais lire*.

PARFAIT.. . . . . Lecturus fui, *j'ai dû lire*.

PLUS-QUE-PARF. . Lecturus fueram, *j'avais dû lire*.

FUTUR. . . . . . Lecturus ero, *je devrai lire*.

Point d'impératif.

SUBJONCTIF.

PRÉSENT . . . . . Lecturus sim, *que je doive lire*.

IMPARFAIT . . . . Lecturus essem, *que je dusse* ou *je devrais lire*.

PARFAIT. . . . . Lecturus fuerim, *que j'ai dû lire*.

PLUS-QUE-PARF . . Lecturus fuissem, *que j'eusse dû* ou *j'aurais dû lire*.

INFINITIF.

FUTUR. . . . . . Lecturum esse, *devoir lire*.

FUTUR PASSÉ . . . Lecturum fuisse, *avoir dû lire*.

§ II. *Passif.*

INDICATIF.

PRÉSENT. . . . . Amandus sum, *je dois être aimé*.
Amandi sumus, *nous devons être aimés*.

IMPARFAIT. . . . . Amandus eram, *je devais être aimé.*

PARFAIT. . . . . . Amandus fui, *j'ai dû être aimé.*

PLUS-QUE-PARF. . Amandus fueram, *j'avais dû être aimé.*

FUTUR. . . . . Amandus ero, *je devrai être aimé.*

Point d'impératif.

SUBJONCTIF.

PRÉSENT. . . . . Amandus sim, *que je doive être aimé.*

IMPARFAIT. . . . Amandus essem, *que je dusse être aimé* ou *je devrais être aimé.*

PARFAIT . . . . Amandus fuerim, *que j'aie dû être aimé.*

PLUS-QUE-PARF . Amandus fuissem, *que j'eusse dû* ou *j'aurais dû être aimé.*

INFINITIF.

FUTUR. . . . . Amandum esse (1), *devoir être aimé.*

FUTUR PASSÉ. . . Amandum fuisse, *avoir dû être aimé.*

Conjuguez de même amaturus sum, *je dois aimer;* moniturus sum, *je dois avertir;* auditurus sum, *je dois entendre;* monendus sum, *je dois être averti;* legendus sum, *je dois être lu;* audiendus sum, *je dois être entendu.*

CHAPITRE V. VERBES DÉPONENTS.

Les verbes déponents sont des verbes qui, sous la forme passive, sont actifs ou neutres.

On connaîtra par la terminaison de l'infinitif à laquelle des conjugaisons passives ils appartiennent. Ainsi *imitari*, imiter, se conjugue sur la première; *polliceri*, promettre, sur la seconde; *uti*, se servir, sur la troisième; *blandiri*, flatter, sur la quatrième (2).

---

(1) L'infinitif passif a un autre futur qu'on forme du supin actif du verbe qu'on conjugue et de l'infinitif passif du verbe *eo* : *amatum iri*, devoir être aimé. Ces deux futurs ne s'emploient pas indifféremment l'un pour l'autre. *Lectum iri*, par exemple, marque seulement une idée d'avenir; dans *legendum esse*, il y a une idée d'obligation, de devoir.

(2) Les verbes déponents avaient dans l'origine la double signification active et passive. Le nom de *déponents* leur a été donné, parce qu'ils ont quitté, et pour ainsi dire *déposé* la signification passive, pour ne garder que la signification active.

| 1re conjugaison. | 2e conjugaison. | 3e conjugaison. | 4e conjugaison. |
| Inf. *ari*. | Inf. *eri*. | Inf. *i*. | Inf. *iri*. |

INDICATIF.

PRÉSENT.

J'*imite*.	Je promets.	Je me sers.	Je flatte.
Imit . . or	Pollic *e* or	Ut . . or	Bland *i* or
Imit *a* ris, re.	Pollic *e* ris, re.	Ut *e* ris, re.	Bland *i* ris, re.

IMPARFAIT.

J'*imitais*.	Je promettais.	Je me servais.	Je flattais.
Imit *aba* r	Pollic *eba* r	Ut *eba* r	Bland *ieba* r
Imit *aba* ris, re.	Pollic *eba* ris, re.	Ut *eba* ris, re.	Bland *ieba* ris, re.

PARFAIT.

J'ai imité.	J'ai promis.	Je me suis servi.	J'ai flatté.
Imitatus sum	Pollicitus sum	Usus sum	Blanditus sum
ou fui.	*ou* fui.	*ou* fui.	*ou* fui.

PLUS-QUE-PARFAIT.

J'avais imité.	J'avais promis.	Je m'étais servi.	J'avais flatté.
Imitatus eram	Pollicitus eram	Usus eram	Blanditus eram
ou fueram.	*ou* fueram.	*ou* fueram.	*ou* fueram.

FUTUR.

J'*imiterai*.	Je promettrai.	Je me servirai.	Je flatterai.
Imit *ab* or	Pollic *eb* or	Ut *a* r	Bland *ia* r
Imit *abe* ris, re.	Pollic *ebe* ris, re.	Ut *e* ris, re.	Bland *ie* ris, re.

FUTUR PASSÉ.

J'aurai imité.	J'aurai promis.	Je me serai servi	J'aurai flatté.
Imitatus ero	Pollicitus ero	Usus ero	Blanditus ero
ou fuero.	*ou* fuero.	*ou* fuero.	*ou* fuero.

IMPÉRATIF.

PRÉSENT.

Imite.	Promets.	Sers-toi.	Flatte.
Imit *are*, ator	Pollic *ere*, etor	Ut *ere*, itor	Bland *ire*, itor
Imit ator (ille).	Pollic etor (ille).	Ut itor (ille).	Bland *itor* (ille).

SUBJONCTIF.

PRÉSENT.

Que j'*imite*.	Que je promette.	Que je me serve.	Que je flatte.
Imit *e* r	Pollic *ea* r	Ut *a* r	Bland *ia* r
Imit *e* ris, re.	Pollic *ea* ris, re.	Ut *a* ris, re	Bland *ia* ris, re.

1re conjugaison. 2e conjugaison. 3e conjugaison. 4e conjugaison.

IMPARFAIT.

Que j'imitasse	Que je promisse.	Que je me servisse	Que je flattasse
ou j'imiterais.	ou je promettrais.	ou je me servirais.	ou je flatterais.
Imit are r	Pollic ere r	Ut ere r	Bland ire r
Imit are ris, re.	Pollic ere ris, re.	Ut ere ris, re.	Bland ire ris, re.

PARFAIT.

Que j'aie imité.	Que j'aie promis.	Q. je me sois servi.	Que j'aie flatté.
Imitatus sim	Pollicitus sim	Usus sim	Blanditus sim
ou fuerim.	ou fuerim.	ou fuerim.	ou fuerim.

PLUS-QUE-PARFAIT.

Que j'eusse imité	Q. j'eusse promis	Q. je me fusse servi	Q. j'eusse flatté
ou j'aurais imité.	j'aurais promis.	je me serais servi.	ou j'aurais flatté
Imitatus essem	Pollicitus essem	Usus essem	Blanditus essem
u fuissem.	ou fuissem.	ou fuissem.	ou fuissem.

INFINITIF.

PRÉSENT

Imiter.	Promettre.	Se servir.	Flatter.
Imit ari.	Pollic eri.	Ut i.	Bland iri.

PARFAIT.

Avoir imité.	Avoir promis.	S'être servi.	Avoir flatté.
Imitatum esse	Pollicitum esse	Usum esse	Blanditum esse
ou fuisse.	ou fuisse.	ou fuisse.	ou fuisse.

PARTICIPE.

PRÉSENT.

Imitant.	Promettant.	Se servant.	Flattant.
Imit ans, antis.	Pollic ens, entis.	Ut ens, entis.	Bland iens, ientis.

PASSÉ.

Ayant imité.	Ayant promis.	S'étant servi.	Ayant flatté.
Imitatus, a, um.	Pollicitus, a, um.	Usus, a, um.	Blanditus, a, um.

FUTUR ACTIF.

Devant imiter.	Dev. promettre.	Devant se servir.	Devant flatter.
Imita'urus, a, um.	Polliciturus, a, um.	Usurus, a, um.	Blanditurus, a, um.

FUTUR PASSIF.

Devant être imité.	Devant être promis.	Devant être employé.	Devant être flatté.
Imit andus, a, um.	Pollic endus a, um.	Ut endus, a, um.	Bland iendus, a, um.

1re conjugaison.   2e conjugaison.   3e conjugaison.   4e conjugaison.

SUPIN.

A imiter.	*A promettre.*	*A se servir.*	*A flatter.*
Imitatum.	Pollicitum.	Usum.	Blanditum.
A être imité.	*A être promis.*	*A être employé.*	*A être flatté.*
Imitatu.	Pollicitu.	Usu.	Blanditu.

GÉRONDIF.

D'imiter.	*De promettre.*	*De se servir*	*De flatter.*
Imit andi.	Pollic endi.	Ut endi.	Bland iendi.
En imitant.	*En promettant.*	*En se servant.*	*En flattant.*
Imit ando	Pollic endo.	Ut endo.	Bland iendo
A ou pr. imiter.	*A, pr. promettre*	*A ou pr. se servir.*	*A ou pour flatter.*
Imit andum.	Pollic endum.	Ut endum.	Bland iendum

Conjuguez pour exercice :

sur *Imitor.*

Adulari, atus sum, aduler.
Conari, s'efforcer.
Hortari, exhorter.
Mirari, admirer.
Meditari, méditer.
Venerari, révérer.

sur *Polliceri.*

Tueri, tuitus, défendre.
Vereri, veritus, craindre.
Fateri, fassus, avouer.
Reri, ratus, croire.
Misereri, misertus, avoir pitié.
Mederi (sans parf.) guérir.

sur *Uti.*

Labi, lapsus, tomber.
Loqui, locutus, parler.
Nasci, natus, naître
Queri, questus, se plaindre.
Sequi, secutus, suivre.
Ulcisci, ultus, se venger.

Sur *Blandiri.*

Metiri, mensus, mesurer.
Moliri, itus, bâtir.
Ordiri, orsus, commencer.
Oriri, ortus, naître.
Pot iri, itus, s'emparer (1).

Conjuguez sur *capior* les verbes déponents de la troisième conjugaison terminés en *ior,* comme :

Grad i, ior, eris, gressus, aller.
Mor i, ior, eris, mortuus, mourir.
Pat i, ior, eris, passus, souffrir.

---

(1) Les gérondifs des verbes de la quatrième conjugaison et de ceux de la troisième, terminés en *io,* prennent quelquefois *u* au lieu de *e. Potiundi, faciundi* pour *potiendi, faciendi.*

Observations sur les participes.

1º Il y a des participes du présent, du passé, du futur.

Les verbes actifs et les verbes neutres ont deux participes : celui du présent, *monens*, avertissant ; *surgens*, se levant ; celui du futur, *moniturus*, devant avertir ; *surrecturus*, devant se lever. Ils n'ont point de participe correspondant à notre participe actif passé, *ayant aimé*, *étant venu*.

Les verbes passifs ont aussi deux participes, celui du passé, *monitus*, averti ; celui du futur, *monendus*, devant être averti.

Les verbes déponents ont trois participes : les deux de l'actif : *imitans*, imitant ; *imitaturus*, devant imiter ; et celui du passé passif, mais avec la signification active, *imitatus*, ayant imité. Quelques-uns ont encore le participe du futur passif : *imitandus*, devant être imité ; celui-ci avec la signification passive.

2º Les participes passés de quelques verbes déponents ont les deux significations active et passive : *adipisci*, acquérir, *adeptus*, qui a acquis, qui est acquis ; *comitari*, accompagner, *comitatus*, qui est accompagné, qui a accompagné.

3º Quelques déponents, et particulièrement ceux de la première conjugaison, ont un participe présent terminé en *bundus* : *meditabundus*, qui médite ; *mirabundus*, qui admire ; *moribundus*, qui se meurt, etc.

Nota. Le participe futur des trois verbes *oriri*, *nasci*, *mori*, ne se forme pas d'un supin ; on dit par exception : *oriturus*, *nasciturus*, *moriturus*.

SECTION II.

VERBES IRRÉGULIERS et DÉFECTUEUX.

Parmi les verbes, il en est d'irréguliers et de défectueux. Les verbes irréguliers sont ceux dont la conjugaison n'est pas exactement conforme à l'une des quatre conjugaisons, soit actives, soit passives, déjà connues. Les verbes défectueux sont ceux qui ne se conjuguent qu'à certains temps et à certaines personnes.

Gaudeo, es, gavisus sum, gaudere, *se réjouir*.

Dans ce verbe, le parfait et tous les temps qui en dérivent sont des temps composés, les autres temps se conjuguent sur la seconde conjugaison.

INDICATIF.

PRÉSENT.

Gaudeo, *je me réjouis, etc.*

IMPARFAIT.

Gaudebam, *je me réjouissais.*

PARFAIT.

Gavisus sum *ou* fui, *je me suis réjoui, etc.*

PLUS-QUE-PARFAIT.

Gavisus eram *ou* fueram, *je m'étais réjoui, etc.*

FUTUR.

Gaudebo, *je me réjouirai, etc.*

FUTUR PASSÉ.

Gavisus ero *ou* fuero, *je me serai réjoui, etc.*

IMPÉRATIF.

Gaude, gaudeto, *réjouis-toi.*

SUBJONCTIF.

PRÉSENT.

Gaudeam, *que je me réjouisse, etc.*

IMPARFAIT

Gauderem, *que je me réjouisse, ou je me réjouirais.*

PARFAIT.

Gavisus sim *ou* fuerim, *que je me sois réjoui, etc.*

PLUS QUE-PARFAIT.

Gavisus essem *ou* fuissem, *que je me fusse réjoui, etc.*

INFINITIF.

PRÉSENT.

Gaudere, *se réjouir*

PARFAIT.

Gavisum esse, *s'être réjoui*

PARTICIPE.

PRÉSENT.

Gaudens, ntis, *se réjouissant.*

PASSÉ.

Gavisus, a, um, *s'étant réjoui*

FUTUR.

Gavisurus, a, um, *devant se réjouir.*

SUPIN.

Gavisum, } *à ou pour se réjouir.*
Gavisu,

GÉRONDIF.

Gaudendi, *de se réjouir.*

Gaudendo, *en se réjouissant.*

Gaudendum, *à ou pour se réjouir.*

Ainsi se conjuguent

Audeo, es, ausus sum, audēre, *oser.*

Soleo, es, solitus sum, solēre, *avoir coutume.*

Fido, is, fidi *ou* fisus sum, fidēre, *se fier* (troisième conjugaison).

~~~~~~

Fero, fers, tuli, latum, ferre, *porter* (1).

ACTIF.

INDICATIF.

PRÉSENT.

Fero, *je porte,*
Fers, *tu portes,*
Fert, *il porte;*
Ferimus, *nous portons,*
Fertis, *vous portez,*
Ferunt, *ils portent*

IMPARFAIT.

Ferebam *je portais,* etc.

PARFAIT.

Tuli, *j'ai porté,* etc.

PLUS-QUE-PARFAIT.

Tuleram, *j'avais porté,* etc.

FUTUR

Feram *je porterai,*
Feres, *tu porteras,* etc.

PASSIF.

INDICATIF.

PRÉSENT.

Feror, *je suis porté,*
Ferris *ou* ferre, *tu es porté,*
Fertur, *il est porté;*
Ferimur, *nous sommes portés,*
Ferimini, *vous êtes portés,*
Feruntur *ils sont portés.*

IMPARFAIT.

Ferebar, *j'étais porté,* etc.

PARFAIT.

Latus sum *ou* fui, *j'ai été porté.*

PLUS-QUE-PARFAIT.

Latus eram *ou* fueram, *j'avais été porté.*

FUTUR.

Ferar, *je serai porté,*
Fereris, *tu seras porté.*

---

(1) Quædam verba mutantur, ut *fero*, in præterito. Quint. 1. 4. 29.

3

<table>
<tr><td>

FUTUR PASSÉ.

Tulero, *j'aurai porté*, etc.

</td><td>

FUTUR PASSÉ.

Latus ero *ou* fuero , *j'aurai été porté*, etc.

</td></tr>
</table>

IMPÉRATIF.

Fer *ou* ferto, *porte*,
Ferto (ille) *qu'il porte* ;
Ferte *ou* fertote , *portez*,
Ferunto, *qu'ils portent*.

IMPÉRATIF.

Ferre *ou* fertor, *sois porté*,
Fertor (ille), *qu'il soit porté*.
Ferimini, *soyez portés* ,
Feruntor , *qu'ils soient portés*.

SUBJONCTIF.

PRÉSENT.

Feram , *que je porte* , etc.

IMPARFAIT.

Ferrem, *que je portasse* , etc.

PARFAIT

Tulerim, *que j'aie porté*, etc.

PLUS-QUE-PARFAIT.

Tulissem , *que j'eusse porté*, etc.

SUBJONCTIF.

PRÉSENT.

Ferar, *que je sois porté* , etc.

IMPARFAIT.

Ferrer, *que je fusse porté*.

PARFAIT.

Latus sim *ou* fuerim , *que j'aie été porté*, etc.

PLUS-QUE PARFAIT.

Latus essem *ou* fuissem , *que j'eusse été porté*, etc.

INFINITIF.

PRÉSENT.

Ferre , *porter*.

PARFAIT.

Tulisse, *avoir porté*.

INFINITIF.

PRÉSENT.

Ferri *être porté*.

PARFAIT.

Latum esse *ou* fuisse , *avoir été porté*

PARTICIPE

PRÉSENT.

Ferens, entis, *portant*.

FUTUR.

Laturus, a , um , *devant porter*

SUPIN.

Latum, *à porter*.

GÉRONDIF.

Ferendi , *de porter*.
Ferendo, *en portant*.
Ferendum, *à ou pour porter*.

PARTICIPE.

PASSÉ.

Latus, a um, *porté*.

FUTUR.

Ferendus , a , um , *devant être porté*.

SUPIN.

Latu, *à être porté*.

Ainsi se conjuguent les composés de *fero*, comme :

Offero, offers, obtuli, oblatum, offerre, offrir.
Differo, differs, distuli, dilatum, differre, différer.
Aufero, aufers, abstuli, ablatum, auferre, enlever.
Affero, affers, attuli, allatum, afferre, apporter.

Volo, vis, volui, velle, *vouloir.*

De *non volo*, on a fait *nolo*, je ne veux pas ; et de *magis volo* on a fait *malo*, j'aime mieux. Ces verbes se conjuguent sur *volo*.

Volo.	Nolo.	Malo.
	INDICATIF.	
	PRÉSENT.	
Je veux.	*Je ne veux pas.*	*J'aime mieux.*
Volo,	Nolo,	Malo,
Vis,	Non vis,	Mavis.
Vult,	Non vult,	Mavult,
Volumus,	Nolumus,	Malumus,
Vultis,	Non vultis,	Mavultis,
Volunt.	Nolunt	Malunt.
	IMPARFAIT.	
Je voulais.	*Je ne voulais pas.*	*J'aimais mieux.*
Volebam, *etc.*	Nolebam, *etc.*	Malebam, *etc.*
	PARFAIT.	
J'ai voulu.	*Je n'ai pas voulu.*	*J'ai mieux aimé.*
Volui, *etc.*	Nolui, *etc.*	Malui, *etc.*
	PLUS-QUE-FAIT.	
J'avais voulu.	*Je n'avais pas voulu.*	*J'avais mieux aimé.*
Volueram, *etc.*	Nolueram, *etc.*	Malueram, *etc.*
	FUTUR.	
Je voudrai.	*Je ne voudrai pas.*	*J'aimerai mieux.*
Volam,	Nolam,	Malam,
Voles, *etc.*	Noles, *etc.*	Males, *etc.*

Volo.   Nolo.   Malo.

J'aurai voulu.   Je n'aurai pas voulu. J'aurai mieux aimé.
Voluero, etc.   Noluero, etc.   Maluero, etc.

Ne veuille pas.
Noli ou nolito,
Nolito (ille);
Nolite ou nolitote,
Nolunto.

SUBJONCTIF.

Que je veuille.   Que je ne veuille pas. Que j'aime mieux.
Velim, etc.   Nolim, etc.   Malim, etc.

Que je voulusse   Q. je ne voulusse pas Que j'aimasse mieux
ou je voudrais.   ou je ne voudrais pas. ou j'aimerais mieux.
Vellem, etc.   Nollem, etc.   Mallem, etc.

Que j'aie voulu.   Q. je n'aie pas voulu. Q. j'aie mieux aimé.
Voluerim, etc.   Noluerim, etc.   Maluerim, etc.

Que j'eusse voulu   Q. je n'eusse pas voulu Que j'eusse mieux
ou j'aurais voulu.   ou je n'aurais pas   aimé ou j'aurais
                         voulu.   mieux aimé.
Voluissem, etc.   Noluissem, etc.   Maluissem, etc.

INFINITIF.

Velle, vouloir.   Nolle, ne vouloir pas. Malle, aimer mieux.

Avoir voulu.   N'avoir pas voulu.   Avoir mieux aimé.
Voluisse.   Noluisse.   Maluisse.

PARTICIPE.

Volens, tis, voulant. Nolens, tis, ne voulant pas.

Fio, fis, factus sum, fieri, *devenir* ou *être fait*, *passif de* Facere.

INDICATIF.

PRÉSENT.

Fio, *je deviens* ou *je suis fait,*
Fis, *tu deviens,*
Fit, *il devient ;*
Fimus, *nous devenons,*
Fitis, *vous devenez,*
Fiunt, *ils deviennent.*

IMPARFAIT.

Fiebam, *je devenais,* etc.

PARFAIT.

Factus sum *ou* fui, *je suis devenu,* etc.

PLUS-QUE-PARFAIT.

Factus eram *ou* fueram, *j'étais
devenu,* etc.

FUTUR.

Fiam, *je deviendrai.*
Fies, *tu deviendras,* etc.

FUTUR PASSÉ.

Factus ero *ou* fuero, *je serai devenu,* etc.

IMPÉRATIF.

Fi, *deviens.*
Fite, fitote, *devenez.*

SUBJONCTIF.

PRÉSENT.

Fiam, *que je devienne,* etc.

IMPARFAIT.

Fierem, *que je devinsse,* etc.

PARFAIT.

Factus sim *ou* fuerim, *que je sois
devenu,* etc.

PLUS-QUE-PARFAIT.

Factus essem *ou* fuissem, *que je
fusse devenu,* etc.

INFINITIF.

PRÉSENT.

Fieri, *devenir.*

PARFAIT.

Factum esse *ou* fuisse, *être devenu.*

PARTICIPE.

PASSÉ.

Factus, a, um, *devenu, étant devenu.*

FUTUR.

Faciendus, a, um, *devant être
fait.*

SUPIN.

Factu, *à être fait.*

Eo, ivi *ou* ii, itum, ire, *aller.*

INDICATIF.

PRÉSENT.

Eo, *je vais* ou *je vas.*
Is, *tu vas,*
It, *il va ;*
Imus, *nous allons.*
Itis, *vous allez,*
Eunt, *ils vont.*

IMPARFAIT.

Ibam, *j'allais*, etc.

PARFAIT.

Ivi, *je suis allé*, etc.

PLUS-QUE-PARFAIT.

Iveram, *j'étais allé*, etc.

FUTUR.

Ibo, *j'irai*, etc.

FUTUR PASSÉ.

Ivero, *je serai allé*, etc.

IMPÉRATIF.

I *ou* ito, *va*,
Ito (ille), *qu'il aille*;
Ite *ou* itote, *allez*,
Eunto, *qu'ils aillent*.

SUBJONCTIF.

PRÉSENT.

Eam, *que j'aille*, etc.

IMPARFAIT.

Irem, *que j'allasse*, etc.

PARFAIT.

Iverim, *que je sois allé*, etc.

PLUS-QUE-PARFAIT.

Ivissem, *que je fusse allé*, etc.

INFINITIF.

PRÉSENT.

Ire, *aller*.

PARFAIT.

Ivisse, *être allé*.

PARTICIPE.

PRÉSENT.

Iens, euntis, *allant*.

FUTUR.

Iturus, a, um, *devant aller*.

SUPIN.

Itum, *à aller ou pour aller*.
Itu *à être allé*.

GÉRONDIF.

Eundi, *d'aller*.
Eundo, *en allant*.
Eundum, *à ou pour aller*.

Ainsi se conjuguent les composés d'*Ire*, comme :
Redeo, is, ivi *ou* ii, itum, ire, *revenir*.
Pereo, is, ivi *ou* ii, itum, ire, *périr*.
Adeo, is, ivi *ou* ii, itum, ire, *aller trouver*.
Exeo, is, ivi *ou* ii, itum, ire, *sortir* (1).
Veneo, is, ii, ire (sans supin), *être vendu*.

~~~~~~

Queo, quis, quivi, quire, *pouvoir*.

Ce verbe qui se conjugue comme *eo*, n'a guère
que les temps et les personnes qui suivent.

INDICATIF.

PRÉSENT.

Queo, *je peux*,
Quis, *tu peux*,

Quit, *il peut*;
Quimus, *nous pouvons*,
Quitis, *vous pouvez*,
Queunt, *ils peuvent*.

---

(1) *Ambire*, *aller autour*, se conjugue sur *audio*. *Circumire*
perd *m* avant un *i* seulement : *circumeo*, *circuis*, *circuit*, *circui-
mus*, *circuitis*, *circumeunt*.

IMPARFAIT.

Quibam, *je pouvais*, etc.

PARFAIT.

Quivi, isti, it, *j'ai pu*, etc.
Quivimus, *nous avons pu*.

PLUS-QUE-PARFAIT.

Quiveram, *j'avais pu*, etc.

FUTUR.

Quibo, *je pourrai*, etc.

FUTUR PASSÉ

Quivero, *j'aurai pu*, etc.

SUBJONCTIF.

PRÉSENT.

Queam, *que je puisse*,
Quéas, *que tu puisses*, etc.

IMPARFAIT.

Quirem, es, et, *que je pusse*, etc.
Quiremus, *que nous pussions*.

PARFAIT.

Quiverim, *que j'aie pu*.
Quiverimus, *que nous ayons pu*.

PLUS-QUE-PARFAIT.

Quivissem, *que j'eusse pu*.
Quivissemus, *que nous eussions pu*.

INFINITIF.

PRÉSENT.

Quire, *pouvoir*.

PARFAIT.

Quivisse, *avoir pu*.

Ainsi se conjugue *nequeo*, *nequire*, ne pouvoir pas.

Verbes irréguliers composés de Sum.

Possum, potes, potui, posse, *pouvoir*.

INDICATIF.

PRÉSENT.

Possum, *je puis, je peux*.
Potes, *tu peux*,
Potest, *il peut*;
Possumus, *nous pouvons*,
Potestis, *vous pouvez*,
Possunt, *ils peuvent*.

IMPARFAIT.

Poteram, *je pouvais*, etc.

PARFAIT.

Potui, *j'ai pu*, etc.

PLUS-QUE-PARFAIT.

Potueram, *j'avais pu*, etc.

FUTUR.

Potero, *je pourrai*, etc.

FUTUR PASSÉ.

Potuero, *j'aurai pu*, etc.

SUBJONCTIF.

PRÉSENT.

Possim, *que je puisse*, etc.

IMPARFAIT.

Possem, *que je pusse*, etc.

PARFAIT.

Potuerim, *que j'aie pu*, etc.

PLUS-QUE-PARFAIT.

Potuissem, *que j'eusse pu*, etc.

INFINITIF.

PRÉSENT.

Posse, *pouvoir*.

PARFAIT.

Potuisse, *avoir pu*.

Prosum, prodes, profui, prodesse, *servir* (1).

INDICATIF.

PRÉSENT.

Prosum, *je sers*,
Prodes, *tu sers*,
Prodest, *il sert ;*
Prosumus, *nous servons*,
Prodestis, *vous servez*,
Prosunt, *ils servent.*

IMPARFAIT.

Proderam, *je servais*, etc.

PARFAIT.

Profui, *j'ai servi*, etc.

PLUS-QUE-PARFAIT.

Profueram, *j'avais servi*, etc.

FUTUR.

Prodero, *je servirai*, etc.

FUTUR PASSÉ.

Profuero, *j'aurai servi*, etc.

IMPÉRATIF.

Prodes, prodesto, *sers.*
Prodesto (ille), *qu'il serve ;*

Prodeste, tote, *servez,*
Prosunto, *qu'ils servent.*

SUBJONCTIF.

PRÉSENT.

Prosim, *que je serve*, etc.

IMPARFAIT.

Prodessem ; *que je servisse*, etc.

PARFAIT.

Profuerim, *que j'aie servi*, etc.

PLUS-QUE-PARFAIT.

Profuissem, *que j'eusse servi.*

INFINITIF.

PRÉSENT.

Prodesse, *servir.*

PARFAIT.

Profuisse, *avoir servi.*

PARTICIPE.

FUTUR.

Profuturus, a, um, *devant servir.*

Memini, meminisse, *se souvenir.*

INDICATIF.

PRÉSENT OU PARFAIT.

Memini, *je me souviens*, ou *je me suis souvenu.*
Meministi, *tu te souviens*, etc.
Meminit, *il se souvient*, etc ;
Meminimus, *nous nous souvenons*, etc.

Meministis, *vous vous souvenez,*
Meminerunt ou ére, *ils se souviennent*, etc.

IMPARFAIT OU PLUS-QUE-PARFAIT.

Memineram, *je me souvenais*, ou *je m'étais souvenu.*

(1) *Pro* se change en *prod* devant *e.*

FUTUR OU FUTUR PASSÉ.

Meminero, *je me souviendrai,* ou *je me serai souvenu.*

IMPÉRATIF.

Memento, *souviens-toi*

Memento (ille), *qu'il se souvienne ;*

Mementote, *souvenez-vous.*

SUBJONCTIF.

PRÉSENT OU PARFAIT.

Meminerim, *que je me souvien-* ne, *ou que je me sois souvenu.*

IMPARFAIT OU PLUS-QUE-PARFAIT.

Meminissem, *que je me souvinsse, ou que je me fusse souvenu.*

INFINITIF.

PRÉSENT OU PARFAIT.

Meminisse, *se souvenir, ou s'être souvenu.*

Ainsi se conjuguent :

Cœpi, *je commence* ou *j'ai commencé.* Novi, *je connais* ou *j'ai connu.* Odi, *je hais.*

NOTA. Ce dernier verbe a un parfait et tous les temps qui en dérivent. *Osus sum* ou *fui.* Les trois verbes *cœpi, novi, odi,* n'ont point d'impératif.

Cœpi et *odi* ont deux participes, le participe passé *cœptus, a, um; osus, a, um;* et le participe futur *cœpturus, a, um; osurus, a, um.* Le participe *osus,* ainsi que ses composés *exosus, perosus* a la signification active. *Cœptus* a la signification passive. Le premier signifie *qui a haï;* le second, *qui est commencé: Osurus* et *cœpturus* sont tous deux actifs, *devant haïr, devant commencer.*

~~~~~~

Aio, *je dis.*

INDICATIF.

PRÉSENT.

Aio, *je dis,*

Ais, *tu dis,*

Ait, *il dit ;*

Aiunt, *ils disent.*

IMPARFAIT.

Aiebam, *je disais,* etc.

PARFAIT.

Aisti, *tu as dit,*

Aistis, *vous avez dit.*

SUBJONCTIF.

PRÉSENT.

Aias, *que tu dises,*

Aiat, *qu'il dise ;*

Aiant, *qu'ils disent.*

PARTICIPE.

PRÉSENT.

Aiens, entis, *disant.*

3*

Inquam, *dis-je.*

INDICATIF.

PRÉSENT.

Inquam, *ou* inquio, *dis-je.*
Inquis, *dis-tu,*
Inquit, *dit-il;*
Inquimus, *disons-nous,*
Inquitis, *dites-vous,*
Inquiunt, *disent-ils.*

IMPARFAIT.

Inquiebat, *disait-il,*
Inquiebant, *disaient-ils.*

PARFAIT.

Inquisti, *as-tu dit,*
Inquit, *a-t-il dit;*
Inquistis, *avez-vous dit.*

FUTUR.

Inquies, *diras-tu,*
Inquiet, *dira-t-il.*

IMPÉRATIF.

Inque, ito, *dis.*

SUBJONCTIF.

Inquiat, *qu'il dise.*

VERBES UNIPERSONNELS.

On appelle *unipersonnels* certains verbes qui ne s'emploient qu'à la troisième personne du singulier. Les verbes unipersonnels sont neutres ou passifs.

Conjugaison d'un unipersonnel neutre.

INDICATIF.

PRÉSENT.
Oportet, *il faut.*

IMPARFAIT.
Oportebat, *il fallait.*

PARFAIT.
Oportuit, *il a fallu.*

PLUS-QUE-PARFAIT.
Oportuerat, *il avait fallu*

FUTUR.
Oportebit, *il faudra.*

FUTUR PASSÉ.
Oportuerit, *il aura fallu.*

SUBJONCTIF.

PRÉSENT.
Oporteat, *qu'il faille.*

IMPARFAIT.
Oporteret, *qu'il fallût, il faudrait.*

PARFAIT.
Oportuerit, *qu'il ait fallu.*

PLUS-QUE-PARFAIT.
Oportuisset, *qu'il eût fallu, il aurait fallu.*

INFINITIF.

PRÉSENT.
Oportere, *falloir.*

PARFAIT.
Oportuisse, *avoir fallu.*

Les verbes unipersonnels n'ont ni impératif, ni gérondif, ni supin, ni participes.

Unipersonnels de la première conjugaison : *tonat*, il tonne ; *fulgurat*, il fait des éclairs; *grandinat*, il grêle, etc.

Unipersonnels de la deuxième conjugaison : *decet*, il convient ; *libet*, il plaît; *licet*, il est permis : *liquet*, il est clair. (Ce dernier verbe n'a pas de parfait ; *libet* et *licet* en ont deux, *libuit* et *licuit* ; *libitum est* et *licitum est.*)

Unipersonnels de la troisième conjugaison : *accidit* *contingit*, il arrive ; *conducit*, il est avantageux : *pluit*, il pleut ; *ningit*, il neige, etc.

Unipersonnels de la quatrième conjugaison : *evenit*, il arrive : *expedit*, il est avantageux, etc.

Interest, il importe, suit la conjugaison de *sum*. *Intererat*, *interfuit*, etc. *Refert*, il importe, suit la conjugaison de *fero*, *referebat*, etc.

Conjugaison d'un verbe unipersonnel avec les pronoms

me, te, etc.

INDICATIF.

PRÉSENT.

Me		je me repens,
Te		tu te repens,
Illum		il }
Illam	pœnitet,	elle } se repent ;
Nos		nous nous repentons
Vos		vous vous repentez.
Illos		ils }
Illas		elles } se repentent.

IMPARFAIT...... Me pœnitebat, *je me repentais.*
PARFAIT......... Me pœnituit, *je me suis repenti.*
PLUS-QUE-PARF.. Me pœnituerat, *je m'étais repenti.*
FUTUR......... Me pœnitebit, *je me repentirai-*
FUTUR PASSÉ... Me pœnituerit, *je me serai repenti.*

SUBJONCTIF.

PRÉSENT....... Me pœniteat, *que je me repente.*
IMPARFAIT...... Me pœniteret, *que je me repentisse.*
PARFAIT....... Me pœnituerit, *que je me sois repenti.*
PLUS-QUE-PARF... Me pœnituisset, *que je me fusse repenti.*

INFINITIF.

PRÉSENT....... Pœnitere, *se repentir.*
PARFAIT....... Pœnituisse, *s'être repenti.*

PARTICIPE.

FUTUR PASSIF.... Pœnitendus, a, um, *dont on doit se repentir.*
GÉRONDIF...... Pœnitendi, *de se repentir.* Pœnitendo, *en se repentant.* Pœnitendum, *à* ou *pour se repentir.*

Ainsi se conjuguent :

Me pudet, *puduit*, j'ai honte ; *me piget*, *piguit*, je suis fâché ; *me miseret*, qui fait au parfait *misertum est*, j'ai pitié; *me tœdet, tœduit, tœsum* ou mieux *pertœsum est*, je m'ennuie.

Conjugaison d'un unipersonnel passif.

Les unipersonnels passifs sont des verbes neutres qui n'ont du passif que la troisième personne du singulier.

INDICATIF.

PRÉSENT.

Venitur, *on vient.*

IMPARFAIT.

Veniebatur, *on venait.*

PARFAIT.

Ventum est *ou* fuit, *on est venu.*

PLUS-QUE-PARFAIT.

Ventum erat *ou* fuerat, *on était venu.*

FUTUR.

Venietur, *on viendra.*

FUTUR PASSÉ.

Ventum erit *ou* fuerit, *on sera venu.*

SUBJONCTIF.

PRÉSENT.

Veniatur, *qu'on vienne.*

IMPARFAIT.

Veniretur, *qu'on vînt.*

PARFAIT.

Ventum sit *ou* fuerit, *qu'on soit venu.*

PLUS-QUE PARFAIT.

Ventum esset *ou* fuisset, *qu'on fût venu.*

Unipersonnels passifs de la première conjugaison :
certatur, on combat, on rivalise ; de la deuxième,
siletur, on se tait ; de la troisième, *curritur*, on court ;
vivitur, on vit ; de la quatrième, *itur*, on va, etc.

DE QUELQUES VERBES DÉFECTUEUX.

ESSE, *manger*. INDIC. PRÉSENT. Es, *tu manges*. Est,
il mange. Estis, *vous mangez*. IMPÉRATIF. Es *ou* esto,
mange. Este *ou* estote, *mangez*. SUBJ. IMPARF. Essem,
que je mangeasse ou *je mangerais*. Esses, etc. INFIN.
Esse, *manger*. (Les personnes et les temps qui manquent ici se prennent de *edo*, *is*, *edi*, *esum*, *edere*,
de la troisième conjugaison). Ainsi se conjuguent
comesse, *exesse*.

FORE, *devoir être*. SUBJ. IMPARF. Forem, es, et,
ent, *que je fusse* ou *je serais*, etc. INFIN. Fore, *devoir être*.

DEFIT, *il manque*. INDIC. PRÉSENT. Defit, *il manque*. Fut. Defiet, *il manquera*. SUBJ. PRÉSENT. Defiat,
qu'il manque. IMPARF. Defieret, *il manquerait*. INFIN.
Defieri, *manquer*.

INFIT, *il commence*.

AVERE, *être salué*. IMPÉR. Ave *ou* aveto, *sois salué*. Avete, tote, *soyez salués*.

SALVERE, *être en bonne santé*. IMPÉR. Salve *ou*
salveto, *sois en bonne santé*. Salvete *ou* salvetote,
portez-vous bien. FUT. Salvebis, *vous vous porterez
bien*.

FAXO, *je ferai*. IND. FUTUR. Faxo, is, it, imus,
itis, int. *Je ferai, tu feras, il fera*, etc. SUBJ. PRÉSENT.
Faxim, is, it, etc., *que je fasse, que tu fasses*, etc.

AUSIM, *que j'ose*, SUBJ. PRÉSENT. Ausim, is, it.
int, *que j'ose* ou *j'oserais*, etc.

QUÆSO, *je vous prie*. Indic. présent. Quæso, *je vous prie*. Quæsumus, *nous vous prions*.

DARI, *être donné*, et FARI, *parler*, manquent de la première personne au présent de l'indicatif et au présent du subjonctif. On ne dit pas : *dor, der, for, fer*.

●●●

LIVRE TROISIÈME.

MOTS INVARIABLES.

CHAPITRE PREMIER. Prépositions.

Les prépositions expriment des rapports de *lieu* ou de *temps*, et en général tous les rapports marqués par les prépositions françaises correspondantes.

Les unes indiquent le lieu où l'on est, comme *in*, dans, en, sur, à ; *apud*, chez.

D'autres indiquent le lieu d'où l'on vient, le point de départ, comme *a, ab, abs, e, ex, de*, de.

D'autres indiquent le lieu où l'on va, la tendance. comme *in*, à, dans : *ad*, à, vers.

Per, à travers, indique le lieu par où l'on passe.

D'autres prépositions indiquent différents rapports de situation, comme *super*, sur ; *sub, subter*, sous : *cum*, avec ; *coràm*, vis-à-vis de, etc.

D'autres enfin indiquent l'opposition, le déplacement, comme, *contrà, adversùs, in*, contre ; *pro*, au lieu de.

La syntaxe fera connaître les principaux usages de toutes les prépositions, et le cas où l'on doit mettre le nom qui leur sert de complément.

CHAPITRE II. ADVERBES.

Les adverbes expriment :

1° Le temps ;
2° Le lieu;
3° La quantité et le nombre ;
4° La manière ou la qualité;

5° L'interrogation;
6° L'affirmation;
7° La négation;
8° Le doute.

Adverbes de temps.

Hodiè, aujourd'hui.
Cras, demain.
Heri, hier.
Pridiè, la veille.
Postridiè, le lendemain.

Mox, bientôt.
Nunc, maintenant.
Olim, autrefois, un jour.
Diù, long-temps.
Semper, toujours.

Adverbes de lieu.

Propè, proche, auprès.

Procul, au loin.

TABLEAU des adverbes qui, au moyen de diverses terminaisons, expriment les divers rapports de lieu.

Lieu où l'on est.	Lieu où l'on va.	Lieu d'où l'on vient.	Lieu par où l'on passe.
Ubi, ubinàm, où.	*Quò*, où.	*Undè*, d'où.	*Quà*, par où.
Hic, ici où je suis.	*Hùc*, ici où je suis.	*Hinc*, d'ici où je suis.	*Hàc*, par ici où je suis.
Istìc, là où tu es.	*Istùc*, là où tu es	*Istinc*, de là où tu es.	*Istàc*, par là où tu es.
Illìc, là où il est.	*Illùc*, là où il est.	*Illinc*, de là où il est.	*Illàc*, par là où il est.
Ibi, là, y.	*Eò, illò*, là, y.	*Indè*, de là, en.	*Eà*, par là, y.
Alibi, ailleurs.	*Aliò*, ailleurs.	*Aliundè*, d'autre part, d'ailleurs.	*Alià*, par un autre endroit.
Alicubi, uspiam, quelque part.	*Aliquò*, en quelque lieu.	*Alicundè*, de quelque endroit.	*Aliquà*, par quelque lieu.
Ubicumque, ubivis, ubinbi, en quelque lieu que ce soit.	*Quòcumque, quovis, quoquò*, en quelque lieu que ce soit.	*Undecumque*, de quelque endroit que ce soit.	*Quàcumque*, par quelque endroit que ce soit.
Ibidem, là, au même lieu.	*Eòdem*, au même lieu.	*Indidem*, du même lieu.	*Eàdem*, par le même lieu.
Nusquàm, nulle part.	*Nusquàm*, nulle part.		
Foris, dehors.	*Foràs*, dehors.		
Intùs, dedans.	*Intrò*, dedans.	*Intùs*, de dedans.	

Adverbes de quantité et de nombre.

Sat, satis, assez.	*Tam,* tant, autant.
Parùm, peu.	*Aliquoliès,* quelquefois.
Multùm, beaucoup.	*Semel,* une fois.
Nimis, nimiùm, trop.	*Sexiès,* six fois.

Adverbes de manière.

Doclè, savamment.	*Noclu,* de nuit.
Pulchrè, bien.	*Vicissim,* tour-à-tour.
Fortiter, courageusement.	*Divinitùs,* par inspiration divine
Citò, vîte.	

Formation du comparatif et du superlatif dans quelques adverbes.

Les adverbes dérivés des adjectifs ont les trois degrés de signification. Le comparatif est en *iùs,* le superlatif en *issimè.*

Doct us,	doct *è,*	doct *iùs,*	doct *issimè.*
Savant,	savamment.		
Rar us,	rar *è,*	rar *iùs,*	rar *issimé.*
Rare,	rarement.		
Fort is,	fort *iter,*	fort *iùs,*	fort *issimè.*
Courageux,	courageusement.		
Pruden s, tis,	prudent *er,*	prudent *iùs,*	prudent *issimè.*
Prudent,	prudemment.		

OBSERVATIONS. 1. La terminaison *rimus* se change pour l'adverbe en *rimè : celerrimus, celerrimè ; miserrimus, miserrimè.*

2. La terminaison *illimus,* se change pour l'adverbe en *illimè : facillimus, facillimè.*

3. Quelques adverbes ont les trois degrés de signification, quoiqu'ils ne soient pas dérivés d'un adjectif : *diù,* long-temps ; *diutiùs, diutissimè ; sœpè,* souvent ; *sœpiùs, sœpissimè.*

4. Les adverbes suivants forment leur comparatif et leur superlatif très-irrégulièrement :

Positif.	Comparatif.	Superlatif.
Benè, bien.	*Meliùs*, mieux.	*Optimè*, très-bien.
Malè, mal.	*Pejùs*, plus mal.	*Pessimè*, très-mal.
Multùm, beaucoup.	*Plus*, plus.	*Plurimùm*, le plus.
Parùm, peu.	*Minùs*, moins.	*Minimùm*, le moins.
Propè, proche.	*Propiùs*, plus proche.	*Proximè*, très-proche.

5. Les adverbes suivants n'ont pas de superlatif :

Serò, tard.	*Seriùs*, plus tard.
Satis, assez.	*Satiùs*, mieux.

Nuper, récemment, sans comparatif, fait au superlatif *nuperrimè*.

6. Les trois adverbes suivants n'ont pas de positif :

Ociùs, plus vite.	*Ocissimè*, très-vite.
Potiùs, plutôt.	*Potissimè*, *potissimùm*, principalement.
Magis, plus.	*Maximè*, le plus.

7. Les adverbes qui ont une voyelle devant *è* ou *ò*, comme *piè*, *strenuè*, *necessariò*, ne changent point de terminaison : le comparatif se rend par *magis*, le superlatif par *maximè*, *valdè* ou *perquàm* : *magis piè*, *maximè piè*.

Adverbes d'interrogation.

An, *ne*, *anne*, *nùm*, *numquid?* est-ce que?	*Cur*, *quarè?* pourquoi?
	Quando? quand?
Annon, *nonne?* n'est-ce pas que?	*Quomodo?* comment?

Adverbes d'affirmation.

Certè, *certò*, *sanè*, *profectò*, certes, assurément.	*Ita*, *etiam*, oui, ainsi.

Adverbes de négation.

Non, *haud*, non, ne... pas.	*Nequicquam*, en vain.
Minimè, point du tout.	*Nequaquam*, nullement.

Adverbes de doute.

Forsan, *forsitan*, peut-être.	*Fortè*, *fortassè*, par hasard.

CHAPITRE III. Conjonctions.

En latin comme en français, les conjonctions peuvent se ranger en diverses classes.

Conjonctions copulatives.

Et, ac, atque, et.
Que, (après un mot) et.

Nec, neque, ni.
Cùm... tùm, tant... que.

Conjonctions disjonctives.

Aut, vel, ou, ou bien.
Ve (après un mot), ou.

Sive, soit que.

Conjonctions conditionnelles.

Dùm, dummodò, modò, pourvu que.

Si, si. Sin, sinon.
Nisi, si ce n'est que, à moins que.

Conjonctions adversatives.

Sed, at, autem, verò, mais.
Tamen, cependant.

Etsi, tametsi, licet, etiamsi, quanquam, quamvis, quoique.

Conjonctions causales.

Ut, afin que.
Ne, de peur que.
Cùm, quùm, puisque.

Quòd, quia, quoniam, parce que, puisque.

Conjonctions explicatives.

Nam, enim, car.
Scilicet, savoir.

Ut, comme, de manière que, à ce que, selon que.

Conjonctions conclusives.

Ergò, igitur, donc.

Ideò, idcircò, itaque, c'est pourquoi.

Conjonctions transitives.

Porrò, autem, or.

Cœterùm, au reste.

Conjonctions de temps.

Cùm, quùm, lorsque.
Ubi, dès que.
Antequàm, après que.

Dùm, tandis que, jusqu'à ce que.
Simul ac, aussitôt que.
Postquàm, après que.

CHAPITRE IV. Interjections.

Les interjections servent

à marquer   la joie, *ó !* ho! ha! *evax !* bon!
la douleur, *hei!* ha! *heu! eheu !* hélas !
l'indignation, *proh! heu!* oh, ah !
l'aversion, *apage !* loin! loin!
l'admiration, *papœ !* ah! *hui !* ah!
la menace, *vœ!* malheur!

à appeler,   *heus !* ah! holà! *hem!* hem!
à encourager, *eu! euge ! eia!* bien! allons! courage!

REMARQUE. On peut considérer comme interjections les expressions suivantes :

Macte (esto) ! *Macti (estote)* pour *magis aucte*, *aucti*, allons, ferme, courage ; *age*, *agite*, allons ; *mehercule*, *herclé* (*Hercule me juvante*), *œdepol* (*œde Pollucis*), par Hercule, par le temple de Pollux, certes.

LIVRE QUATRIÈME.

SUPPLÉMENT OU ADDITIONS AUX MATIÈRES TRAITÉES DANS LE PREMIER LIVRE.

GENRES.

En latin comme en français, les noms qui désignent des êtres mâles sont du masculin. Exemples : *Cato*, Caton ; *Dinacium*, Dinace ; *pater*, père ; *leo*, lion. Ceux qui conviennent aux êtres femelles seuls sont du féminin. Exemples : *Lucretia*, Lucrèce ; *Glycerium*, Glycère ; *mater*, mère ; *leœna*, lionne.

Les noms d'objets inanimés ont été, par l'autorité de l'usage, indistinctement placés dans tous les genres. Cependant on peut observer que les noms de peuples et de vents sont du masculin, comme presque tous les noms de fleuves et de montagnes, et que les noms de provinces, d'îles, de vaisseaux, sont du féminin, ainsi que la plupart des noms de villes et d'arbres. Les exceptions sont en très-petit nombre.

Sont neutres :

1° Les indéclinables. Exemples : *nihil*, rien; *fas*, ce qui est permis, le droit; *gummi*, la gomme.

2° Les infinitifs, lorsqu'ils sont employés substantivement. Exemple : *scire tuum*, ton savoir.

Il y a des noms qu'on appelle *communs*, *épicènes* ou *douteux*.

Les noms *communs* ont une même terminaison invariable pour le mâle comme pour la femelle. Ex. :

Bos, bovis, bœuf, vache.	*Hospes, itis,* hôte, hôtesse.
Conjux, ugis, l'époux, l'épouse.	*Parens, tis,* le père ou la mère.

On appelle *épicènes* les mots qui, sous un même genre, comprennent les deux sexes. Tels sont :

Anas, atis, f. canard, cane.	*Lepus, oris,* m. lièvre.
Elephas, antis, m. éléphant.	*Passer, eris,* m. moineau.
Feles ou *felis, is,* f. chat, chatte.	*Pavo, onis,* m. paon.

D'autres noms d'animaux ont pour chaque sexe une terminaison propre. Exemples :

Agnus, i, m. agneau.	*Agna, æ,* f. jeune brebis.
Caper, pri, m. bouc.	*Capra, æ,* f. chèvre.

D'autres ont pour chaque genre un mot différent. Exemples :

Taurus, i, m. taureau.	*Vacca, æ,* f. vache
Aries, etis, m. bélier.	*Ovis, is,* f. brebis.

Les noms *douteux* sont ceux dont le genre n'a pas été déterminé.

Tels sont :

Pelagus,i,m.n.la haute mer.	Plus souvent neut.	*Stirps,stirpis*, m.f.tronc d'arbre.
Vulgus, *i*, m. n. le vulgaire.		*Torquis is*, m. f. collier.
Calœ,- lcis, m.f. talon.		*Silex,icis*, m.f. caillou.
Dies, ci, m. f. jour.		*Cortex,icis*,m.f.écorce
Finis, is, m. f. fin.		*Phaselus, i*, m. f cha-loupe.
Sperus, ûs, m.f. antre, caverne.		*Sal, alis*,m. n sel

Plus souveat masc.

Il y a des noms qui changent de genre au pluriel.

Voici un tableau de ces noms :

Avernus, i, m. l'Averne.	*Averna, orum*, n. les enfers.
Carbasus, i, f. une voile.	*Carbasa, orum*, n.
Cœlum, i, n.le ciel.	*Cœli, orum*, m.
Delicium, ii, n. le délice.	*Deliciæ, arum*, f.
Epulum i, n. un banquet.	*Epulæ, arum*, f.
Frenum, i, n. frein, mors.	*Freni*, m. *frena*, n. *orum*.
Jocus, i, m. le jeu.	*Joci*, m. *joca*, n. *orum*.
Locus, i, m. le lieu.	*Loci*, m. *loca*, n. *orum*.
Rastrum, i, n. le râteau.	*Rastri*, m. *rastra*, n. *orum*.
Sibilus, i, m. le sifflement.	*Sibila, orum*, n.
Supelleœ, ectilis, f. le meuble.	*Supellectilia, ium*, n.
Tartarus, i, m. le Tartare.	*Tartara, orum*, n les enfers.

Formation du féminin dans les substantifs.

Il y a beaucoup de substantifs masculins de la deuxième et de la troisième déclinaison dont on forme le féminin en changeant la finale.

Les noms de la deuxième déclinaison changent au féminin *us* en *a : famulus*, serviteur, *famula*, servante.

Les noms de la deuxième en *er* changent l'*i* du génitif en *a : minister, tri*, ministre ; *ministra, œ*, servante.

Les noms de la troisième, terminés en *tor*, changent cette terminaison en *trix : genitor, oris*, père ; *genitrix, icis*, mère.

NOMBRES.

Tous les noms ne s'emploient pas au singulier et au pluriel. Il en est qu'on appelle *défectueux*, parce qu'ils sont privés de l'un ou de l'autre nombre.

Les uns ne sont usités qu'au singulier, savoir :

1° Les noms propres. Exemples : *Xerxes, Italia, Roma.*

2° Les noms d'âge, de vertus, de vices, de métaux et plusieurs autres que l'usage apprendra. Exemples :

Puerilia , æ, f. l'enfance.	*Humus , i*, f. terre
Justitia , æ, f. justice.	*Fames , is*, f. faim.
Ignavia , æ, f. paresse.	*Sanguis , inis*, m. sang.
Aurum , i, n. or.	*Nemo , inis*, nul, personne.

Les autres ne sont usités qu'au pluriel. Exemples :

Clitellæ , arum, f. bât d'un âne.	*Liberi , orum*, m. les enfants.
Divitiæ , arum, f. richesses.	*Majores , um*, m. les ancêtres.
Induciæ , arum, f. trêve.	*Brevia , ium*, n. bancs de sable.
Insidiæ , arum, f. embûches.	*Præcordia , ium*, n. diaphragme.

et beaucoup d'autres que l'usage apprendra (1).

Quelques substantifs ont au pluriel une autre signification qu'au singulier. Tels sont :

Ædes , is, f. temple.	*Ædes , ium*, maison.
Auxilium , ii, n. secours.	*Auxilia , orum* troupes auxiliaires.
Bonum , i, n. le bien, avantage	*Bona , orum*, biens, richesses.
Castrum , i, n. fort, citadelle	*Castra , orum*, camp.
Copia , æ, f. abondance, permission.	*Copiæ , arum*, biens, troupes.
Faux , cis, f. gorge, gosier.	*Fauces , ium*, gorge, gosier; pas, défilé.
Fortuna , æ, f. fortune, hasard.	*Fortunæ , arum*, biens, richesses.
Gratia , æ, f. grâce, faveur, crédit.	*Gratiæ , arum*, actions de grâces.

---

(1) Quelques noms de villes sont pluriels : *Locri , orum*, Locres; *Athenæ , arum*, Athènes.

Habena, *æ*, f. courroie, lanière.	*Habenæ*, *arum*, rênes, guides.
Hortus, *i*, m. jardin.	*Horti*, *orum*, maison de plaisance.
Littera, *æ*, f. lettre, caractère de l'alphabet	*Litteræ*, *arum*, lettre, missive, belles lettres, littérature.
Opera, *æ*, f. peine, travail, soin.	*Operæ*, *arum*, manouvriers.
Ops inusité au nominatif), *opis* f. pouvoir, secours.	*Opes*, *um*, grands biens, richesses
Pars, *tis*, f. partie, portion.	*Partes*, *ium*, charge, rôle, parti.
Plaga, *æ*, f. plage, climat, tapis.	*Plagæ*, *arum*, filets, rets.
Sal, *lis*, m. et n. sel, raillerie.	*Sales*, *ium*, bons mots.
Tempus, *oris*, n. temps, saison, circonstance.	*Tempora*, *um*, les temps; les tempes de la tête.
Vis, *is*, im *i*, f. force, violence.	*Vires*, *ium*, forces, puissance.

DÉCLINAISONS.

§ 1er. *Observations sur les déclinaisons.*

PREMIÈRE DÉCLINAISON.

Outre les noms en *a*, la première déclinaison comprend quelques noms en *e*, *as* et *es*, dérivés du grec. Ces noms offrent au singulier quelques terminaisons particulières.

Singulier.

N. f. Music *e*, la musique.	m. Æneas Énée.	m. Cometes la comète.
V. Music *e*,	Ænea,	Comete,
G. Music *es*,	Æneæ,	Cometæ,
D. Musicæ,	Æneæ,	Cometæ,
Ac. Music *en*,	Æneam, Ænean,	Cometen,
Ab. Music *e*.	Æneâ.	Comete.

Ainsi se déclinent :

sur *Musice* :	sur *Æneas* :
Crambe, *es*, f. le chou.	Boreas, *æ*, m. Borée.
Grammatice, f. la grammaire.	Tiaras, m. la tiare.
Ode, f. l'ode.	sur *Cometes* :
Rhetorice, f. la rhétorique.	Pyrites, *æ*, m. la pierre à fusil.
Cybele, f. Cybèle, déesse.	Dynastes, m. le grand seigneur.
Epitome, f. l'abrégé.	Anchises, m. Anchise, n. d'h.

Ces noms prennent au pluriel les terminaisons ré-
gulières de la première déclinaison. Les noms propres
n'ont pas de pluriel.

Anchisiades, fils d'Anchise; *Priamides*, fils de Priam, et autres
noms semblables ont quelquefois l'accusatif en *em*, *Anchisia-
dem*, *Priamidem*.

Dans les poètes, on trouve quelquefois le génitif en *ai*, par
exemple : *aulai, terrai, aquai,* pour *aulæ, terræ, aquæ.*

Le génitif *familiás* au lieu de *familiæ* s'emploie avec
les noms *pater, mater, filius* et *filia*, comme *pater-
familiás*, un père de famille ; *mater-familiás*, une
mère de famille ; *filius-familiás*, le fils de la maison.

Le génitif pluriel se contracte par syncope dans quelques
mots poétiques. Exemple : *Cœlicolûm* au lieu de *Cœlicolarum*,
génitif pluriel de *Cœlicola*, habitant du ciel.

Les noms suivants : *dea*, déesse ; *domina*, maî-
tresse; *filia*, fille ; *anima*, âme ; *equa*, cavale ; *asina*,
ânesse; *famula*, servante; *liberta*, affranchie ; *mula*,
mule ; *socia*, compagne; *serva*, esclave, ont le plus
souvent le datif et l'ablatif du pluriel en *abus* ; *dea-
bus, dominabus*, etc. Par cette terminaison, on distingue ces noms des masculins *deus, dominus*, etc., qui
font au datif et à l'ablatif du pluriel *diis, dominis*, etc.

DEUXIÈME DÉCLINAISON.

La seconde déclinaison comprend beaucoup de
mots en *os, on, eus* (monosyllabe), qui sont tous dérivés du grec, comme *Delos*, Délos, île; *Rhodos*,
Rhodes, île; *lexicon*, le dictionnaire; *Orpheus*, Or-
phée; *Theseus*, Thésée.

Ces noms conservent quelques-unes de leurs terminaisons grecques.

Singulier.

N. f. Delos,	n. Lexicon,	m. Orpheus,
V. Dele,	Lexicon,	Orpheu.
G. Deli,	Lexici,	Orphei, Orpheos,
D. Delo,	Lexico,	Orpheo,

Ac. Delum, De*lon*,   Lexic*on*,   Orphe um, *on*, *a*.
Ab. Delo.   Lexico.   Orpheo.

Filius, le fils ; *genius*, le génie, et tous les noms propres terminés en *ius*, comme *Virgilius*, Virgile ; *Pompeius*, Pompée ; ont le vocatif en *i* : *fili*, *geni*, *Virgili*, *Pompei*.

Agnus, l'agneau ; *chorus*, le chœur, ont le vocatif singulier semblable au nominatif.

Le génitif pluriel se contracte souvent par syncope. On dit *Deûm*, *virûm*, au lieu de *Deorum*, *virorum*, des Dieux, des hommes.

Deus, Dieu, se décline de la manière suivante :

Singulier.		Pluriel.	
N.	Deus,	*N.*	Dii, (par contract.) Dî,
V.	Deus,	*V.*	Dii, Dî,
G.	Dei,	*G.*	Deorum, Deûm,
D.	Deo,	*D.*	Diis, Dîs,
Ac.	Deum,	*Ac.*	Deos,
Ab.	Deo,	*Ab.*	Diis, Dîs.

TROI·IÈME DÉCLINAISON.

Noms tirés du grec.

Singulier.

N. f.	Phras is, *la phrase.*	*N. m.*	Heros, *le héros.*
V.	Phras is,	*V.*	Heros,
G.	Phras is, Phras *eos*,	*G.*	Hero is,
D.	Phras i,	*D.*	Hero ì,
Ac.	Phras im, Phras *in*,	*Ac.*	Hero em, Hero *a*,
Ab.	Phras i.	*Ab.*	Hero e.

Pluriel.

N.	Phras ĕs,	*N.*	Hero ĕs,
V.	Phras ĕs,	*V.*	Hero ĕs,
G.	Phras eôn,	*G.*	Hero um,
D.	Phras ibus,	*D.*	Hero ibus,
Ac.	Phras ĕs,	*Ac.*	Hero ĕs, Hero *as*
Ab.	Phras ibus.	*Ab.*	Hero ibus.

Déclinez sur *Phrasis* :

Poesis, f. la poésie.	*Thesis*, f. la thèse.
Hœresis, f. l'hérésie.	*Genesis*, f. la Genèse.

Déclinez sur *Heros* :

Lampas, *dis*, f. lampe.	*Hector*, *is*; Hector, n. d'h.
Arcas, *dis*, m. Arcadien.	*Rhetor*; *is*, m. rhéteur.
Aer, *aeris*, m. l'air.	*Macedo*, *nis*. m. Macédonien.
Crater, *crateris*, m. coupe.	*Phryx*, *gis*, m. Phrygien.
Amaryllis, *dis*, f. Amaryllis.	*Lacedæmon*, *is*, f. Lacédémone.
Chlamys, *dis*, f. casaque.	*Laomedon*, *tis*, m. Laomédon.

REMARQUES. 1º Les mots terminés en *as*, *adis* ; en *is*, *idis* ; en *ys*, *ydis*; ont au génitif, avec la terminaison latine *is*, la terminaison grecque *os* : *Pallas*, *adis* et *ados*, Pallas, déesse ; *Paris*, *idis* et *idos*, nom d'homme ; *chlamys*, *ydis* et *ydos*, f. la casaque.

2º Parmi les imparisyllabiques en *is*, les uns et particulièrement les féminins font à l'accusatif *idem* ou *ida*, *tyrannis*, *idem* ou *ida*, f. la tyrannie ; *Amaryllis*, *idem* ou *ida*, nom de femme ; d'autres et surtout les masculins, font à l'accusatif *im* ou *in* : *Daphnim* ou *Daphnin*. Quelques-uns ont, outre l'accusatif en *im* et en *in*, l'accusatif en *idem* : *Parim*, *Parin*, *Paridem*; *Tigrim*, *Tigrin*, *Tigridem*, le Tigre, fleuve. *Isis*, *idis*, épouse d'Osiris, et *iris*, *idis*, f. l'arc-en-ciel, font *Isim*, *irim*.

3º. Les noms en *is*, *idis*, perdent au vocatif le *s* du nominatif *Pari*, *Daphni*, *Amarylli*, *Isi*, *iri*.

4º *Pallas*, gén. *Pallantis*, nom d'homme, fait au vocatif *Palla* ; *Pallas*, gén. *Palladis*, déesse, fait au vocatif *Pallas*. Les noms propres en *es* font *es* ou *e*, *Socrates* et *Socrate*.

5º *Pan*, Pan, se décline ainsi : N. *Pan*. G. *Panos*. D. *Pani*. Ac. *Pana*. V. *Pan*. Ab. *Pane*.

6º Les formes grecques *os* et *a* ne sont guère usitées qu'en poésie; la terminaison *as* est plus généralement employée.

Accusatif en im.

Se terminent à l'accusatif en *im*, les mots suivants :

Amussis, f. cordeau, ligne.	*Securis*, f. hache.
Buris, f. manche de charrue.	*Sitis*, f. soif.
Cannabis, f. chanvre.	*Tussis*, f. toux.
Pelvis, f. bassin.	*Vis*, f. force.
Ravis, f. enrouement.	

Et en général les noms propres et les noms grecs en *is*, qui ont le génitif semblable au nominatif, tels que *Albis*, l'Elbe ; *Tiberis*, le Tibre ; *Charybdis*, Charybde (gouffre); *Neapolis*, Naples.

Les noms suivans font plus souvent *im* que *em* :

Puppis, f. pouppe.
Restis, f. corde, cordage.

Turris, f. tour.

Les noms suivans font plus souvent *em* que *im* :

Aqualis, f. pot à l'eau.
Clavis, f. clef.
Febris, f. fièvre.

Navis, f. navire.
Sementis, f. semailles.
Strigilis, f. frottoir.

Ablatif en *i*.

Ont l'ablatif singulier en *i*,

1° Les neutres en *e*, *al*, *ar*, comme *mare*, *mari*, mer ; *rete*, *reti*, filet ; *vectigal*, *vectigali*, impôt, revenu ; *calcar*, *calcari*, éperon.

Cependant les quatre mots suivans conservent l'*e*.

Far, *ris*, n. fleur de farine.
Hepar, *tis*, n. foie.

Jubar, *is*, n. clarté, lumière.
Nectar, *is*, n. nectar.

Sal, m. et n. fait à l'ablatif *sale*.

2° Les mots en *is* qui font à l'accusatif *im* ou *in*, comme *vis*, *vim*, *vi*, la force; *Genesis*, *Genesin*, *Genesi*, la Genèse.

Araris, la Saône, qui fait à l'accusatif *Ararim*, fait à l'ablatif plutôt *Arare* qu'*Arari*. *Vectis*, levier, fait *vecti* ; *canalis*, canal, *canali* ; *strigilis*, frottoir, *strigili*.

3° Les adjectifs et noms de mois en *is* et en *er*, comme *dulcis*, *dulci*, doux ; *celeber*, *celebri*, célèbre; *aprilis*, *aprili*, avril ; *october*, *octobri*, octobre.

D'autres mots ont l'ablatif en *e* ou en *i*. Ce sont :

1° Les adjectifs d'une seule terminaison, comme *felix*, *felice* et *felici*, heureux ; *diligens*, *diligente* et *diligenti*, diligent. Cependant les adjectifs suivans n'ont que l'ablatif en *e* :

Pauper, *is*, pauvre.

Pubes, *ris*, en âge de puberté.

Sospes, *itis*, sain et sauf.

Compos, *tis*, qui est maître de.

Impos, *tis*, qui ne possède pas.

Bipes, *dis*, bipède.

Quadrupes, *dis*, quadrupède.

2° Les mots qui ont l'accusatif en *em* ou en *im*, comme *navis*, *nave* et *navi*.

3° Les comparatifs comme *major*, *majore* et *majori*.

4° *Rus* fait aussi *rure* et *ruri*; il en est de même de *ignis* et de quelques autres mots dans lesquels l'ablatif en *e* est toutefois plus usité.

Nominatif pluriel en ia.

Au pluriel neutre se terminent en *ia* :

1° Les neutres en *e*, *al* et *ar*, comme *mare*, *maria*, mer; *tribunal*, *tribunalia*, tribunal; *calcar*, *calcaria*, éperon.

2° Tous les adjectifs de la troisième déclinaison. Exemples : *recens*, *recentia*, nouveau; *levis*, *levia*, léger; *celeber*, *celebria*; célèbre, etc. Sont exceptés de cette règle : *vetus*, ancien, qui fait *vetera*, et tous les comparatifs : *major*, *majora*; *sanctior*, *sanctiora*.

Génitif pluriel en ium.

Au génitif pluriel se terminent en *ium* :

1° Les neutres en *e*, *al* et *ar*, et tous les adjectifs. Exemples : *cubile*, *cubilium*, lit; *animal*, *animalium*, animal; *calcar*, *calcarium*, éperon; *utilis*, *utilium*, utile; *audax*, *audacium*, audacieux. Sont exceptés de cette règle, et ont par conséquent le génitif en *um* :

1° Tous les comparatifs (cependant *plus* fait *plurium*).

2° Les adjectifs suivans :

Celer, *is*, prompt.

Degener, *is*, dégénéré.

Pauper, *is*, pauvre.

Uber, *is*, abondant.

Supplex, *icis*, suppliant.

Vetus, *eris*, vieux.

Inop s, is, pauvre.
Juvenis, jeune.
Memor, is, qui se souvient.
Immemor, is, qui ne se souvient pas.
Vigil, is, qui veille.
Div es, itis, riche.
Pube s, ris, en âge de puberté.

Compo s, tis, qui est maître de.
Impo s, tis, qu n'est pas maître de.
Anc eps, ipitis, double.
Præc eps, ipitis, qui se précipite.
Partic eps, ipis, participant.
Princ eps, ipis, le premier.

Et les composés de *pes* et de *color*, comme *quadrup es, edis*, quadrupède ; *versicolor, is*, qui change de couleur.

2º Les mots parisyllabiques, tels que *nubes, nubis, nubium*, nuage ; *avis, avium*, oiseau ; *imber, imbr:s, imbrium*, grande pluie.

Néanmoins les mots suivans ont le génitif en *um* :

Vat es, is, c. devin.
Canis, c. chien.
Panis, m. pain.
Pat er, ris, m. père.

Mat er, ris, f. mère.
Frat er, ris, m. frère, allié.
Accipit er, ris, m. épervier.
Sen ex, is, m. vieux.

Les deux noms suivans font *ium* et *um*, et plus souvent *um*.

Apis, f. abeille.

Volucris, f. oiseau.

3º Les monosyllabes, comme *mus, murium, ars, artium, mons, montium*.

Cependant les mots suivans ont le génitif en *um* :

Cru s, ris, n. jambe.
Du x, cis, m. chef.
Flo s, ris, m. fleur.
Frau s, dis, f. fraude.
Fur, is, m. voleur.
Gre x, gis, m. troupeau.
Gru s, is, f. grue.
Lau s, dis, f. louange.
Le x, gis, f. loi.
Lyn x, cis, m. lynx.

Mo s, ris, m. coutume.
Pe s, dis, m. pied.
Præ s, dis, c. caution.
Phry x, gis, m. phrygien.
Ren, is, m. reins.
Re x, gis, m. roi.
Splen, is, m. rate.
Su s, is, c. porc.
Thra x, cis, m. Thrace.
Vo x, cis, f. voix.

Le génitif pluriel des adjectifs et des participes en *ns* fait souvent, par syncope, *úm* au lieu de *ium*. *Adolescentúm* pour *adolescentium* ; *precantúm* pour *precantium*.

Datif et ablatif pluriers en ibus *ou en* is.

, Les noms en *ma*, qui tous dérivent du grec, prennent au datif et à l'ablatif pluriels la double terminaison *ibus* et *is*, comme *poema*, poème, *poematibus*
et *poematis*. De même *dogma, atis*, dogme; *emblema,
atis*, emblème; *epigramma, atis*, épigramme.

Nominatif et accusatif pluriels en eis *et en* is.

Les anciens terminaient le nominatif et l'accusatif pluriels
en *eis* (monosyllabe) ou *is* long, comme : *omneis, monteis,
naveis*, au lieu de *omnes, montes, naves*; *Sardis*, au lieu de
Sardes.

Bos, *bovis*, c. bœuf, vache, se décline au pluriel
de la manière suivante : N. V. Acc. *Boves*. G. *Boum*.
D. Ab. *Bobus*.

QUATRIÈME DÉCLINAISON.

Les noms suivans font au datif et à l'ablatif pluriels
ubus; *arcus*, arc; *partus*, enfantement; *quercus*,
chêne; *lacus*, lac; *artus*, les membres du corps; *tribus*, tribu; *specus*, caverne. Datif et ablatif, *arcu-
bus*, etc. *Portus*, port; *genu*, genou; *veru*, broche,
font *ibus* et *ubus*, *portibus* et *portubus*, etc.

Le mot *domus*, maison, se décline tantôt d'après la
seconde et la quatrième déclinaison tout à la fois, tantôt d'après l'une d'elles.

	Singulier.			Pluriel.	
	2ᵉ décl.	4ᵉ décl.		2ᵉ décl.	4ᵉ décl.
N.	Domus.	Domus.	N.		Domus.
V.		Domus.	V.		Domus.
G.	Domi.	Domûs.	G.	Domorum.	Domuum.
	à la maison.	*De la maison.*			
D.	Domo.	Domui.	D.		Domibus.
Ac.	Domum.	Domum.	Ac.	Domos.	Domus.
Ab.	Domo.		Ab.		Domibus.

REMARQUE. La quatrième déclinaison est dérivée de la troisième. On n'a fait que retrancher l'*e* et l'*i*. Ainsi *fructus* est une contraction de *fructuis*, *fructum* de *fructuem*, *fructu* de *fructue*, *fructus*, au pluriel, de *fructues*. De là vient que la syllabe *us* au génitif singulier, au nominatif, au vocatif et à l'accusatif pluriels, est longue, parce qu'elle est contractée de deux syllabes.

§ II. *Des hétéroclites.*

Les *hétéroclites* sont des mots qui suivent deux déclinaisons. Exemples : *aranea* et *araneus*, araignée ; *vespera* et *vesper*, soir ; *elephantus* et *elephas*, éléphant ; *luxuria* et *luxuries*, luxe ; *ceti*, *orum*, m. et *cete*, n. ind. les baleines (le sing. est *cetus*, *i*, m.). Il se trouve aussi de ces *hétéroclites* parmi les adjectifs. Exemple : *exanimus* et *exanimis*, mort.

Quelques hétéroclites ont au nominatif la même terminaison. Exemples : *Hierosolyma*, *æ*, et *Hierosolyma*, *orum*, Jérusalem ; *Mulciber*, *eri* ou *eris*, Vulcain ; *ficus*, *i* et *ús*, figuier.

Vas, *vasis*, vase, suit entièrement au pluriel la seconde déclinaison, *vasa*, *orum*, *is*. *Jugerum*, arpent, a un double génitif, *jugeri* et *jugeris*; au pluriel il fait N. V. Acc. *jugera*. G. *jugerum*. D. Ab. *jugeribus* et *jugeris*.

Il y a des noms qui ont au nominatif deux terminaisons différentes, et qui cependant suivent la même déclinaison. Exemples : *grammatica* et *grammatice*, la grammaire ; *Scytha* et *Scythes*, le Scythe ; *cubitus* et *cubitum*, coude, coudée; *honor* et *honos*, honneur ; *feles* et *felis*, chat ; et une foule d'autres que l'usage fera connaître.

§ III. *Des défectueux.*

Outre les noms privés de l'un ou de l'autre nombre, il y a encore des noms qui ne sont pas usités à tous les cas.

1° Quelques noms ne s'emploient qu'à un seul cas. Exemples :

Ab. *Jussu*, par l'ordre ; *injussu*, sans l'ordre ; *natu*, d'âge ; *pondo*, du poids d'une livre ; *ambage*, détour, (le pluriel *ambages* a tous ses cas, moins le génitif).

2° D'autres mots n'ont que deux cas. Exemples :

Nom. et Acc. Les indéclinables tels que *cete*, les baleines ; *instar*, la ressemblance ; *virus*, le poison ; *nihil*, rien ; *opus*, besoin ; *fas*, ce qui est permis ; *nefas*, ce qui ne l'est pas, etc.

Nom. et Abl. *Vesper*, *vespere*, le soir.

Acc. et Abl. *Vicem*, *vice*, alternative, vicissitude, sort. (Le pluriel *vices* a tous ses cas, excepté le génitif).

3° D'autres en ont trois :

Nom. Acc. Abl. *Vis*, *vim*, *vi*, force. (Le pluriel *vires* a tous ses cas).

Gén. Acc. Abl. *Dapis*, *em*, *e*, mets ; *sordis*, *em*, *e*, ordure. (Le pluriel *sordes* a tous ses cas).

4° D'autres, quatre, savoir ceux dont le nominatif et le vocatif sont inusités. Exemples :

Ditionis, *i*, *em*, *e*, domination.
Frugis, *i*, *em*, *e*, productions de la terre.
Precis, *i*, *em*, *e*, prière.
Nom. Dat. Acc. et Abl. plur. *Grates*, *gratibus*, actions de grâces.

5° Plusieurs enfin en ont cinq, savoir ceux qui n'ont pas de vocatif sing., comme *nemo*, *inis*, personne ; *nullus*, *a*, *um*, aucun, etc., et ceux qui n'ont pas de génitif pluriel, tels que :

Æ s, *ris*, n. airain.
Fa x, *cis*, f. torche.
Fel, *lis*, n. fiel.
Lu x, *cis*, f. lumière.
Mel, *lis*, n. miel.
Ne x, *cis*, f. mort violente.
Os, *ris*, n. bouche.
Pa x, *cis*, f. paix.

Pi x, *cis*, f. poix.
Pleb s, *is*, f. populace.
Pu s, *ris*, n. pus.
Ru s, *ris*, n. campagne.
Sol, *is*, m. soleil.
Thu s, *ris*, n. encens.
Ro s, *ris*, m. rosée.
Ju s, *ris*, n. droit.

§ iv. *Des noms composés.*

Quand un nom est composé de deux nominatifs, on les décline tous deux. *Respublica*, république, est composé de *res*, chose, et de *publica*, publique; ces deux noms se déclinent à la fois: N. *respublica*, G. *reipublicæ*, Acc. *rempublicam*, Ab. *republicá*. On déclinera de même les deux mots dans *jusjurandum*, serment, formé de *jus* et de *jurandum:* littéralement, le droit devant être juré.

D'autres noms sont composés d'un nominatif et d'un autre cas : le nominatif seul se décline.

Ex. : *Senatús-consultum*, le décret du sénat, est composé de *consultum*, nominatif de la seconde déclinaison, et de *senatús*, génitif de la quatrième. Le seul mot *consultum* se déclinera, et *senatús* ne changera pas de terminaison. On dira donc *senatús-consulti*, *senatús-consulto*, etc. Il en sera de même de *pater-familiás*, le père de famille ; gén. *patris-familiás* ; dat. *patri-familiás*, etc.

OBSERVATIONS SUR LE COMPARATIF ET LE SUPERLATIF.

Les adjectifs qui se terminent en *dicus*, *ficus* et *volus* ont au comparatif *entior*, et au superlatif *entissimus*, comme *maledicus*, médisant, *maledicentior*, *maledicentissimus; beneficus*, bienfaisant, *beneficentior*, *beneficentissimus; benevolus*, bienveillant, *benevolentior*, *benevolentissimus* (1).

Les adjectifs qui ont une voyelle avant *us* ne chan-

---

(1) Ces comparatifs et superlatifs dérivent du participe présent, *maledicens*, *benevolens Benefaciens* a été changé en *beneficens*, altération qu'on retrouve encore dans *beneficentia*.

4*

gent pas de terminaison. On rend alors le comparatif
par *magis*, et le superlatif par *maximè*. Exemples :
idoneus, propre à, *magis idoneus*, *maximè idoneus* ;
pius, pieux, *magis pius*, *maximè pius*; *perspicuus*,
évident, *magis perspicuus*, *maximè perspicuus*. Cependant on trouve quelques exemples de compara-
tifs et de superlatifs d'adjectifs en *uus* ; tels que : *assi-*
duior, *assiduissimus*, de *assiduus* ; *strenuior*, *strenuis-*
simus, de *strenuus*.

Les adjectifs suivans forment leurs comparatifs et
superlatifs très-irrégulièment : *Multi*, nombreux, en
grande quantité, *plures*, *plurimi*; *dives*, riche, *ditior*,
ditissimus. *Nequam*, méchant, fait *nequior*, *nequis-*
simus.

Quelques adjectifs ont un double superlatif, savoir :

Positif.	Comparatif.	Superlatif.	
Exterus, éloigné,	*exterior*, extérieur,	*extremus*, *extimus*,	} le dernier.
inferus, qui est en bas,	*inferior*, plus bas,	*infimus*, *imus*,	} le plus bas.
Posterus, le suivant,	*posterior*, qui vient après,	*postremus*, *postumus*,	} le dernier.
Superus, qui est en haut,	*superior*, supérieur,	*supremus*, *summus*,	} le plus haut.
Imbecillis, faible,	*Imbecillior*, plus faible,	*imbecillissimus*, *imbecillimus*,	} le plus faible.
Maturus, mûr,	*maturior*, plus mûr,	*maturissimus*, *maturrimus*,	} le plus mûr.

Quelques adjectifs n'ont pas de positif, comme :

Comparatif.	Superlatif.
Interior, intérieur ;	*intimus*, le plus intérieur.
Citerior, qui est plus en-deçà ;	*citimus*, le dernier, en deçà, fort voisin.
Ulterior, qui est plus au-delà ;	*ultimus*, qui est le plus au-delà, le plus reculé.
Prior, le premier de deux;	*primus*, le premier de tous.
Propior, plus proche;	*proximus*, le plus proche.
Ocior, plus léger à la course;	*ocissimus*, le plus léger.

Quelques adjectifs n'ont pas de comparatif, comme :

Positif.	Superlatif.
Inclytus, célèbre ;	*inclytissimus.*
Invitus, qui fait à regret ;	*invitissimus.*
Vetus, ancien ;	*veterrimus.*
: *Meritus*, qui est digne ;	*meritissimus.*
Nuperus, récent ;	*nuperrimus.*
Sacer, sacré ;	*sacerrimus.*
Falsus, faux ;	*falsissimus.*
Novus, nouveau ;	*novissimus*, le dernier.

Quelques adjectifs n'ont pas de superlatif, comme :

Positif.	Comparatif.
Adolescens, jeune ;	*adolescentior.*
Juvenis, jeune ;	*junior.*
Senex, vieux ;	*senior.*
Licens, libre ;	*licentior.*
Longinquus, éloigné ;	*longinquior.*
Proclivis, enclin ;	*proclivior.*;
Propinquus, proche ;	*propinquior.*
Ingens, grand ;	*ingentior.*
Satur, rassasié ;	*saturior.*
Taciturnus, taciturne ;	*taciturnior.*
Communis, commun ;	*communior.*

N'ont enfin ni comparatif ni superlatif :

1º Les adjectifs suivans : *almus*, qui nourrit, bienfaisant ; *balbus*, bègue ; *claudus*, boiteux ; *egenus*, pauvre ; *mediocris*, médiocre ; *mutus*, muet ; *memor*, qui se souvient ; *præditus*, doué, et d'autres encore que l'usage apprendra.

2º Les composés de *fero* et de *gero*, comme : *frugifer*, fructueux ; *corniger*, qui a des cornes.

3º Les composés de *per* et de *præ* ; ces prépositions donnant à l'adjectif la force du superlatif ; *perdoctus*, très-savant ; *prædives*, fort riche.

4º Les adjectifs qui, par leur nature, ne sont pas susceptibles de plus ou de moins. Exem. : *crastinus*, du lendemain ; *hesternus*, de la veille ; *paternus*, paternel ; *aureus*, d'or ; *argenteus*, d'argent ; *infinitus*, infini ; *innumerus*, innombrable ; *nullus*, aucun ; *par*, pareil, etc.

5° Presque tous les adjectifs qui ont une voyelle avant *us*.

6° Les adjectifs qui marquent le pays, *Atheniensis*, Athénien: *Romanus*, Romain.

7° Les adjectifs en *imus* et en *ivus; legitimus*, légitime; *fugitivus*, fugitif.

⸺⸺⸺⸺⸺⸺⸺⸺⸺⸺⸺

LIVRE CINQUIÈME.

FORMATION DES COMPOSÉS ET DES DÉRIVÉS.

Tous les mots de la langue latine peuvent se réduire à un certain nombre de familles. Chaque famille se compose d'un mot radical ou primitif, et de mots, soit composés, soit dérivés, dans lesquels le primitif se reproduit avec plus ou moins d'altération, en s'accroissant d'élémens accessoires qui en modifient la signification. Dans les composés, le primitif s'accroît, par le commencement, de prépositions qu'on nomme *initiales. Præ-altus*, très-haut, est un composé. Dans les dérivés, le primitif s'accroît, par la fin, de différentes inflexions qu'on nomme *désinences. Alt-itudo*, hauteur, est un dérivé.

⸺⸺⸺⸺⸺⸺

CHAPITRE PREMIER. De la composition.

§ 1. *Prépositions séparables.*

A marque une idée d'éloignement, de séparation, et se change en *ab, abs, au*.

A-vertere, détourner.	*Abs-trahere*, séparer de.
Ab-ire, s'en aller.	*Au-ferre*, enlever de.

A marque quelquefois la privation, comme chez les Grecs.

A-mens, sans esprit, insensé.

AD, l'opposé de *a*, marque une idée de tendance, de rapprochement. Le *d* se change en la consonne du mot qui suit, et se supprime devant une *s* suivie d'une consonne.

Ad-ire, aller à, auprès, vers.	*Ap-ponere,* placer proche.
Af-ferre, apporter à.	*A-scendere,* monter, parvenir.

ANTE, avant, devant.

Ante-ponere, mettre avant, préférer.	*Ante-ire,* aller devant.

CIRCUM, autour.

Circum-currere, courir tout autour, ça et là.

CONTRA, contre, vis-à-vis, marque l'opposition, la contrariété, la résistance.

Contra-dicere, contredire.

Contrà se change en *contro* dans *controversari,* être en différend, et ses dérivés.

CUM, avec, se change en *com, con, col, cor, co.*

Com-milito, compagnon d'armes.	*Col-lacrymare,* pleurer avec quelqu'un.
Com-bibere, boire ensemble.	*Cor-ridere,* rire avec d'autres.
Con-certare, se battre avec un autre.	*Co-hæres,* cohéritier.

DE, 1° signifie *en bas, de haut en bas, hors de.*

De-ducere, tirer du haut en bas, conduire hors de.	*De-spicere,* regarder du haut en bas, mépriser.
De-jicere, jeter en bas.	*De-ponere,* mettre bas, abaisser.

2° Il marque augmentation.

De-albare, rendre tout-à-fait blanc.

3° Il indique la privation.

De-sperare, désespérer.	*De-decus,* déshonneur.

E, EX, dehors ou pleinement, tout-à-fait, se change en *ef* devant *f*.

E-gredi, aller dehors, partir.	*E-laborare*, travailler avec soin.
Ex-trahere, tirer de, arracher.	*E-discere*, apprendre par cœur.
Ef-fluere, couler au dehors.	*Ef-fari*, proférer.

EXTRA, hors de, au-delà.

Extra-ordinarius, extraordinaire, qui se fait hors de rang.

IN, dedans ou le contraire de , se change en *im* devant les consonnes *b*, *m*, *p*, et en *il*, *ir*, devant *l*, *r*.

In-cidere, tomber dans ou sur.	*Ir-ruere*, se précipiter sur.
In-ire, aller dedans, entrer.	*Im-berbis*, imberbe (*barba*).
Im-mergere, plonger dedans.	*In-cautus*, imprudent.
Il-labi, tomber dans.	*Il-licitus*, illicite.

INTER, entre, au milieu.

Inter-jicere, jeter entre, interposer.

OB, devant, en devant, en face, contre, se change en *oc*, devant *c*; *of*, devant *f*; *op*, devant *p*; *os*, devant *t*.

Ob-ambulare, se promener de-vant, autour.	*Of-ferre*, porter devant, offrir.
	Op-ponere, opposer.
Oc-currere, venir au-devant.	*Os-tendere*, montrer.

PER, au travers ou entièrement, tout-à-fait.

Per-agrare, traverser, passer par.	*Per-similis*, très-ressemblant.
	Per-ficere, faire entièrement.

POST, après.

Post-ponere, placer après un autre, estimer moins.

PRÆ, avant, d'avance, ou plus que tous.

Præ-dicere, dire par avance, prédire.	*Præ-altus*, plus haut que tous les autres.

PRÆTER, au-delà, outre.

Præter-ire, passer outre, aller au-delà.

PRO, en devant, en avant, ou à la place de.

Pro-cedere, marcher en avant, s'avancer.	*Pro-consul*, proconsul, vice-consul.

SINE, sans, se change en *sim*, *sin*, *se*, *so*.

Sim-plex, sans plis, simple (*sine plicâ*).
Sin-cerus, sans fard, sincère (*sine cerâ*).
Se-curus, qui est sans souci (*sine curâ*).
So-cors, sans cœur, lâche (*sine corde*).

SUB, sous, dessous, ou presque, un peu, se change en *suc*, *suf*, *sug*, *sup*, *sus*, *su*.

Sup-alpinus, qui est sous les Alpes.
Suc-cumbere, succomber.
Suf-ferre, souffrir.

Sug-gerere, suggérer.
Sup-plex, suppliant.
Sus-tinere, soutenir, endurer.
Sub-agrestis, un peu rustique.

SUBTER, en dessous, par dessous.

Subter-fluere, couler par dessous.

SUPER, dessus, par-dessus.

Super-fluere, couler par dessus.

TRANS, au-delà, par delà, outre, se change en *tran*, *tra*.

Trans-mittere, faire passer au-delà, transmettre.

Tran-scribere, transcrire.
Tra-nare, traverser à la nage.

§ II. *Prépositions inséparables.*

AM, **AMB**, tout autour.

Amb-ire, aller tout autour.   *Am-putare*, couper tout autour.

DIS, de part et d'autre, çà et là, marque le plus souvent séparation, division; quelquefois opposition, négation. Il se change en *di*, *dif*.

Dis-tribuere, distribuer.
Di-ducere, mener de côté et d'autre.

Dif-fundere, répandre çà et là.
Dif-ficilis, difficile.

INTRO, dedans, au dedans.

Intro-ducere, introduire, amener dedans.

SE, à part, séparément, est une abréviation de *seorsùm*.

Se-cedere, se retirer à l'écart.   *Se-cernere*, séparer, distinguer.

SUS, en haut, est une abréviation de *sursùm*.

Sus-pendere, attacher en haut, suspendre.
Su-spicere, regarder en haut, admirer.

RE, abréviation de *retrò*, en arrière, de nouveau, le contraire de. *Re*, devant les voyelles, se change souvent en *red*.

Re-fluere, couler en arrière, refluer.
Re-œdificare, bâtir de nouveau, rebâtir.
Re-fodere, déterrer, contraire de fouir en terre.
Red-ire, retourner sur ses pas, revenir.

VE vient de l'interjection *væ*, malheur à, et marque privation.

Ve-cors, lâche, sans cœur.

§ III. *Adverbes latins employés comme initiales.*

Plusieurs adverbes latins sont employés comme intiales.

Bis, deux fois, se change presque toujours en *bi. Bi-pes*, qui a deux pieds, bipède.
Benè, bien ; *bene-volentia*, bienveillance.
Malè, mal ; *male-dicere*, médire.
Ne, non ; *ne-scius*, qui ne sait pas.
Porrò, au loin ; *por-rigere*, allonger.
Retro, en arrière, à reculons ; *retro-gradi*, aller en arrière.
Satis, assez ; *satis-facere*, satisfaire.
Semi, pour *semis*, demi, moitié ; *semi-vivus*, à moitié mort.

§ IV. *Des altérations que subissent les primitifs dans la composition.*

A et æ se changent en I : habeo, adhibeo : capio, accipio ; quæro, acquiro ; sapiens, insipiens ; æquus, iniquus.

A se change en E : gradior, aggredior.

E se change en I : premo, comprimo.

§ v. *Formation du parfait et du supin dans les verbes composés.*

Les verbes composés se conjuguent ordinairement comme le simple dont ils sont formés. *Produco* et *abigo* sont de la troisième conjugaison comme leurs simples, *duco* et *ago*, et comme eux font au parfait *duxi*, *egi*, *produxi*, *abegi*; au supin *ductum*, *actum*, *productum*, *abactum*.

Les verbes qui, au parfait, redoublent la première syllabe ne conservent pas ce redoublement dans la plupart de leurs composés. Exemples :

Spondere,	*spopondi*;	*respondere*,	*respondi*.
Pendere,	*pependi*;	*dependere*,	*dependi*.
Cædere,	*cecidi*;	*incidere*,	*incidi*.
Tangere,	*tetegi*;	*attingere*,	*attigi*.

Cependant les verbes suivans conservent le redoublement : *præcurro*, *repungo*, et les composés de *posco* et de *disco*. On dit donc : *præcucurri*, *repupugi*, *reposci*, *addidici*.

Les composés de *sto* font au parfait *stiti* et au supin *stitum*. Ex.: *persto*, *perstiti*, *perstitum*, excepté *circumsto*, qui, comme le simple, fait *steti*, *circumsteti*, supin *circumstatum*.

Les composés de *do* sont de la troisième conjugaison, et font *didi*, *ditum*. Ex.: *trado*, *tradidi*, *traditum*. Quatre composés de *do* conservent la conjugaison et les temps primitifs du simple : *circumdo*, *pessundo*, *satisdo*, *venundo*; *circumdedi*, *circumdatum*, etc.

CHAPITRE II. De la dérivation.

§ 1. *Désinences des substantifs.*

Du supin dérivent très-souvent deux noms, dont l'un, terminé en *or*, exprime celui qui a l'habitude de faire l'action , et l'autre, terminé en *io*, exprime l'action elle-même et son effet, ou son habitude.

Adulari, *atum*, flatter.	*Irridere*, *sum*, se moquer.
Adulat-or, *oris*, flatteur.	*Irris or*, *oris* , moqueur.
Adulat-io, *ionis*, flatterie.	*Irris-io*, *ionis*, moquerie.

Le supin forme encore quelquefois un autre nom terminé en *us* ou en *ura* , et qui marque l'effet de l'action.

Fremere, *itum* , frémir.	*Capere*, *captum*, prendre.
Fremit-us, *ûs*, frémissement.	*Capt-ura*, capture, prise.

Du nom verbal en *or* se forme quelquefois un adjectif en *ius*.

Adulator-ius, qui concerne la flatterie.

De quelques verbes dérive un nom terminé en *men* où *mentum* , et qui exprime l'effet de l'action.

Levare, soulager.	*Ornare*, orner.
Leva-men, soulagement.	*Orna-mentum* , ornement.

De quelques verbes dérive un substantif abstrait terminé en *or*.

Timere, craindre	*Tim-or* , la crainte.

La désinence *arius* désigne celui qui exerce l'art , qui a soin de.

Argent-arius, banquier , caissier. *Statu-arius* , statuaire.

Atus désigne un office , une fonction.

Consul-atus , consulat.

La désinence *etum* exprime le lieu où se trouvent réunis plusieurs objets de la même espèce.

Alnus, aune, arbre. *Aln-etum* , aunaie, lieu planté d'aunes.

Des adjectifs se forment les substantifs abstraits terminés en *itas* , *itia*, *ities* , *ia* , *itudo*.

Æquus,	juste ;	*æqu-itas*,	justice.
Malus ,	méchant ;	*mal-itia* ,	méchanceté.
Segnis ,	paresseux ;	*segn-ities*,	paresse.
Audax ,	audacieux ;	*audac-ia*,	audace.
Elegans,	élégant ;	*elegant-ia* ,	élégance.
Prudens,	prudent ;	*prudent-ia* ,	prudence.
Beatus ,	heureux ;	*beat-itudo* ,	bonheur.

Les désinences *ellus, ella, illus, illa, ulus, ula, olus, ola, culus, cula*, réveillent une idée de petitesse. Les mots qu'elles terminent sont appelés *diminutifs*. Les diminutifs gardent le genre de leurs primitifs.

Ag-ellus, petit champ.
Lap-illus, petite pierre.
Amic-ulus, petit, tendre ami.
Cell-ula, petit cellier.
Alve-olus, petit canal.

Are-ola, petite place.
Funi-culus, petite corde.
Navi-cula, barque.
Hom-unculus, pauvre homme.
Narrati-uncula, court récit.

Les terminaisons *ades, ides, is, as*, désignent les noms *patronymiques*, c'est-à-dire les noms donnés soit au fils, ou à la fille, soit à toute une race, et tirés de celui qui en est le père. *Ades, ides*, sont pour les noms masculins ; *is, as*, pour les noms féminins.

Anchisi-ades, æ, m. Énée, fils d'Anchise.
Inach-idæ, arum, les Grecs, descendans d'Inachus.
Priam-ides, æ, fils de Priam.
Priame-is, idis, fille de Priam, Cassandre.
Abanti-as, adis, Danaé, petite fille d'Abas.

§ II. *Désinences des adjectifs.*

De certains verbes se forme un adjectif terminé en *abilis, ibilis* ou *ilis*, qui exprime ce qu'il est possible de faire, ce qui est digne d'être fait ou propre à être fait.

Am-abilis, digne d'être aimé, aimable.
Cred-ibilis, qu'on peut croire, croyable.
Fac-ilis, qui peut se faire, facile.

De quelques verbes dérive un autre adjectif terminé en *ivus*, et exprimant ce qui tend à, ce qui a la faculté de.

Purgat-ivus, ce qui tend à purger *ou* a la faculté de purger.

Des substantifs se forment des adjectifs terminés en *alis, ilis, aris, estris, inus, ens*.

Lex,	loi ;	*leg-alis*,	légal.
Puer,	enfant ;	*puer-ilis*,	puéril.

Angulus,	angle;	*angul-aris*,	angulaire.
Silva,	forêt;	*silv-estris*,	qui est des bois.
Mare,	mer;	*mar-inus*,	de mer.
Aurum,	or;	*aur-eus*,	d'or.

Les désinences *inus, ensis*, marquent le lieu, la patrie, l'origine.

Rom-anus, Romain.	*Rhem-ensis*, Rhémois.
Tarent-inus, de Tarente.	*For-ensis*, qui est du barreau.

Les désinences *ax, osus, undus, bundus, idus*, expriment l'abondance, la plénitude, la force, l'excès.

Loqu-ax, qui parle beaucoup.
Anim-osus, plein de courage.
Verec-undus, plein d'une crainte respectueuse.
Lacryma-bundus, tout en pleurs.
Luc-idus, qui abonde en lumière, lumineux.

Les désinences *fer, ger*, qui viennent des verbes *fero, gero*, signifient celui ou celle qui porte.

Luci-fer, étoile du matin, qui porte la lumière.
Armi-ger, qui porte les armes, écuyer.

§ III. *Désinences des verbes.*

De *facere, factum*, faire, dérivent les verbes

Fact-itare, faire souvent.
Fact-urire, désirer de faire.
Fac-essere, accomplir.

La désinence *itare* indique la fréquence de l'action, la désinence *urire* en marque le désir, et la désinence *essere* en marque la perfection. Les verbes en *itare*, nommés *fréquentatifs*, et les verbes en *urire*, appelés *désidératifs*, se forment du supin.

Beaucoup de fréquentatifs se forment du supin par le changement de *um* en *are*, au lieu de *itare*. *Capio, captum*, prendre, fréq., *captare*, tâcher de prendre. Cette valeur accessoire n'est pas toujours bien marquée; c'est ainsi que, pour le sens, *pulsare* ne semble pas différer beaucoup de *pellere*, pousser.

La désinence *illare* à l'idée de fréquence ajoute celle de diminution : *sorb-illare*, avaler à petits traits (*sorbere*, avaler).

De *dormire*, dormir: de *virere*, être vert, on a fait
Dormi-scere, commencer à dormir :
Vire-scere, devenir vert.

Les verbes en *scere* marquent le commencement de l'action, ils se nomment inchoactifs, de *inchoare*, commencer; ils n'ont ni parfait, ni supin, et sont tous de la troisième conjugaison.

§ IV. *Désinences des adverbes.*

D'un grand nombre d'adjectifs se forme un adverbe terminé en *è*, ou en *ter*, et quelquefois en *ò*.

Facilis, facile;	*facil-è*, facilement.
Strenuus, } courageux;	*strenu-è,* } courageusement.
Fortis,	*forti-ter,*
Prudens, prudent;	*prüden-ter*, prudemment.
Rarus, rare;	*rarò*, rarement.

§ V. *Désinences des noms et des adverbes de nombre.*

Les désinences *imus*, *esimus*, indiquent le nom de nombre ordinal. Exempl.: *primus*, premier ; *millesimus*, millième. Il n'y a que sept nombres ordinaux qui ne prennent pas ces terminaisons : *secundus*, *tertius, quartus, quintus, sextus, octavus, nonus.*

La désinence *eni* ou *ni* indique le nom de nombre distributif. Exemp.: *bini*, *terni*, etc., deux à deux, chacun deux ou deux à chacun ; trois à trois, chacun trois ou trois à chacun, etc. *Singuli* est le seul nombre distributif qui ne soit pas terminé en *ni*.

La désinence *iès* désigne l'adverbe de nombre : *Quinquiès*, cinq fois, *sexiès*, six fois. Les quatre premiers adverbes de nombre sont les seuls qui ne prennent pas la terminaison *iès*.

Les noms de nombres ordinaux et distributifs, et les adverbes de nombre se forment des noms de nombre cardinaux.

Tableau des noms et des adverbes de nombre.

Nota. Le tiret sépare, dans les nombres cardinaux, ce qu'on doit conserver de ce qu'on doit changer pour en former les ordinaux, les distributifs et les adverbes de nombre.

Cardinaux.	Ordinaux.	Distributifs.	Adverbes de nombre.
1 Unus, a, um	Primus, a, um	Singuli, æ, a	Semel.
2 Duo, æ, o	Secundus	Bini	Bis.
3 Tres, tria	Tertius	Terni	Ter.
4 Quatuor	Quartus	Quaterni	Quater.
5 Quinqu-e	Quintus	Quini	— iès.
6 Sex	Sextus	Seni	— iès.
7 Sept-em	Septimus	— eni	— iès.
8 Oct-o	Octavus	— oni	— iès.
9 Nov-em	Nonus	— eni	— iès.
10 Dec-em	— imus	Deni	— iès.
11 Undec-im	— imus	Undeni	— iès.
12 Duodec-im	— imus	Duodeni	— iès.
13 Tredec-im	Tertius decimus (1)	Ternideni	— iès.
14 Quatuordec-im	Quartus decimus	Quaterni deni	— iès.
15 Quindec-im	Quintus decimus	Quini deni	— iès.
16 Sexdecim	Sextus decimus	Seni deni	Sedeciès.
17 Septemdec-im	Septimus decimus	Septeni deni	Deciès septiès.
18 Octodec-im	Octavus decimus	Octoni deni	Deciès octiès.
19 Novemdec-im	Nonus decimus	Noveni deni	Deciès noviès.
20 Viginti	Vicesimus	Viceni	Viciès
21 Unus et viginti	Vicesimus primus	Viceni singuli	Viciès semel.
Viginti unus	Primus et vicesimus	Singuli et viceni	Semel et vicis.
30 Triginta	Tricesimus	Triceni	Triciès.
40 Quadrag-inta	— esimus	— eni	— iès.
50 Quinquag-inta	— esimus	— eni	— iès.
60 Sexag-inta	— esimus	— eni	— iès.
70 Septuag-inta	— esimus	— eni	— iès.
80 Octog-inta	— esimus	— eni	— iès.
90 Nonag-inta	— esimus	— eni	— iès.
100 Cent-um	— esimus	— eni	— ies.
101 Centum et unus	— esimus primus	— eni singuli	— iès semel.
110 Centum et decem	— esimus decimus	— eni deni	— iès deciès.
200 Ducent-i, æ, a	— esimus	Duceni	— iès.
300 Trecent-i, æ, a	— esimus	Treceni	— iès.
400 Quadringent-i, æ, a	— esimus	Quadringeni	— iès.
500 Quingent-i, æ, a	— esimus	Quingeni	— iès.
600 Sexcent-i, æ, a	— esimus	— eni ou sexceni	— iès.
700 Septingent-i, æ, a	— esimus	Septingeni	— iès.
800 Octingent-i, æ, a	— esimus	Octingeni	— iès.
900 Nongent-i, æ, a	— esimus	Nongeni	Noningentiès
1000 Mill-e	— esimus	— eni	— iès.
2000 Bis mill-e	Bis — esimus	Bis — eni	Bis — iès.
duo millia			

5000 quinquiès mille *ou* quinque millia.

100,000 centiès mille *ou* centum millia *ou* centena millia.

---

(1) *Ou* decimus et tertius, decimus et quartus, etc., *ou* decimus tertius, decimus quartus, etc.

1,000,000 deciès centum mille *ou* deciès centena millia *ou* mille millia.

2,000,000 viciès centena millia *ou* viciès centum mille.

4,500,000, quadragiès quinquiès centena millia.

REMARQUE. Les Latins, au lieu de *octodecim*, disaient ordinairement *duodevigin:i*, et au lieu de *novemdecim*, ils disaient *undeziginti* ; et en général on peut exprimer les nombres dont le second chiffre est un 8 ou un 9 par la dizaine immédiatement supérieure précédée de *duode* (*deme duo...* ôtez deux..) pour les nombres qui se terminent par 8, et de *unde* (*deme unum...* ôtez un...) pour les nombres qui se terminent par 9. *Duodetriginta*, vingt huit ; *undetriginta*, vingt-neuf.

FIN DE LA PREMIÈRE PARTIE.

SECONDE PARTIE.

SYNTAXE.

Il ne suffit pas de connaître le sens des mots et les différentes formes dont ils peuvent être revêtus ; il faut encore savoir comment ils se combinent pour exprimer nos pensées. C'est ce qu'enseigne la *Syntaxe*.

INTRODUCTION.

ANALYSE DE LA PROPOSITION.

§ I. *Éléments de la proposition* (1).

On ne peut exprimer une pensée sans faire ce qu'on appelle une *proposition*. Or toute proposition renferme nécessairement un *sujet*, un *verbe* et un *attribut*.

Proposition : *Dieu est éternel.*
Sujet : *Dieu.* — Verbe : *est.* — Attribut : *éternel.*
Le sujet est l'objet que l'on affirme avoir une qualité.
L'attribut est la qualité attribuée au sujet.
Le verbe est le mot par lequel on affirme que la qualité exprimée par l'attribut appartient au sujet.

Le sujet est
{
un substantif : *Dieu* est éternel ;
un pronom : *nous* sommes mortels ;
un infinitif : *mentir* est honteux.
}

L'attribut est
{
un adjectif : Dieu est *éternel* ;
un participe : il est *adoré* ;
un substantif : il est le *maître* ;
un pronom : c'était *lui* ;
un infinitif : espérer est *jouir.*
}

---

(1) Voir à la fin de cet ouvrage l'explication de la méthode de l'abbé Gaultier, pour faire la construction.

Dans cette proposition *le maître enseigne*, le verbe et l'attribut ne forment qu'un seul mot. *Enseigne* équivaut à *est enseignant*.

Le verbe *être*, qui n'exprime que l'idée pure et simple d'existence, se nomme *verbe substantif*. Tous les autres, qui contiennent l'idée de l'existence et celle d'un attribut, sont appelés verbes *attributifs*.

§ II. *Dépendances du sujet et de l'attribut.*

Parmi les verbes attributifs, il en est qui expriment par eux-mêmes une action complète et absolue, comme *courir*, *dormir*, d'autres qui exigent un complément ou régime, comme *aimer*, *voir*; car pour compléter le sens, il est nécessaire d'ajouter quel est l'objet qu'on voit, qu'on achète. Plusieurs verbes même admettent deux compléments; tel est le verbe *donner*, après lequel pour compléter le sens il faut ajouter ce que l'on donne et à qui on le donne (1).

Le complément est *direct* lorsqu'il est uni au verbe immédiatement, c'est-à-dire sans le secours d'une préposition, comme dans, j'aime *Dieu*. Le verbe qui admet cette sorte de complément se nomme *actif* ou *transitif*.

Si le complément est uni au verbe par le moyen d'une préposition, comme dans, j'obéis *à Dieu*, je viens *de Rome*, il se nomme *complément indirect*.

Quelques verbes actifs admettent les deux sortes de compléments, exemples : Il donne *l'aumône aux pauvres*, il tire *les marrons du feu*.

On nomme verbes *neutres* ou *intransitifs* les verbes qui n'admettent qu'un complément indirect, comme *obéir*, *venir*, et ceux qui n'exigent aucun complément, tels sont, *dormir*, *courir*.

Si le sujet ne fait pas l'action, mais la reçoit, la souffre, le verbe est *passif*, et son complément se précède des prépositions *de*, *par* : *Je suis aimé de Dieu*, *un jour est chassé par l'autre*.

L'attribut peut avoir encore pour complément un infinitif, comme dans, il espère *réussir*, il craint *de tomber*; ou une

_____

(1) La relation qui existe entre un verbe et son complément peut être envisagée comme une sorte de domination que le verbe exerce sur son complément, en lui imposant l'obligation de se mettre à tel ou tel cas : par cette raison on donne aussi au complément le nom de *régime*, de *regere*, gouverner.

proposition précédée de la conjonction *que*, comme dans, je crois *que vous pleurez.*

L'attribut est souvent modifié

1° Par un adverbe : le sage parle *peu.*

2° Par des termes circonstanciels, exprimant différentes circonstances de temps, de lieu, de manière, etc. Ces termes circonstanciels sont :

Une préposition avec son complément : il supporte l'adversité *avec courage.*

Une proposition entière précédée d'une conjonction autre que *et*, *ni*, *ou*, *mais*, *que* : le temps passe vite *quand on s'amuse.*

Un substantif, quelle que soit la fonction qu'il remplisse dans la phrase, peut être modifié ou déterminé :

1° Par un adjectif avec ou sans régime : *une petite* étincelle allume souvent *un grand* incendie; un guerrier *avide de gloire* recherche les combats ;

2° Par un participe : Les bienfaits *reçus* sont trop tôt oubliés ;

3° Par un substantif précédé de la préposition *de* : La crainte *de Dieu* est le commencement *de la sagesse* ;

4° Par un substantif employé comme qualificatif, c'est ce qu'on nomme apposition : Cicéron, *orateur* célèbre, fut lâchement assassiné ;

5° Par une proposition commençant par un pronom relatif : Préférez les livres *qui instruisent* aux livres *qui amusent.*

On distingue le sujet *grammatical* du sujet *logique.* Dans cette proposition : « L'exemple d'une bonne vie est la meilleure leçon qu'on puisse donner au genre humain. » *L'exemple d'une bonne vie* est le sujet logique, *l'exemple* est le sujet grammatical. Le sujet grammatical est le sujet dépouillé de toutes ses modifications et réduit à la plus simple expression, et le sujet logique est le sujet accompagné de tous les mots qui servent à l'expliquer ou à le déterminer. La même distinction s'applique à l'attribut et à ses compléments. *La meilleure leçon qu'on puisse donner au genre humain* est l'attribut logique, *la leçon* est l'attribut grammatical.

§ III. *De la dépendance des propositions entre elles.*

Considérées sous le rapport de leur liaison dans le discours et de leur dépendance entre elles, les propositions sont ou *principales* ou *subordonnées.*

La proposition *principale* ne dépend d'aucune autre et renferme le sens principal.

La proposition *subordonnée* est une proposition secondaire et accessoire qui se rattache plus ou moins directement à la proposition principale.

La proposition subordonnée est *incidente*, *complétive*, *corrélative* ou *circonstancielle*.

1° Elle est *incidente*, lorsqu'elle tombe sur un des termes de la proposition principale

La foi *qui n'agit point*, est-ce une foi sincère ?

Le plaisir le plus doux est celui *qu'on partage*.

2° Elle est *complétive* lorsqu'elle achève une proposition principale incomplète. Elle forme alors soit le sujet, soit le complément du verbe principal.

D'où vient.....*que vous pâlissez*. (sujet.)

Le maître veut..*qu'on l'écoute*. ⎫
Je ne sais pas...*s'il viendra*. ⎪
Vous ignorez....*qui je suis*. ⎬ complément).
Je doute.......*qu'il parte*. ⎭

3° Elle est *corrélative* lorsque par la conjonction *que* elle est mise en rapport avec une proposition principale renfermant l'un des mots *plus, moins, autant, tant*, etc., Ex. :

Il est *plus* savant *que vous ne le pensez*

Il a remporté *autant* de victoires *qu'il a livré de combats*.

4° Elle est *circonstancielle* quand elle exprime une circonstance de temps, de motif, de condition, d'opposition, etc., et se lie à la proposition principale par une conjonction autre que *et, ni, ou, mais, que*.

Peu de chose nous console *parce que peu de chose nous afflige*.

Quand on court après l'esprit, on attrape la sottise.

§ IV. *De la construction logique et de l'inversion.*

Les parties de cette proposition, *Dieu donna sa loi à Moïse sur le mont Sinaï*, se succèdent dans cet ordre : *Sujet* (Dieu), *verbe et attribut* (donna), *complément direct* (sa loi), *complément indirect* (à Moïse), *terme circonstanciel* (sur le mont Sinaï).

Cet arrangement des parties de la proposition est conforme à l'ordre des opérations de notre esprit ; il est appelé *construction logique*. La proposition dont les parties se succèdent selon cette construction est *directe*.

La proposition dont les parties ne sont point rangées d'après la construction logique est *inverse*, ex. *Grande fut ma joie* Ici l'attribut précède le verbe, et le verbe le sujet ; la construction logique est : *Ma joie fut grande*.

Cette autre phrase, *Dans ce désordre à mes yeux se présente un jeune enfant*, est aussi inverse qu'elle peut l'être, puisqu'aucun de ses membres n'est à la place qu'assigne la construction logique. Ramenons-la à cette construction : *Un enfant jeune présente se* (lui) *à mes yeux dans ce désordre.*

Dans la construction logique les modifications suivent les mots qu'elles modifient, les mots régis ceux qui les régissent, l'adverbe se place après le verbe.

Dans cette phrase :

« Borné dans sa nature, infini dans ses vœux,
L'homme est un dieu tombé qui se souvient des cieux ; »

la modification du sujet, au lieu de le suivre, le précède; il y a donc inversion. La construction logique est, *L'homme borné dans sa nature, infini dans ses vœux, est un dieu tombé*, etc.

La langue française s'écarte peu, en prose surtout, de la construction logique. Dans la langue latine, au contraire, la variété des désinences des noms et des verbes permet d'employer très-fréquemment l'inversion sans qu'il en résulte aucune obscurité, parce que les formes des mots indiquent suffisamment les rapports de concordance et de dépendance qui les lient les uns avec les autres.

Cette phrase, le chien suit le maître, ne peut pas être autrement construite : en latin on peut dire comme en français, *canis sequitur dominum*, ou *dominum sequitur canis*, ou *dominum canis sequitur.*

§ V. *De la construction elliptique.*

Il y a plusieurs mots que l'usage permet de supprimer, sans pour cela que le discours perde rien de sa clarté, parce que la tournure, le sens de la phrase suppléent à ce retranchement : c'est ce qu'on nomme *ellipse*. En rétablissant tous les mots sous-entendus, on rend la construction pleine et entière.

Des voleurs m'ont pillé. CONSTRUCTION PLEINE. *quelques-uns* des voleurs m'ont pillé. — Donnez-moi du pain. Donnez-moi *une portion* du pain (1). — Qui ne sait se borner ne sut jamais écrire. *Celui* qui ne sait. — Nulle paix pour l'impie. *N'est* pour l'impie. — Plus fait douceur que violence. Douceur fait plus que violence *ne fait*. — Il ne dort ni nuit, ni jour. Il ne dort ni *pendant* la nuit, ni *pendant* le jour.

_____

(1) Les Latins n'admettent point cette ellipse. Ces trois phrases : Donnez-moi *le pain*, donnez-moi *un pain*, donnez-moi *du pain*, quoique exprimant des idées différentes, se rendent de la même manière : *Præbe mihi panem* ; l'avantage du français sur le latin est ici incontestable.

LIVRE PREMIER.

SYNTAXE GÉNÉRALE.

Certains mots s'accordent avec d'autres en genre, en nombre, en cas, en personne; certains mots en régissent d'autres à tel cas : de là des règles d'accord et de régime, qui seront l'objet des deux premiers chapitres.

Les règles qui conviennent aux substantifs conviennent également aux pronoms qui, comme les substantifs, désignent des personnes ou des choses.

Les mêmes règles d'accord s'appliquent aux adjectifs, et aux participes, qui comme les adjectifs modifient les substantifs.

Les mêmes règles de régime s'appliquent aux verbes et à leurs participes.

CHAPITRE I. Syntaxe d'accord.

§ I. *Accord du verbe avec le sujet.*

1. *Ego* AUDIO, j'écoute; *magistri docent*, les maîtres enseignent.

---

1. Ego laudo, tu vituperâsti, ille judicabit; nos optabamus, vos speravistis, illi dubitaverint.

Lex jubet, aut permittit, aut vetat. Cic. — Animus peccat, non corpus. Liv.

Cœlorum lacrymæ inarescunt. Quat. — Virtus laudatur, vitia vituperantur. — Veritas non semper latet. Sen. t. — Multitudo aut servit humiliter, aut superbè dominatur. Liv.

Le verbe s'accorde avec le sujet en nombre et en personne.

— — —

2. AUDIO, AUDIS, AUDIT; j'écoute, tu écoutes, il écoute.

Les pronoms sujets *ego*, *tu*, *ille*, etc., sont ordinairement sous-entendus parce qu'ils sont suffisamment indiqués par les désinences personnelles du verbe.

On dit en français au pluriel, *vous écoutez*, alors même qu'on n'adresse la parole qu'à une seule personne; en latin on se sert toujours du singulier, et l'on dit, *audis*, tu écoutes.

— — —

3. *Petrus et Paulus* LUDUNT : Pierre et Paul jouent. Le verbe qui a plusieurs sujets se met au pluriel.

— — —

4. *Ego et tu* VALEMUS : vous et moi nous nous portons bien. *Tu fraterque tuus* VULTIS : vous et votre frère, vous voulez.

Quand un verbe a plusieurs sujets de différentes personnes, on le met à la personne qui a la priorité; la première a la priorité sur les deux autres, la seconde a la priorité sur la troisième.

En latin la personne qui a la priorité est mise avant l'autre; en français l'usage veut que la première personne ne se nomme qu'en dernier.

— — —

2. Amisi, quæsiveras. invenerit; laudamus, vituperâstis, judicabunt. — Veni, vidi, vici.

3. Pompeius, Scipio, Afranius fœdè perierunt. Cic. — Acer, palma et populus tardè senescunt. PLIN.—Frons, oculi, vultus persæpè mentiuntur. QUINT.

4. Si tu et Tullia valetis, ego et Cicero valemus. CIC.

§ II. *Accord de l'adjectif avec le substantif.*

5. *Deus* SANCTUS, Dieu saint ; *Dei* SANCTI, du Dieu saint. — *Virgo* SANCTA, Vierge sainte ; *Virginis* SANCTÆ, de la Vierge sainte. — *Templum* SANCTUM, temple saint, *templi* SANCTI, du temple saint.

L'adjectif s'accorde en genre, en nombre et en cas avec le substantif auquel il se rapporte.

---

6. *Deus est* SANCTUS : Dieu est saint.
Graculus rediit MOERENS : le geai revint triste.

L'adjectif s'accorde toujours avec le substantif auquel il se rapporte, bien qu'il en soit séparé par un verbe.

---

5. Amicus certus, jucunda laus, vulgus incertum ; viri boni, homines probi, res prosperæ, secundæ, adversæ : mitia poma, meus dolor, tua arbor, suus pater, nostri liberi, vestri libri, cujum pecus?
Hic præstans civis, hoc infaustum omen
Illi reges, reges ipsi, isti sævi tyranni, ea castra
Quis filius? quænam soror? quod mare? quidam servus. Quanta liberalitas! quota hora? multi viri, plures pueri, plurimæ mulieres, pauci vici, pauciores urbes, paucissima oppida.
Singulæ civitates, duæ epistolæ, binæ litteræ, omnis homo, totus orbus, cuncta gens ; alia tempora, alii mores.
Milites fugientes, dux victurus aut moriturus, exercitus fugatus, urbs diripienda. Lectio certa prodest, varia delectat. SEN. — Fugit irreparabile tempus. VIRG.

6. Veræ amicitiæ sempiternæ sunt. CIC. — Res humanæ fragiles caducæque sunt. CIC. — Calamitas querula est et superba felicitas. OVAT. — Amicitia nunquàm intempestiva, nunquàm molesta est. CIC. — Acti labores jucundi. CIC.
Nemo nascitur dives. SEN. — Non omnis moriar. HOR. — Malum nascens facilè opprimitur ; inveteratum fit plerumque robustius. CIC. — Scythica gens antiquissima semper habita est. JUST. — Semel emissum volat irrevocabile verbum. HOR. — Plato scribens mortuus est. CIC.

7. *Pater et filius* BONI, *mater et filia* BONÆ *laudantur* : le père et le fils bons, la mère et la fille bonnes sont loués.

L'adjectif qui se rapporte à plusieurs substantifs se met au pluriel.

———

8. *Pater et mater* BONI *amantur :* le père et la mère bons sont aimés.

L'adjectif qui se rapporte à plusieurs substantifs de différents genres se met au pluriel et au genre qui a la priorité, si ces substantifs sont des noms d'objets animés. (Le masculin a la priorité sur les deux autres genres, le féminin a la priorité sur le neutre.)

———

9. *Virtus et vitium sunt* CONTRARIA : la vertu et le vice sont contraires.

L'adjectif qui se rapporte à plusieurs substantifs de genres différents, se met au pluriel neutre, si ces substantifs sont des noms d'objets inanimés. On sous-entend le substantif neutre *negotia,* choses (*negotia contraria,* choses contraires).

———

10. PROBI *amantur,* c'est-à-dire, *homines probi :* les hommes honnêtes, les gens de bien sont aimés.

———

7. Cicada et noctua molestæ. — Romulus et Remus erant gemini.—Amicitia et fides laudandæ. — Grammatice quondam ac musice junctæ fuerunt. QUINT.

8. Pater et mater mortui sunt. — Mater et filius custodiendi. — Attoniti Baucis timidusque Philæmon. OVID.

9. Fraus et scelus turpia. Voluptas et dolor finitima sunt.

10. Semper avarus eget. HOR. — Ægri non omnes convalescunt. CIC. — Malè agentes semper timent.— Malè partum malè disperit. PLAUT. — Videntur omnia repentina graviora. CIC. — Varium et mutabile semper femina. VIRG.

Omnia præclara *rara sunt*, c.-à-d. *omnia negotia præclara :* toutes les belles choses sont rares.

Tout adjectif suppose un substantif avec lequel il puisse s'accorder en genre, en nombre, en cas. Si ce substantif n'est point exprimé, il est nécessairement sous-entendu. Les substantifs le plus ordinairement sous-entendus sont *homo, homines; negotium, negotia;* cette dernière ellipse est la plus fréquente de toutes.

---

§ III. *Accord du pronom relatif avec son antécédent.*

11. *Deus,* qui *regnat, est omnipotens :* Dieu, qui règne, est tout-puissant. — *Nos,* qui *petivimus, accipiemus :* nous, qui avons demandé, nous recevrons.

Le pronom relatif s'accorde avec son antécédent en genre, en nombre et en personne, et communique ce nombre et cette personne au verbe dont il est le sujet.

Remarque. Les règles de concordance exposées dans les numéros 7, 8, 9, s'appliquent au pronom relatif.
Pater et filius qui amant, le père et le fils qui aiment.
Pater et mater qui mortui sunt, le père et la mère qui sont morts.
Virtus et vitium quæ sunt contraria, le vice et la vertu qui sont contraires.

---

§ IV. *Accord de deux substantifs.*

12. *Cicero* consul, Cicéron consul; *Ciceronis* consulis, de Cicéron consul; *Ciceroni* consuli, à Cicéron consul, etc.

---

11. Amicitia quæ desiit nunquam fuit vera. Cic. — Ninus et Semiramis qui regnaverunt. — Injuria et beneficium quæ sunt dissimillima. — Ego et tu qui locuti sumus. — Tu et ille qui tacuistis.

12. Socrates, vir sapientissimus. — Usus, magister egregius. — Natura, dux optima. — Desidia, improba siren. — Junius Brutus et Tarquinius Collatinus, primi consules.

Lorsque deux substantifs sont employés de suite pour désigner un seul et même objet, ils se mettent au même cas : c'est ce qu'on nomme *apposition*.

---

13. Urbs Roma *est inclyta :* la ville Rome, la ville de Rome est célèbre.

L'apposition a lieu en latin entre des substantifs que sépare en français la préposition *de*, si ces substantifs désignent un seul et même objet.

---

14. Tullia, deliciæ *nostræ*, *valet :* Tullie, nos délices, se porte bien.

Les substantifs apposés, nécessairement au même cas, peuvent différer de nombre ou de genre. Le verbe prend le nombre du substantif principal.

---

15. *Cicero fuit* consul *sedulus :* Cicéron fut un consul vigilant.

Le substantif qui est employé comme attribut, s'accorde en cas avec le sujet : c'est une seconde espèce d'apposition.

---

16. *Cicero creatus est* consul : Cicéron fut créé consul.

---

13. Cyprus insula. — Provincia Gallia. — Flumen Tigris.

14. Imitatores, servum pecus. — Phœnix et gryphus, ficta animalia. — Columbæ, timidissima turba. — Galli, gens valida.

15. Ira furor brevis est. Hor. — Maximum animal terrestre est elephas. Plin.—Formosa facies muta est commendatio. Cic. — Magnum vectigal est parcimonia. Cic. — Magistratus lex est loquens. Cic. —Summum jus, summa injuria. Cic.

16. Hannibal prætor factus est. Nep.—Consuetudo fit altera natura. — Tempus opportunum appellatur occasio. Cic. —

Leo habetur BESTIA FORTISSIMA : le lion passe pour l'animal le plus courageux.

Le substantif qui suit les verbes *fio*, je deviens ; *appellor*, *dicor*, *vocor*, *nominor* je suis nommé ; *creor*, je suis créé ; *eligor*, je suis élu ; *habeor*, je passe pour ; *videor*, je semble, je parais, et autres semblables, qualifie le sujet, et s'accorde en cas avec lui.

CHAPITRE II. DES CAS.

§ I. NOMINATIF.

17. Le nominatif est le sujet ou l'attribut d'un verbe à un mode personnel ; MAGISTRI *docent* ; DEUS, QUI *regnat*, *est omnipotens* ; CICERO *fuit* CONSUL *sedulus*.

TURPE *est mentiri* : mentir est honteux, il est honteux de mentir.

L'infinitif s'emploie quelquefois comme sujet, l'adjectif qui s'y rapporte se met au neutre parce que l'infinitif est alors considéré comme un substantif neutre.

---

§ II. ACCUSATIF.

18. *Amo* DEUM : j'aime Dieu.

Gallus, ESCAM *quærens*, MARGARITAM *reperit* :

Pater et mater dicuntur parentes. — Consules declarantur Tullius et Antonius. SALL. — Cato primus existimatus est optimus orator, optimus imperator, optimus senator. PLIN.

17. Miserrimum est timere. SEN. T. — Errare humanum est. CIC.

18. Deus mundum ædificavit. CIC. — Labor omnia vincit improbus. VIRG. — Terra salutiferas herbas, eademque nocentes nutrit. OVID. — Nec secunda sapientem evehunt, nec adversa demittunt. SEN. — Fortuna non mutat genus. HOR. — Nec im-

un coq, cherchant de la nourriture, trouva une perle.

Cicero, ORATIONEM *habiturus :* Cicéron devant prononcer un discours.

Tout verbe actif veut son complément direct à l'accusatif.

Imitor PATREM : j'imite mon père.

Un grand nombre de verbes déponents gouvernent l'accusatif; ce sont des verbes actifs sous la forme passive.

REGEM *decet clementia :* la clémence convient à un roi.

Certains verbes actifs en latin se traduisent en français par un verbe neutre, tel est *decere*, convenir à.

———

19. *Amat* LUDERE : il aime à jouer.

Desiit LOQUI : il cessa de parler.

L'infinitif s'emploie comme complément d'un verbe actif ou employé comme tel.

———

bellem feroces progenerant aquilæ columbam. Hor. — Audaces fortuna juvat. Ovid. — Imprimis venerare Deos. Virg. — Defendunt leges ac tuentur bonos. Cic. — Crescentem sequitur cura pecuniam. Hor —Aversantur diem splendidum nocturna animalia. Sen. — Video meliora proboque : deteriora sequor. Ovid. — Miseros læta convivia non decent. Just. — Et secundas res splendidiores facit amicitia et adversas leviores. Cic. — Timidus vocat se cautum, parcum sordidus. P. S.

19. Mortem effugere nemo potest. Cic. — Bona conscientia prodire vult et conspici : ipsas nequitia tenebras timet. Sen. — Non omnes sciunt referre beneficium. Sen. — Brevis esse laboro, obscurus fio. Hor. — Culpari metuit fides. Hor. — Bene ferre magnam disce fortunam. Liv, — Adsuesce et dicere verum et audire. Cic.

§ III. DATIF.

20. *Do vestem* PAUPERI : je donne un habit au pauvre.

Le complément indirect des verbes actifs se met au datif, quand il s'agit d'exprimer une idée d'attribution, de terme, de destination.

Une foule de verbes admettent cette sorte de complément, entre autres :

Dare,	donner.	*Jungere*,	joindre	*Promittere*,	promettre.
Dicere,	dire.	*Debere*,	devoir.	*Polliceri*,	
Addere,	ajouter.	*Tradere*,	livrer.	*Largiri*,	donner.

---

21. *Vir bonus* NEMINI *nocet* : l'homme de bien ne nuit à personne.

Studeo GRAMMATICÆ : j'étudie la grammaire.

La plupart des verbes neutres veulent leur complément au datif.

Certains verbes, qui sont neutres en latin, sont actifs en français, comme *studere*, étudier ; *favere*, favoriser, *parcere*, épargner, etc.

---

20. (Populus) Stultus honores sæpè dat indignis. Hor. — Pedibus timor addidit alas. Virg. — Virtus hominem jungit Deo. Cic. — Reverentiam nostris parentibus debemus. Sen. — Intemperans adolescentia effetum corpus tradit senectuti. Cic. — Græcia dextram tendit Italiæ suumque ei præsidium pollicetur. Cic. — Innumera Deus homini largitur bona. Sen. — Præstabis parentibus pietatem, cognatis dilectionem, amicis fidem, omnibus æquitatem. Sen. — Augustus rempublicam Tiberio reliquit. Eut.

21. Ingratus unus miseris omnibus nocet. P. S. — Mundus Deo paret, et huic obediunt maria terræque. Cic. — Peccare nemini licet. Cic. — Probus invidet nemini. Cic. — Imperare sibi maximum imperium est, sicut servire cupiditatibus gravissima servitus est. Sen. — Themistocles totum se dedit reipublicæ, diligenter amicis famæque serviens. Nep. — Dioni maximè indulgebat Dionysius. Nep. — Homo cæteris animantibus plurimùm præstat. Cic. — Tempori parce. Sen. — Venus nupsit Vulcano. Cic. — Dii favent innocentiæ. Cic.

Hic homo irascitur MIHI : cet homme se fâche contre moi.

Un grand nombre de verbes déponents sont des verbes neutres sous la forme passive et veulent leur complément au datif ; tels sont : *irasci*, se fâcher contre ; *opitulari*, secourir ; *mederi*, guérir ; *blandiri*, flatter ; *minari*, menacer, etc.

---

22. *Id* MIHI *utile est* : cela m'est utile.

Les adjectifs *utilis*, utile à ; *amicus*, ami de ; *inimicus*, ennemi de ; *carus*, cher à ; *gratus*, agréable à ; *par*, égal, pareil à ; *infensus, iratus*, irrité contre ; *assuetus*, accoutumé à, etc., reçoivent leur complément au datif.

---

23. *Est* MIHI *liber* : un livre est à moi , j'ai un livre.

Le verbe *esse*, pris dans le sens d'appartenir, se construit avec le datif.

REMARQUE. Les Latins disent aussi : *Habeo librum*, mais ce tour est plus rare.

Nefas est irasci patriæ. NEP. — Cimon amicis opitulabatur. NEP. — Medetur animo virtus. CIC. — Suaviter blanditur sensibus nostris voluptas. CIC. — Multis minatur, qui facit uni injuriam. P. S.

22. Clementia utilis est victori et victo. JUST. — Judex sæpè amicus adversario et inimicus tibi est. CIC. — Rhinoceros hostis est elephanto. PLIN. — Fabius infestus privatim Papirio erat. LIV. — Agrippa Menenius vir erat pariter Patribus ac plebi carus. LIV. — Probitas grata est Deo. CIC. — Pugna cannensis alliensi cladi par est. LIV. — Dii (ut Epicurus dixit) neque propitii cuiquam esse solent, neque irati. CIC. — Sumite materiam vestris, qui scribitis, æquam viribus. HOR. — Livius Ennio æqualis fuit. SEN. — Voluptatibus maximis fastidium finitimum est. CIC. — Æquus judex non est obnoxius gratiæ. QUINT.

23. Crocodilis superior pars corporis dura et impenetrabilis est, at inferior mollis ac tenera. SEN. — Erat Senecæ ingenium amœnum. TAC. — Non semper idem floribus est color. HOR.

24. Vitæ tuæ *metuebam* : je craignais pour votre vie.

Veniam alicui *petere* : demander grâce pour quelqu'un.

Le datif exprime en général le but, le terme, la destination; il marque le rapport qui est ordinairement indiqué en français par la préposition *à*. Il marque encore l'objet à l'avantage ou au désavantage duquel se fait une chose, une action, il se traduit alors par la préposition *pour*.

§ IV. GÉNITIF.

25. *Liber* Petri : le livre de Pierre.

Le substantif qui en détermine un autre et s'y joint en français par la préposition *de*, se met en latin au génitif. (1)

Ejus *indoles est optima* : le caractère de lui, son caractère est excellent.

L'adjectif possessif, joint en français au sujet, se tourne le plus ordinairement par *de lui, d'elle, d'eux, d'elles* et s'exprime en latin par le génitif de *is* ou *ille*.

---

24. Domus dominis ædificata est, non muribus. Cic. — Non canimus surdis. Virg. — Cœlum omnibus collucet. Cic. — Cunctis esto benignus, nulli blandus, paucis familiaris, omnibus æquus. Sen. — Fortuna magna magna domino est servitus. P. S.

25. Jucunda est memoria præteritorum malorum. Cic. — Omnium rerum principia parva sunt. Cic.—Pietas fundamentum est omnium virtutum. Cic.—Singulorum facultates et copiæ divitiæ sunt civitatis. Cic. — Leonum animi index cauda sicut et equorum aures. Plin. — Omnium animantium formam vincit hominis figura. Cic. — Hominum generi universo cultura agrorum salutaris est. Cic. — Humanæ res maximè sunt mutabiles; earum est dominatrix fortuna. Cic. — Stultus est, qui equum empturus, non ipsum inspicit, sed stratum ejus ac frenos. Sen. — Antonius non solùm Ciceroni, sed omnibus etiam ejus amicis erat inimicus. Nep. — Uri neque homini, neque feræ parcunt : magna vis eorum et magna velocitas.

(1) Excepté dans quelques cas particuliers qui ont été ou seront indiqués dans les numéros 13, 48, 49.

Pater amat suos liberos, *at* ILLORUM (*ou* EORUM) *vitia odit :* le père aime ses enfants, mais il hait les défauts d'eux, leurs défauts.

Les adjectifs possessifs *son*, *sa*, *ses*, *leur*, *leurs*, s'expriment en latin par *suus*, *a*, *um*, lorsque c'est le sujet de la phrase qui possède ; sinon, ils se tournent par *de lui*, *d'elle*, *d'eux*, *d'elles*, et se rendent par le génitif de *is*, *ille*. Le père aime ses enfants. Les enfants *de qui ? du père*. Le père est le sujet de la phrase, et c'est lui qui possède ; c'est à lui qu'appartiennent les enfants : *Pater amat* suos *liberos*. Il hait leurs défauts. Les défauts *de qui ? des enfants*. Ce sont les enfants qui possèdent, et ils ne sont pas le sujet de la phrase ; c'est toujours le père qui est le sujet : EORUM *vitia odit*.

REMARQUE. *Son*, *sa*, *ses*, s'expriment encore par *suus, a, um*, lorsqu'ils se rapportent au complément du verbe.

J'ai rendu à César son épée : *Suum Cæsari gladium restitui*. (Voy. règles 221 , 222).

---

26. *Avidus* LAUDUM, avide de louanges.
Peritus MUSICÆ, habile dans la musique.

Beaucoup d'adjectifs veulent leur complément au

CÆS — Invidia detrectat virtutes, corrumpit honores ac præmia earum. LIV. — Habent sua fata libelli. MART. — Suum cuique decus posteritas rependit. TAC.

26. Avida est periculi virtus SEN. — Cato et agricola solers, et reipublicæ peritus, et juris consultus, et magnus imperator, et probabilis orator, et cupidissimus litterarum fuit. NEP. — Pythagoras sapientiæ studiosos appellat philosophos. CIC. — Socrates se omnium rerum inscium fingebat et rudem. CIC.— Nescia mens hominum fati sortisque futuræ. VIRG. — Mens conscia recti nunquàm timet. SEN. — Vive memor lethi. PERS. Saucius ejurat pugnam gladiator, et idem , immemor antiqui vulneris arma capit. OVID. — Alexandria æmula fuit Carthaginis. JUST. — Calamitosus est animus futuri anxius. SEN. — Cæsar vini parcissimus erat. SUET. — Conon et prudens rei militaris et diligens erat imperator. NEP. — Certè omnes virtutis compotes beati sunt. CIC. — Ira impotens est sui. SEN.— Terræ motus Campaniam , nunquàm securam hujus mali, vastavit. SEN. — Leves homines futuri sunt improvidi. TAC. —

génitif, tels que *avidus*, avide; *peritus*, habile dans; *studiosus*, qui a du goût pour; *memor*, qui se souvient; *prudens*, qui sait; *compos*, maître de, etc.

Rᴇᴍᴀʀǫᴜᴇ. La plupart des adjectifs qui régissent le génitif sont dérivés d'un verbe: *Avidus* vient de *avere*; *peritus*, de l'inusité *perio*; *studiosus*, de *studere*; *memor*, de *meminisse*.

Verba plena ᴍɪɴᴀʀᴜᴍ: paroles pleines de menaces.

Expers ʀᴀᴛɪᴏɴɪs: qui manque de raison.

Les adjectifs qui marquent abondance ou disette reçoivent leur complément au génitif (*voy*. règ. 39).

———

27. *Similis* ᴘᴀᴛʀɪs ou ᴘᴀᴛʀɪ: semblable au père.

Les adjectifs *similis*, semblable; *dissimilis*, dissemblable; *affinis*, allié; *communis*, commun; *proprius*, particulier à, reçoivent leur complément au génitif ou au datif.

———

§ V. VOCATIF.

28. Fɪʟɪ ᴍɪ, *matrem tuam colito*: mon fils, respecte ta mère.

———

Vetera extollimus, recentium incuriosi. Tᴀᴄ. — Solus homo rationis est particeps. Cɪᴄ. — Darius nullius salubris consilii patiens erat. Cᴜʀᴛ. — Mare Mortuum navigationis est impatiens. Jᴜsᴛ.

Medicamentorum salutarium plenissimæ sunt terræ. Cɪᴄ. — Gallia frugum hominumque fertilis erat. Lɪᴠ. — Referta quondam Italia Pythagoræorum fuit. Cɪᴄ. — Papirii ætas virtutum ferax fuit. Lɪᴠ. — Germania pecorum fecunda est. Tᴀᴄ. — Non inopes vitæ, sed prodigi sumus. Sᴇɴ. — Bestiæ rationis et orationis sunt expertes. Cɪᴄ. — Sapiens pecuniæ non parcus est, non prodigus. Sᴇɴ.

27. Domini similis est servus. Tʀᴇ. — Lupus cani similis est. Cɪᴄ. — Rex apum cæteris dissimilis est. Sᴇɴ. — Amicorum omnia sunt communia. Cɪᴄ. — Omni ætati mors est communis. Cɪᴄ. — Viri propria maximè est fortitudo. Cɪᴄ. — Nobis propria est mentis agitatio. Qᴜɪɴᴛ.

28. Gaudia principium nostri sunt, Phœce, doloris. Oᴠɪᴅ. —

Le vocatif indique l'objet auquel on adresse la
parole.

---

§ VI. *Double accusatif après quelques verbes actifs.*

29. *Thebani* PHILIPPUM DUCEM *eligunt* : les Thé-
bains choisissent chef Philippe, pour chef Philippe.

Le s verbes actifs *eligere*, choisir; *habere*, avoir;
dare, donner; *vocare, appellare, nominare, dicere*,
appeler, nommer, dire; *creare*, créer, *facere*, faire,
etc. se construisent quelquefois avec deux accusatifs,
qui désignent un seul et même objet. C'est une sorte
d'apposition.

§ VII. ABLATIF.

L'ablatif exprime très-souvent une idée de sortie,
de séparation, d'éloignement. Il tire son nom de son
plus fréquent usage (a). Il est toujours régi par une
préposition exprimée ou sous-entendue. Aussi l'ap-
pelle-t-on *cas de la préposition*.

§ VIII. DES PRÉPOSITIONS.

Les prépositions expriment les rapports qui ne se-
raient pas suffisamment déterminés par les cas.

Hos ego versiculos feci, tulit alter honores, sic vos non vobis
vellera fertis, oves. VIRG. — O fortunate Achilles, tuæ virtutis
Homerum præconem invenisti!

29. Epaminondas philosophiæ præceptorem habuit Lysim
Tarentinum Pythagoræum. NEP. — Lacedæmonii regibus suis
augurem assessorem dederunt. CIC. — Summum concilium
majores nostri appellârunt senatum. CIC. — M. Cato cellam pe-
nariam reipublicæ nostræ, nutricem plebis romanæ, Siciliam
nominavit. CIC. — Reges suos Romani Cæsares Augustosque
cognominavêre. JUST. — Roma patrem patriæ Ciceronem libera

(a) Le mot *ablatif* vient d'*ablatum*, supin du verbe *auferre*, enlever, ôter, emporter.

3o. *Eo* AD *urbem*, *eo* AD *patrem* : je vais à la ville , je vais *vers* mon père.

Dormire AD *lucem* : dormir *jusqu'*au jour.

Nox AD *quietem data est mortalibus*, la nuit a été donnée aux mortels *pour* le repos.

Duo juvenes stabant AD *januam* : deux jeunes hommes se tenaient *auprès de* la porte.

La préposition *ad* indique en général le mouvement, la tendance vers un lieu, un but quelconque ; elle se rend en français par *à*, *vers*, *jusqu'à*, *pour*, *auprès de*, et régit toujours l'accusatif, ainsi que les vingt-neuf prépositions suivantes :

---

dixit. Jov.—Exercitus Diocletianum imperatorem creavit. Eut. — Julius Cæsar se dictatorem fecit. Eut.

3o. Tendit ad ardua virtus. Ovid. — Euphrates cursum ad occasum agit. Plin. — Sophocles ad summam senectutem tragœdias fecit. Cic.

Cæsar adversùm Pompeium dimicavit. Eut. — Patrium habet Deus adversùs bonos viros animum. Sen.

Tibi propone Deum ante oculos. Cic. — Ante obitum nemo dici debet beatus. Cic.

Aristides interfuit pugnæ navali apud Salamina. Nep.—Apud Persas summa laus est fortiter venari. Nep. — Apud Herodotum, patrem historiæ, sunt innumerabiles fabulæ. Cic.

Circa flumina et lacus frequens nebula est. Sen.

Terra se circùm axem convertit. Cic.

Græci incoluêre terras priùs cis Apenninum, posteà trans Apenninum. Liv.

Carthago sita est contra Italiam. Cæs. — Nos contra omnes fortunæ impetus armat philosophia. Cic.

Justitia erga Deum religio dicitur ; erga parentes, pietas. Cic.

Vera virtus nunquàm extra modum progreditur. Cic.

Ducere omnia humana infra se sapiens debet. Cic.

Nulla inter malos potest esse amicitia. Cic. — Alexander Clitum inter epulas transfodit. Sen.

Fulvius intra vallum suos continuit per quatriduum continuum. Liv. — Deus mundum creavit intra sex dies. Sulp. Sev. — Hortensii scripta intra (a) famam sunt. Quint.

Atticus sepultus est juxtà viam Appiam ad quintum lapidem. Nep.

(a) *Intra*, en dedans de, au dessous de.

Adversùs, } contre, envers.
Adversùm, }

Ante, devant, avant.

Apud, auprès de, chez.

Circa, aux environs de.

Circum, autour de.

Cis, Citrà, en deçà de.

Contra, en face de, contre.

Ergà, envers pour.

Extra, hors de.

Infra, au-dessous de.

Intér, entre, parmi, au milieu de.

Intra, au-dedans de, dans l'espace de.

Juxta, tout près de.

Ob, devant, à cause de, pour.

Penès, en la puissance de.

Per, à travers, pendant, par le moyen de, par.

Ponè, derrière.

Post, derrière, après.

Propè, près de.

Præter, contre, excepté.

Propter, auprès de, à cause de, pour.

Secundùm, auprès de, le long de, selon, après.

Secùs, auprès de, le long de.

Supra, au-dessus de.

Trans, Ultra, au delà.

Versùs, vers, du côté de.

REMARQUE *Versùs* suit son régime. *Brundusium versùs,* vers Brindes. *Versùs* et *prope* sont plutôt des adverbes que des prépositions. L'accusatif avec lequel ils se construisent s'explique par l'ellipse de *ad.* Cette préposition s'exprime ou se sous-entend indifféremment avec *usque.* On dit : *usque Romam* ou *usque ad Romam,* jusqu'à Rome.

Mors mihi ob oculos sæpè versata est. Cic. — Rari cometæ, et ob hoc mirabiles sunt. SEN.

Penès reges gentium imperium est. JUST.

Non cristæ vulnera faciunt, et per picta atque aurata scuta pila transeunt. LIV. — Brutum consulem romanæ matronæ per annum luxerunt. EUT. — Longum est iter per præcepta, breve per exempla. SEN.

Ponè castra equites pabulabantur. LIV.

Post carecta latebas. VIRG. — Janus bis post Numæ regnum clausus fuit. LIV.

Sæpè res præter omnium opinionem cedunt. Cic.—Tutissima res est nihil timere præter Deum. SEN.

Condita Massilia est propè ostia Rhodani amnis. JUST.

Fluvius Eurotas propter Lacedæmonem fluit. Cic. — Athenienses, propter Pisistrati tyrannidem, omnium suorum civium potentiam extimescebant. NEP.

Quis agit vitam secundùm philosophiæ præcepta?—Secundùm deos, homines hominibus maximè utiles esse possunt. Cic.

Secùs fluvios gregatim eunt elephanti. PLIN.

Nulla potentia suprà leges esse debet. Cic.

Ultra citraque « certos fines » nequit consistere rectum. HOR.

Medus amnis meridiem versùs fluit. CURT.

31. Ab *ortu ad occasum* : *du* levant au couchant.

Venio a *patre* : je viens *de chez* mon père.

Vincar abs *te* : je serai vaincu *par* toi.

Ab *illo tempore* : *depuis* ce temps.

Ab *occidente* : *du côté de l'*occident.

A, ab, abs, de, de chez, par, depuis, du côté de, régissent l'ablatif, et marquent en général le point de départ, l'éloignement, l'origine, la cause. *A* se met avant les consonnes ; *ab*, avant les voyelles ; *abs*, particulièrement avant *t*.

Ex *urbe redire* : revenir *de* la ville.

E *flumine haurire* : puiser *dans* un fleuve.

Ex *aliquo audire* : apprendre *de* quelqu'un.

Ex *tuis litteris cognovi* : j'ai appris *par* votre lettre.

E ou *ex*, de, par, régit l'ablatif et marque le point de départ, l'extraction. *E* ou *ex* suppose ordinairement qu'on sort de dedans ; *a, ab*, qu'on part d'à-côté.

E précède les consonnes ; *ex*, les consonnes et les voyelles.

---

31. Nemo aut miles aut eques a Cæsare ad Pompeium transierat. Cæs.—Olim ab aratro consules arcessebantur. Cic.—Darius ab Alexandro superatus est. Cic.—Ager qui à multis annis quievit, uberiores fruges efferre solet. Cic. — A corpore valui, ab animo æger fui. Plaut. — Principes utrinque pugnam ciebant ; ab Sabinis Curtius, ab Romanis Hostilius. Liv.

Absque notitiâ Dei quæ potest esse solida felicitas? Minut. F. Nihil clàm Deo agere possumus.

Cantabit vacuus coràm latrone viator. Juv.

Leonidas rex Spartanorum, cum quatuor millibus militum, angustias Thermopylarum occupavit Just. — Omnia mecum porto, inquit Bias. Cic.—Propè est a te Deus, tecum est. Sen. — Sæpe animus secum discordat. Cic. — Liberalia studia pernoctant nobiscum, peregrinantur, rusticantur. Cic.

Cadunt de montibus umbræ. Virg.—Aristoteles de arte rhetoricâ tres libros scripsit. Quint.— Surgunt de nocte latrones. Hor.—Non bonus somnus est de prandio. Plaut.

Usitatæ res facilè e memoriâ elabuntur ; insignes et novæ

Les autres prépositions qui régissent l'ablatif sont :

Absque, sans.
Clam, à l'insu de.
Coram, en présence de.
Cum, avec.
De, de, sur, touchant, pen-
dant, après.
Palam, en présence de.

Præ, devant, à cause de, en
comparaison de.
Pro, devant, pour, au lieu de,
eu égard à, selon.
Sine, sans.
Tenùs, jusqu'à.

REMARQUE. 1° *Cum* se met toujours après les pronoms *me*, *te*, *se*, *nobis*, *vobis*. On fait un seul mot du pronom et de la préposition, *Mecum*, *tecum*, *secum*, *nobiscum*, *vobiscum*; au lieu de *cum me*, *cum te*, etc.

2° *Clàm*, *coràm* et *palàm* s'emploient très-souvent seuls et sans complément; ce sont plutôt des adverbes que des prépositions.

3° *Clàm* se trouve quelquefois avec l'accusatif. *Clàm vos*, à votre insu. SALL.

4° *Tenùs* suit son complément, et le veut au génitif s'il est pluriel : *lumborum tenùs*, jusqu'aux reins.

---

52. *Eo in Galliam* : je vais en France.

Ambulat in horto : il se promène dans le jardin.

---

manent diutiùs. AD HER. — Duas ex unâ civitate discordia facit. LIV.—Vulgus ex veritate pauca, ex opinione multa æstimat. CIC.

Bubulcus præ se armentum agit. — Præ iracundiâ non sum apud me. TER. — Multi omnia præ divitiis humana spernunt. LIV.

Hasta posita est pro æde Jovis Statoris, bona Pompeii voci subjecta præconis. CIC. — Dulce et decorum est pro patriâ mori. HOR.—Consules pro uno rege duo creati sunt. EUT.

Nullius boni jucunda possessio est sine socio. SEN.

Alexander omnia Oceano tenùs vicit. SEN.

52. Arar in Rhodanum influit. CÆS. — Amplissima fortuna invidiam in nos concitat. CIC.—Annus dividitur in ver et æstatem et autumnum et hiemem. VARR. — T. Manlius perin-. dulgens in patrem, idemque acerbus et severus in filium fuit. CIC. — Rex concilium in posterum diem distulit. CURT. — Parùm provident multi futuro tempori, sed planè in diem vivunt. COLUM. — Vitium in dies crescit. CIC.

In concione de virtute loqueris, in prælio præ ignaviâ tubæ sonitum perferre non potes. AD HER — Socrates triginta dies in

Cellæ SUB *domibus sunt* : les caves sont sous les maisons.

SUB *arborem confugere* : se réfugier sous un arbre.

Quatre prépositions, *in*, *sub*, *super*, *subter* régissent l'accusatif ou l'ablatif. *In* et *sub*, régissent l'accusatif lorsqu'on marque un mouvement pour passer d'une place dans une autre, et l'ablatif lorsqu'il n'y a point de mouvement d'un lieu à un autre.

In avec l'accusatif marque le lieu où l'on va, la tendance, l'opposition, et se rend par *dans*, *en*, *à*, *sur*, *pour*, *contre*.

In avec l'ablatif marque le lieu où l'on est, où l'action se passe, et se rend par *dans*, *en*, *à*, *sur*, *parmi*.

Sub avec l'accusatif signifie *sous*, *immédiatement après*, *aux approches de*, et avec l'ablatif *sous*, *pendant*.

Super, signifie *sur*, *au-dessus de*, et *subter*, *sous*, *au-dessous de*.

---

carcere et in exspectatione mortis exegit SEN. — In poetis non Homero soli locus est, aut Sophocli, aut Pindaro. CIC. — Xerxes pontem in Hellesponto fecerat. NEP.

Ad furculas Caudinas ab Samnitibus sub jugum missi sunt Romani. LIV. — Sub occasum solis Romani se in castra receperunt. CÆS. — Sæpè est etiam sub palliolo sordido sapientia. CIC.

Super tabernaculum Darii imago solis fulgebat. CURT. — Babyloniæ super arce pensiles horti sunt. CURT. — Hâc super re scribam ad te. CIC.

Plato iram in pectore, cupiditatem subter præcordia locavit. CIC. — Ferre libet (a) subter densâ testudine (b) casus. VIRG.

(a) *Ferre libet casus*, on aime à braver les hasards.
(b) *Testudo*, tortue, voûte formée par les boucliers.

§ IX. *Emploi ou ellipse des prépositions dans les compléments des verbes et des adjectifs.*

VERBES ET ADJECTIFS QUI REÇOIVENT LEUR COMPLÉMENT A L'ACCUSATIF AVEC AD.

33. *Hæc via nos ducit* AD VIRTUTEM : ce chemin nous conduit à la vertu.

Le complément indirect des verbes actifs se met à l'accusatif avec *ad*, quand il s'agit d'exprimer une idée de trajet, de mouvement, de tendance; ce qui a lieu surtout après les verbes :

Ducere, conduire à;   *trahere*, } attirer à;   *hortari*, exhorter à;
Invitare, inviter;   *allicere* }   *incitare*, exciter à.

34. *Hoc* AD ME *pertinet* : cela m'appartient.

Hoc AD ME *attinet* ou *spectat* : cela me regarde.

Les verbes *pertinere*, appartenir; *attinere*, *spectare*, concerner, regarder, veulent leur complément à l'accusatif avec *ad*.

35. *Propensus* AD LENITATEM, porté à la douceur.

Les adjectifs qui expriment un penchant, une incli-

---

33. Ad turpia virum bonum nulla spes invitat. Sen. — Magnes ad se ferrum trahit. Cic. — Virtus nos ad se allicit. Cic.— Bona ad virtutem hortantur homines exempla. Sen. — Perniciosi cives incitant populum ad seditionem. Cic. — Successus ad perniciem multos devocat. Phæd. — Quæ res ad necem Porsennæ Mucium impulit, sine ullà spe salutis suæ? Cic. — Acuit mentem ad litterarum studium laudis amor. Quint.

34. Ad filium hæreditas paternæ gloriæ et factorum imitatio pertinet. Cic. — Beneficia patriæ ad singulos spectant. Cic.

35. Esto ad iram tardus, ad misericordiam pronus. Sen.— Animus, ut corpus, ad morbos proclivis est.

nation, comme *propensus*, *pronus*, *proclivis*, porté
à, etc., veulent leur complément à l'accusatif avec *ad*.

---

56. *Aptus* MILITIÆ, OU AD MILITIAM, propre à la
guerre.

Les adjectifs *aptus*, *idoneus*, propre à ; *accommo-
datus*, conforme à ; *natus*, né pour ; *necessarius*, nécessaire à ; etc., veulent leur complément au datif ou à
l'accusatif avec *ad*.

VERBES ACTIFS QUI REÇOIVENT LEUR COMPLÉMENT INDIRECT A
L'ABLATIF AVEC OU SANS PRÉPOSITION.

57. *Accepi litteras* A PATRE MEO : j'ai reçu une lettre
de mon père.

---

56. Furtis aptus Ulysses. Ovid. —Aptum est ad omne tempus
anni pallium. Cic. — Erit alius historiæ magis idoneus, alius
compositus 'a' ad carmen. alius utilis studio juris. Quint.—Boum
cervices ad jugum idoneæ sunt. Cic. — Non sum uni angulo
natus : patria mea totus hic est mundus. Sen. — Scipio natus
mihi videtur ad interitum exitiumque Carthaginis Cic — Iis
qui vendunt, emunt, conducunt. locant. justitia necessaria est.
Cic. — Artes sunt innumerabiles ad vitam necessariæ Cic.

57. Beneficiorum maxima a parentibus accipimus. Sen. —
A Pythio Canius emit hortulos. — Omnia a me postula et ex-
pecta. Cic. — Ab illo nihil spera boni, quia non vult ; nihil
mali, quia non audet. Cic. — Ab amicis honesta petamus. Cic.
— Rem cognovi ex tuis litteris. Cic. — Deum agnoscimus ex
operibus ejus. Cic. — Maximum ornamentum amicitiæ tollit
(ille qui ex eâ tollit verecundiam. Cic.—Lucernam fur accendit
ex arâ Jovis. Phæd. — Maximum ex studiis fructum capiunt
adolescentes. Quint. — Liberale est captos a prædonibus redimere. Cic. — Multi, tranquillitatem expetentes, a negotiis
publicis se removerunt. Cic. — Natura. non pœna, debet
arcere homines ab injuriâ. Cic. — Multos divini supplicii metus
a scelere revocavit. Cic.—Phil sophi superstitionem a religione

(*a. Compositus ad*, qui a des dispositions pour.

6

Haurire aquam EX FONTE : puiser de l'eau à une fontaine.

Id audivi EX AMICO OU AB AMICO MEO : j'ai appris cela de mon ami.

Christus redemit hominem A MORTE, EX MORTE OU MORTE : Jésus-Christ a racheté l'homme de la mort.

Le complément indirect des verbes actifs se met à l'ablatif avec *a* ou *ab*, *e* ou *ex*, quand il s'agit d'exprimer une idée d'extraction, de sortie, de séparation, d'éloignement. La préposition est quelquefois sous-entendue.

Les verbes après lesquels on trouve le plus souvent l'ablatif avec *a* ou *ab*, sont :

Accipere, recevoir;   *exspectare*, attendre;   *petere*, demander ;
Emere, acheter;   *sperare*, espérer;   *obtinere*, obtenir, etc

Les verbes après lesquels on emploie l'ablatif avec *e* ou *ex*, sont :

Haurire, puiser à, tirer de.	*Accipere*, signifiant ressentir de.
Cognoscere, connaître par.	*Capere*,
Tollere, ôter de.	*Percipere*, } retirer de.
Suspendere, suspendre à.	

Les verbes après lesquels on trouve l'ablatif avec *a* ou *ab*, *e*, ou *ex*, sont :

Audire, apprendre de. | *Quærere*, s'informer de.

Les verbes après lesquels on trouve l'ablatif avec *a* ou *ab*, *e* ou *ex*, et quelquefois sans préposition sont :

Redimere, racheter; *eximere*,} délivrer; *avocare*, }
Removere,} éloigner; *liberare*,} *avertere*, } détourner
Arcere, *divellere*, arracher; *deterrere*, }

---

separaverunt. Cic. — Ab honesto virum bonum nihil deterret. Sen. — Liberos acerbitas patria non a pietate avertere debet. Cic. — Deus motum cœli ab omni erratione liberavit. Cic. — Libera te metu mortis. Sen. — Ex litterarum studio magnam accipimus voluptatem. Cic.

Remarques. 1° Le rapport qui après *petere* est indiqué par *a* ou *ab* est en français marqué par *à*. *Petivit beneficium a rege*, il a demandé un bienfait *au* roi.

2° *Liberare* se construit le plus ordinairement sans préposition. Periculo *patriam liberare*, délivrer sa patrie du danger.

COMPLÉMENT DES VERBES D'ABONDANCE ET DE DISETTE.

38. *Implere dolium* vino : emplir un tonneau de vin.

Nudare aliquem præsidio : priver quelqu'un de secours.

Les verbes actifs qui signifient abondance, disette, privation, comme *implere*, emplir ; *explere*, remplir ; *cumulare*, combler ; *privare*, *orbare*, *nudare*, priver ; *spoliare*, dépouiller, etc., veulent leur régime indirect à l'ablatif, à cause d'une préposition sous-entendue, telle que *cum*, *e* ou *ex*.

---

39. *Abundat* divitiis : il regorge de biens.

Nulla re *caret* : il ne manque d'aucune chose, de rien.

Gaudere felicitate aliena : se réjouir du bonheur d'autrui.

---

38. Neptunus ventis implevit vela secundis Virg. — Sylla omnes suos divitiis explevit. Cic.—Democritus oculis se privavit. Cic. — Victor multis et fortibus civibus rempublicam orbavit. Cic. — Iste qui amicum, socium, famâ ac fortunis spoliat, perfidiosus et impius est. Cic.

39. Rheni fossa gurgitibus redundat. Cæs. — Antiochia quondàm eruditissimis hominibus afflucbat. Cic. — Metallis plumbi, ferri, æris, argenti, auri tota fermè Hispania scatet. Plin.—Sapiens eget nullâ re. Sen. — Mea adolescentia indiget bonâ existimatione. Cic. — Monitio acerbitate, objurgatio contumeliâ carere debet. Cic. — Vacare culpâ magnum est solatium. Cic.—Ignis pastûs indiget. Sen.—Probi adolescentes senum præceptis gaudent. Cic. — Pavo pennis suis superbit.

Insula Delos referta divitiis fuit. Cic.— Atria regum hominibus plena sunt, amicis vacua. Sen. — Inops amicis miserrimus est. Cic. — Inops eram ab amicis. Cic.

Les verbes neutres qui signifient abondance ou disette veulent leur complément à l'ablatif. Il en est de même de quelques autres verbes, tels que *gauder*, se réjouir de, aimer; *superbire*, s'enorgueillir, etc.

REMARQUES. 1° *Egere, indigere* se construisent encore avec le génitif. *Egeo, indigeo consilii* : j'ai besoin de conseil.

2° Les adjectifs qui marquent abondance ou disette reçoivent leur complément au génitif, comme on l'a déjà vu (26) et quelquefois aussi à l'ablatif. *Plenus annis*, plein d'années; *expers metu*, exempt de crainte.

VERBES DÉPONENS QUI REÇOIVENT LEUR COMPLÉMENT A L'ABLATIF.

40. *Fruor* OTIO : je jouis du repos.
Vescor PANE : je me nourris de pain.

Les sept verbes déponens qui suivent : *uti*, se servir; *potiri*, se rendre maître; *vesci*, se nourrir; *lætari*, se réjouir; *frui*, jouir; *fungi*, s'acquitter; *gloriari*, se glorifier, veulent leur complément à l'ablatif.

REMARQUE. *Potiri* se construit aussi avec le génitif et *gloriari* avec la préposition *de*.

COMPLÉMENT DES VERBES PASSIFS.

41. *Amor* A DEO : je suis aimé de Dieu.
Mœrore confic:or : je suis accablé de chagrin.

·40. Divitiis, nobilitate, viribus multi malè utuntur. SEN. — Atticus patre usus est indulgente. NEP. — Solus potitus est imperio Romulus. LIV.—Vescimur bestiis et terrenis et aquatilibus et volatilibus. CIC. — Vespasianus nunquàm cæde cujusquam lætatus est. SUET.—Præsentibus fruitur sapiens. CIC.—Justitiæ fungamur officiis. CIC. — Militares viri gloriantur vulneribus. SEN.

Dion potitus est urbis Syracusarum. NEP. — Prudentissima civitas atheniensium, dum ea rerum potita est, fuisse traditur. CIC. — Quis de miserâ vitâ potest gloriari, aut non de beatâ? CIC.

41. A Deo omnia facta et constituta sunt. CIC. — Leges à victoribus dicuntur, accipiuntur à victis. CURT. — Leonum ora à magistris impunè tractantur. SEN, — Nicæa oppidum à Massi-

Le complément des verbes passifs se met à l'ablatif à cause de la préposition *a* ou *ab*, exprimée ou sous-entendue. Elle s'exprime ordinairement avant les noms d'objets animés, et se sous-entend avant les noms de choses inanimées.

------

42. *Hæc sententia neque* NOBIS, *neque* ILLI *probatur*: ce sentiment n'est approuvé ni de lui, ni de nous.

Au lieu de l'ablatif régi par la préposition *a* ou *ab*, les Latins donnent quelquefois un datif pour complément à certains verbes passifs, tels que *videor*, je suis vu; *probor*, je suis approuvé; *improbor*, je suis désapprouvé; *quæror*, je suis cherché; *laudor*, je suis loué; *intelligor*, je suis compris; *audior*, je suis écouté; etc.

ADJECTIFS QUI REÇOIVENT LEUR COMPLÉMENT A L'ABLATIF.

43. *Dignus* LAUDE : digne de louange.

Les adjectifs *dignus*, digne de; *indignus*, indigne

------

liensibus condita fuit. PLIN. — Providentiâ Dei mundus administratur. CIC. — Vincuntur molli pectora dura prece. TIBUL. — Dolores vetustate mitigantur. CIC. — Cibus et potus desiderio condiuntur. CIC.— Amici probantur rebus adversis. CIC.— Nihil mali a naturâ constitutum est. CIC. — Neque opinione, sed naturâ constitutum est jus. CIC —Primus Scipio Africanus, nomine victæ à se gentis, est nobilitatus. LIV — Culpâ contractum malum ægritudinem facit acriorem. CIC.—Themistocles ad Artaxerxem confugit, exagitatus a cunctâ Græciâ. NEP.

42. Honesta bonis viris, non occulta quæruntur. CIC. — Nunquàm præstantibus viris laudata est in unâ sententiâ perpetua permansio. CIC. — Cui non sunt auditæ Demosthenis vigiliæ? CIC. — Uxor Darii semel tantùm Alexandro visa est. JUST. — Barbarus hîc ego sum quia non intelligor ulli. OVID. — Tibi, Tantale, nullæ deprenduntur aquæ. OVID.

43. Veniâ dignus est humanus error. LIV. — Multi indigni luce sunt et tamen dies oritur. SEN. — Natura parvo contenta est CIC. — Varus homo est summâ religione et summâ auctoritate præditus. CIC. — Vivit sapiens, præsentibus lætus, futuri securus. SEN.

de ; *contentus*, content de ; *prœditus*, doué de, etc. reçoivent leur complément à l'ablatif.

---

44. *Immunis* A PERICULO OU PERICULO : exempt d danger.

Les adjectifs *immunis*, exempt de; *alienus*, étranger à , peu convenable à ; *vacuus*, vide de, privé de ; *liber*, libre , exempt de, veulent leur complément à l'ablatif, avec ou sans la préposition *a*, *ab*.

COMPLÉMENT DES COMPARATIFS.

45. *Paulus est doctior* PETRO (præ *Petro*) : Paul est plus savant en comparaison de Pierre , est plus savant que Pierre.

Après le comparatif on met le second terme de la comparaison à l'ablatif en sous-entendant la préposition *præ*, en comparaison de.

REMARQUE. On pourrait dire aussi : *Paulus est doctior quàm Petrus.* Voyez Règ. 100.

COMPLÉMENT DES SUPERLATIFS.

46. *Cedrus est altissima* ARBORUM , ou EX ARBORI-

---

44. Nulla terrarum pars immunis est a periculo. SEN.—Cato, omnibus humanis vitiis immunis , semper fortunam in suâ potestate habuit. VELL. — A sapiente alienum est rei falsæ assentiri. Cic. — Non est alienum majestate Dei, casas omnium introspicere. Cic. — Cùm sumus necessariis negotiis curisque vacui, tùm avemus aliquid videre, audire, addiscere. Cic. — Versus animum vacuum ab omni curâ desiderant. Cic. — Robustus animus et excelsus omni est liber curâ et angore. Cic. — Sapiens est liber ab omni animi perturbatione Cic.

45. Vilius argentum est auro, virtutibus aurum. HOR. — Risu inepto res ineptior nulla est. CATUL. — Simulatio amoris pejor odio est. PLIN. J. — Liber inops servo divite felicior. PHÆD.— Aquilâ nulla avis volat vehementiùs. Cic.

46. Urbs Syracusæ maxima est græcarum urbium , pulcherrimaque omnium. Cic. — Auster ventorum calidissimus est. SEN. — Velocissimum omnium animalium est delphinus. PLIN.

bus , ou INTER ARBORES : le cèdre est le plus haut des arbres.

Après le superlatif, le nom des objets comparés se met au génitif, et quelquefois à l'ablatif avec *ex*, ou à l'accusatif avec *inter*.

Le génitif, après le superlatif, est amené par un substantif sous-entendu : *Cedrus est arbor altissima arborum*. Le superlatif s'accorde le plus souvent en genre avec ce substantif sous-entendu.

REMARQUE. Si le sujet est d'un autre genre que le complément du superlatif, on peut faire accorder le superlatif avec l'un ou l'autre nom. On dira également : *Leo est animalium fortissimum* ou *fortissimus ,* le lion est le plus courageux des animaux.

COMPLÉMENT DES NOMS PARTITIFS.

47. *Quis* VESTRÛM ? *quis* EX VOBIS ? *quis* INTER VOS ? qui de vous ?

Unus MILITUM , OU EX MILITIBUS , OU INTER MILITES : un des soldats.

On met aussi le génitif, l'ablatif avec *ex*, l'accusatif avec *inter* après les noms partitifs, c'est-à-dire exprimant une partie d'un tout.

— Amicum perdere est damnorum maximum. P. S.. — Acerrimus ex omnibus nostris sensibus est visus. Cic. — Gustatus est sensus ex omnibus maximè voluptarius. Cic. — Ovillum pecus, quamvis ex omnibus animalibus vestitissimum , frigoris tamen impatientissimum est. Col. — Parthi inter orientis populos obscurissimi diù fuêre. Just. — Indus est omnium fluminum maximus. Cic.

47. In unoquoque virorum bonorum habitat Deus. Sen. — Elephanto belluarum nulla est prudentior. Cic. — Trajanus solus omnium intra urbem sepultus est. Eut. — Tarquinius Superbus , septimus atque ultimus regum Romanorum, Volscos vicit. Eut.—Apud Germanos quemcumque mortalium arcere tecto nefas habebatur. Tac. — Insectorum quædam binas gerunt pennas, ut muscæ; quædam quaternas, ut apes. Plin.— Soli ex animantibus nos homines astrorum ortus, obitus cursusque cognovimus Cic. — Nemo inter mortales omnibus horis sapit. Plin.

§ X. *Emploi ou ellipse des prépositions devant diverses sortes de noms.*

NOMS DE PROPRIÉTÉ, DE LOUANGE, DE BLAME.

48. *Puer* EGREGIÆ INDOLIS, OU EGREGIA INDOLE : enfant d'un bon naturel (*cum egregiâ indole*).

Lorsque le substantif complémentaire, accompagné d'un adjectif, exprime une qualité quelconque, il se met au génitif, ou à l'ablatif par l'ellipse de la préposition *cum*.

REMARQUE. *Cato erat* SINGULARIS PRUDENTIÆ, et mieux SINGULARI PRUDENTIA : Caton était d'une prudence remarquable (*homo singularis prudentiæ* ou *cum singulari prudentiâ*).

Après le verbe *sum* le substantif accompagné d'un adjectif et exprimant une qualité quelconque du sujet, se met au génitif par l'ellipse de *homo*, *negotium*, ou mieux à l'ablatif par l'ellipse de *cum*.

NOMS DE MATIÈRE.

49. *Vas* EX AURO, vase d'or. — *Signum* EX ÆRE, statue d'airain.

---

48. Seneca vir erat excellentis ingenii atque doctrinæ. Cor. — Eximiâ spe, summæ virtutis adolescens erat Lentulus. Cic. — Æsopus... naris emunctæ senex. Phæd. — Aristoteles, vir summo ingenio, prudentiam cum eloquentiâ junxit. Cic. — Ibes sunt aves excelsæ, cruribus rigidis, corneo proceroque rostro. Cic. — Turpi facie multos cognovi optimos. Phæd.

Vir bonus summæ pietatis erga Deum est. Sen. — Ibices per nicitatis mirandæ sunt. Cic. — Magnâ apud omnes gloriâ erat nomen Hannibalis. Cic. — Iphicrates fuit et animo magno, et corpore, imperatoriâque formâ; sed in labore remissus nimis, parùmque patiens : bonus verò civis, fideque magnâ. Nep.

49. Verres vocat ad cœnam ipse prætorem : exponit suas copias omnes; multum argentum: non pauca etiam pocula ex auro. Erat etiam vas vinarium ex unâ gemmâ pergrandi, cum manubrio aureo. Cic. — Ennius in sepulchro Scipionum constitutus est ex marmore. Cic. — Templum de marmore ponam Virg.

Le nom de la matière dont une chose est faite se met à l'ablatif avec è, *ex.*

REMARQUE. On peut, au lieu de la préposition et de son complément, se servir d'un adjectif qui ait la même valeur.

Vas AUREUM, vase d'or.—*Signum* ÆNEUM, statue d'airain.

NOMS DE TEMPS.

50. *Veniet* DIE DOMINICA (*in die*), il viendra dimanche.
— *Horâ tertiâ* (*in horâ*), à la troisième heure, à trois heures.

Le nom de temps qui indique *quand* une action se fait, s'est faite ou se fera, se met à l'ablatif sans préposition. On sous-entend *in.*

REMARQUE. Dans ces locutions, *longo post tempore, paucis antè diebus, post* et *antè* sont employés adverbialement *Longo tempore, paucis diebus,* sont les complémens de la préposition *in* sous-entendue.

---

51. *Regnavit* TRES ANNOS (*per tres annos*) OU TRIBUS ANNIS (*in tribus annis*) : il a régné trois ans.

Le nom qui indique *pendant combien de temps* l'action a duré se met à l'accusatif, et l'on sous-entend *per*, ou à l'ablatif, et l'on sous-entend *in.*

---

50. Densior est terra hieme Cic — Roma condita est Olympiadis sextæ anno tertio. Eut.—Elephantos Italia primùm vidit Pyrrhi regis bello. Plin. —Suo quæque tempore facienda sunt. Plin. — Socrates supremo vitæ die de immortalitate animorum multa disseruit. Cic. — Themistocles fecit idem, quod viginti annis antè fecerat Coriolanus. Cic.

51. Noctes atque dies patet atri janua Ditis. Virg. — Quædam bestiolæ unum diem vivunt. Cic. — Duodequadraginta annos tyrannus Syracusanorum fuit Dionysius. Cic. — Nestor tertiam ætatem hominum vixit. Cic. — Mithridates regnavit annis sexaginta, vixit septuaginta duobus, contra Romanos bellum habuit annis quadraginta. Eut. — Arbores magnæ diu crescunt, unâ horâ extirpantur Curt.

6*

52. *Deus mundum creavit* INTRA SEX DIES OU SEX DIEBUS : Dieu a créé le monde en six jours.

Le nom qui marque *en quel espace de temps* une action se fait, s'est faite ou se fera, se met à l'accusatif avec *intra*; ou à l'ablatif, et l'on sous-entend *in*.

REMARQUE. Le nom qui indique après combien de temps une action se fera, se met à l'accusatif avec *post*.

Post tres dies proficiscar, je partirai dans trois jours

---

53. *Phaëthon currum paternum* IN DIEM *petit* : Phaé-thon demande le char de son père pour un jour.

Le nom qui indique *pour combien de temps* l'action se fait, s'est faite ou se fera, se met à l'accusatif avec *in*.

NOMS DE MESURE.

54. *Velum longum* TRES ULNAS OU TRIBUS ULNIS : voile long de trois aunes.

Le nom qui marque la mesure se met à l'accusatif et plus rarement à l'ablatif. On sous-entend *ad* ou *ex*.

---

55. DUOBUS DIGITIS *major me non es* : vous n'êtes pas plus grand que moi de deux doigts.

---

52 Themistocles unum intra annum optimè locutus est per-sicè. QUINT. — Multi intra vicesimum diem dictaturâ se ab-dicârunt. LIV. — Saturni stella triginta ferè annis cursum suum conficit; Jovis stella eumdem annis duodecim conficit. CIC —Pompeius undequinquagesimo die ad imperium populi romani Ciliciam adjunxit CIC.

53. Solis defectiones, itemque lunæ prædicuntur in multos annos CIC.—Lacedæmonii in annos triginta pepigerunt pacem. JUST.

54. Muri Babylonis erant alti pedes ducentos, lati quin-quaginta. PLIN. — Arabes gladios habebant tenues, longos quaterna cubita LIV. — Mausoli sepulcrum patet ab austro et septentrione sexagenos ternos pedes. LIV.

55. Hibernia est dimidio minor Britanniâ. CÆS. — Pompeius biennio major fuit Cicerone. CIC — Siculi nonnunquàm uno die longiorem mensem faciunt aut biduo. CIC.

Avec le comparatif, le nom qui exprime la mesure, c'est-à-dire de combien l'un des objets comparés surpasse l'autre, se met à l'ablatif. On sous-entend *à* ou *ab*.

NOMS DE DISTANCE.

56. *Abest* ou *distat* VIGINTI PASSUS ou VIGINTI PASSIBUS : il est éloigné de vingt pas.

Le nom qui marque la distance se met à l'accusatif, et plus rarement à l'ablatif. On sous-entend *ad*, *à* ou *ab*.

NOMS D'INSTRUMENT, DE CAUSE, DE MANIÈRE.

57. *Ferire* GLADIO (*cum gladio*) : frapper de l'épée.
Interiit FAME (*ex* ou *præ fame*) : il mourut de faim.
Vincis FORMA , *vincis* MAGNITUDINE (*à formâ, à magnitudine*): tu l'emportes en beauté, tu l'emportes en grandeur.
Teneo lupum AURIBUS (*ab auribus*) : je tiens le loup par les oreilles.

Les noms indiquant le moyen ou l'instrument par lequel une chose se fait, la cause d'où elle dérive, la manière dont elle se fait, et répondant à la question *comment* ou *par quel moyen* , se mettent à l'ablatif. On sous-entend les prépositions *cum, à, ex, præ.*

---

56. Campus Marathon abest ab oppido Atheniensium circiter millia passuum decem. Nep. — Saguntum civitas longè opulentissima fuit, sita passus mille fermè à mari. Liv.—Zama quinque dierum iter à Carthagine abest. Liv. — Æsculapii templum quinque millibus passuum abEpidauro abest. Liv. — A Chalcide Aulis trium millium spatio distat. Liv. — Ancus Martius apud ostium Tiberis civitatem sexto decimo milliario ab urbe Româ condidit. Liv.

57. Dente lupus, cornu taurus petit Hor. — Manlius Torquatus securi filium percussit. Cic. — Pallida mors æquo pulsat pede pauperum tabernas, regumque turres. Hor. — Homines annum solis reditu metiuntur. Cic — Concordiâ res parvæ crescunt, discordiâ maximæ dilabuntur. Sall. — Epaminondæ nemo Thebanus par erat eloquentiâ. Nep —Doctrinâ Græcia Romanos

NOMS DU PRIX, DE LA VALEUR.

58. *Hic liber constat* VIGINTI ASSIBUS (*pro viginti assibus*) : ce livre coûte vingt sous.

Le nom du prix ou de la valeur de la chose, répondant à la question *combien*, se met à l'ablatif. On sous-entend la préposition *pro*.

NOMS DE LIEU.

On peut considérer un lieu de quatre manières, qu'on désigne par les quatre questions suivantes :

UBI ? où ? (lieu où l'on est).

UNDÈ ? d'où ? (lieu d'où l'on vient).

QUÒ ? où ? (lieu où l'on va).

QUA ? par où ? (lieu par où l'on passe).

59. *Sum* IN GALLIA, je suis en France; IN URBE, dans la ville.

Ambulat IN HORTO : il se promène dans le jardin.

A la question *ubi* le nom de lieu se met à l'ablatif avec *in*.

---

et omni litterarum genere superabat CIC. — Plerasque urbes munitionibus ac naturali situ inexpugnabiles, fame sitique tempus ipsum vincit atque expugnat. LIV — Hannibal Italiam per annos sexdecim variis cladibus fatigavit JUST — Medici graviores morbos asperis remediis curant. CURT. — Oderunt peccare boni, virtutis amore; mali, formidine pœnæ. HOR. — Nemo immortalis ignaviâ factus est. SALL.

58. Viginti talentis unam orationem Isocrates vendidit. PLIN. — Otium non gemmis, neque purpurâ venale, nec auro. HOR. — Antonius regna addixit pecuniâ. CIC. — Spem pretio non emo. TER.

59. Quis clarior in Græciâ Themistocle quis potentior ? CIC. — Disciplina Pythagoræorum aliquot secula in Italiâ Siciliâque viguit CIC. — Ciconiæ abituræ congregantur in loco certo. PLIN. — Tyriorum coloniæ penè orbe toto diffusæ sunt. CURT. — Xerxes terrâ marique bellum intulit Græciæ. NEP.

Cato ex Sardiniâ Ennium poetam deduxerat. NEP. — Potest ex casâ vir magnus exire. SEN.

Scipionis consilio atque virtute Hannibal in Africam redire

Redeo EX GALLIA, je reviens de France; EX URBE, de la ville.

A la question *undè*, le nom de lieu se met à l'ablatif avec *e* ou *ex*.

Eo IN GALLIAM, je vais en France ; IN URBEM dans la ville.

Venerunt AD EUMDEM RIVUM : ils vinrent au même ruisseau.

A la question *quò* le nom de lieu se met à l'accusatif avec *in* quand on entre dans le lieu, et avec *ad* quand on ne va qu'auprès.

---

60. *Natus est* AVENIONE, il est né à Avignon ; ATHENIS, à Athènes.

Redeo LUGDUNO, je reviens de Lyon ; ROMA, de Rome.

Ibo LUTETIAM, j'irai à Paris ; LUGDUNUM, à Lyon.

Aux questions *ubi*, *undè*. *quò*, l'usage le plus fréquent des bons auteurs est de sous-entendre la préposition devant les noms propres de villes.

---

61. *Habitat* ROMÆ, il habite à Rome: LUGDUNI, à Lyon.

---

atque ex Italiâ decedere coactus est. Cic. — Ad Lycum amnem Alexander pervenit. Curt.

60 Atticus Athenis habitabat habebatque in Italiâ possessiones. Nep. — Lacedæmone erat honestissimum domicilium senectutis. Cic. — Demaratus, Tarquinii regis pater, fugit Tarquinios Corintho, et ibi suas fortunas constituit. Cic. — Pompeius Luceriâ proficiscitur Canusium atque indè Brundusium. Cic. — Lycurgus Cretam profectus est, ibique perpetuum exilium egit. Just. — Plato Tarentum venit et Locros. Cic. — Pulsus Aristides patriâ Lacedæmona fugit. Ovid.

61. Ut Romæ consules, sic Carthagine quotannis bini reges creabantur. Nep. — Conon plurimùm Cypri vixit. Iphicrates in Thraciâ, Timotheus Lesbi Nep. — Dionysius Corinthi pueros docebat Cic.

A la question *ubi*, les noms propres de villes de la première et de la seconde déclinaison, au singulier seulement, au lieu de se mettre au cas que veut la préposition sous-entendue, se mettent au génitif.

---

62. *Constiterunt* CORINTHI, IN LOCO *nobili* : ils s'arrêtèrent à Corinthe, lieu célèbre.

Redeo LUGDUNO, EX URBE *Galliæ* : je reviens de Lyon, ville de France.

Eo ROMAM, IN URBEM *Italiæ* : je vais à Rome, ville d'Italie.

Dans le cas où le nom propre de ville est suivi d'un nom commun, tels que *urbs*, *locus*, le nom propre se met au cas que veut chaque question, et la préposition s'exprime ou se sous-entend devant le nom commun.

---

63. *Cimon* IN OPPIDO CITIO *mortuus est*: Cimon mourut dans la ville de Citium. NEP.

Redeo EX URBE LUGDUNO : je reviens de la ville de Lyon.

Eo IN MAGNAM ROMAM : je vais dans la grande Rome.

Si le nom commun précède le nom propre, ou si ce nom propre est accompagné d'un adjectif, on doit exprimer devant les deux mots la préposition qu'exige chaque question.

---

62. Archias poeta Antiochiæ natus est, celebri quondàm urbe et copiosâ. CIC.—Protagoras caudices ligni plurimos portabat è rure Abdera in oppidum. GELL.

63. Unâ nocte omnes Hermæ, qui in oppido erant Athenis, dejecti sunt. NEP. — Dolopes Cimon ex urbe insulâque Scyro ejecit NEP.

64. *Sum* RURE, je suis à la campagne.	
Redeo RURE, je reviens de la campagne.	*Redeo* DOMO, je reviens de la maison.
Eo RUS, je vais à la campagne.	*Eo* DOMUM, je vais à la maison.

Rus et *domus* sont assimilés aux noms propres, et comme eux ne prennent pas la préposition.

---

65. *Est* DOMI : il est à la maison.

Jacet HUMI : il est étendu par terre.

A la question *ubi*, *domus* et *humus* se mettent au génitif.

---

66. *Habitat* IN DOMO CÆSARIS, IN RURE AMOENO : il demeure dans la maison de César, dans une campagne agréable.

Joints à un adjectif ou à un génitif, *domus*, *rus*, rentrent dans la règle générale et prennent la préposition de chaque question.

A la question *ubi* seulement on trouve des exemples

---

64. Quintus ruri agere vitam constituit. Liv. — Cùm Tullius rure redierit, mittam eum ad te. Cic. — Lælius et Scipio rus ex urbe, tanquàm è vinculis evolabant. Cic. — Princeps Academiæ Philo cum Atheniensium optimatibus, Mithridatico bello, domo (a) profugit. Cic. — Aristoteles, Theophrastus, Zeno, innumerabiles alii philosophi nunquàm domum reverterunt. Cic.—Melior procul ab domo miles est. Liv. — Ex vitâ discedo, tanquàm ex hospitio, non tanquàm ex domo (b). Cic. — Atticus moriens non ex vitâ, sed ex domo in domum migrare videbatur. Nep.

65. Condiunt Ægyptii mortuos et eos domi servant. Cic. — Studia delectant domi, non impediunt foris. Cic. — Qui legitis flores, et humi nascentia fraga,... o pueri! fugite hinc; latet anguis in herba. Virg.

66. Alcibiades educatus est in domo Periclis, eruditus à Socrate. Nep. — Marius septimùm consul, domi suæ senex est mortuus. Cic.

(a) *Domo*, de sa patrie. — (b) La préposition s'exprime devant *domus* quand il n'est pas l'opposé de *foris*, *foràs*, dehors.

du génitif *domi* avec les adjectifs possessifs *meus, tuus, suus*, etc. *Domi meœ*, chez moi, *domi suœ*, chez lui.

---

67. *Iter feci* PER GALLIAM : j'ai passé par la France, PER LUGDUNUM, par Lyon.

A la questio *quà* le nom de lieu se met à l'accusatif avec *per*.

REMARQUES. 1° Avec *transire*, verbe composé de *ire* aller et de *trans* au-delà, la préposition *per* ne s'exprime pas, et l'accusatif dépend de *trans*.

Transiit urbem, il passa par la ville.

2° Au lieu de l'accusatif avec *per*, les Latins se sont servis quelquefois de l'ablatif par l'ellipse de *in*.

Hannibal Algido Tusculum petiit : Annibal gagna Tusculum en passant par le mont Algide. LIV.

XI. *Emploi du supin, du gérondif et du participe futur passif.*

SUPIN.

68. *Eo* LUSUM ; je vais jouer.

Eurypilum SCITATUM ORACULA *Phœbi mittimus* : nous envoyons Eurypile consulter l'oracle de Phébus. VIRG.

Le supin en *um* est un véritable accusatif qu'on emploie en sous-entendant *ad* après les verbes qui marquent un mouvement vers quelque lieu.

Oracula est à l'accusatif parce que le supin *scitatum* vient du verbe déponent *scitari* qui régit l'accusatif.

---

67. Phœbidas Lacedæmonius per Thebas iter fecit. NEP. — Nilus, incertis ortus fontibus, it per deserta et ardentia loca. PLIN. — Titus Græciam transiit. TAC.

68. Galli gallinacei cum sole eunt cubitum. PLIN. — Lacedæmonii Agesilaum bellatum miserunt in Asiam. NEP. — Hannibal patriam defensum revocatus est. NEP. — Stultitia est venatum ducere invitos canes. PLAUT.

69. *Res* visu *mirabilis* : chose admirable à être vue, à voir ; *res* dictu *facilis* : chose facile à dire.

Le supin en *u* est un véritable ablatif qu'on emploie, en sous-entendant *in*, comme complément des adjectifs *mirus*, *mirabilis*, admirable ; *gratus*, *jucundus*, agréable ; *facilis*, facile ; *difficilis*, difficile, etc.

GÉRONDIFS ET PARTICIPES FUTURS PASSIFS.

NOMINATIF.

70. Parendum *est legibus* : il faut, on doit obéir aux lois.

Au nominatif le gérondif ne s'emploie qu'avec le verbe *esse* ; il ajoute à la signification du verbe l'idée de nécessité, de devoir, et se rend en français par l'infinitif précédé de : *il faut*, *on doit*.

Legibus est au datif parce que le gérondif *parendum* vient du verbe neutre *parere*, qui régit le datif.

---

71. Nobis *moriendum est* : nous devons mourir.

Avec le nominatif du gérondif, le nom de la personne par qui l'action doit être faite se met au datif.

---

72. Colenda *est* virtus : la vertu est devant être pratiquée, doit être pratiquée, on doit pratiquer la vertu.

---

69. Nefas est dictu, quod est inhonestum factu. Cic. — Fœda visu ac horrenda irati est facies. Sen. — Libertatis restitutæ dulce auditu nomen est. Liv.

70. Etiam post malam segetem serendum est. Sen. — Audendum atque agendum in magno malo, non consultandum est. Liv. — Nunquam proditori credendum est. Cic. — Etiam in secundissimis rebus maximè est utendum consilio amicorum. Cic.

71. Apud Pythagoram discipulis quinque annis tacendum erat. Sen. — Nobis utendum est exercitationibus modicis. Cic.

72. Pietati summa tribuenda laus est. Cic. — Amicitiæ sunt magis dissuendæ quàm discindendæ. Cic. — Nihil sine ratione faciendum

Le nominatif du gérondif ne se construit pas avec un accusatif (*a*). On ne dit pas : *Colendum est virtutem.* Il faut substituer au gérondif le participe futur qu'on fait accorder avec le substantif, qui eût été le complément direct du gérondif, et qui devient le sujet de la proposition.

73. Mihi *colenda est virtus* : la vertu doit être pratiquée par moi, je dois pratiquer la vertu. *Mihi* est pour *à me.*

Le complément du participe futur passif se met au datif.

GÉNITIF.

74. *Tempus* legendi : le temps de lire.
Cupidus videndi : curieux de voir.

Le génitif du gérondif est le complément d'un substantif ou d'un des adjectifs qui veulent au génitif leur complément.

75. *Tempus* legendæ historiæ : le temps de l'his-

---

est. Sen. — Tacitè beneficia danda sunt. Sen. — Ex factis, non ex dictis amici pensandi. Liv.

73. Diligentia in omnibus rebus plurimùm valet. Hæc precipuè colenda est nobis, hæc semper adhibenda. Cic. — Firmi et constantes amici tibi sunt eligendi : hujus generis est magna penuria. Cic.

74. Cupido dominandi cunctis affectibus flagrantior est. Tac. — Parcimonia est scientia vitandi sumptus supervacuos, aut ars re familiari moderatè utendi. Sen. — Epaminondas studiosus erat audiendi. Nep. — Magna pars Babyloniorum constiterat in muris, avida cognoscendi Alexandrum. Curt. — Commorandi natura diversorium nobis, non habitandi locum dedit. Cic.

75. Sp. Cassius et M. Manlius, propter suspicionem regni appetendi, sunt necati. Cic. — Maxima et una memoriæ au-

(*a*) On en trouve néanmoins quelques exemples, dans les anciens auteurs surtout. Canes *paucos et acres* habendum. Varr. — *Æternas quoniam* poenas *in morte* timendum. Luc. — Iterandum *eadem ista* mihi, Cic. Ce tour était tombé en désuétude à l'âge d'or de la latinité.

toire devant être lue, de lire l'histoire. (Au lieu de *tempus legendi historiam*, qu'on pourrait dire aussi).

Cupidus VIDENDÆ URBIS : curieux de la ville devant être vue, curieux de voir la ville. (Au lieu de *cupidus videndi urbem*, qu'on pourrait dire également.) (*a*).

Dans le cas où il devrait être suivi d'un accusatif, le génitif du gérondif se tourne ordinairement par le participe futur passif.

DATIF.

76. *Corpus assuetum* PATIENDO : corps accoutumé à souffrir.

Le datif du gérondif s'emploie après l'un des adjectifs qui veulent au datif leur complément.

---

77. *Corpus assuetum* TOLERANDO LABOREM, et mieux, *tolerando labori* : corps accoutumé au travail devant être supporté, à supporter le travail.

Dans le cas où il devrait être suivi d'un accusatif, le datif du gérondif se tourne par le participe futur passif.

---

gendæ ars, exercitatio est et labor. QUINT. — Demosthenes Platonis studiosus audiendi fuit. CIC. — Timotheus rei militaris fuit peritus, neque minùs civitatis regendæ. NEP.

76. Charta emporetica inutilis est scribendo. PLIN. — Omnis ætas apta est studendo. CIC. — Aqua nitrosa utilis est bibendo. PLIN. — Crassus disserendo par non erat. CIC. — Quis est tàm scribendo impiger quàm ego ? CIC.

77. Lignum aridum materia est idonea eliciendis ignibus. SEN. — Ver tanquàm adolescentiam significat : reliqua tempora demetendis fructibus et percipiendis accommodata sunt. CIC. — Sunt nonnulli acuendis puerorum ingeniis non inutiles lusus. QUINT.

(*a*) Quelquefois le génitif du gérondif est suivi, non d'un accusatif, mais d'un génitif. *Fuit* exemplorum legendi *potestas*. CIC. — *Antonio* facultas detur agrorum condonandi. CIC. — Ejus (*Philumelæ*) vivendi *cupidus*. TER. — *Venerunt* purgandi sui *causá*. CÆS.

REMARQUE. Le datif du gérondif est rarement le complément d'un verbe ; mais le participe futur passif accompagné d'un substantif, s'emploie bien comme complément indirect d'un verbe actif, ou comme complément d'un verbe neutre. Ex. :

Date operam auscultando : appliquez-vous à écouter. PLAUT.

Germanicus paucos dies insumpsit reficiendæ classi : Germanicus mit peu de jours à réparer sa flotte. TAC.

Bruti liberi studebant revocandis in urbem regibus : les fils de Brutus s'efforçaient de rappeler les rois dans la ville. FLOR.

ACCUSATIF.

78. *Pronus* AD IRASCENDUM : prompt à se mettre en colère.

Te hortor AD LEGENDUM : je t'exhorte à lire.

Venio AD STUDENDUM : je viens pour étudier.

Le gérondif se met à l'accusatif avec *ad*, 1° après les adjectifs qui veulent leur complément à ce cas avec cette préposition ; 2° après les verbes comme complément indirect, ou pour exprimer l'intention dans laquelle ou agit, le but où l'on tend.

---

79. *Pronus* AD ULCISCENDUM INJURIAM, et mieux AD ULCISCENDAM INJURIAM : prompt à venger une injure.

Te hortor AD LEGENDUM HISTORIAM, et mieux AD LEGENDAM HISTORIAM : je t'exhorte à lire l'histoire.

Dans le cas où il devrait être suivi d'un accusatif, le gérondif se tourne par le participe futur passif.

---

78. Breve tempus ætatis satis est longum ad benè honestèque vivendum. CIC. — Non solùm ad discendum propensi sumus, verùm etiam ad docendum. CIC. — Desperatio veniæ ad repugnandum acriùs accendit. LIV. — Fides nullâ necessitate ad fallendum cogitur, nullo corrumpitur præmio. SEN. — Ii qui præsunt reipublicæ legum similes sint, quæ ad puniendum non iracundiâ, sed æquitate, ducuntur. CIC. — Mores puerorum se inter ludendum simpliciùs detegunt. QUINT.

79. Ad tuendos conservandosque homines homo natus est. CIC. — Boum terga ad onus accipiendum non sunt figurata ; cervices autem natæ ad jugum. CIC. — E terrâ cavernis ferrum elicimus, rem ad colendos agros necessariam. CIC. — Aves ad

ABLATIF.

80. *Redeo* AB AMBULANDO : je reviens de me promener.

A DISCENDO *senectus sapientem non deterret* : la vieillesse ne détourne pas le sage d'apprendre.

Le gérondif s'emploie à l'ablatif avec *à*, *ab*, *ex*, comme complément indirect.

---

81. IN JUDICANDO *criminosa est celeritas* ; en jugeant, quand on juge, la promptitude est criminelle.

Le gérondif s'emploie à l'ablatif avec *in* pour exprimer une circonstance de temps. Il répond alors à la question *quand?*

---

82. *Consumit tempus* LEGENDO : il passe son temps à lire.

Le gérondif se met à l'ablatif sans préposition quand il exprime la manière ou le moyen. Il répond alors à la question *comment?*

---

83. *Redibam* AB INVISENDO AGROS, et mieux AB AGRIS INVISENDIS : je revenais de visiter mes terres.

---

imitandum humanæ vocis sonum dociles sunt. CURT. — Pythagoras Babyloniam ad perdiscendos siderum motus profectus est. Indè Cretam et Lacedæmona ad cognoscendas Minois et Lycurgi leges contendit. JUST.

80. Aristotelem non deterruit a scribendo amplitudo Platonis. CIC. — Magnam voluptatem ex discendo capimus. CIC. — Prudentia ex providendo est appellata. CIC.

81. Prohibenda est ira in puniendo. CIC. — Adhibenda est in jocando moderatio. CIC.

82. Hominis mens discendo alitur. CIC. — Multi patrimonia effuderunt, inconsultè largiendo. CIC. — Vigilando, agendo, benè consulendo, prosperè omnia cedunt. SALL. — (Fama) vires acquirit eundo. VIRG. — Nerva optimè reipublicæ consuluit, Trajanum adoptando. EUT. — Lycurgi leges laboribus erudiunt juventutem venando, currendo, esuriendo, sitiendo, algendo, æstuando. CIC.

83. Senectus à rebus gerendis abstrahit. CIC. — Boni viri in

Consumit tempus HISTORIAM LEGENDO, et mieux IN LEGENDA HISTORIA : il passe son temps à lire l'histoire.

Dans le cas où le gérondif devrait être suivi d'un accusatif, il se tourne par le participe futur passif.

CHAPITRE III. Dépendance des propositions.

Jusqu'ici nous avons considéré les propositions isolément et une à une. Nous allons voir maintenant comment elles se mettent dans des rapports de dépendance les unes à l'égard des autres, et par quels moyens la proposition subordonnée se lie à la principale.

§ I. *Propositions incidentes.*

PRONOM RELATIF.

84. *Deus* QUI *regnat, est omnipotens* : Dieu, qui règne, est tout-puissant.

Cette phrase contient deux propositions, l'une principale, *Deus est omnipotens*, Dieu est tout-puissant ; l'autre incidente, *qui regnat*, qui règne. L'antécédent du pronom relatif *qui*, est *Deus*. *Qui* est au nominatif parce qu'il est le sujet de *regnat*.

Homines oderunt quem metuunt : les hommes haïssent celui qu'ils craignent.

Cette phrase renferme comme la précédente deux propositions : *homines oderunt* (*eum*), les hommes haïssent celui, *quem metuunt*, qu'ils craignent. L'antécédent du pronom relatif *eum*, celui, est sous enten-

---

augendâ re non avaritiæ prædam, sed instrumentum bonitati quærere videntur. Cic. — Multi in equis parandis adhibent curam, et in amicis eligendis negligentes sunt. Cic. — Augustus de reddendâ republicâ bis cogitavit, sed in retinendâ perseveravit. Subt. — Exercenda est memoria ediscendis scriptis philosophorum. Cic. — Dando et accipiendo, permutandisque facultatibus et commodis nullâ re egemus. Cic.

84. Habent isti iners negotium, qui in componendis, discendis, audiendis canticis operam ponunt. Sen. — Sapienter cogitant, qui temporibus secundis casus adversos reformidant. Ad H. — Navis optimè cursum conficit ea quæ scientissimo gubernatore utitur. Cic.

du. *Quem* est à l'accusatif, parce qu'il est le complément direct de *metuunt.*

On voit par ces exemples :

1º Que le pronom relatif sert à joindre deux propositions;

2º Qu'il est toujours à la tête de la proposition incidente, et qu'il y peut jouer le rôle de sujet ou de complément;

3º Qu'il a toujours dans la proposition principale un antécédent, exprimé ou sous-entendu.

———

85. *Deus* cujus *providentiam miramur* : Dieu dont nous admirons la providence.

Le pronom relatif se met au génitif lorsqu'il est le complément d'un substantif.

———

Merces qua *dignus es* : la récompence dont vous êtes digne.

Puer cui *id utile est,* l'enfant à qui cela est utile.

Le pronom relatif se met au cas que demande l'adjectif dont il est le complément.

———

Deus quem *amo* : Dieu que j'aime.

Romulus a quo *Roma condita fuit* : Romulus par qui Rome fut fondée.

Grammatica cui *studeo*: la grammaire que j'étudie.

Libri quibus *utor* : les livres dont je me sers.

Homo cui *officium præstitisti* : l'homme à qui vous avez rendu service.

Le pronom relatif se met au cas que demande le verbe dont il est le complément.

———

85. Arbores serit diligens agricola, quarum adspiciet baccam ipse nunquam. Cic. — Non tenuit iram Alexander, cujus potens non erat. Curt. — Negare aliquid ei, cui carissimus essem, durum mihi videbatur. Cic. — Duo sunt aditus in Ciciliam ex Syriâ, quorum uterque parvis præsidiis propter angustias intercludi potest. Cic. — Horatii unius manu parta victoria est, quam ille mox parricido fœdavit. Flor. — Volsci bellum repa-

Is PER QUEM *veniam impetravi* : celui par qui j'ai obtenu ma grâce.

Ii QUIBUSCUM *vivimus* : ceux avec qui nous vivons.

Le pronom relatif se met au cas que demande la préposition dont il est le complément.

La préposition *cum* se met ordinairement après le pronom relatif. Au lieu de *cum quo*, *cum quâ*, *cum quibus*, on dit *quocum*, *quâcum*, *quibuscum*.

---

§ II. *Propositions complétives.*
PROPOSITION INFINITIVE.

86. La principale fonction du *que* français est d'unir au verbe une proposition qui en est le complément ou le sujet.

Je crois que tu lis. Je crois — quoi? ceci : tu lis. La seconde proposition est, comme on voit, le complément du verbe *je crois*.

Il importe que les mauvais citoyens soient connus. Quoi? ceci : que les mauvais citoyens soient connus → importe. La seconde proposition forme, comme on voit, le sujet réel du verbe *importe*.

Au lieu de réunir les deux propositions par la conjonction, comme en français, on met en latin le verbe de la seconde à l'infinitif, et le sujet à l'accusatif.

Credo TE LEGERE : je crois—toi lire, que tu lis.

Credo DEUM ESSE SANCTUM : je crois — Dieu être saint, que Dieu est saint.

---

raverunt, et victi acie, etiam Coriolos civitatem, quam habebant optimam, perdiderunt. EUT. — Marcellum, cui maximè succensebat, cum summâ illius dignitate, Cæsar restituit. CIC. — Nox longa videtur ægris, quibus somni pars est nulla. HOR. — Atheniensium sapientissimus Solon leges, quibus hodiè quoque utuntur, scripsit. CIC. — Fundamentum perpetuæ commendationis et famæ est justitia, sine quâ nihil potest esse laudabile. CIC. — Eloquentia non modò eos ornat, penès quos est, sed etiam universam rempublicam. CIC.

86. Solem Persæ unum Deum esse credunt. LIV. — Quis animo æquo videt eum quem impurè ac flagitiosè putet vivere?

Refert MALOS CIVES COGNOSCI: il importe—les mauvais citoyens être connus, que les mauvais citoyens soient connus.

Cette sorte de proposition subordonnée, que nous nommerons *infinitive*, s'emploie particulièrement,

1º comme complément après les verbes

Credere,	penser,	*meminisse,* se souvenir;	*dicere,* dire;
Putare,	croire;	*sentire,* sentir;	*velle,* vouloir;
Censere,		*videre,* voir;	*jubere,* ordonner;
Sperare, espérer;		*audire,* entendre;	*cupere,* désirer;

et généralement après tous les verbes qui se rapportent à *dire* ou à *penser*, ou qui expriment une idée de volonté, de désir;

2º comme sujet avec les verbes ou locutions

Constat, il est constant; *licet,* il est permis; *verum est,* il est vrai, etc.

Cic. — Galli, pro vitâ hominis nisi vita hominis reddatur, non posse deorum numen placari censebant. Cis. — Cùm prælium inibitis, memineritis vos divitias, decus, gloriam, præterea libertatem atque patriam in dextris vestris portare. Sall. — Quæ volumus et credimus libenter : quæ sentimus ipsi, reliquos sentire speramus. Cæs. — Ex inimico cogita posse fieri amicum. Sen. — Lapidum conflictu atque tritu elici ignem videmus. Cic. — Verè dici potest magistratum esse loquentem legem, legem autem mutum magistratum. Cic. — Adrianus finem imperii esse voluit Euphratem. Eut. — Periisset omnis Ægyptus fame, nisi monitu Josephi rex edicto servari per multos annos fruges jussisset. Just. — Nemo est qui non liberos suos incolumes et beatos esse cupiat. Cic. — Lycurgus auctorem legum Apollinem Delphicum fingit. Just. — Numa simulat sibi cum Egeriâ congressus nocturnos esse. Liv. — Domitianus statuas sibi in Capitolio non nisi aureas et argenteas poni permisit. Suet. — Alcibiades Athenas Lacedæmoniis servire non poterat pati. Nep. — In urbe sepeliri lex vetat. Cic. — Omnes homines qui de rebus dubiis consultant, ab odio, amicitiâ, irâ atque misericordiâ vacuos esse decet. Sall. — Non sum inscius esse utilitatem in historiâ, non modò voluptatem. Cic. — Lætus sum laudari me abs te, pater, laudato viro. Cic. — Veteribus benefactis nova pensari maleficia æquum est. Liv. — Facinus est vinciri civem romanum; scelus, verberari; propè parricidium, necari. Cic. — Mihi scelus videtur, me parenti proloqui mendacium. Plaut. — Omnes boni semper nobilitati favemus, et, quia utile est reipublicæ, nobiles homines esse dignos majoribus suis et quia valet apud nos clarorum hominum et bene de republicâ meri-

7

Quand on dit : *credo te* LEGERE, les deux actions d[e] *croire* et de *lire* sont simultanées, c'est-à-dire, o[nt] lieu dans le même temps. Je crois maintenant que t[u] lis maintenant.

Le verbe de la proposition infinitive se met au pr[é]sent de l'infinitif, lorsque l'action qu'il exprime es[t] simultanée à l'action marquée par le verbe de la pro[-]position principale.

---

87. *Credo te* LEGISSE : je crois toi avoir lu, que t[u] as lu. L'action de *lire* est antérieure à celle de *croire*[.]

Le verbe de la proposition infinitive se met au par[-]fait de l'infinitif, lorsque l'action qu'il exprime es[t] antérieure à l'action exprimée par le verbe de l[a] proposition principale.

---

88. *Credo te* LECTURUM ESSE : je crois toi être devan[t] lire, toi devoir lire, que tu liras. L'action de *lire* es[t] postérieure à celle de *croire*.

Le verbe de la proposition infinitive se met au fu[-]tur de l'infinitif, lorsque l'action qu'il exprime es[t] postérieure à l'action exprimée par le verbe de l[a] proposition principale.

[...]torum memoria, etiam mortuorum. Cic. — Res mali exempl[i] est, imperatores legi ab exercitibus. Liv.

87. Poetæ ferunt gigantes bellum diis intulisse. Cic. — Scipi[o] Africanus suo cognomine declarat tertiam partem orbis terra[-] rum se subegisse. Cic. — Græcarum litterarum constat Cato[-] nem perstudiosum fuisse in senectute. Cic. — Pompeios, cele[-] brem Campaniæ urbem, desedisse terræ motu audivimus. Sen[.] — Epaminondas ferrum in corpore retinuit, quoad renuntiatu[m] est vicisse Bœotios. Nep.—Memoriæ proditum est, Latonam con[-] fugisse Delum, atque ibi Apollinem Dianamque peperisse. Cic[.] —Vetus hæc opinio Græciam opplevit, vinctum Saturnum à fili[o] Jove. Cic.

88. Scimus legiones nostras in eum sæpe locum profecta[s,] alacri animo, unde se nunquàm redituras arbitrarentur. Cic. — Philocles sentiebat se nullius momenti apud exercitum futurum[.] Nep. — Pollio Asinius Cæsarem existimat suos rescripturum e[t] correcturum commentarios fuisse. Suet.

Le tableau suivant montre la correspondance des temps français et des temps de l'infinitif latin.

PRÉSENT.

Je crois	que tu lis ;		credo	
Je croyais			credebam	
J'ai cru	que tu lisais ;		credidi	
J'avais cru			credideram	
Je ne crois pas	que tu lises ;	*tournez toi lire :*	non credo	*te legere.*
Je ne croyais pas			non credebam	
Je n'ai pas cru			non credidi	
Je n'avais pas cru	que tu lusses ;		non credideram	
Je ne croirais pas			non crederem	

PARFAIT.

Je crois	que tu lisais ;		credo	
Je croirai			credam	
Je crois	que tu as lu ;		credo	
Je croirai	que tu lus ;		credam.	
	que tu avais lu ;			
Je crois	que tu auras déjà lu ;	*toi avoir lu : toi avoir déjà lu :*	credo	*te legisse.*
Je ne crois pas	que tu aies déjà lu ;		non credo	*te jam legisse.*
Je ne croyais pas			non credebam	
Je n'ai pas cru			non credidi	
Si j'avais cru	que tu eusses déjà lu ;		si credidissem	
Je ne croirais pas			non crederem	
Je n'aurais pas cru			non credidis em	

FUTUR.

Je crois	que tu liras ;		credo	
Je crois			credo	
Je croyais			credebam	
J'ai cru	que tu lirais ;	*toi devoir lire :*	credidi	*te lecturum esse.*
J'avais cru			credideram	
Je ne crois pas	que tu lises (demain) ;		non credo	

FUTUR PASSÉ.

Je crois	que tu auras lu ;		credo	
Je crois			credo	
Je croyais	que tu auraislu ;	*toi avoir dû lire :*	credebam	*te lecturum fuisse.*
J'ai cru			credidi	
J'avais cru			credideram	

PROPOSITION COMPLÉTIVE LIÉE A LA PRINCIPALE PAR L'UNE DES
CONJONCTIONS QUOD, UT, NE, QUIN, QUOMINUS, AN.

La proposition complétive n'est pas toujours exprimée en français sous la forme que nous lui avons vue dans l'exemple « je crois que tu lis ». Ainsi au lieu de : je te conseille *que tu lises*, on dit : je te conseille *de lire*. De même en latin la proposition complétive ne s'exprime pas toujours sous la forme que nous lui avons vue dans l'exemple « *credo te legere* ». Il y a certains verbes auxquels elle doit se lier par l'une des conjonctions *ut, ne, quin, quominùs, an*, toujours suivies du subjonctif, ou *quòd*, suivi de l'indicatif ou du subjonctif. Il est à remarquer que les Latins emploient la tournure personnelle dans la plupart des cas où nous employons la tournure infinitive.

---

89. *Gaudeo* QUÒD *tibi profuerim* : je me réjouis de ce que je vous ai été utile, de vous avoir été utile.

Socrates accusatus est QUÒD *corrumperet juventutem* : Socrate fut accusé de ce qu'il corrompait, de corrompre la jeunesse.

Dans tous les cas où en français la proposition complétive est jointe ou peut se joindre au verbe par *de ce que*, les Latins emploient *quòd* avec le subjonctif ou l'indicatif.

---

89. Quid lætaris, quòd ab hominibus iis laudaris, quos non potes laudare ? Sen.—Pavo ad Junonem venit, indignè ferens, cantus luscinii quòd sibi non tribuerit. Phæd.—Alexandrum filium Philippus accusat, quòd largitione benevolentiam Macedonum consectetur. Cic.—Valerius laudabat fortunam Bruti, quòd liberatâ patriâ in summo honore pro republicâ dimicans mortem occubuisset. Liv. — Quòd in Matii, doctissimi hominis, familiaritatem venisti, valdè gaudeo. Cic. —Gaudeo id te mihi suadere, quòd ego meâ sponte feceram. Cic. — Cato mirari se aiebat, quòd non rideret haruspex, haruspicem cùm vidisset. Cic. — Minimè miramur, te tuis, ut egregium artificem, præclaris operibus lætari. Cic. — Dolet mihi quòd stomacharis. Cic. — Clitum à se occisum Alexander dolebat. Just.

REMARQUE. Au lieu de *gaudeo quòd tibi profuerim*, on peut dire : *gaudeo me tibi profuisse* : je me réjouis moi vous avoir été utile, de vous avoir été utile.

Après les verbes *gaudere*, se réjouir; *dolere* s'affliger; *mirari*, s'étonner; on emploie également soit *quòd* avec l'indicatif ou le subjonctif, soit la proposition infinitive.

---

90. *Suadeo tibi* UT LEGAS : je vous conseille que vous lisiez, de lire.

Cura UT VALEAS : ayez soin que vous vous portiez bien, de vous bien porter.

On emploie *ut* avec le subjonctif après les verbes :

Suadere, conseiller;	*imperare*, commander;	*fit*,
Curare, avoir soin;	*orare*, prier,	*evenit*,
Facere, } faire	*eniti*, } tâcher;	*accidit*, } il arrive.
Efficere, } en sorte;	*contendere*,	*contingit*,

REMARQUE. Si le premier est au présent ou au futur, le second verbe se met au présent du subjonctif.

Si le premier verbe est à un temps passé, le second verbe se met à l'imparfait du subjonctif.

Je vous conseille	} de lire.	*Tibi suadeo*	} *ut legas.*
Je vous conseillerai		*Tibi suadebo*	
Je vous conseillais		*Tibi suadebam*	
Je vous ai conseillé	} de lire.	*Tibi suasi*	} *ut legeres.*
Je vous avais conseillé		*Tibi suaseram*	

---

90. Italici, qui Cirtam incolebant, Adherbali suadent uti seque et oppidum Jugurthæ tradat. SALL. — Ante senectutem curavi ut benè viverem : in senectute, ut benè moriar. SEN. — Fac ut principiis consentiant exitus. CIC. — Temperantia sedat appetitiones et efficit ut hæ rectæ rationi pareant. CIC. — Committam ut nullum meum factum reprehendere jure possis. CIC. —Senatus imperavit decemviris ut libros sibyllinos inspicerent. LIV. — Te oro ut in negotio tuo diligentissimus sis. CIC. — Ut plurimis prosimus eniti debemus. CIC. — Qui stadium currit eniti et contendere debet ut vincat : supplantare eum, quicum certet, aut manu depellere nullo modo debet. CIC. — Omnes te et hortamur et obsecramus, ut vitæ, ut saluti tuæ consulas. CIC. — Quem ego ut mentiatur, inducere possum; ut pejeret, exorare facilè potero. CIC. — Hoc age ut te quotidiè meliorem facias. SEN.

Magnum fac animum habeas et spem bonam. CIC. — Exer-

Suadeo tibi NE LUDAS : je vous conseille que vous ne jouiez pas, de ne pas jouer.

Cura NE *in morbum* INCIDAS : ayez soin que vous ne tombiez pas malade, de ne pas tomber malade.

Lorsque la proposition complétive renferme une négation, *ut* se supprime ordinairement ; la négation s'exprime par *ne* et le verbe se met toujours au subjonctif.

Ne est un adverbe, le subjonctif qui le suit dépend toujours de *ut* sous-entendu.

1. A la troisième personne on emploie le plus ordinairement le subjonctif au lieu de l'impératif (a), ABEAT *proditor* : qu'il s'en aille le traître. — *Ne* DICAT : qu'il ne dise pas.

Alors même que le subjonctif tient lieu de l'impératif, il suppose toujours un verbe antécédent sous-entendu. *Oportet* ou *opto ut proditor abeat* : il faut ou je désire que le traître s'en aille. *Opto ne dicat* : je desire qu'il ne dise pas.

2. Il y a cette différence entre *non* et *ne* que le premier de

citus lacrymis Alexandrum deprecatur finem tandem belli faceret. CURT.

Fieri potest ut fallar. CIC. — Sæpe evenit ut utilitas cum honestate certet. CIC. — Beatus est ille cui etiam in senectute contigit, ut sapientiam, verasque opiniones assequi possit. CIC. — Plerisque accidit ut præsidio litterarum diligentiam in perdiscendo ac memoriam remittant. CÆS.

Da operam ne quid (b) contra æquitatem contendas. CIC. — Imprimis cura ne magna injuria fiat fortibus et miseris. JUV. — Pater Horatii senex populum orabat ne se orbum liberis faceret. LIV.

Animum ne desponde. PLAUT. — Tu ne cede malis, sed contrà audentior ito. VIRG. — In re rusticâ operæ ne parcas. PLIN. — Ne tentes quod effici non possit. QUINT. — Noli pati litigare fratres et judiciis conflictari. CIC. — Nolite putare homines sceleratos terreri Furiarum tædis ardentibus. CIC. — Impius ne audeto placare donis iram Deorum. CIC. — Donis impiis ne placare audeant Deos. CIC. —Cedant arma togæ. CIC.

(a) Les troisièmes personnes du pluriel de l'impératif ne sont guère usitées que dans les lois.

Censores bini sunto; magistratum quinquennium habento; reliqui magistratus annui sunto CIC.

(b) *Ne quid* pour *ne aliquid.*

ces adverbes exprime seulement la négation et que le second exprime une défense. Aussi devant l'impératif emploie-t-on *ne* et jamais *non*. *Ne insulta miseris* : n'insulte pas aux malheureux. Au lieu de l'impératif, on peut mettre le subjonctif : *ne insultes miseris*.

5. La négation s'exprime encore par le verbe *noli*, ne veuille pas, pour le singulier ; *nolite*, ne veuillez pas, pour le pluriel, suivi de l'infinitif. *Noli, nolite insultare miseris* : n'insulte pas, n'insultez pas aux malheureux.

---

91. *Volo* UT *mihi* RESPONDEAS : je veux que tu me répondes.

CORPORA *juvenum* FIRMARI *labore voluerunt* : ils voulurent que les corps des jeunes gens fussent fortifiés par le travail

On emploie également *ut*, suivi du subjonctif, ou la proposition infinitive, après *velle*, vouloir ; *optare*, désirer ; *sinere*, permettre ; *rectum est*, il est juste ; *necesse est*, il est nécessaire ; *expedit*, il est avantageux ; *oportet*, il faut ; *mos est*, c'est la coutume, etc.

---

91. Amicus sum : eveniant volo tibi, quæ optas. PLAUT. — Dux Græciæ nunquàm optat, ut Ajacis similes habeat decem, at ut Nestoris. CIC. — Sic cum inferiore vivas, quemadmodùm tecum superiorem vivere optares. SEN. — Sine ut veniat. TER. — Germani vinum ad se omninò importari non sinunt, quòd eâ re ad laborem ferendum remollescere homines atque effeminari arbitrantur. CÆS. — Præclarum illud est et rectum, ut eos, qui nobis carissimi esse debeant, æquè ac nosmetipsos amemus. CIC. — Non est rectum, minori parere majorem. CIC. — Qui se metui volent, à quibus metuentur, eosdem metuant ipsi, necesse est. CIC. — A Deo necesse est mundum regi. CIC. — Suis te oportet illecebris ipsa virtus trahat ad verum decus. CIC. — In omni vitâ suâ quemque à rectâ conscientiâ transversum unguem non oportet discedere. CIC. — Expedit omnibus, ut singulæ civitates suas leges habeant. JUST. — Omnibus expedit salvam esse rempublicam. CIC. — Mos est hominum, ut nolint eumdem pluribus rebus excellere. CIC. — Philippo mos erat, periculis se temerè offerre. JUST.

REMARQUE. Après *oportet*, *necesse est*, *velle*, *ut* se sous-entend ordinairement. Ex. :

Discas oportet : Il faut que vous appreniez. SEN.

---

92. *Cave* NE CADAS : prenez garde que vous ne tombiez, de tomber.

Dissuade illi NE PROFICISCATUR : dissuadez à lui qu'il ne parte, dissuadez-le de partir.

Après les verbes *cavere*, *videre*, prendre garde, *dissuadere*, dissuader, on emploie *ne* avec le subjonctif.

---

93. *Deus prohibet* NE MENTIAMUR : Dieu défend que nous ne mentions, Dieu nous défend de mentir.

Id impedivit NE PROFICISCERER: cela a empêché que je ne partisse, cela m'a empêché de partir.

Lorsque les verbes qui signifient *empêcher*, *défendre*, ne sont accompagnés ni d'une négation, ni d'une interrogation, on emploie après eux *ne* avec le subjonctif.

---

94. *Non impedio*, *quis impedit* QUIN PROFICISCARIS, ou QUOMINUS PROFICISCARIS : je n'empêche pas, qui empêche que vous ne partiez? je ne vous empêche pas, qui vous empêche de partir?

Lorsque les verbes qui signifient *empêcher*, *défendre*, sont accompagnés d'une négation ou d'une

---

92. Cavendum est, ne assentatoribus patefaciamus aures. Cic. — Vide ne agas imprudenter. Cic. — Quos viceris, amicos tibi esse, cave credas. CURT.

93. Non dejeci te ex loco, in quem prohibui ne venires. TER. — Vetat Deus injussu nos suo vitâ demigrare. Cic.

94. Nec ætas impedit quominùs et cæterarum et imprimis agri colendi studia teneamus, usquè ad ultimum tempus se

interrogation, on emploie après eux *quin* ou *quominùs* avec le subjonctif.

RᴇᴍᴀʀQᴜᴇ. « Je ne puis, je ne saurais m'empêcher de m'écrier » se tourne en latin par : « Je ne puis pas ne pas m'écrier » : *Non possum non exclamare*, ou par : « Je ne puis faire que je ne m'écrie » : *Facere non possum quin exclamem*, ou en sous-entendant *facere*, faire : « Je ne puis que je ne m'écrie » , *Non possum quin exclamem.*

---

95. *Dubito* ᴀɴ ᴠᴀʟᴇᴀᴛ : je doute s'il se porte bien, qu'il se porte bien.

Après *dubitare*, douter; *dubium est*, il est douteux, lorsqu'ils ne sont accompagnés ni d'une négation, ni d'une interrogation, on emploie *an* avec le subjonctif.

---

96. *Non dubito* QUIN ᴠᴀʟᴇᴀᴛ : je ne doute pas qu'il ne se porte bien.

Quis dubitat QUIN *virtus* sᴛ *amabilis?* qui doute que la vertu ne soit aimable ?

---

nectutis. Cɪᴄ. — Non deterret sapientem mors, quominùs in omne tempus reipublicæ suisque consulat. Cɪᴄ. — Isocrati, quominùs haberetur summus orator, non effecit quòd infirmitate vocis, ne in publico diceret, impediebatur. Pʟɪɴ. ɪ.—Quid obstat quominùs sit homo beatus? Cɪᴄ. — Non possumus, quin alii a nobis dissentiant, recusare. Cɪᴄ. — Temperare mihi non possum, quominùs bonos laudem. Pʟɪɴ. ɪ. — Facere non potui quin tibi et sententiam et voluntatem declararem meam.—Cɪᴄ. Nequeo quin miseris illacrymer. Tᴇʀ. — Non possum non vera loqui. Cɪᴄ.

95. Dubito an vitium sit magis detestabile quàm ira. Sᴇɴ. — Dubito nùm idem tibi suadere, quod mihi, debeam. Pʟɪɴ. ɪ.

96. Quis dubitare potest quin Dei immortalis munus sit, quòd vivimus? Sᴇɴ. — Non debet dubitari quin fuerint ante Homerum poetæ. Cɪᴄ. — Non est dubium quin beneficium sit, etiam invito prodesse : sicut non dedit beneficium, qui invitus profuit. Sᴇɴ. — Alcibiades regem Persarum amicum sibi cupiebat adjungi. Neque dubitabat id se facilè consecuturum. Nᴇᴘ.

7*

Après *dubitare*, douter ; *dubium est*, il est douteux, lorsqu'ils sont accompagnés d'une interrogation ou d'une négation, on emploie *quin* avec le subjonctif.

REMARQUE. On trouve quelquefois après *dubitare*, *dubium est*, la proposition infinitive. *Quis dubitat Deum esse?* Qui doute que Dieu n'existe? CIC.

RÉSUMÉ. *Que*, entre deux verbes, se rend par diverses conjonctions suivant la manière dont on peut le tourner.

Si l'on peut tourner *que* par		on le rend par		
de ce que	*quòd*	Je m'étonne que vous lisiez : *Miror quòd legas.*
afin que	*ut*	J'aurai soin que vous lisiez : *curabo ut legas.*
de peur que	*ne*	Je prends garde que vous ne lisiez : *caveo ne legas.*
si	*an*	Je doute que vous lisiez : *dubito an legas.*
usqu'à ce que	*dùm*	J'attends que vous lisiez : *exspecto dùm legas.*
pourquoi	*cur*	Cela est cause que vous lisez : *id causa est cur legas.*

Lorsque la conjonction *que* ne peut pas se tourner de la sorte, elle se retranche, le sujet se met à l'accusatif et le verbe à l'infinitif. Je crois que vous lisez, *credo te legere.*

————

97. *Natos suos interrogavit* AN ESSET *bove latior :* elle demanda à ses petits si elle était plus grosse que le bœuf.

Quæris SITNE *æquum amicos cognatis anteferre :* tu demandes s'il est juste de préférer les amis aux parents.

Ex me quæsieras NONNE PUTAREM... Vous m'aviez demandé si je ne pensais pas...

Notre *si* dubitatif se traduit en latin par *an*, ou

————

97. Cogita tecum an, quibuscumque debuisti gratiam, retuleris. SEN. — Tarquinius Nævium augurem rogavit, fierine posset, quod ipse mente conceperat. Ille, posse, respondit. Atqui hoc, inquit rex, agitabam an cotem illam secare novâ

par *ne* qu'on place après le premier mot de la phrase complétive. Lorsque cette phrase renferme une négation, *si* et la négation se rendent par *annon* ou *nonne*.

DE LA PHRASE INTERROGATIVE.

98. AN *vidisti regem?* *vidisti*NE *regem?* avez-vous vu le roi? NÙM *dormis?* dormez-vous?

ANNON ou NONNE *vidisti regem?* n'avez-vous pas vu le roi?

L'interrogation marquée en français par l'inversion du pronom personnel est indiquée en latin par les adverbes *an*, *nùm*, *numquid*, qu'on met devant le premier mot de la phrase, ou par *ne* qu'on place après ce premier mot. Si l'interrogation est négative, elle se fait par *annon* ou *nonne*, qui commence la phrase. (*Nùm* s'emploie quand on prévoit que la réponse doit être négative.)

99. *Quis ego sum?* qui suis-je? | *Nescis quis ego sim:* vous ne savez pas qui je suis.

Quota hora est? quelle heure est-il? | *Dic mihi quota hora sit:* dites-moi quelle heure il est.

culà possem. Potes ergò, inquit augur, et secuit. FLOR. — Quæ parare et quærere arduum fuit, nescio an tueri difficilius sit. LIV. — Quæsieras ex me, nonne putarem, tot seculis inveniri verum potuisse. CIC.

98. An nescis longas regibus esse manus? OVID. — Nùm talpam desiderare lumen putas? CIC. — Numquid duas habetis patrias? CIC. — Ubi aut qualis est tua mens? Potesne dicere? CIC. — Nonne poetæ post mortem nobilitari volunt? CIC.

99. Quid de quoque viro, et cui dicas, sæpè videto. HOR. — Novit namque vates, quæ sint, quæ fuerint, quæ mox ventura trahantur. VIRG. — Ciconiæ quonam è loco veniant, aut quò se conferant, incompertum adhuc est. PLIN. — Qualem commendes etiam atque etiam aspice. HOR. — Rex sit è vobis uter quærite. SEN. T. — Præ gaudio ubi sim nescio. TER. — Omnes tendunt ad gaudium, sed undè stabile magnumque consequantur, ignorant. SEN. — Multæ gentes nondùm sciunt cur luna deficiat, quare obumbretur, SEN. — Defectiones solis et lunæ ab hominibus

Uter ꜰᴜɪᴛ *eloquentior?* lequel des deux fut le plus éloquent ?

Nescio uter ꜰᴜᴇʀɪᴛ *eloquentior :* je ne sais pas lequel des deux a été le plus éloquent.

Quid ᴀᴄɪꜱ? que faites-vous ?

Ad me scribe quid ᴀᴄᴀꜱ: écrivez-moi quelle chose vous faites, ce que vous faites.

Ubi ᴇꜱᴛ? où est-il? *Undè* ᴠᴇɴɪᴛ? d'où vient-il? *Quò* ᴠᴀᴅɪᴛ? où va-t-il?

Scire velim ubi ꜱɪᴛ, je voudrais savoir où il est ; *undè* ᴠᴇɴɪᴀᴛ, d'où il vient ; *quò* ᴠᴀᴅᴀᴛ, où il va.

Cur hoc ᴅɪᴄᴇʙᴀᴛ? pourquoi disait-elle cela?

Interrogata cur hoc ᴅɪᴄᴇʀᴇᴛ: interrogée pourquoi elle disait cela.

Quantum te ᴀᴍᴏ! combien je vous aime!

Vides quantùm te ᴀᴍᴇᴍ: vous voyez combien je vous aime.

Quàm dulcis ᴇꜱᴛ *libertas!* combien est douce la liberté !

Quàm dulcis ꜱɪᴛ *libertas breviter proloquar :* je dirai en peu de mots combien la liberté est douce.

Lorsque les noms ou les adverbes interrogatifs ou exclamatifs *qui, quel, où, pourquoi, combien,* etc. sont placés entre deux verbes, le second, qui est à l'indicatif en français, est toujours en latin au subjonctif.

RᴇᴍᴀʀQᴜᴇ. Les temps de l'indicatif français se rendent par les temps correspondans du subjonctif latin. Ce mode n'ayant pas de futur, on y supplée par le participe en *rus, ra, rum,* pour l'actif, et en *dus, da, dum,* pour le passif avec *sim* ou *fuerim.*

Je n e	ce que vous faites	*Nescio quid agas.*
	ce que vous faisiez	*quid ageres.*
	ce que vous avez fait	*quid egeris.*
	ce que vous aviez fait	*quid egisses.*
	ce que vous ferez	*quid acturus sis.*
	ce que vous aurez fait	*quid acturus fueris.*
	ce qui devra être fait	*quid agendum sit.*
	ce qui aura dû être fait	*quid agendum fuerit.*

cognitæ prædictæque sunt, quæ, quantæ, quandò futuræ sint. Cɪᴄ. — Non video quomodò sedare possint mala præsentia præteritæ voluptates. Cɪᴄ. — Videtis ut apud Homerum sæpissimè Nestor de virtutibus suis prædicet. Cɪᴄ. — Numerate quot ipsi sitis, quot adversarios habeatis. Lɪᴠ. — Quid deceat vos, non quantùm liceat vobis, spectare debetis. Cɪᴄ. — Incertum est quàm longa nostrùm cujusque vita futura sit. Cɪᴄ.—Pecunia,

§ III. *Propositions corrélatives.*

100. *Paulus est* DOCTIOR QUAM *Petrus* : Paul est
plus savant que Pierre; (c'est-à-dire, *quàm Petrus
est doctus*, que Pierre est savant.)

Neminem novi DOCTIOREM QUAM *Paulum* : je ne
connais personne plus savant que Paul. (*Quàm novi
Paulum esse doctum*, que je connais Paul être savant).

Le *que* après l'adjectif comparatif s'exprime par
quàm.

Petrus, dans le premier exemple, est le sujet du
verbe *est* sous-entendu.

Paulum, dans le deuxième exemple, est à l'accusatif parce qu'il est le complément de *novi* sous-entendu.

Lorsque les deux termes de la comparaison sont
unis par *quàm*, ils sont toujours au même cas, parce
qu'on sous-entend dans la seconde proposition le verbe
qui est exprimé dans la première.

REMARQUE. On a déjà vu (45) que quand le comparatif est
exprimé par un seul mot latin, on peut, au lieu d'employer
quàm, mettre à l'ablatif le second terme de la comparaison:
Paulus est doctior Petro.

———————

101. MAGIS *pius est* QUAM *tu :* il est plus pieux que
vous.

Periculum MINUS *est fugiendum* QUAM *turpitudo :*
le péril est moins devant être évité, est moins à éviter
que la honte.

Après le comparatif adverbe, le *que* se rend par *quàm*.

———————————————

honores, forma, valetudo, quamdiù affutura sint, certum sciri
nullo modo potest. CIC. — Difficile dictu est, quantoperè con-
ciliet animos hominum comitas, affabilitasque sermonis. CIC.

100. Certè ignoratio futurorum malorum utilior est quàm
scientia. CIC. — Natura virum, quàm mulierem, fecit auda-
ciorem. COL. — Decet cariorem esse patriam nobis quàm
nosmetipsos. CIC. — Morbi perniciosiores sunt animi, quàm
corporis. CIC.

101. Nihil màgis voluptarios et iracundos facit, quàm edu-
catio mollis et blanda. SEN. — Plus in amicitià valet similitudo

REMARQUE. Les verbes *malle*, aimer mieux ; *præstare*, valoir mieux, renferment en eux-mêmes le sens de l'antécédent *magis*, et sont, comme le comparatif, suivis de *quàm*. Ex. :

Valere malo quàm dives esse : J'aime mieux me bien porter qu'être riche, je préfère la santé à la richesse. CIC.

Accipere quàm facere præstat injuriam : Il vaut mieux subir l'injustice que la commettre. CIC.

---

102. *Doctior est quàm putas* : il est plus savant que vous pensez, que vous *ne le* pensez.

La négation *ne* et le pronom *le* que nous employons après le comparatif ne s'expriment pas en latin.

---

103. Du pronom relatif dérivent des adjectifs et des adverbes qui se traduisent tous par *que*, tels sont : *qualis*, *quot*, *quantùm*. Chacun d'eux a dans la proposition principale un antécédent qui lui est propre. En voici le tableau :

ANTÉCÉDENTS.	DÉRIVÉS DU RELATIF.	TRADUCTION.
Eò ou *hôc*	quò	} d'autant.. que.
Tantò	quantò	
Tantùm	quantùm	autant.. que.
Tam	quàm	autant, aussi...que.
Tamdiu	{ quamdiù quoad	} aussi long-temps que.
Tōt	quot	autant de...que de.
Toties	quoties	toutes les fois que.
Tantus, a, um	quantus, a, um	aussi grand que.
Talis	qualis	tel que.

morum, quàm affinitas. CIC. — Sunt et belli, sicut pacis, jura ; justéque ea non minùs quàm fortiter gerenda sunt. LIV.—Facilius est adversam regere fortunam quàm secundam. CIC. RT.

102. In castris Virginius majorem quàm reliquerat in urbe motum excivit. LIV. — Thebis morte mulctabatur qui imperium diutiùs retinebat quàm lege præfinitum erat. NEP.

103. Eò crassior aer est, quò terris propior, SEN. — Vox,

Eò }	*modestior est* QUÒ *doctior*	il est d'autant plus mo-
Hòc }		deste qu'il est plus sa-
TANTÒ *modestior est* QUANTÒ *doctior*		vant.

Eò ou *hòc... quò, tantò... quantò* mettent en rapport deux comparatifs dont chacun marque à quel degré la qualité est portée dans l'autre.

Id EÒ *mirabilius visum est,* QUÒD *à nemine exspectabatur* : cela a paru d'autant plus étonnant, que personne ne s'y attendait.

Eò, hòc ont pour corrélatif *quòd*, lorsque la proposition suborbonnée ne renferme point de comparatif.

TANTUM *te amo* QUANTUM *me amas* : je vous aime autant que vous m'aimez.

TAM *prudens est* QUAM FORTIS : il est aussi prudent que brave.

Ego TAMDIU *requiesco* QUAMDIU *ad te scribo* : je me repose aussi long-temps que je t'écris, je n'ai de repos que pendant que je t'écris. CIC.

TOT *fructus non sunt* QUOT *flores* : autant de fruits ne sont pas, il n'y a pas autant de fruits que de fleurs. (*Tot... quot* adjectifs indéclinables, marquant la quotité, ne s'emploient que devant les noms pluriels)

---

cursus, hòc graviora, quò sunt missa contentiùs. Cic. — Tantò nos geramus submissiùs, quantò superiores sumus. Cic. — Eò ad te tardiùs scripsi, quòd quotidiè te ipsum exspectabam. Cic. — Si absurdè canit is qui se haberi vult musicum, hòc turpior est, quòd in eo ipso peccat, cuju profitetur scientiam. Cic. — Tantùm ex publicis malis sentimus quantùm ad privatas res pertinet : nec in iis quidquam acriùs quàm pecuniæ damnum stimulat. Liv. — Multi virtute non tam præditi esse quàm videri volunt. Cic. — Nihil est morti tam simile quàm somnus. Cic. — Tamdiù discendum est quemadmodùm vivas, quamdiù vivis. Sen. — Nemo à diis immortalibus tot et tantas res auderet optare quot et quantas dii immortales ad Cn. Pompeium detulerunt. Cic. — Homo moritur totiès quotiès amittit suos. P. S. — Nemo unquàm ullâ arte tantum nomen adeptus est, quantum medi-

Non TANTA *est terra* QUANTUS *sol* : la terre n'est pas aussi grande que le soleil.

TALIS *est filius* QUALIS *pater* : le fils est tel que le père.

REMARQUE. Les antécédents *tantùm*, *tamdiù*, *toties*, etc., se sous-entendent quelquefois dans la proposition principale.

Crescit amor nummi, *quantùm ipsa pecunia crescit* : l'amour de l'argent s'accroît autant que l'argent lui-même. JUV.

Disces quamdiù voles : tu apprendras aussi long-temps que tu voudras.

Cato, quoad vixit, didicit : Caton apprit tant qu'il vécut.

---

104. Au lieu de dire : *eò modestior est, quò doctior;* il est plus modeste par cela qu'il est plus savant; on peut faire, par inversion, de la première phrase la seconde et de la seconde la première en disant : *quò doctior, eò modestior est,* plus il est savant, plus il est modeste.

Quand les phrases corrélatives sont ainsi renversées, on traduit *quò... eò, quantò... tantò,* par *plus* répété ; *quantùm.. tantùm, quàm... tam, quot... tot,* par *autant* répété; *qualis... talis,* par *tel* répété.

QUANTUM *me amas,* TANTUM *te amo* : autant vous m'aimez, autant je vous aime.

QUOT *flores,* TOT *fructus* : autant de fleurs, autant de fruits.

---

cina Hippocrates sibi paravit. PLIN.—Trajanus dicebat, talem se imperatorem esse privatis, quales esse sibi imperatores privatus optâsset. EUT.

104. Prodigia quò magis credunt simplices ac religiosi homines, eò plura nunciantur. LIV. — Quò difficilius, hoc præclarius est servare æquitatem. TAC.—Quantò majus prælium fuit, tantò et clarior victoria. JUST. — Marius quantùm bello optimus, tantùm pace pessimus; immodicus gloriæ, insatiabilis, impotens, semperque inquietus. VELL. — Quot capitum vivunt, totidem studiorum millia. HOR. — Xerxis introitus in Græciam quàm terribilis, tàm turpis ac fœdus discessus fuit. JUST. — Quamdiù animus remanet in nobis, tamdiù sensus et vita remanet. CIC. — Plato scripsit quales in republicâ principes essent, tales reliquos solere esse cives. CIC.

QUAM *fortis*, TAM *est prudens* : autant il est brave,
autant il est prudent.

QUALIS *pater est*, TALIS *filius* : tel père, tel fils.

§ IV. *Propositions circonstancielles.*

EMPLOI DE L'INDICATIF OU DU SUBJONCTIF APRÈS CERTAINES
CONJONCTIONS.

105. POSTQUAM LEGI, *scripsi* : après que j'ai lu, après
avoir lu, j'ai écrit.

UBI *ea Romæ* COMPERTA SUNT : dès que ces choses
furent connues à Rome.

Les conjonctions *postquàm*, après que ; *ubi, ubi
primùm, simul ac*, dès que, aussitôt que, se construisent avec l'indicatif.

———

106. *Depugna* POTIUS QUAM SERVIAS : combattez
plutôt que vous soyez esclave, plutôt que d'être esclave. CIC.

Les conjonctions *potiùs quàm*, plutôt que ; *nedùm*,
bien loin que ; *dummodò, modò*, pourvu que ; *quasi,
tanquàm, tanquàm si, perindè ac si*, comme si, se
construisent avec le subjonctif.

———

105. Postquàm pro modestiâ et pudore ambitio, vis aliæque
cupiditates incessère, leges conditæ sunt. SALL. — Humiles la-
borant, ubi potentes dissident. PHÆD. — Ubi primùm ætas militiæ patiens fuit, Marius stipendiis faciendis, non græcâ facun-
diâ, neque urbanis munditiis esse exercuit. SALL. — Juventus
simul laboris ac belli patiens erat, in castris usu militiam dis-
cebat. — Simul atque increpuit suspicio tumultûs, artes illicò
nostræ contiscunt. CIC.

106. Vix filii sumptus sufferre posset satrapa, nedùm tu possis.
TER. — Multi omnia recta et honesta negligunt, dummodò potentiam consequantur. CIC. — Manent ingenia senibus, modò per-
maneat studium et industria. CIC. — Stultum est, in luctu capillum sibi evellere, quasi calvitio mœror levetur. CIC. — Sic
vive cum hominibus tanquàm Deus videt; et videt : sic loquere
cum Deo, tanquàm homines audiant. SEN. — Quæ perdifficilia
sunt, perindè habenda sæpè sunt, ac si effici non possint. CIC.

107. Quanquam abest *à culpâ* ⎫ Quoiqu'il soit
    Quamvis absit *à culpâ* ⎭ exempt de faute.

Les conjonctions *quanquàm*, *etsi*, *tametsi*, quoique,
se construisent ordinairement avec l'indicatif; les
conjonctions *quamvis*, *etiamsi*, *licet* se construisent
ordinairement avec le subjonctif.

———

108. *Ea non sunt utilia* ⎧ QUIA SUNT *flagitiosa*,
                          ⎨ QUÒD SUNT *flagitiosa*,
                          ⎩ QUÒD SINT *flagitiosa* :

ces choses ne sont point utiles parce qu'elles sont cri-
minelles.

Les conjonctions *quia*, *quoniam*, parce que, se
construisent avec l'indicatif; *quòd* se construit avec
l'indicatif ou le subjonctif.

Remarque. *Quòd* a souvent dans la proposition principale
un antécédent.

Hoc me ipse consolabar, QUÒD *non dubitabam*... Je me con-
solais par cela que je ne doutais pas...

———

107. Medici, quanquàm sæpè intelligunt, tamen nunquàm
ægris dicunt, illo morbo eos esse morituros. Cic. — Antiochum
etsi multa stultè conari videbat Hannibal, tamen nullà deseruit
in re. Nep. — Tametsi vicisse debeo, tamen de meo jure de-
cedam. Cic. — Si quid effici non potest, deliberatio tollitur,
quamvis utile sit. Cic. — Non est magnus pumilio, licet in
monte constiterit : colossus magnitudinem servabit, etiamsi
steterit in puteo. Sen.

108. Vir bonus legibus non propter metum paret, sed quia
id salutare maximè judicat. Cic. — Patronus libertum ingratum
jure libertatis exuebat, ei dicens : Esto servus quoniàm liber
esse nescîsti. Val. Max. — Quædam terræ partes sunt incultæ,
quòd aut frigore rigent, aut uruntur calore. Cic. — Divinus
Plato escam malorum voluptatem appellat, quòd ea videlicet
homines capiantur, ut hamo pisces. Cic. —Pulchritudo corporis
aptà compositione membrorum movet oculos, et delectat hoc
ipso, quòd inter se omnes partes cum quodam lepore consen-
tiunt.Cic.—Hâc re maximè bestiis præstant homines, quod loqui
possunt. Cic. — Aristides nonne ob eam causam expulsus est
patriâ, quòd præter modum justus esset ? Cic.

109. Dum loquimur : tandis que nous parlons.

Dum canis ferret carnem : tandis qu'un chien portait de la chair.

Oderint dum metuant. qu'ils haïssent, pourvu qu'ils craignent.

Exspecta dum rex advenerit : attendez jusqu'à ce que le roi soit arrivé, attendez que le roi soit arrivé.

Dùm signifiant *tandis que*, *tant que*, se construit ordinairement avec le subjonctif devant l'imparfait et le plus-que parfait, et avec l'indicatif devant les autres temps; et signifiant *pourvu que, jusqu'à ce que,* il se construit toujours avec le subjonctif.

---

110. Cum valemus : lorsque nous nous portons bien.

Quum *Athenæ* floberent : lorsque Athènes florissait.

Quum *id* velis : puisque vous le voulez.

Cum *vitium* sit *ambitio* : quoique l'ambition soit un vice.

Cùm ou *quùm* signifiant *lorsque* se construit ordinairement avec le subjonctif devant l'imparfait et le plus-que-parfait, et avec l'indicatif devant les autres temps; et signifiant *puisque, quoique,* il se construit toujours avec le subjonctif.

---

109. Beneficiorum maxima sunt, quæ a parentibus accipimus, dùm aut nescimus aut nolumus. Sen. — M. Cato in ipsâ curiâ solebat legere sæpè, dùm senatus cogeretur. Cic. — Nihil largiatur princeps, dùm nihil auferat. Plin. j. — Iratis subtrahendi sunt ii, in quos impetum conantur facere, dùm se ipsi colligant. Cic. — Exspectare dùm hostium copiæ augeantur, summæ dementiæ est. Cæs.

110. Facilè omnes, cùm valemus, recta consilia ægrotis damus. Ter. — Principiis obsta, serò medicina paratur, cùm mala per longas invaluêre moras. Ovid. — Cùm in amicitiâ, quæ honesta non sunt, postulabuntur, religio et fides anteponatur amicitiæ. Cic. — Cùm dare non possem munera, verba dabam. Ovid. — Curio magnum auri pondus Samnites cùm attulissent, repudiati ab eo sunt. Cic. — Cùm solitudo et vita sinè amicis insidiarum et metûs plena sit, ratio ipsa monet amicitias comparare. Cic. — Cùm feriant unum, non unum fulmina terrent. Ovid.

111. UT *ab urbe* DISCESSI : dès que je fus sorti de la ville.

Perge UT COEPISTI : continue comme tu as commencé.

Ut signifiant *dès que, comme*, se construit avec l'indicatif.

———

112. *Luce* UT QUIESCAM : afin que je repose, afin de reposer, pour reposer pendant le jour.

Ut signifiant *afin que, pour*, se construit avec le subjonctif.

———

113. NE *vobis tœdium* AFFERAM : pour que je ne vous ennuie pas, pour ne pas vous ennuyer, de peur de vous ennuyer.

Ut se sous-entend quand la proposition est négative, et la négation s'exprime par *ne* que suit le subjonctif.

———

114. *Otiare* QUÒ *meliùs* LABORES : (*Quò* pour *ut eò*) reposez-vous pour que par cela vous travailliez mieux, pour mieux travailler.

Au lieu de *ut* on emploie *quò* avec le subjonctif quand la proposition subordonnée contient un comparatif.

———————

111. Ut silentium fuit, ordine cuncta, ut gesta erant, Virginius exposuit. Liv. — Gaditanus quidam, Titi Livii nomine gloriâque commotus, ad visendum eum ab ultimo terrarum orbe venit, statimque ut viderat, abiit. PLIN. J.

112. Ut ameris, amabilis esto. OVID. — Quos pueri labores non perferunt ut æqualium principes sint ! CIC. — Si omnia fecit, ut sanaret, peregit medicus suas partes. SEN.

113. Gallinæ avesque reliquæ pennis fovent pullos, ne frigore lædantur. CIC. — Nemo mihi videtur magis virtuti devotus, quàm qui boni viri famam perdidit, ne conscientiam perderet. SEN.

114. Obducuntur cortice trunci, quò sint a frigoribus et caloribus tutiores. CIC. — Socrates, quò meliùs cœnaret, obsonabat ambulando famem. CIC. — Diù appara bellum, ut vincas celeriùs. SEN.

115. *Eo nuntio* ITA (TAM ou ADEÒ) *perculsus est ,* UT *mortuus sit* : il a été tellement frappé de cette nouvelle qu'il en est mort.

Lorsque *ut* a pour antécédent dans la proposition principale l'un de ces mots, *ita , tàm , adeò, sic ,* tellement, de telle sorte, il se rend par *que* et est toujours suivi du subjonctif.

116. SI VIS *amari, ama* : si tu veux être aimé, aime. OVID.

Nihil aliud est philosophia , SI VELIS *interpretari , quàm studium sapientiæ :* la philosophie, si vous voulez la définir, n'est autre chose que l'amour de la sagesse. CIC.

Id SI FACERES, *id* SI FECISSES *causâ meâ :* si vous faisiez, si vous eussiez fait cela à cause de moi.

Les conjonctions *si,* si ; *nisi,* si... ne; *antequàm, priusquàm,* avant que, se construisent tantôt avec l'indicatif, tantôt avec le subjonctif, mais toujours avec le subjonctif devant l'imparfait et le plus-que-parfait.

---

115. Quis est tàm demens, ut suâ voluntate mœreat? CIC. — Nemo adeò ferus est, ut non mitescere possit. HOR. — Trajanus rempublicam ita administravit, ut omnibus principibus meritò præferatur. EUT. — Multa secula sic viguit Pythagoreorum nomen, ut nulli alii docti viderentur. CIC.

116. Si mundum efficere potest concursus atomorum, cur porticum, cur templum, cur domum, cur urbem non potest ? CIC. — His duabus maximè rebus amicitia violatur : si socios meos pro hostibus habeas, si cum hostibus te conjungas. LIV. — Sincerum est nisi vas, quodcumque infundis, acescit. HOR. — Galli, pro vità hominis nisi vita hominis reddatur, non posse deorum numen placari arbitrantur. CÆS. — Beatus esset homo, si virtutem usque coleret. CIC. — Si minùs errâsset, notus minùs esset Ulysses. OVID. — Galba capax imperii visus esset, nisi imperâsset. TAC. — Ventidio fui semper amicus antequàm ille reipublicæ bonisque omnibus tàm apertè est factus inimicus. CIC. — Antè videmus fulgurationem quàm sonum audiamus. SEN. — Ducentis annis antequàm Romam caperent, in

117. *Hunc librum si* LEGES, LÆTABOR : si vous lirez, si vous lisez ce livre, je m'en réjouirai.

Si VENERIS, *pergratum mihi* FECERIS : si vous serez venu, vous aurez fait une chose très agréable pour moi, si vous venez, vous me ferez plaisir.

Lorsque le verbe de la proposition principale est au futur, le verbe qui suit *si*, en français au présent de l'indicatif, se met en latin au futur absolu ou au futur passé. Les deux verbes sont quelquefois au futur passé.

DE L'ABLATIF DIT ABSOLU.

118. On peut dire :

Postquàm partes factæ sunt, sic locutus est leo; après que les parts furent faites, le lion parla ainsi;

Quùm Cicero esset consul, natus est Augustus ; lorsque Cicéron était consul, Auguste naquit ;

Mais il vaut mieux donner aux propositions subordonnées

Postquàm partes factæ sunt, — *Quùm Cicero esset consul,*

cette autre forme

partibus factis,　　　　— *Cicerone consule,*
les parts (étant) faites.　　Cicéron (étant) consul.

Cette sorte de proposition subordonnée se compose,

Italiam Galli transcenderunt. LIV. — Non priùs sum conatus misericordiam aliis commovere, quàm misericordiâ sùm ipse captus. CIC. — In omnibus negotiis, priùsquam aggrediare, adhibenda est præparatio diligens. CIC. — Mithridates Datamem ferro transfixit, priùsque quàm quisquam posset succurrere, interfecit. NEP.

117. Dolorem justissimum si non potero frangere, occultabo. CIC. — Telo si primam aciem præfregeris, reliquo ferro vim nocendi sustuleris. JUST. — Regum exitos si reputaveritis, plures a suis quàm ab hoste interemtos numerabis. CURT.

118. Medici, causâ morbi inventâ, curationem esse inventam putant. CIC. — Caninio consule, scito neminem prandisse. CIC. — Aliquis vir bonus nobis eligendus est, ac semper antè oculos

comme on le voit, d'un nom à l'ablatif faisant fonction de sujet et d'un participe ou d'un autre nom, également à l'ablatif, faisant fonction d'attribut.

Bien que cet ablatif ait été nommé absolu, il doit être regardé comme dépendant d'une préposition sous-entendue : (à) *partibus factis*, après les parts faites; (*sub*) *Cicerone consule*, sous Cicéron consul.

L'ablatif absolu répond aux questions *quand ? comment* (a)?

---

habendus, ut sic tanquàm illo spectante vivamus, et omnia tanquàm illo vidente faciamus. Sen. — Omnia summa consecutus es, virtute duce, comite fortunâ. Cic. —Theopompus Lacedæmonius, permutato cum uxore habitu, è custodiâ, ut mulier, evasit. Quint. — Scipio, duabus urbibus eversis, inimicissimis huic imperio, non modò præsentia, verùm etiam futura bella delevit. Cic. — Fide abrogatâ, omnis humana societas tollitur. Liv. — Ingratus est qui, remotis testibus, agit gratiam. Sen. — Camillus dictator Romam ad scribendum novum exercitum redit, nullo detrectante militiam. Liv.—Hoste debellato ne quisquam pereat ense. Luc. — Abderitæ, propter ranarum muriumque multitudinem relicto patriæ solo, sedes novas quærebant. Just.

(a) Ne peut-on pas, autrement que par l'ellipse d'une préposition, rendre compte de l'ablatif absolu? *Magister loquitur*, — *magistrum loqui*, — *magistro loquente* sont trois formes d'une même proposition, comme *loquitur*, — *loqui*, — *loquens* sont trois modes différents d'un même verbe. Trois cas caractérisent donc en latin le sujet d'une proposition : le nominatif, l'accusatif et l'ablatif. Si le verbe est à un mode personnel (indicatif, impératif ou subjonctif), le sujet se met au nominatif : *magister loquitur*. Si le verbe est au mode infinitif, le sujet se met à l'accusatif : *magistrum loqui*, et alors la proposition est toujours complémentaire d'une autre proposition : *credo magistrum loqui*. Si le verbe est un participe, le sujet se met à l'ablatif et le participe aussi : *magistro loquente*. Cette forme de proposition sert à exprimer un terme circonstanciel d'une autre proposition : *silete, magistro loquente*. Au lieu de l'ablatif les Grecs emploient le génitif.

LIVRE SECOND.

SYNTAXE PARTICULIÈRE.

Après avoir exposé dans le premier livre les lois générales de syntaxe qui règlent l'accord et la dépendance des mots entre eux, et la dépendance des propositions entre elles, il nous reste à indiquer les locutions particulières à la langue latine, et à montrer comment elles s'écartent ou se rapprochent des principes généraux déjà connus. Ce sera l'objet du second livre.

CHAPITRE 1. SUPPLÉMENT A LA SYNTAXE D'ACCORD.

§ I. *Accord du verbe avec le sujet.*

119. Tu *rides*, EGO *fleo* : vous riez, et moi je pleure. Tu *loqui sic audes?* Est-ce bien vous qui osez parler ainsi ?

Les pronoms de première et de seconde personne s'expriment lorsqu'on veut marquer une opposition ou donner plus de force à l'expression.

120. *Mens et ratio et consilium in senibus* EST : le bon sens, la raison, la prudence sont l'apanage de la vieillesse. Cic.

119. Ego tu sum, tu es ego, unanimi sumus. Ter. — Ego reges ejeci, vos tyrannos introducitis. Ad Her. — Vultum ipsius Hannibalis, quem armati exercitus sustinere nequeunt, quem horret populus Romanus, tu sustinebis ? Liv.

120. Mens et animus et consilium et sententia civitatis posita est in legibus. Cic. — Nec census, nec clarum nomen avorum, sed probitas magnos, ingeniumque facit. Ovid.

Les Latins mettent indifféremment au singulier ou au pluriel le verbe qui se rapporte à plusieurs sujets singuliers exprimant des choses inanimées.

---

121. *Turba* RUIT ou RUUNT : la foule se précipite.

Quand le sujet est un nom collectif, c'est-à-dire un nom qui, quoiqu'au singulier, présente à l'esprit l'idée de plusieurs personnes ou de plusieurs choses, le verbe peut se mettre à l'un ou à l'autre nombre.

---

122. PLUIT, il pleut. — VENITUR, on vient.

Le sujet ne s'exprime pas devant les verbes unipersonnels neutres ou passifs.

---

123. *Carbonem, ut aiunt, pro thesauro invenimus :* (*ut* HOMINES *aiunt*) : nous avons trouvé, comme les hommes disent, comme on dit, un charbon au lieu d'un trésor. PHÆD.

Le sujet *homines* se sous-entend fréquemment et surtout devant les verbes *aiunt, dicunt*, on dit; *ferunt*, on rapporte, etc.

---

121. Pars (*a*) stupet (*b*) innuptæ donum exitiale Minervæ, et molem mirantur equi (*c*). VIRG. — Magna pars vulnerati aut occisi sunt. SALL. — Sibi quisque gratulabantur. VELL. —Utraque formosæ Paridi potuêre videri. OVID.

122. Quæritur quarè hieme ningat, non grandinet. SEN. — Concurritur undiquè ad commune incendium restinguendum. CIC. — Itum est in viscera terræ. OVID. — Iis cum quibus de imperio certetur, nec virtute, nec patientiâ, nec disciplinâ rei militaris cedendum est. LIV.

123. Aiunt homines plus in alieno negotio videre, quàm in suo. SEN. — Tyri Carthaginem filiam ferunt. CIC. — Verborum interpretationem etymologiam appellant. CIC.—Elephantorum

---

(*a*) *Pars*, plusieurs. — (*b*) *Stupere*, regarder avec étonnement. — (*c*) *Molem equi*, la grandeur prodigieuse du cheval.

8

§. II. *Accord de l'adjectif avec le substantif.*

124. *Cum* SUMMA *virtute et honore*, c'est-à-dire *cum summâ virtute et* (*summo*) *honore* : avec le plus grand courage et le plus grand honneur. AD HER.

Sociis et rege RECEPTO, c'est-à-dire *sociis* (*receptis*) *et rege recepto* : les compagnons et le roi étant retrouvés. VIRG.

L'adjectif ou le participe qui se rapporte à plusieurs substantifs, s'accorde très-souvent avec le substantif auquel il est joint et se sous-entend auprès de l'autre.

Mais si l'adjectif ou le participe, se rapportant à plusieurs substantifs de différents genres, est employé comme attribut de la proposition, on doit toujours le mettre au pluriel neutre. Ex. :

Inter se contraria sunt beneficium et injuria, c'est-à-dire, *sunt negotia contraria* : le bienfait et l'injure sont choses contraires entre elles. SEN.

---

125. *Meum est loqui*, c'est-à-dire, *loqui est meum* (*negotium* ou *officium*) : parler est mon affaire, mon devoir ; c'est à moi de parler.

Officium ou *negotium* est sous-entendu dans les expressions *meum est*, c'est à moi ; *tuum est*, c'est à toi : *nostrum est*, c'est à nous, etc.

---

in Indiâ major est vis, quàm quos in Africâ domitant, et viribus magnitudo respondet. CURT.

124. Vehementer est iniquum, cùm possis cum summâ virtute et honore pro patriâ interire, malle per dedecus et ignaviam vivere. AD HER. — Ætas animusque virilis quærit opes. HOR. — Hærent infixi pectore vultus verbaque. VIRG. — In jure ac ditione vestrâ, Quirites, Græcia atque Asia erat. LIV. — Caritate benevolentiâque sublatâ, omnis est è vitâ sublata jucunditas. CIC.

125. Non est mentiri meum. TER. — Vestrum est dare, nostrum est vincere. OVID. — Et facere et pati fortia romanum est. LIV.

CHAPITRE II. Usages particuliers des cas.

§ 1. NOMINATIF.

126. *En*, *ecce* LUPUS; *en*, *ecce* LUPUM : voici, voilà le loup.

En, *ecce*, voici, voilà, sont des adverbes, et par conséquent ne régissent aucun cas; le nominatif qui les suit s'explique par l'ellipse d'*adest*, et l'accusatif par celle d'*aspice*.

REMARQUE. *Voici*, *voilà* s'expriment encore par *hic*, *hæc*, *hoc*. Voici mes bijoux : *hæc mea sunt ornamenta*.

§ 11. GÉNITIF.

127. INSTAR MONTIS *equum ædificant Danaï*, c'est-à-dire, *ad instar montis* : Les Grecs construisent un cheval comme une montagne, aussi haut qu'une montagne. VIRG.

Instar, est un substantif neutre indéclinable, devant lequel on sous-entend ordinairement *ad*, et qu'il faut rendre par *d'après la ressemblance, à la façon, comme*.

128. AMICI CAUSA, pour la cause d'un ami, pour un ami; HOMINUM GRATIA, en faveur des hommes,

---

126. En illa, quam sæpè optâstis, libertas! SALL. — En quatuor aras : ecce duas tibi, Daphni, duoque altaria Phœbo. VIRG. — Ecce tibi Ausoniæ tellus. VIRG. — Ecce autem Boreas angustâ a 'sede Pelori missus adest. VIRG. — Tostos en aspice crines. OVID.

127. Persuadent mathematici terram, ad universi cœli complexum, quasi puncti instar obtinere. CIC. — Est vallis, quæ continuis montibus, velut muro quodam, ad instar castrorum clauditur. Nomine Hierichus dicitur. JUST. 36, 3. — Quidam Romani habuêre domos instar urbium, SEN.

128. Sophistæ appellantur ii qui ostentationis aut quæstûs causâ philosophantur. CIC. — Deus animantes hominum causâ

pour les hommes; *surrexit* RESPONDENDI CAUSA ou
GRATIA, il se leva pour répondre ; MEA CAUSA, pour
moi; TUA GRATIA, en ta faveur; VIRTUTIS ERGO, pour
le fait de la vertu, à cause de la vertu.

Causá, gratiá, ergo, à cause de, pour l'amour de,
suivent leur complément. *Ergo* est le datif grec ἔργῳ
d'ἔργον, fait, œuvre, chose. *Causá* et *gratiá* se
construisent avec les adjectifs possessifs *meus, tuus,* etc.,
et non avec le génitif des pronoms personnels, *meí,
tuí,* etc.

Au lieu de : *Surrexit respondendi causá ou gratiá,*

on peut dire : *surrexit* $\begin{cases} ad\ respondendum\ (78), \\ ut\ responderet\ (112), \\ responsurus. \end{cases}$

---

129. *Nihil* BONI, rien de bon; *nihil* PUERILE, rien
de puéril; *nihil* PRÆMII, pour *nullum præmium,* aucune récompense.

Nihil, employé substantivement, est quelquefois
suivi d'un adjectif de la deuxième déclinaison, ou
d'un substantif au génitif.

Si l'adjectif est de la troisième déclinaison, on ne
le met point au génitif; on le fait accorder avec
nihil.

---

fecit; ut equum, vehendi causâ; arandi, bovem; venandi et
custodiendi, canem. Cic. — Neminem viola (a) commodi (b)
tui gratiâ. Cic. — Aut voluptates omittuntur, majorum volup-
tatum adipiscendarum causâ, aut dolores suscipiuntur, majorum
effugiendorum gratiâ. Cic. — Pausanias barbaros apud Platæas
delevit, ejusque victoriæ ergò Appolloni donum dedit. Nep. —
Omnia amici officia mihi grata non essent, nisi cum perspicerem
meâ causâ mihi amicum fuisse, non suâ. Cic.

129. Nihil novi fiat contra exempla atque instituta majorum.
Cic. — Caius Gracchus nihil immotum, nihil tranquillum, nihil
quietum denique in eodem statu relinquebat. Vell. — Darius
gratias egit Alexandro, quòd nihil in suos hostile fecerit. Just.
— Justitia nihil expetit præmii. Cic.

(a) *Violare,* nuire. — (b) *Tuum commodum,* ton intérêt.

13o. *Hoc* BONI, cela de bon ; *hoc* NATURALE, cela de naturel.

Les adjectifs de la deuxième déclinaison seuls se mettent au génitif après *quidquam, aliquid, hoc*, etc. Les adjectifs de la troisième déclinaison s'accordent en cas avec *quidquam, aliquid, hoc*, etc.

---

131. *Aliquid* PRISTINI ROBORIS, c'est-à-dire, *aliquod* (*negotium*) *pristini roboris* : quelque chose de l'ancienne vigueur.

Quid VITII ? c'est-à-dire, *quod* (*genus*) *vitii*? quelle sorte de défaut? quel défaut?

Quod AURI *fuit, eripuisti*, c'est-à-dire, *quod* (*pondus*) *auri fuit*: ce qu'il y avait d'or, tu l'as ravi. CIC.

Les noms neutres *hoc, id, illud, istud, idem, quod, quid* et ses composés, au nominatif ou à l'accusatif, se trouvent très-fréquemment suivis d'un génitif. *Negotium*, ou tout autre substantif, doit être suppléé.

13o. Melius homines exemplis docentur, quæ imprimis hoc in se boni habent, quòd approbant, quæ præcipiunt, fieri posse. PLIN. J. — Pythagoras, cùm in geometrià quiddam novi invenisset, musis bovem immolàsse dicitur. CIC. — Quis nostrûm exercitationem ullam corporis suscipit laboriosam, nisi ut aliquid ex eâ commodi consequatur ? CIC. — Virtus nihil habet in se magnificum, si quidquam habet venale. SEN. — Habent hoc in se naturale adulatorum blanditiæ : etiam cùm rejiciuntur, placent; sæpè exclusæ, novissimè recipiuntur. SEN. — Ut adolescentem in quo senile aliquid, sic senem in quo est adolescentis aliquid probamus. CIC.

131. Ignari, quid in poematibus, in picturis vitii sit, nequeunt judicare. CIC. — Quidquid avium volitat, quidquid piscium natat, quidquid ferarum discurrit, fit gulæ præda. SEN. — Potest exercitatio et temperantia etiam in senectute conservare aliquid pristini roboris. CIC. — Hannibal tantis bellis districtus, nonnihil temporis tribuit litteris. NEP. — Si quidpiam nacti sumus fortuiti boni, aut depulimus mali, Deo gratias agimus. CIC. — Tibi idem consilii do, quod mihimet ipsi, ut vitemus oculos hominum, si linguas minùs facilè possimus. CIC. — Quod cuique temporis ad vivendum datur, eo debet esse

Remarques. 1° La locution *id ætatis*, dans cet âge, est pour *circa id spatium ætatis*, et a le même sens que *eâ ætate*. *Id temporis*, dans ce temps , est pour *circa id spatium temporis*, et signifie la même chose que *eo tempore*. Il en est de même de *quid ætatis*, de quel âge, pour *quâ ætate*.

2° Les adjectifs neutres pluriels sont quelquefois suivis d'un génitif. *Negotia* ou *loca* doit toujours être sous-entendu. Ex.:

Incerta belli, c'est-à-dire *incerta (negotia) belli*: les incertitudes de la guerre. Liv.

Cuncta terrarum subacta, c'est-à-dire *cuncta (loca) terrarum* : toute la terre soumise. Hor.

---

132. *Est* regis *tueri subditos*, c'est-à-dire , *tueri subditos est (officium) regis* : défendre ses sujets est le devoir d'un roi, il est d'un roi de défendre ses sujets.

Fraus vulpeculæ, *vis* leonis *videtur*, c'est-à-dire, *fraus videtur (proprium) vulpeculæ*, etc. La ruse paraît être le propre du renard ; la force, le propre du lion. Cic.

Le génitif s'emploie après les verbes *sum*, je suis; *videor*, je parais ; *habeor*, je passe pour, en vertu de l'ellipse des mots *indicium*, *proprium*, *officium*, et le sujet de la proposition est presque toujours alors un infinitif.

---

contentus. Cic. — Major pars mortalium conqueritur, quòd in exiguum ævi gignimur. Sen.—Id ætatis jam sumus, ut omnia fortiter ferre debeamus. Cic.—Ambulationem postmeridianam confecimus in Academiâ, maximè quòd is locus ab omni turbâ id temporis vacuus esset. Cic.—Quid ego tibi ætatis videor ? Plaut.— Post id locorum (a) Jugurthæ dies, aut nox ulla quieta fuere. Sall. — Rarò incerta casuum reputat, quem fortuna nunquàm decepit. Liv.—Reliqua rerum tuarum post te alium atque alium dominum sortientur. Plin. j. — Apelles Veneris caput et summa pectoris (b) politissimâ arte perfecit. Cic. — Ferimur per opaca locorum. Virg.

132. Cujusvis hominis est errare. Cic. — Ingenii magni est præcipere cogitatione futura. Cic. — Ferre conditiones est victoris ; accipere, victi. Cic.

(a) *Post id locorum*, depuis ce temps. — (b) *Summa pectoris*, le haut de la poitrine.

133. *Tota Syria* MACEDONUM *erat*, c'est-à-dire, *Syria tota erat* (res ou *possessio*) *Macedonum* : la Syrie entière était la chose, la propriété des Macédoniens, appartenait aux Macédoniens. Curt.

Asia POPULI ROMANI *facta est*, (s.-ent *possessio*) : l'Asie devint la possession, tomba au pouvoir du peuple romain. Cic.

Esse, *fieri*, construits avec le génitif, se traduisent quelquefois par *appartenir à*, *tomber au pouvoir de*. Le génitif est encore dans ce cas le complément d'un substantif sous-entendu.

———

134. *Admonui eum* PERICULI ou *de periculo* : je l'ai averti du danger.

Le verbe *monere*, et ses composés *admonere*, *commonere*, *commonefacere*, avertir, faire souvenir de; et la locution *certiorem facere*, informer, se construisent avec le génitif ou avec *de* et l'ablatif.

———

135. *Insimulare aliquem* FURTI ou *furto* : accuser quelqu'un de vol.

Les verbes qui signifient *accuser*, *convaincre*, *ab-*

———

133. Bello gallico præter Capitolium atque arcem omnia hostium erant. Liv.—Omnia, quæ mulieris fuerunt, viri fiunt dotis nomine. Cic. — Scipio omnem oram usque ad Iberum flumen romanæ ditionis fecit. Liv.

134. Suorum unumquemque nominans laudare (cœpit Catilina), admonebat alium egestatis, alium cupiditatis suæ, complures periculi aut ignominiæ, multos victoriæ Sullanæ (a). Sall. — Grammaticos officii sui commonemus. Quint. — Veteris te amicitiæ commonefacio. Ad Her. — Res adversæ admonent (b) religionum (c). Liv. — Jugurtha de innocentiâ (d) Metelli certior factus erat. Sall.

135. Miltiades proditionis est accusatus, quòd, cùm Parum expugnare posset, à pugnâ discessisset. Nep. — Qui alterum

(a) *Victoria Sullana*, la victoire de Sylla, — (b) Sous-ent. *homines*. — (c) *Religiones* : sentiments religieux. — (d) *Innocentia*, désintéressement.

soudre, condamner ; reçoivent leur complément indirect au génitif, et plus rarement à l'ablatif.

REMARQUE. Le génitif s'explique par l'ellipse de *nomine* ou de
crimine et l'ablatif par celle de la préposition *de.*

---

136. *Damnare* CAPITIS, c'est-à-dire, *damnare (ad
pœnam) capitis,* condamner à la peine de la tête,
condamner à mort; *absolvere* CAPITIS, c'est-à-dire,
absolvere (pœná) capitis, absoudre de la peine de la
tête, de la peine capitale, de la peine de mort.

Avec *damnare, condemnare, absolvere, caput* se
met au génitif; *pœna* est sous-entendu.

REMARQUE. Le nom de la peine déterminée se met à l'accusatif avec *ad.*

Damnare aliquem ad triremes, condamner quelqu'un aux
galères; *ad molam,* à la meule, à tourner la meule du moulin.

---

137. VIVORUM *memini, nec* MORTUORUM *oblivisci*

---

incusat probri, ipsum se intueri oportet. PLAUT. — Fannius
Verrem insimulat avaritiæ et audaciæ. Cic.—Annon intelligis,
quales viros summi sceleris arguas ? Cic. — Hæc duo levitatis
et infirmitatis plerosque convincunt : aut si in bonis rebus amicum contemnunt, aut si in malis deserunt. Cic.—Cæsar summæ
iniquitatis condemnat imperatorem qui militum vitam suâ salute
non habet cariorem. Cæs. — Locusta veneficii damnata est. Tac.
— Cælius judex absolvit injuriarum eum , qui Lucilium poetam
in scenâ nominatim læserat. AD HER. — Lupus arguebat vulpem
furti crimine. PHÆD. — Nomine sceleris conjurationisque dam-
nati sunt multi. Cic. — Lex vetat , eum, qui de pecuniis repetundis damnatus sit , in concione orationem habere. AD HER.

136. Miltiades, capitis absolutus, pecuniâ mulctatus est. NEP.
— Socratis responso sic judices exarserunt, ut capitis hominem
innocentissimum condemnarent. Cic. — Claudius multos ex iis
quos capite damnavarat, postero statim die et in convivium et
ad aleæ lusum admoveri jussit. SUET.

137. Obliti omnes Alexandri milites conjugum liberorumque,
et longinquæ à domo militiæ, Persicum aurum et totius Orien-

possum : Je me souviens des vivans, et je ne puis oublier les morts. Cic.

Les verbes *meminisse*, *recordari*, *reminisci*, se souvenir; *oblivisci*, oublier, reçoivent leur complément au génitif ou à l'accusatif.

---

138. *Miserere* PAUPERUM, ayez pitié des pauvres; *miserere nostri*, (et non pas *nostrûm*), ayez pitié de nous.

Misereri, avoir pitié, reçoit son complément au génitif.

---

139. ME *pœnitet* CULPÆ MEÆ : je me repens de ma faute.

REGEM *miseret* HOMINIS : le roi a pitié de cet homme.

Avec les verbes *pœnitet*, *piget*, *pudet*, *tœdet*, *miseret*, le nom de la personne qui est affectée de repentir, de regret, de honte, d'ennui, de pitié, se met à l'accusatif; et le nom de l'objet qui cause le repentir, le regret, la honte, l'ennui, la pitié, se met au génitif.

---

tis opes, jàm quasi suam prædam ducebant : nec belli periculorumque, sed divitiarum meminerant. Just. — Homo improbus aliquandò cum dolore flagitiorum suorum recordabitur. Cic. — Dux Helvetiorum hortabatur Cæsarem, ut reminisceretur pristinæ virtutis Helvetiorum. Cæs. — Beneficia meminisse debet is, in quem collocata sunt; non commemorare, qui contulit. Cic. — Est operæ pretium, diligentiam majorum recordari. Cic. — Vos animo, dulces, reminiscor, amici. Ovid. — Homines res præclarissimas obliviscuntur. Cic. — Tu nihil oblivisci soles præter injurias. Cic.

138. Eorum misereri oportet, qui propter fortunam, non propter malitiam in miseriis sunt. Cic. — Arcadii, quæso, miserescite regis. Virg.

139. Eos, qui secùs quàm decuit, vixerunt, peccatorum suorum maximè pœnitet, cùm sunt morbo gravi et mortifero affecti. Cic. — Me non solùm piget stultitiæ meæ, sed etiam pudet. Cic. — Sunt homines quos libidinis infamiæque suæ neque

8*

REMARQUES. 1° Ces cinq verbes renferment en eux-mêmes leur
sujet. *Me pœnitet* est pour *pœna tenet me*, la peine me tient, je
me repens ; *me piget*, pour *pigredo tenet me*, le regret me tient,
je regrette; *me pudet*, pour *pudor me tenet*, la honte me tient,
j'ai honte ; *me tædet*, pour *tædium tenet me*, l'ennui me tient,
je m'ennuie; *me miseret*, pour *misericordia tenet me*, la pitié me
tient, j'ai pitié.

Ainsi quand on dit : *me pœnitet culpæ meæ*, c'est comme si
l'on disait : *pœna culpæ meæ tenet me*.

2°. *Illum pœnitet peccâsse* : il se repent d'avoir mal fait. Les
cinq verbes *pœnitet*, *piget*, etc., peuvent avoir pour sujet un
infinitif.

3°. *Incipit me pœnitere culpæ meæ*, c.-à-d. *pœna culpæ meæ
incipit tenere me* : la peine de ma faute commence à me tenir,
je commence à me repentir de ma faute.

Devant *pœnitet*, etc., tous les verbes qui peuvent avoir pour
nominatif un nom de chose, se mettent à la 3° personne du
singulier. Mais ceux qui expriment une action qui ne peut être
faite que par l'homme, tels que *cupio, volo, audeo*, se mettent
aux trois personnes de l'un et l'autre nombre. *Volo me pœnitere*
c.-à-d. *volo pœnam tenere me*, je veux le repentir tenir moi, je
veux me repentir. *Vis te pœnitere*, etc.

---

140. *Refert* ou *interest* REGIS *tueri subditos* : il importe à un roi de défendre ses sujets.

---

pudeat, neque tædeat. Cic. — Nunquàm Atticum suscepti negotii pertæsum est. Nep. — Eorum nos magis miseret, qui misericordiam non requirunt, quàm qui illam efflagitant. Cic. —
Non me pœnitet vixisse, quoniam ità vixi, ut me non frustrà
natum existimem. Cic. — Non me pudet fateri nescire, quod
nesciam. Cic. — Illum lauda et imitare quem non piget mori,
cùm juvat vivere. Sen. — Nihil audio quod audîsse, nihil dico
quod dixisse pœniteat. Plin. J. — Postquàm Alexander Clitum
trucidaverat, pigere eum facti cœpit. Curt. — Malo me fortunæ
pœniteat quàm victoriæ pudeat. Curt. — Quòd te offenderim,
me pœnitet. Cic.

140. Refert oratoris animos audientium docere, delectare,
permovere. Cic. — Interest omnium rectè facere. Cic. — Theophrastus moriens accusâsse naturam dicitur, quòd cervis et cor-

Les verbes *refert*, *interest*, il importe, se construisent avec le génitif. On sous-entend devant ce génitif *causâ* ou *gratiâ*; *refert*, *interest*, (*causâ*) *regis*, il importe pour le roi.

Ad honorem nostrum interest : il importe à notre honneur.

Après *refert*, *interest*, les noms des choses inanimées se mettent le plus ordinairement, non au génitif, mais à l'accusatif avec *ad*.

Refert, *interest meâ*, *tuâ*, *nostrâ :* il m'importe, il t'importe, il nous importe.

Les verbes *refert*, *interest*, se construisent avec les adjectifs possessifs *meâ*, *tuâ*, *nostrâ*, *vestrâ*, *suâ*, qui se rapportent à *causâ* sous-entendu.

REMARQUES. 1º *Refert meâ qui doceo :* il importe à moi qui enseigne. Le pronom relatif s'accorde non avec les adjectifs *meâ*, *tuâ*, etc., complémens des verbes, *refert*, *interest*, mais avec *meî*, *tuî*, etc., dont il faut regarder les adjectifs *meâ*, *tuâ*, etc., comme tenant lieu.

2º *Refert meâ* CÆSARIS : il importe à moi César. *Interest tuâ* UNIUS : il importe à vous seul. Le substantif ou l'adjectif qui suit les adjectifs possessifs *meâ*, *tuâ*, etc., compléments de *refert*, *interest*, se met au génitif.

---

nicibus vitam diuturnam, quorum id nihil interesset; hominibus, quorum maximè interfuisset, tàm exiguam vitam dedisset. Cic. — Ostendam, quantùm salutis communis intersit duos consules in republicâ esse. Cic. — Ad disciplinam militiæ plurimùm interest, insuescere militem non solùm paratâ victoriâ frui, sed si res etiam lentior sit, pati tædium, et, quamvis seræ, spei exitum exspectare. Liv. — Nihil interest meâ, quantùm circà mortem meam tumultûs (*a*) sit. Sen.—Magis nullius interest, quàm tuâ, non imponi cervicibus tuis onus, sub quo concidas. Liv. — Cæsar dicere solebat, non tàm suâ quàm reipublicæ interesse, uti salvus esset. Suet. — Epistolis certiores facimus absentes, si quid est, quod eos scire, aut nostrâ, aut ipsorum intersit. Cic. — Vestrâ, judices, hoc maximè interest, non ex libidine, aut simultate, aut levitate, testium causas ho-

(*a*) *Tumultus*, fracas.

141. *Respublica meâ* UNIUS *operâ est liberata :* La république a été délivrée par l'œuvre de moi seul, la république dut à moi seul son salut. Cic.

Les adjectifs possessifs *meus, tuus, suus, noster, vester,* joints à un substantif, sont élégamment suivis d'un adjectif ou d'un participe au génitif, parce qu'ils tiennent lieu des génitifs *mei, tui, sui,* etc., avec lesquels s'accorde l'adjectif ou le participe.

Remarque. On fait dans ce cas la construction, non selon les mots, mais d'après l'idée exprimée par les mots.

———

142. Domi militiæque *præclara facinora fecit :* Il a fait de belles actions en temps de paix et en temps de guerre. Sall.

Le temps de guerre s'exprime par *militiæ,* le temps de paix par *domi. Tempore* est sous-entendu : (*tempore*) *domi,* dans le temps de la maison, qu'on reste à la maison, en temps de paix; (*tempore*) *militiæ,* en temps de guerre.

———

143. *Multùm* AQUÆ, beaucoup d'eau.

Multùm DOCTRINÆ ou *magna doctrina,* beaucoup d'instruction.

Multi LIBRI, beaucoup de livres.

———

nestorum hominum ponderari. Cic. — Utriusque nostrûm interest, te ut videam, antequam discedas. Cic.

141. Aves fœtus suos, cùm visi sunt adulti, libero cœlo, suæque ipsorum fiduciæ permittunt. Quint. — Mea nemo scripta legit, vulgò recitare timentis. Hor.   Sæpè rogabis, ut mea defunctæ molliter ossa cubent. Ovid.

142. A Romanis nihil publicè sine auspicio nec domi nec militiæ gerebatur. Cic.

143. Multùm habet jucunditatis soli cœlique mutatio. Plin. j. — Plus animi est inferenti periculum quàm propulsanti. Liv. — Minùs Lacedæmone studia litterarum, quàm Athenis, honoris merebantur. Quint. — Multis in locis parùm firmamenti, et

Les adverbes français de quantité se traduisent en latin de différentes manières, suivant les diverses sortes de noms auxquels ils sont joints. Par exemple : *Beaucoup* joint à un nom de chose non susceptible d'être comptée, comme *l'eau*, se rend par *multùm*, suivi du génitif : *multùm aquæ*.

Beaucoup joint à un nom de chose non susceptible d'être comptée, mais pouvant se dire grande, comme *l'instruction*, se rend encore par *multùm*, suivi du génitif : *Multùm doctrinæ*; ou se tourne par *grand*, et s'exprime par l'adjectif *magnus, a, um*, qui s'accorde avec le nom : *magna doctrina*.

Beaucoup joint à un nom pluriel de choses susceptibles d'être comptées, se rend par l'adjectif pluriel *multi, æ, a*, qui s'accorde avec le nom : *multi libri*.

Le tableau suivant montre les trois manières de traduire en latin les adverbes français de quantité.

ADVERBES FRANÇAIS DE QUANTITÉ.	Invariables avec le génitif joints aux noms de choses non susceptibles d'être comptées.	Adjectifs variables de quantité joints aux noms de choses pouvant se dire grandes.	Adjectifs variables de quantité joints aux noms pluriels de choses susceptibles d'être comptées.
Beaucoup de.	*Multùm.*	*Magn us, a, um.*	*Mult i, æ, a.*
Peu de.	*Parùm.*	*Parv us, a, um*	*Pauc i, æ, a.*
Plus de.	*Plùs.*	*Maj or, us.*	*Plur es, a.*
Moins de.	*Minùs.*	*Min or, us.*	*Paucior es, a.*
Le plus de.	*Plurimùm.*	{ *Plurim us, a, um.* *Maxim us, a, um* }	*Plurim i, æ, a.*
Le moins de.	*Minimùm.*	*Minim us, a, um.*	*Paucissim i, æ, a.*
Assez de.	*Sat ou satis.*		
Trop de.	*Nimis, nimiùm.*		
Autant, tant de.	*Tantùm*	*Tant us, a, um.*	*Tot*, indécl.
Combien, que de.	*Quantùm.*	*Quant us, a, um.*	*Quot.*, indécl.

parùm virium veritas habet. Cic.—Quantùm in Ægypto crescit Nilus, tantùm spei in annum est. Sen. — Undique ad inferos tantumdem viæ est. Cic. — Plurimùm mali credulitas facit. Sen. t.—Præsidii ad beatè vivendum in virtute satis est. Cic.

REMARQUES. 1° *Multùm*, *plùs*, *tantùm*, etc. sont des adjectifs neutres employés substantivement au nominatif ou à l'accusatif. A force de voir ces adjectifs seuls, on a fini par les regarder comme des adverbes, et on a dit que les adverbes de quantité régissent le génitif, quoique les adverbes ne régissent aucun cas.

2° *Assez*, devant le nom d'une chose qui peut se dire grande, se tourne par *assez grand*, et s'exprime par *satis magn us, a, um*, assez d'instruction, *satis magna doctrina*, et devant un nom pluriel de choses pouvant se compter, il se tourne par *assez nombreux*, et s'exprime par *satis mult i, æ, a*, assez de livres, *satis multi libri*.

3° *Trop*, devant le nom d'une chose pouvant se dire grande, s'exprime ou par *nimi us, a, um* ou par *nimis magn us, a, um* ou par *maj or, us*, trop d'instruction, *nimia doctrina, nimis magna doctrina, major doctrina; trop*, devant un nom pluriel de choses qui se comptent, se tourne par *trop nombreux*, et s'exprime par *nimis mult i, æ, a*, trop de livres, *nimis multi libri*.

4° Au lieu de l'indéclinable *tot* on peut employer *tàm mult i, æ, a*, autant de livres, *tot libri* ou *tam multi libri*; et au lieu de l'indéclinable *quot* on peut se servir de *quàm multi, æ, a*, combien de livres, *quot libri* ou *quàm multi libri*. (*Quot* et *tot* ne s'emploient que devant un nom exprimé.)

5° *Abundè*, *affatim*, suffisamment, amplement, se construisent avec le génitif.

---

144. *Virtutem* MAGNI *facimus*, c'est-à-dire, *facimus virtutem* (rem) *magni* (pretii): nous faisons, nous

---

Quantùm animis erroris inest! OVID.—Cæsar dicebat se potentiæ gloriæque abundè adeptum. SUET.—Affatim est hominum, quibus negotii nihil est. PLAUT. — Major spes, major est animus inferentis vim, quàm arcentis. LIV. — Q. Curio non minor vanitas inerat, quàm audacia. SALL. — Multo sanguine Pœnis victoria stetit. LIV. — Satiùs est tradere te paucis auctoribus, quàm errare per multos. SEN. — In omnibus seculis pauciores viri reperti sunt, qui suas cupiditates, quàm qui hostium copias vincerent. CIC.—Adolescentia plures quàm senectus mortis casus habet. CIC. — Quot Pompeius calamitates hausit! CIC.—Solus homo, ex tot animantium generibus, rationis est particeps. CIC

144. Conon Peloponnesio bello accessit ad rempublicam, in eoque ejus opera magni fuit. NEP. — Multi sua parvi pendere,

estimons la vertu chose d'un grand prix, nous estimons beaucoup la vertu.

Virtus MAGNI *æstimatur*, c'est-à-dire, *virtus æstimatur (res) magni (pretii)* : la vertu est estimée chose d'un grand prix, est fort estimée.

Devant un verbe de prix ou d'estime, on exprime :

Beaucoup	*magni.*	Assez	*satis magni.*
Peu	*parvi.*	Trop	*nimiò pluris.*
Plus	*pluris.*	Autant, tant }	*tanti.*
Moins	*minoris.*	Aussi, si }	
Le plus	*plurimi.*	Combien	*quanti.*
Le moins.	*minimi.*	Que }	

REMARQUES. 1° On trouve aussi après les verbes d'estime les génitifs *nihili*, d'un rien (de *ne* et *hilum*, point noir de la fève) ; et dans le même sens, *flocci* (de *floccus*, flocon de neige), *pili* (de *pilus*, cheveu), *assis* (d'*as*, sou). *Facere aliquem nihili*, *flocci*, *pili* ; etc., estimer quelqu'un comme un homme de rien, ou comme un homme d'un flocon, d'un cheveu, d'un sou, c'est-à-dire, qui vaut un flocon, un cheveu, etc. C'est toujours la même idée présentée sous différentes images.

2° Il y a quelques exemples des ablatifs *parvo*, *magno*, etc., avec ou sans *pretio*, après les verbes d'estime.

3° On emploie avec les verbes *refert*, *interest* non-seulement les adverbes *parùm*, *multùm*, *tantùm*, *quantùm*, comme pour les verbes ordinaires, mais encore, comme avec les verbes de prix, les génitifs *parvi*, *magni*, *tanti*, *quanti*. *Parvi meâ refert*, il m'importe peu. Mais il faut exprimer *plus*, *trop*, par *magis* ; *le plus*, par *plurimùm*, *maximè* ; *le moins*, par *minimè*.

---

aliena cupere solent. SALL. — Vendo meum frumentum non pluris quàm cæteri : fortassè etiam minoris, cùm major copia est. CIC. — Hephæstionem Alexander plurimi fecit. CURT. — Divitiæ a me minimi putantur. CIC. — Natura parvo esset contenta, nisi voluptatem tanti æstimaretis. CIC. — Quanti est sapere ! TER. — Canius hortos emit tanti quanti Pythius voluit. CIC. — Nùm finis amicitiæ hic est, ut quanti quâque se ipse facit, tanti fiat ab amicis ? CIC. — Ego, quæ tu loquere, flocci non facio. PLAUT. — Magno ubique pretio virtus æstimatur. VAL. MAX. — Magno æstimamus mori tardiùs. SEN. — Magni interest meâ unà nos esse. CIC. — Parvi refert, abs te ipso jus dici æquabiliter, nisi idem ab iis fiet, quibus tu ejus muneris aliquam partem concesseris. CIC. — Intelligo, quanti reipublicæ intersit, omnes copias convenire. CIC. — Multùm interest, te venire. CIC.

145. *Ubi* TERRARUM? En quel lieu du monde?

Nusquàm GENTIUM : nulle part, en aucun lieu du monde.

Quelques adverbes de lieu se construisent avec les génitifs pluriels *terrarum*, *gentium*.

REMARQUE. Ces adverbes tiennent lieu de *in quo loco, in nullo loco*, et sont suivis du génitif comme le serait le nom qu'ils remplacent.

------

146. *Hùc* ARROGANTIÆ *venerat* : il en était venu à ce point d'insolence. TAC.

Quidam eò IMPUDENTIÆ *provehuntur* : certaines gens en viennent à cet excès d'impudence. SEN.

Les adverbes *hùc, eò,* se construisent avec le génitif.

------

147. *Persarum gens tunc* TEMPORIS *obscura erat* : la nation des Perses était alors obscure. JUST.

Tunc, tum, sont quelquefois suivis de *temporis,* qui n'ajoute rien au sens.

------

148. *Pridiè* CALENDARUM ou *calendas,* c'est-à-dire, *in priori die ante diem calendarum* ou *ante calendas :* la veille des calendes.

----

145. Qui virtutem adeptus erit, ubicumque erit gentium, à nobis diligetur. CIC. — Nec sanè usquàm terrarum locum honorationem senectus habuit quàm Lacedæmone. JUST. — Non herclè, quò hinc nunc gentium aufugiam, scio. PLAUT. — Rhodum, aut aliquò terrarum, migrandum est. CIC.

146. Populus romanus eò magnitudinis crevit, ut viribus suis conficeretur. FLOR.

147. Civitas Hannibalem, tum temporis consulem, in foro exspectabat. JUST.

148. Caligula natus est pridiè calendas septembris. SUET. — Postridiè ejus diei, Cæsar milites equitesque in expeditionem misit, ut eos, qui fugerant, persequerentur. CÆS.

Postridiè CALENDARUM ou *calendas*, c'est-à-dire, *posteriori die post diem calendarum* ou *post calendas ;* le lendemain des calendes.

Pridiè, la veille, *postridiè*, le lendemain, sont suivis du génitif ou de l'accusatif.

§ III. DATIF.

149. *Hoc erit* TIBI DOLORI : cela sera à douleur à vous, cela vous causera de la douleur.

Le verbe *esse* se construit fréquemment avec deux datifs, et se prend alors dans le sens de causer, apporter.

REMARQUE. Plusieurs verbes actifs, tels que *dare*, donner ; *vertere*, tourner ; *ducere*, estimer ; *tribuere*, attribuer ; *habere*, avoir, etc., admettent une semblable construction, avec cette différence qu'ils ont toujours en outre leur complément direct à l'accusatif. Ex. :

Crimini dedit mihi fidem : il a donné à crime à moi ma bonne foi, il m'a fait un crime de ma bonne foi.

Vitio vertere aliquid alicui : tourner à défaut quelque chose à quelqu'un, blâmer quelqu'un de quelque chose.

150. *Defuit* OFFICIO : il a manqué à son devoir.

Aderat HUIC SPECTACULO : il était présent à ce spectacle.

---

149. Paucis temeritas est bono, multis malo. PHÆD. — Vitis ut arboribus decori est, ut vitibus uvæ, ut gregibus tauri, segetes ut pinguibus arvis ; tu decus omne tuis. VIRG. — Eloquentia principibus maximo est ornamento. CIC. — Deus non solet esse auxilio iis qui se inconsultò in periculum mittunt. AD HEB. — Nemini inter homines probro debet esse paupertas. CIC. — Nimia fiducia magnæ calamitati solet esse. NEP. — Pausanias, rex Lacedæmoniorum, venit Atticis auxilio. NEP. — Timotheus Ariobarzani auxilio profectus est. NEP. — Pittaco Mitylenæi multa millia jugerum agri muneri dederunt. NEP. — Qui genus alicui vitio vertunt, naturam, non hominem accusant. SEN. — Lacedæmoniis crimini datum, quòd arcem thebanam induciarum tempore occupâssent. JUST. — Paupertas probro haberi cœpit. SALL.

150. Homines plurimùm hominibus et prosunt et obsunt.

Les composés de *sum* veulent leur complément au datif, excepté *absum*, qui veut l'ablatif avec *a* ou *ab* ; *abest ab urbe*, il est absent de la ville.

REMARQUE. *Inesse*, être dans, se trouver dans, se construit ou avec le datif ou avec *in* et l'ablatif.

---

151. *Juris scientiam* ELOQUENTIÆ *adjungit* : il joint la science du droit à l'éloquence.

Spartani PARCIMONIÆ *adsuescebant* : les Spartiates s'accoutumaient à l'économie. JUST.

CIC. — Druides rebus divinis intersunt, sacrificia publica ac privata procurant, religiones interpretantur ; a bello abesse consueverunt. Omnibus Druidibus præest unus, qui summam inter eos habet auctoritatem. CÆS. — Thebanorum genti plus inest virium quàm ingenii. NEP.—Abest historia litteris nostris. CIC. — In oratore perfecto inest philosophorum omnis scientia. CIC.

151. *(ad.)* Quod munus reipublicæ afferre majus meliusve possumus, quàm si docemus atque erudimus juventutem ? CIC. — Poeta peccat cùm probam orationem affingit improbo, stultove sapientis. CIC. — Homerus principibus heroum Ulyssi, Diomedi, Agamemnoni. Achilli, certos deos, periculorum comites adjungit. CIC. — Sub Vespasiano Judæa romano accessit imperio. EUT. —Siciliam ferunt quondam Italiæ adhæsisse. JUST.— Ut ridentibus arrident, ità flentibus adflent humani vultus. HOR. —In pestilentiâ cavendum est, ne corruptis jam corporibus, et morbo flagrantibus assideamus. SEN.— Macedones ad imperium Græciæ brevi tempore adjunxerunt Asiam bello subactam. AD HER.

(ante.) Virtutes animi bonis corporis anteponimus. CIC. — Præclarum mihi quiddam videtur adeptus is, qui, quâ re homines bestiis præstent, eâ in re hominibus ipsis antecellit. CIC.

(cum.) Parvis componere magna solebam. VIRG. — Parva magnis sæpè rectissimè conferuntur. CIC. — Quid indignius quàm comparare veneranda contemptis ? SEN. — Aer et cœlo et terris cohæret. SEN. — Sapiens, cùm stultorum vitam cum suâ comparat, magnâ afficitur voluptate. CIC.

(de.) Liberalis est, qui, quod alteri donat, sibi detrahit. SEN. — Multæ res sunt, in quibus de suis commodis viri boni multa detrahunt, ut iis amici potiùs quàm ipsi fruantur. CIC.

(è.) Mors sola innocentem fortunæ eripit. SEN. — Eripite nos ex miseriis. CIC.

(in.) Japeti genus ignem fraude malâ gentibus intulit. HOR. — Iphicrates ipso adspectu cuivis injiciebat admirationem sui.

Un grand nombre de verbes actifs ou neutres dans la composition desquels entrent les prépositions *ad*, *ante*, *cum*, *de*, *è*, *in*, *ob*, *post*, *præ*, *sub*, *super*, se construisent avec le datif. Les verbes actifs ont en outre leur complément direct à l'accusatif.

REMARQUE. Après quelques verbes composés, on peut, au lieu du datif, répéter la préposition qui entre dans leur composition, en mettant le complément du verbe au cas qu'exige cette préposition. L'usage apprendra quels sont les verbes qui admettent cette double construction. Ex. :

Timotheus ad bellicam laudem doctrinæ gloriam adjecit: Timothée ajouta la gloire des lettres à celle des armes. Cic.

152. *Minari mortem* ALICUI : menacer la mort à quelqu'un, menacer quelqu'un de la mort.

NEP. —Liberis Athenarum cervicibus jugum servitutis Pericles imposuit. VAL. MAX. — Sæpè curas omittit familiares, qui se alienis negotiis intendit. TAC. —Proprium est irati, cupere, à quo læsus videatur, ei quàm maximum dolorem inurere. Cic.— Altiùs præcepta descendunt, quæ teneris imprimuntur ætatibus. SEN. — Mulier in Indiâ unâ cum viro in rogum imponitur. Cic. — In omnium animis Dei notionem impressit ipsa natura. Cic.

(*Inter.*) Deus cogitationibus mediis intervenit. SEN.

(*ob.*) Vivite fortes, fortiaque adversis opponite pectora rebus. HOR. — Acriter se morti offert vir fortis. Cic. — Cum Latinis decertans pater Decius, cum Etruscis filius, cum Pyrrho nepos, se hostium telis objecerunt. Cic.—Virtus quæ venientibus malis obstat, fortitudo ; quæ, quod jam adest, tolerat et perfert, patientia nominatur. Cic. — Operi longo fas est obrepere somnum. HOR. — Alexander, dum obequitabat mœnibus, sagittâ ictus est. CURT.— Varietas occurrit satietati. Cic.—Officit adulatio veritati. TAC.

(*præ.*) Pecuniam præferre amicitiæ, sordidum est. Cic. — Deus animum præfecit corpori. Cic. — Omnem aditum malis præcludito. PHÆD. — Præstat amicitia propinquitati. Cic.

(*sub.*) Deus omne quod erat corporeum substravit animo. Cic. — Anatum ova gallinis sæpè supponimus. Cic. — Judicis est innocentiæ subvenire. Cic. — Appius intentum animum tanquàm arcum habebat, nec languescens succumbebat senectuti. Cic.

(*super.*) Leonidas, rex Spartanorum, securis Persis supervenit. JUST.

152. Antonius omnibus bonis cruces ac tormenta minatur. Cic. — Civitates quarum paulò antè dux fuerat Philippus, quæ

Victoriam ALICUI *gratulari* : féliciter la victoire à quelqu'un, féliciter quelqu'un de la victoire.

Les verbes *minari* et *gratulari* ont pour complément direct un nom de chose, et pour complément indirect un nom de personne. Les verbes *menacer* et *féliciter*, par lesquels on les traduit en français, veulent, au contraire, pour complément direct, le nom de personne, et pour complément indirect, le nom de chose.

---

153. *Est mihi nomen Mercurius*, MERCURIO ou *Mercurii* : nom est à moi, j'ai nom, je m'appelle Mercure.

Avec la locution *est mihi nomen*, le nom propre se met au nominatif, au datif, et quelquefois, mais plus rarement, au génitif.

---

154. *Mihi non licet esse* PIGRO, ou *mihi non licet esse pigrum* : il ne m'est pas permis d'être paresseux.

Quand le sujet de l'unipersonnel *licet*, il est permis, est l'infinitif *esse*, l'adjectif qui suit cet infinitif se met au datif comme le complément de *licet*, et quelquefois, mais plus rarement, à l'accusatif.

REMARQUE. Le premier tour est emprunté aux Grecs, c'est la puissance de l'attraction qui, après *mihi*, a déterminé *pigro*. Dans le second tour il y a une ellipse : (*me, esse pigrum non licet mihi.*

---

sub auspiciis ejus militaverant, quæ gratulatæ illi sibique victoriam fuerant, hostiliter occupatas diripuit. JUST.

153. Terra circumfusa est hâc animali spirabilique naturâ, cui nomen est aer. CIC. — Ægyptum occupaverat Ptolemæus, cui cognomen Philopatori fuit. JUST. — Metello cognomen Numidici inditum fuit. VELL.

154. Patricio romano tribuno plebis fieri non licebat. CIC. — Mihi negligenti esse non licet. CIC. — Civi romano licet esse Gaditanum. CIC. — Mediocribus esse poetis non di, non homines ... concessere. HOR. — Vobis necesse est fortibus viris esse. LIV. — Nescio, an satius fuerit populo romano, Siciliâ et Africâ contento fuisse. FLOR.

155. *Aliquem* ou ALICUI *adulari*, flatter quelqu'un.

Quelques verbes reçoivent leur complément tantôt à l'accusatif, tantôt au datif, savoir :

Adulari, flatter.

Antecedere, anteire, surpasser.

Attendere, écouter attentivement.

Desperare, désespérer,

Illudere, se jouer de.

Præcurrere, prévenir, devancer.

Præstare, surpasser, exceller, etc.

---

156. *Donare* ALICUI *rem* ou *donare aliquem re* : donner une chose à quelqu'un, ou gratifier quelqu'un d'une chose.

---

155. (*adulari*.) Atticus potenti Antonio non est adulatus. NEP. — Mitiores canes furem quoque adulantur. COL.

(*antecedere*.) Semper in promptu habere debemus, quantùm natura hominis pecudibus reliquisque belluis antecedat. CIC.— Oculorum velocior est sensus, et multùm aures antecedit. SEN.

(*anteire*.) Prætoribus anteibant lictores cum fascibus duobus. CIC. — Satis docuisse videor, hominis natura quantò omnes anteiret animantes. CIC.

(*attendere*.) Homo sapiens sermonibus malignis non attendit. PLIN. J. — Sæpè non attendimus nosmetipsos. CIC.

(*desperare*.) Bonos viros lugere malo meas fortunas, quàm suis desperare. CIC. — Simul atque candidatus accusationem meditatur, honorem desperàsse (*a*) videtur. CIC.

(*illudere*.) Sæpè illudit nobis fama. SEN. — Carneades rhetorum præcepta illudere solebat. CIC.

(*præcurrere*.) Certis rebus certa signa præcurrunt. CIC. — Ut homo iners hominem diligentem præcurrat, fieri non potest. CIC.

(*præstare*.) Socrates omnibus præstitit philosophis. CIC. — Non est inficiandum Hannibalem longè præstitisse cæteros imperatores. NEP.

156. (*aspergere*.) Vatinius Miloni clarissimo viro nonnullam laudatione suâ labeculam adspergit. CIC. — Pythagoras Apollini hostiam immolare noluit, ne aram sanguine adspergeret. CIC.

(*a*) *Honorem desperare*, désespérer d'obtenir une charge.

Quelques verbes admettent, sans changer de signification, différentes constructions.

Aspergere, mêler, répandre ;
Circumdare, mettre tout autour ;
Donare, donner, gratifier ;
Impertire, communiquer, faire part ;
Intercludere, fermer, boucher;
} *alicui rem* ou *aliquem re.*

Confidere, se fier sur;   *alicui* ou *aliquo.*
Excellere, exceller, surpasser ;   *aliis* ou *inter alios.*
Interdicere, interdire, défendre;   *alicui rem* ou *alicui re.*

Mittere, envoyer;
Scribere, écrire;
Ferre, porter ;
} *alicui* ou *ad aliquem.*

Excusare, excuser ;
Purgare, justifier ;
} *alicui* ou *apud aliquem.*

REMARQUE. Le verbe *interdicere* veut au datif le nom de la personne à qui on interdit quelque chose et à l'accusatif ou à l'ablatif le nom de la chose qui est interdite. *Interdico tibi domum meam* ou *domo meâ*: je vous interdis ma maison. L'ablatif est la construction la plus usitée parce que le verbe *interdicere* renferme une idée d'éloignement.

(*circumdare*.) Deus animum circumdedit corpore. Cic.—Natura corpus ut quamdam vestem, animo circumdedit. Sen.

(*donare*.) Ciceroni populus romanus immortalitatem donavit Cic. — Omnes Thessaliæ civitates Pelopidam coronis aureis et statuis æneis donârunt. Nep.

(*impertire*.) Ignis naturis omnibus salutarem impertit calorem. Cic. — Puerilem ætatem doctrinis impertire debemus. Nep.

(*intercludere*.) Pontis atque itinerum angustiæ multitudini fugam intercluserant. Cæs. — Ariovistus castra fecit, eo consilio, ut frumento commeatuque Cæsarem intercluderet. Cæs.

(*confidere*.) Nemo, qui svæ confidit, alterius virtuti invidet. Cic. — Judicum æquitate confidit reus. Cic.

(*excellere*.) Zeuxis longè cæteris excellere pictoribus existimabatur. Cic. — Admirabile est quantùm inter omnes oratores unus Demosthenes excellat. Cic.

(*interdicere*.) Parthi feminis non convivia, tantùm virorum, verùm etiam conspectum interdicunt. Just.—Carent togâ jure, quibus aquâ et igni interdictum est. Plin. j. — Nostro more, malè rem gerentibus patribus bonis interdici solet. Cic.

(*scribere*.) Tertiam tibi hanc epistolam scripsi eodem die. Cic. — Ea scripsi ad te, quæ et saluti tuæ conducere arbitrarer, et non aliena esse ducerem à dignitate. Cic.

157. Certains verbes reçoivent leur complément
tantôt au datif, tantôt à un autre cas, mais avec une
signification différente. Ainsi *æmulari* ALICUI veut
dire porter envie à quelqu'un ; *æmulari aliquem*,
imiter quelqu'un ; *æmulari cum aliquo*, rivaliser avec
quelqu'un. Autres exemples :

Cavere	*alicui*, veiller sur quelqu'un.
	aliquem ou *ab aliquo*, se défier de quelqu'un.
Consulere	*aliquem*, consulter quelqu'un.
	alicui, avoir soin de quelqu'un.
	in aliquem, méditer, agir contre quelqu'un.
Cupere	*alicui*, favoriser quelqu'un.
	aliquid, désirer quelque chose.
Petere	*alicui*, demander pour quelqu'un.
	ab aliquo, demander à quelqu'un.
	aliquem locum, aller vers quelque lieu.
Prospicere	*alicui*, veiller sur quelqu'un.
	aliquid, prévoir quelque chose.

---

157. (*cavere*) Cicero unicè cavit concordiæ publicæ. VELL.—
Absentem qui rodit amicum ; qui non defendit, alio culpante ;
fingere qui non visa potest, commissa tacere qui nequit, hic
niger est (*a*) ; hunc tu, Romane, caveto. HOR. — Parmenio,
ignarus infirmitatis Alexandri, scripserat, à Philippo medico
caveret. JUST.

(*consulere.*) Quùm consulerent Athenienses Apollinem Py-
thium, quas potissimùm religiones tenerent, oraculum editum
est, eas quæ essent in more majorum. CIC. — Populus romanus libertatis suæ vindices consules appellavit pro regibus, ut
consulere se civibus suis debere meminissent. FLOR. — In secundis rebus nihil in quemquam superbè ac violenter consulere
decet. LIV.

(*cupere.*) Cæsar reperiebat Dumnorigem favere et cupere Helvetiis. CÆS. — Nitimur in vetitum semper, cupimusque ne-
gata. OVID.

(*petere.*) Tiberius Germanico Cæsari proconsulare imperium
petivit. TAC.—Artaxerxes Iphicratem ab Atheniensibus petivit
ducem. NEP. — Paulus per Thessaliam Delphos petit, inclytum
oraculum. LIV. — Inimicos sagittâ eminùs ; hastâ cominùs pe-
timus. CURT.

(*prospicere.*) Consulite vobis, prospicite patriæ. CIC.—Isthoc
est sapere, non quod ante pedes modò est, videre, sed etiam
illa, quæ futura sunt, prospicere. TER.

(*a*) *Hic niger est*, voilà le méchant, la bête noire.

Providere	{ *alicui*, veiller sur quelqu'un. { *aliquid*, prévoir quelque chose.
Recipere	{ *alicui*, promettre à quelqu'un. { *se*, revenir, retourner. { *aliquid*, reprendre, recevoir quelque chose.
Temperare	{ *alicui*, épargner quelqu'un. { *aliquid*, régler, conduire quelque chose. { *ab aliquâ re*, s'abstenir de quelque chose.
Timere	{ *alicui rei*, { *de aliquâ re*, } craindre pour quelque chose. { *aliquem*, craindre quelqu'un.
Vacare	{ *re* ou *ab re*, être ex mpt, manquer d'une chose. { *rei*, s'adonner à une chose.

158. *Ire obviàm* HOSTIBUS : aller au-devant des ennemis. NEP.

Convenienter NATURÆ *vivere* : vivre d'une manière conforme à la nature. CIC.

On emploie le datif avec *obviàm*, au-devant de et quelques autres adverbes dérivés de verbes qui régissent le datif; tels que *convenienter*, convenablement; *congruenter*, conformément.

(*providere*.) A Deo vitæ hominum provideri manifestum est. CIC. — Josephus sterilitatem agrorum ante multos annos providit. JUST.

(*recipere*.) Recipio vobis, celeriter me negotium ex sententiâ confecturum. CIC. — Eucratides rex Indiam in potestatem redegit Undè cùm se reciperet. à filio, quem socium regni fecerat in itinere interficitur JUST.—Alexander, ut securum medicum conspexit, lætior factus est, sanitatemque quartâ die recepit. JUST: — Quid recipis mandatum, si aut neglecturus, aut ad tuum commodum conversurus es? CIC.

(*temperare*.) Non recuso quin itâ me audiatis, ut, si cuiquam Verres ullâ in re unquàm temperaverit, vos quoque ei temperetis. CIC. — Lycurgus Lacedæmoniorum rempublicam temperavit. CIC.—Helvetios Cæsar non temperaturos ab injuriâ et maleficio existimabat. Cæs

(*timere*. Atheniensis Clisthenes Junoni Samiæ, cùm rebus timeret suis, filiarum dotes credidit. CIC.—De republicâ valdè timeo. CIC. — Neminem equidem timeo præter Deos immortales LIV.

(*vacare*.) Philosophiæ semper vaco. CIC. — Omnis animadversio contumeliâ vacare debet. CIC. —Nihil à Deo vacat. Opus suum ipse implet. SEN.

159. *Væ* VICTIS! malheur aux vaincus! LIV.

Hei! MISERO MIHI! Hélas! malheureux que je suis! TER.

On emploie le datif après les interjections *væ*! malheur! *hei*! hélas!

---

§ IV. ACCUSATIF.

160. *Propè hostium* CASTRA : près du camp des ennemis. CÆS. — *Propè* A SICILIA : près de la Sicile. CIC.

Propè, près, son comparatif *propiùs*, et son superlatif *proximè*, se construisent, soit avec l'accusatif et l'on sous-entend *ad*; soit avec *a* ou *ab* et l'ablatif.

REMARQUE. On trouve aussi *propiùs* avec le datif. *Propiùs stabulis* : plus près des étables. VIRG.

---

161. *Non esse* EMACEM, *vectigal est* : n'être point acheteur, est un revenu, c'est avoir un revenu. CIC.

L'adjectif ou le substantif joint à l'infinitif *esse* et formant avec lui le sujet de la proposition, se met à l'accusatif.

REMARQUE. *Non esse emacem* est une phrase infinitive dont le sujet est sous-entendu. (*Hominem*) *non esse emacem*.

---

162. *Musica* ME *juvat* ou *delectat*: la musique me réjouit, j'aime la musique.

---

160. Propè est a te Deus : tecum est, intus est. SEN. — Propiùs urbem. CIC. Phil. 7, 9. — Propiùs ab urbe. PLIN. 17, 25, 38. — Antiochus, si tam in agendo bello parere voluisset consiliis Hannibalis quam in suscipiendo instituerat, propiùs Tiberi quàm Thermopylis, de summâ imperii dimicâsset. NEP. — Proximè Hispaniam Mauri sunt. SALL. — A Surâ proximè est Philiscum oppidum Parthorum. PLIN.

161. Contentum suis rebus esse, maximæ sunt certissimæque divitiæ. CIC. — Virum bonum esse semper est utile. CIC. — Pulchrius est nobilem virtute fieri quàm nasci. SEN.

162. Multos castra juvant. HOR. — Multos parvo contentos

Nil ILLUM *sub orbe latet* : rien n'est caché pour lui sous le ciel, il n'ignore rien sous le ciel. OVID.

Non TE *hoc fallit, fugit , præterit* : cela ne vous trompe pas, ne vous fuit pas , ne vous passe pas, vous n'ignorez pas cela.

L'accusatif après *juvare, delectare , latere*, etc., rentre dans l'analogie d'*amo Deum.* Ces tournures ne sont donc à remarquer que parce que , le génie de la langue française n'admettant pas toujours une traduction littérale, elles sont rendues par des équivalents, dans lesquels ce qui est sujet en latin devient en français complément direct, et ce qui est complément direct en latin devient sujet en français.

163. VITAM *cupio vivere* : je veux vivre la vie, je veux vivre.

Quelques verbes neutres s'emploient comme actifs avec l'accusatif du substantif qu'ils forment.

164. *Alexander* ADIRE *Jovis Hammonis* ORACULUM *statuit* : Alexandre résolut d'aller vers, d'aller trouver l'oracle de Jupiter Hammon. CURT.

Plusieurs verbes composés d'une préposition régissant l'accusatif, et d'un primitif neutre, se construisent avec l'accusatif. La préposition conserve alors sa force , quoiqu'elle entre dans la composition d'un mot.

REMARQUES. 1° La préposition qui entre dans la composition du verbe se répète quelquefois devant le complément, particulièrement : *ad, in, trans.* Ex.:

---

tenuis victus cultusque delectat. CIC.—Visu carentem magna pars veri latet. SEN. T. — Multa nos fallunt. CIC. — Non me fugit, quàm sit acerbum , parentûm scelera filiorum pœnis lui. CIC.

163. Ingenui sunt, quorum majorum nemo servitutem serviit. CIC. — Mirum somniavi somnium. PLAUT.

164. Hannibal cum quinque navibus Africam accessit. NEP. — P. Scipionis Africani inimicorum princeps fuit M. Porcius

Ad prætorem *in jus adimus* : nous nous présentons au préteur pour demander justice. Cic.

2º Les verbes actifs composés de *trans* se trouvent avec deux accusatifs, l'un régi par le verbe, l'autre par la préposition. Ex. :

Cæsar exercitum Ligerim transducit : César conduit son armée au-delà de la Loire. Cæs.

---

165. *Doceo* PUEROS *grammaticam* (ad ou *secundùm grammaticam*) : J'instruis les enfans sur la grammaire ; j'apprends la grammaire aux enfans.

Les verbes *docere*, enseigner ; *rogare ; poscere*, demander ; *celare*, cacher, se construisent avec deux accusatifs ; celui de la personne est le complément direct, celui de la chose est le complément indirect ; il est régi par une préposition sous-entendue, *ad*, *in*, ou *secundùm*.

Remarque. *Monere*, *admonere*, ont quelquefois pour complément indirect les accusatifs neutres, *illud*, *hoc*, *id*, *unum*. Ex. :

Eos hoc *monco* : je les avertis de cela. Cic.

---

166. Tertium annum *regnat*, c'est-à-dire, *regnat* (*per*) *tertium annum* : il règne pendant la troisième année (depuis qu'il a commencé à régner), il y a trois ans qu'il règne.

Cato, qui adlatrare ejus magnitudinem solitus erat. Liv. — Multa senem circumveniunt incommoda. Hor. — Xerxes Europam invasit. Nep. — Tanaïs Europam et Asiam medius interfluit. Curt. — Pythagoras multas regiones barbarorum pedibus obiit. Cic. — Sententiæ sæpè acutæ non acutorum hominum sensus prætervolant. Cic. — Clœlia virgo, dux agminis virginum, inter tela hostium Tiberim tranavit. Liv. — Improbi sunt qui in fortunas aliorum invadunt. Cic. — Agesilaus Hellespontum copias trajecit. Nep.

165. Multa me docuit usus, magister egregius Plin. j. — Hipponiates sub Hannibale magistro omnes belli artes edoctus est. Liv. — Deum roga bonam mentem. Sen. — Porcius Cato rogatus est sententiam. Sall. — Pacem te poscimus omnes. Virg. — Legati Ennenses Verrem simulacrum Cereris et Victoriæ reposcebant. Cic. — Hostem semper consilia celabat Cæsar. Cæs. — Illud te admonitum esse volo. Cic.

166. Mithridates, qui uno die tot cives romanos trucidavit,

Le nom de temps qui indique *depuis quand* l'action se fait (*à quo tempore*) se met à l'accusatif sans préposition avec le nom de nombre ordinal.

REMARQUE. On pourrait dire aussi : *à tribus annis regnat.*

---

167. TRES *abhinc* ANNOS ou *tribus abhinc annis mortuus est* : il y a trois ans qu'il est mort.

Si l'action est passée, on ajoute l'adverbe *abhinc*, et l'on met le nom de temps à l'accusatif en sous-entendant *ante*, ou à l'ablatif en sous-entendant *à*. Dans les deux cas on se sert du nom de nombre cardinal.

---

168. *Decessit Alexander* ANNOS TRES ET TRIGINTA NATUS, ou *decessit Alexander* ANNORUM TRIUM ET TRIGINTA : Alexandre mourut âgé de trente trois ans.

On met le nom d'âge à l'accusatif avec *natus* ou au génitif sans exprimer *natus*.

REMARQUES. 1º L'accusatif peut s'expliquer par l'ellipse de *ante* et le génitif par celle de *vir*, *femina* ou *puer*.

2º On peut encore, pour exprimer l'âge, se servir de l'ablatif en y joignant *ætatis*, ou de la locution *agere annum*. *Alexander quarto et tricesimo ætatis anno decessit* ou *Alexander quartum et tricesimum annum agens decessit*.

3º Après *major* et *minor*, le nombre d'années se met à l'ablatif ou au génitif. Ex. :

Minor annis viginti ou *annorum viginti* : âgé de moins de vingt ans. —*Major annis viginti* ou *annorum viginti*, âgé de plus de vingt ans.

---

non modò adhuc pœnam nullam suo dignam scelere suscepit, sed ab illo tempore annum jam tertium et vicesimum regnat. CIC. — Rex Archelaus quinquagesimum annum Cappadociâ potiebatur. TAC.

167. Carthago diruta est, cùm stetisset annis sexcentis sexaginta septem, abhinc annos centum septuaginta septem. VELL. — Roscius litem decidit abhinc annis quatuor. CIC.

168. Romulus, decem et octo annos natus, urbem, quam ex suo nomine Romam vocavit, in Palatino monte constituit. EUT. — Cato primum stipendium meruit annorum decem septemque.

1f9. *Nero natus est* $\begin{cases} \textit{post novem menses quàm} \\ \textit{post nonum mensem quàm} \\ \textit{nono mense postquàm} \\ \textit{nono mense quàm} \end{cases}$ *Tiberius excessit.*

Néron naquit neuf mois après que Tibère fut mort.

Telles sont les quatre manières de combiner un nom de temps avec *postquàm*, après que. On voit par les deux premières constructions que *postquàm* peut se séparer en deux mots, et par la dernière que *post* peut être supprimé.

———

170. *Heu! me miserum*, c'est-à-dire, *heu! (sentio) me (esse) miserum* : hélas! que je suis malheureux! Cɪᴄ.

O fallacem hominum spem! c'est-à-dire, *ó (spes)*

———

Nᴇᴘ. — Saguntum, Hispaniæ civitatem Romanis amicam, oppugnare aggressus est Hannibal agens vicesimum ætatis annum. Eᴜᴛ. — Trajanus obiit ætatis anno sexagesimo secundo, mense nono, et die quarto. Eᴜᴛ.

Hannibal minor quinque et viginti annis natus, imperator factus est. Nᴇᴘ. — Edicto Augusti magistratum capere poterant ii qui non minores duorum et viginti annorum essent. Pʟɪɴ ɪ.

169. Dion obiit diem supremum, quartum post annum, quàm ex Peloponneso in Siciliam redierat. Nᴇᴘ. — Sextâ Olympiade post duos et viginti annos, quàm prima constituta fuerat, Romulus Martis filius Romam condidit. Vᴇʟʟ.

Hannibal anno tertio, postquàm domo profugerat, cum quinque navibus Africam accessit. Nᴇᴘ.

Tyrus septimo mense, quàm oppugnari cœpta erat, capta est, urbs et vetustate originis et crebrâ fortunæ varietate ad memoriam posteritatis insignis. Cᴜʀᴛ. — Antè triennium, quàm Carthago deleretur, M. Cato mortem obiit. Vᴇʟʟ. — Cæsar pridiè quàm occideretur, in sermone nato super cœnam, quisnam esset finis commodissimus, repentinum opinatumque prætulit. Sᴜᴇᴛ. — Andricus postridiè ad me venit, quàm exspectâram. Cɪᴄ.

170. O te felicem, M. Porci, à quo rem improbam nemo petere audet! Pʟɪɴ. — Me miserum, te in tantas ærumnas propter me incidisse! Cɪᴄ,

hominum (quam dico esse) fallacem spem : ô trompeuse espérance que celle des hommes! Cic.

On explique par l'ellipse l'emploi de l'accusatif après les interjections.

---

§ v. ABLATIF.

171. Urbe ou ex urbe *ejicere :* chasser de la ville. Jure ou de jure *decedere :* se relâcher de son droit.

Magistratu *se abdicare :* abdiquer une magistrature. Cic. On dit aussi : *magistratum abdicare.*

Les verbes actifs et neutres où se trouvent les prépositions *à, ab, de, è, ex* se construisent avec l'ablatif, à cause de la préposition qu'ils renferment. Cette préposition se répète très-fréquemment devant le complément. *Abdicare* se construit toujours sans préposition.

---

172. *Constamus* animo et corpore ou ex animo et corpore *:* nous sommes composés d'une ame et d'un corps.

Ab ambitione ou *ambitione laborat :* il est travaillé par l'ambition.

Ex œre alieno laborare : être criblé de dettes. Cæs.

Constare, être composé de, consister en ; *laborare,* être travaillé, tourmenté de, veulent leur complément à l'ablatif avec ou sans préposition.

---

171. Nec vir bonus ac justus haberi debet, qui, ne malum habeat, abstinet se ab injuriâ. Cic.—Est virtus placitis abstinuisse cibis. Ovid. — Est non modò liberale, paulùm nonnunquàm de suo jure decedere, sed interdùm etiam fructuosum. Cic. — Fustuarium meretur miles, qui signa relinquit, aut præsidio decedit. Liv. — Athenienses optimè meritos cives è civitate ejiciebant. Cic. — Scyrum insulam Dolopes incolebant, eosque Cimon urbe insulâque ejecit. Nep.—Multi intra vicesimum diem dictaturâ se abdicaverunt. Liv.

172. Beata vita constat ex actionibus rectis. Sen. — Tempus tribus partibus constat, præterito, præsente et futuro. Cic.—Ceparius mihi dixit te in lecto esse, quòd ex pedibus laborares. Cic. — Duobus vitiis diversis, avaritiâ et luxuriâ, civitas laborat. Liv.

173. *Mihi opus est* AMICO, (s.-ent. *ab amico*), le besoin est à moi d'un ami, ou *mihi opus est* AMICUS, un ami est besoin, chose nécessaire à moi, j'ai besoin d'un ami.

Avec la locution *opus est*, le besoin est, le nom de l'objet dont on a besoin se met à l'ablatif, et quelque· fois, mais plus rarement, au nominatif, et le nom de l'objet qui a besoin, toujours au datif.

REMARQUES. 1° *Opus est* se construit avec l'infinitif, le supin en *u* et plus ordinairement avec l'ablatif du participe passif. Il est besoin de dire, *opus est dicere*, *dictu*, et mieux *dictu*.

2° On emploie après *opus est* soit la proposition infinitive, soit le subjonctif avec *ut*. Il est nécessaire que tu dises : *opus est te dicere* ou *ut dicas*.

174. QUANTÒ *doctior est!* combien est-il plus savant !

PAULÒ ou ALIQUANTÒ *doctior* : un peu plus savant.

MULTÒ *doctior* : bien ou beaucoup plus savant.

TANTÒ *præstas aliis* : tu l'emportes autant sur les autres.

On emploie adverbialement avec les comparatifs et les verbes d'excellence, tels que *præstare*, *excellere*, les ablatifs *multò*, *tantò*, *quantò*, *paulò*, *aliquantò*.

---

175. Multis non duce tantùm opus est, sed adjutore et coactore. SEN. — Corpori multo cibo, multâ potione opus est. SEN. — Magistratibus opus est, sine quorum prudentiâ ac diligentiâ esse civitas non potest. CIC. — Nobis exempla permulta opus sunt. CIC. — Atticus, quæ amicis suis opus fuerant, omnia ex suâ re familiari dedit. NEP. — Verres aiebat multa sibi opus esse. CIC.—Priusquàm incipias consulto, et ubi consulueris, mature facto opus est. SALL. — Quid tibi opus est ut sis bonus.' velle. SEN. — Ita dictu opus est, si me vis salvum esse. TER. — Puero opus est, cibum ut habeat. PLAUT. — Si quid erit, quod te scire opus sit, scribam. CIC.

174. Hannibal tantò præstitit cæteros imperatores prudentiâ, quantò populus romanus antecedit fortitudine cunctas nationes. NEP. — In republicâ multò præstat beneficii quàm maleficii immemorem esse : bonus tantummodò segnior fit ubi negligas, at malus improbior. SALL. — Agesilaus multò gloriosiùs duxit,

REMARQUES. 1° Au lieu de *multò* on peut se servir de *longè*. Ex. : *Longè doctior* : beaucoup plus savant ; *multò* ou *longè præstat aliis* : il l'emporte de beaucoup sur les autres.

2° La même forme ablative s'emploie devant les adverbes *antè* et *post*. Ex. : *Multò antè* : beaucoup ou bien auparavant. — *Paulo post* : peu après.

CHAPITRE III. SUPPLÉMENT A LA SYNTAXE DE LA PROPOSITION COMPLÉTIVE.

175. *Credo* ME *legisse* : je crois *moi* avoir lu, je crois avoir lu.

Sperat SE *brevì profecturum*, il espère *lui* devoir partir bientôt, il espère partir bientôt.

Memini ME *legisse* ou mieux ME *legere* : je me souviens *moi* avoir lu, je me souviens d'avoir lu. (Après *memini* les Latins emploient ordinairement le présent au lieu du parfait de l'infinitif.)

Après les verbes qui signifient *espérer*, *croire*, *se souvenir*, *aimer mieux*, *promettre*, etc., le sujet de la proposition infinitive, sous-entendu en français, s'exprime toujours en latin.

176. *Mone illum* UT SIBI CAVEAT, avertissez-le *de*

si institutis patriæ paruisset, quàm si bello superâsset Asiam. NEP.—Alcibiades fuit omnium ætatis suæ multò formosissimus. NEP. — Quantò latiùs officiorum patet quàm juris regula ! SEN. — Stoici mihi, videntur fines officiorum paulò longiùs, quàm natura vellet, protulisse. CIC.

175. Plerique amicos tanquàm pecudes, eos potissimùm diligunt, ex quibus sperant se maximum fructum esse capturos. CIC. — Atheniensium plus interfuit firma tecta in domiciliis habere quàm Minervæ signum ex ebore pulcherrimum ; tamen ego me Phidiam esse mallem, quàm vel optimum fabrum tignarium. CIC. — Hannibal promisit Gallis, non se stricturum antè gladium quàm in Italiam venisset. LIV. — Socrates se omnium rerum inscium fingebat et rudem. CIC. — Nullius ope indigere se putat, qui alteri suam negat. TER.

176. Te moneo ut omnem gloriam ad quam à pueritiâ inflam-

prendre garde à lui ; *mone illum* ME ADVENISSE, avertissez-le *que* je suis arrivé.

Après *monere*, avertir ; *dicere* dire ; *respondere*,
répondre ; *scribere*, écrire ; *persuadere*, persuader,
on emploie *ut* ou *ne*, suivis du subjonctif, pour exprimer ce qu'il faut faire ou ne pas faire, et la proposition infinitive pour énoncer un fait.

REMARQUE. Après *jubere*, ordonner, on emploie toujours la
proposition infinitive.

Græcos jubet arma capere : il ordonne les Grecs prendre les
armes, il ordonne aux Grecs de prendre les armes.

Jussit eum occidi : il ordonna lui être tué, il le fit tuer.

Après le verbe *jubere*, on emploie le présent et non le futur
de l'infinitif, quoique l'action exprimée par le verbe de la proposition infinitive soit nécessairement postérieure à l'action
d'ordonner.

---

177. *Credo fore ut* ou *futurum esse ut te pœnitcat* :
je crois devoir être que vous vous repentiez, je crois
que vous vous repentirez.

---

matus fuisti, omni curâ, atque industriâ consequare. Cic. —
Te moneo ne magnitudinem animi tui unquàm inflectas cujusquam injuriâ. Cic. — Hoc tantùm moneo, hoc tempus si
amiseris, te esse nullum unquàm magis idoneum reperturum.
Cic. — Dicam tuis, ut librum meum describant, ad teque
mittant. Cic. — Dico providentiâ Dei mundum et omnes mundi
partes et initio constitutas esse et omni tempore administrari.
Cic. — Jovis Hammonis antistites Macedonibus responderunt,
ut Alexandrum pro Deo, non pro rege colerent. Just. — Solon,
cùm interrogaretur, cur nullum supplicium constituisset in
eum, qui parentem necâsset, respondit, se id neminem factu-
rum putàsse. Cic. — Cæsar ad Lamiam scripsit, ut ad ludos
omnia pararet. Cic. — Demosthenem scribit Phalereus, cùm *Rho*
dicere nequiret, exercitatione fecisse ut planissimè diceret. Cic.
— Hannibal Antiocho persuaserat, ut cum exercitibus in Italiam proficisceretur. Nep. — Druides imprimis hoc volunt
persuadere, non interire animos, sed ab aliis post mortem
transire ad alios. Cæs.

Alexander sepulcrum Cyri jussit aperiri. Curt. — Pelias rex
Jasonem in Colchos abire jubet, pellemque arietis memorabilem
gentibus reportare. Just.

177. Video te velle in cœlum migrare, et spero fore ut con-
tingat id nobis. Cic. — Ego fide meâ spondeo futurum ut

9*

Credebam fore ut te pœniteret : je croyais devoir être que vous vous repentissiez, je croyais que vous vous repentiriez.

Credo futurum fuisse ut te pœniteret : je crois avoir dû être que vous vous repentissiez, je crois que vous vous seriez repenti.

Lorsque le verbe de la proposition infinitive devrait se mettre au futur de l'infinitif, et qu'il manque de ce temps, ce qui arrive lorsqu'il n'a point de supin, on se sert de *fore ut* ou *futurum esse ut*, devoir être que, ou de *futurum fuisse ut*, avoir dû être que, avec le subjonctif.

REMARQUE. La périphrase *fore ut*, *futurum esse ut*, s'emploie même avec des verbes qui, ayant un supin, pourrait avoir un futur de l'infinitif. Ex. :

Non credo fore ut tam citò illud negotium confecerit : je ne crois pas qu'il ait sitôt terminé cette affaire.

Plerique existimabant futurum fuisse ut oppidum caperetur : la plupart croyaient que la ville aurait été prise.

Cette périphrase s'emploie surtout avec le passif, lorsqu'il s'agit d'exprimer simplement le futur, sans marquer l'obligation, le devoir, ce qui est le propre du participe en *dus*.

On emploie après *an* la périphrase *futurum sit ut* lorsque le verbe de la proposition complétive n'a pas de participe futur.

Nescio an futurum sit ut studeat : je ne sais s'il étudiera.

---

178. Vous dites que Pierre aime Paul; tournez, vous dites Paul être aimé par Pierre, *dicis Paulum a Petro amari*, et ne traduisez pas littéralement *dicis Petrum amare Paulum*, parce qu'il y aurait amphibologie : *Petrum* et *Paulum* pouvant être tous les deux sujet ou complément de *amare*, on ne saurait pas si c'est Pierre qui aime Paul ou Paul qui aime Pierre.

---

omnia longè ampliora, quàm à me prædicantur, invenias. PLIN.
— Otho speraverat fore ut adoptaretur à Galba. SUET.

178. Apud Issum Clitarchus sæpè narravit Darium ab Alexandro esse superatum. CIC. — Scias, eum à me non diligi solùm, verùm etiam amari. CIC.

L'actif se change en passif toutes les fois que, dans une proposition infinitive, l'emploi de l'actif donnerait lieu à une amphibologie.

---

179. *Timeo* NE *præceptor veniat* : je crains que le maître ne vienne, (je désire qu'il ne vienne pas).

Timeo UT *præceptor veniat* ou NE NON *præceptor veniat* : je crains que le maître NE vienne PAS (je désire qu'il vienne).

Après tous les verbes qui expriment la crainte, on se sert de *ne* (pour *ut ne*), quand on desire que la chose ne soit pas, et de *ut* ou *ne non* quand on désire qu'elle soit.

REMARQUES. 1° Après les verbes qui signifient *craindre*, la proposition complétive est affirmative en latin quand elle est négative en français et *vice versâ*. Je crains de NE le PAS rencontrer, *metuo* UT *illi occurram*; je crains de le rencontrer, *metuo* NE *illi occurram*. Cette différence vient de ce qu'en français on marque seulement l'objet de la crainte, au lieu qu'en latin après avoir marqué la crainte par le verbe, on marque par *ut* le désir du contraire.

2° Avec *ne non* la phrase reste affirmative parce qu'en latin deux négations se neutralisent.

3° *Craindre*, signifiant *faire difficulté de*, se rend par *dubitare* avec l'infinitif, et s'il signifie *ne pas oser*, il se rend par *non audere*.

Il ne craint pas d'avouer, (il ne fait pas difficulté d'avouer) : *fateri non dubitat* ; je crains de dire (je n'ose pas dire), *non audeo dicere*.

---

179. Vereor ne, dùm minuere velim laborem, augeam. Cic. — Timebam ne evenirent ea, quæ acciderunt. Cic. — Homo improbus nunquam ob eam causam scelere abstinebit, quòd id natura turpe judicet, sed quòd metuat ne emanet. Cic. — Id paves ne ducas (a) illam : tu autem, ut ducas. Ter. — Omnes labores te excipere video. Timeo ut sustineas. Cic. — O puer ! ut sis vitalis metuo. Hor. — Vereor ne non fortunæ tuæ sufficere possis. Curt. — Unum vereor ne senatus Pompeium nolit dimittere. Cic. — Pavor ceperat milites, ne mortiferum esset vulnus Scipionis. Liv. — Improbi aut afficiuntur pœnâ, aut semper sunt in metu, ne afficiantur aliquandò. Cic. — Periculum est (b) ne, nimis facilè victis ignoscendo, plures ob-

(a) Sous-ent. *uxorem*. — (b) *Periculum est*, il est à craindre.

180. *Dignus est* UT *imperet*, ou mieux, QUI *imperet*, (*qui* tient lieu du *ut ille*) : Il est digne, il mérite qu'il commande, de commander.

Dignus est UT EUM *colam*, ou mieux QUEM *colam*, (*quem* tient lieu de *ut eum*) : Il mérite que je l'honore.

Dignus es DE QUO *benè mereatur*, (*de quo* pour *ut de te*) : Vous méritez qu'il vous rende service.

Indignus est CUJUS *me misereat*, (*cujus* pour *ut illius*) : Il ne mérite par que j'aie pitié de lui.

Après *dignus*, digne ; *indignus*, indigne, on emploie *ut* avec le subjonctif, ou mieux, *qui*, *quæ*, *quod*, qui tient lieu de *ut* et d'un pronom, et qui est par conséquent suivi du subjonctif.

REMARQUE. *Qui*, *quæ*, *quod* ne peut remplacer qu'un pronom qui se rapporte au sujet de la proposition principale. Il faut dire : *Dignus sanè es ut sic agam* : vous méritez bien que j'agisse ainsi, et non pas *qui sic agam*.

CHAPITRE IV. SUPPLÉMENT A LA SYNTAXE DE LA PHRASE INTERROGATIVE.

181. *Quis te redemit ?* JESUS CHRISTUS. Qui vous a racheté ? Jésus-Christ. (*Jesus Christus redemit me.*)

Quem miseret pigrorum ? NEMINEM. Qui a pitié des paresseux ? Personne. (*Neminem miseret pigrorum.*)

---

idipsum ad experiendam adversùs nos fortunam belli incitemus. Liv. — Non est periculum, qui leonem aut taurum pingat egregiè, ne idem in multis aliis quadrupedibus facere non possit. Cic.

180. Qui modestè paret, videtur, qui aliquandò imperet, dignus esse. Cic. — Suscepi magnum fortassè onus et mihi periculosum ; verumtamen dignum in quo omnes nervos ætatis industriæque meæ contenderem. Cic. — Non sum indignus cui copiam scientiæ tuæ facias. Plin. j. — Idonea mihi Lælii persona visa est, quæ de amicitiâ dissereret. Cic.

Cujusnam interest? MEA. A qui importe-t-il? à moi. (*Interest meâ*).

Cujus est loqui? TUUM. A qui appartient-il de parler? à vous. (*Loqui tuum est*).

Le rétablissement du verbe sous-entendu fait voir à quel cas l'on doit mettre le nom de la réponse.

---

182. *Quid istìc tibi negotii est?* — *mihine?* — ITA. Quelles affaires as-tu là dedans? — moi? — oui. TER.

Vidistine regem? — VIDI. Avez-vous vu le roi? — oui.

Les Latins répondent affirmativement à une interrogation, 1° par un adverbe d'affirmation : *ità, sanè, etiam, profectò, ità verò.* 2° En répétant le mot essentiel de l'interrogation, et c'est ordinairement le verbe.

---

183. *Adduxistine tuam filiam?* — NON. Avez-vous amené votre fille? — non. TER.

Nonne vidisti regem? — NON VIDI. N'avez-vous pas vu le roi? — non.

La réponse négative s'exprime : 1° par un adverbe de négation, *non, minimè.* 2° Par la répétition du verbe avec une négation.

---

182. Visne sermoni reliquo demus operam sedentes? Sanè quidem. Cic. — Fuisti sæpè, credo, cùm Athenis esses, in scholis philosophorum? Verò ac lubenter quidem. Cic. — In sententiâ permaneto. Verò; nisi sententiam alia vicerit melior. Cic. — Estisne vos legati oratoresque missi à populo Collatino, ut vos populumque Collatinum dederetis? Sumus. Deditisne vos populumque Collatinum, urbem, agros, delubra, in meam populique romani ditionem? Dedimus. Liv. — An pater abiit solus? Solus. Ter.

183. Nonne sapiens, si fame ipse conficiatur, abstulerit cibum alteri homini ad nullam rem utili? Minimè verò. Cic. — Estne frater intùs? Non est. Ter.

184. Romæne et domi tuæ, an Mitylenis aut Rhodi malles vi-

184. *Tuane est* AN *mea culpa?* Est-ce votre faute. ou la mienne?

Ou dans une phrase interrogative s'exprime par *an*.

REMARQUE. On peut sous-entendre *ne*: *Tua est an mea culpa?* ou supprimer *an* et mettre *ne* après le second membre de la phrase: *Tua meane culpa est?*

Uter est doctior tune an frater? Lequel est le plus savant de vous ou de votre frère?

Lequel, quand on ne parle que de deux, se rend par *uter*, et les deux noms qui suivent se mettent au même cas que *uter;* on met *ne* après le premier et *an* devant le second: le superlatif français se traduit par le comparatif en latin.

REMARQUE. *Ne* peut aussi se placer après *uter. Uterne est doctior tu an frater?*

———————

185. *Nescio* UTRUM *dormiat* AN *audiat:* je ne sais s'il dort *ou* s'il écoute.

Nihil meâ refert, quid meâ refert UTRUM *dives sim* AN *pauper?* il ne m'importe pas, que m'importe *que* je sois riche *ou* pauvre, d'être riche ou pauvre?

Parùm curo UTRUM *me audias an dormias:* je me mets peu en peine *que* vous m'écoutiez *ou que* vous dormiez.

Si... ou si après une expression de doute se rendent par *utrùm... an. Que... ou que* après *il n'importe pas, qu'importe, il importe peu, se mettre peu en peine,* se tournent par *si... ou si,* et se rendent de même.

———————

vere? Cic. — Nùm pluris æstimabis pecuniam Pyrrhi, quam Fabricio dabat, an continentiam Fabricii, qui illam pecuniam repudiabat? Cic. — Uterne Ad casus dubios fidet sibi certius? hic qui Pluribus assuêrit mentem, corpusque superbum: An qui contentus parvo, metuensque futuri, In pace, ut sapiens, aptârit idonea bello? HOR.

185. Desine dubitare utrùm sit utilius propter multos improbos uni parcere, an unius improbi supplicio multorum impro-

Remarques. 1° Au lieu de *utrùm* , on peut mettre *ne* après le premier mot de la proposition complétive.

Nihil meâ refert divesne sim an pauper.

2° On peut exprimer seulement *an.*

Postrema syllaba, brevis_an longa sit, in versu non refert : Il n'importe pas dans un vers que la dernière syllabe soit brève ou longue. Cic.

----

186. *Sunt hæc tua verba* necne? sont-ce vos paroles ou non?

Parùm curo utrùm me audias necne: je me mets peu en peine que vous m'écoutiez ou non.

Ou non tient lieu d'une phrase entière et se rend par necne.

========

CHAPITRE V. Observations sur le comparatif
ET LE SUPERLATIF.

187. *Senectus est naturâ* loquacior: c'est-à-dire' *senectus est loquacior* (*æquo*): la vieillesse est naturellement plus causeuse que le juste, qu'il n'est juste, est très-causeuse. Cic.

Vespasianus pecuniæ avidior *fuit:* Vespasien fut trop avide d'argent. Eut.

----

bitatem coercere. Cic. — Nihil differt utrùm ægrum in ligneo lecto, an in aureo colloces: quòcumque illum transtuleris, morbum suum secum transfert. Sen. — Diù magnum inter mortales certamen fuit, vine corporis an virtute animi res militaris magis procederet. Sall. — Fuit incertum vir melior, an dux esset Epaminondas. Just — Deum esse, qui dubitet, haud sanè intelligo, cur non idem, sol sit, an nullus sit, dubitare possit. Cic. — Hominibus prodesse natura jubet: servi liberine sint, quid refert? Sen. — In Æquis variè bellatum, adeò ut in incerto fuerit vicissent victine essent Romani. Liv.

186. Antigonus nondùm statuerat servaret Eumenem necne. Nep.—Quidam, comœdia necne poema esset, quæsivère. Hor.

187. Romanæ leges grandiorem ætatem ad consulatum constituebant. Cic. — Parciùs hic vivit; frugi dicatur: ineptus Et jactantior hic paulò est; concinnus amicis l'ostulat ut videatur:

Le comparatif s'emploie fréquemment en latin pour marquer une qualité portée ou à un très-haut degré ou à un trop haut degré, et se rend alors en français par le superlatif absolu, ou par le positif précédé de *trop*.

---

188. VALIDIOR *manuum* : la plus forte des deux mains.

MAJOR *pars hominum* : la plus grande partie des hommes. (La totalité des hommes est divisée en deux parties inégales, l'une plus grande, l'autre plus petite).

Lorsqu'il n'est question que de deux choses, les Latins emploient le comparatif et non le superlatif.

---

189. *Felicior est quàm* PRUDENTIOR : il est plus heureux que plus prudent, plus heureux que prudent.

Gessit bellum feliciùs quàm PRUDENTIUS : il fit la guerre plus heureusement que plus prudemment, avec plus de bonheur que de prudence.

Quand on compare deux adjectifs ou deux adverbes, on exprime toujours *quàm* devant le second adjectif ou le second adverbe, qui se met au comparatif comme le premier.

REMARQUE. Si l'un des deux adjectifs ou des deux adverbes n'a pas de comparatif, la comparaison se marque par *magis*...

---

at est truculentior, atque Plus æquo liber ; simplex, fortisque habeatur. Caldior est ; acres inter numeretur. Opinor, Hæc res et jungit, junctos et servat amicos. HOR.

188. Alexander seniores militum in patriam remisit. CURT — Plerumque fit ut major pars meliorem vincat. LIV.

189. Mutius tristior Porsennæ salute quàm suâ lætior fuit. VAL. MAX. — Alexander hostes prudentiùs quàm avidiùs persecutus est. CURT.

quàm et les deux adjectifs ou les deux adverbes se mettent au positif.

Continere omnes cupiditates præclarum magis est quàm difficile : réprimer toutes ses passions est plus beau que difficile. Cic.

Deum colamus magis piè quàm magnificè : honorons Dieu avec plus de piété que de magnificence. Cic.

---

190. Major *sum* quam ut *mihi fortuna nocere possit,* c'est-à-dire, *major sum quàm (oportet) ut mihi fortuna nocere possit :* je suis plus grand que (il faut), je suis trop grand, pour que la fortune puisse me nuire. On pourrait dire aussi : quam cui *fortuna nocere possit (cui* tient lieu de *ut mihi).*

Plus veneni hausit quàm ut sanitati restituatur : il a avalé plus de poison (qu'il faut), pour qu'il soit rendu à la santé, il a avalé trop de poison pour recouvrer la santé. On peut dire aussi : *quàm qui sanitati restituatur (qui* tient lieu de *ut ille).*

Trop... pour se tourne en latin par *plus... que* (il faut) *pour que ; oportet* est toujours sous-entendu, et *plus* se rend de différentes manières selon les mots auxquels il est joint.

---

191. Major quam pro *numero hominum editur pugna,* c'est-à-dire, *pugna major quàm (exspectabatur) pro numero hominum editur :* un combat plus grand que (il était attendu), eu égard au nombre d'hommes, est livré. Liv.

Quand le comparatif est suivi de *quàm pro,* il faut sous entendre, selon le sens de la phrase, *exspectabatur, opus erat, oportet.*

---

190. Majus erat imperium romanum, quàm ut ullis externis viribus opprimi posset. Flor. — Insueto Philippo vera audire, ferocior Æmilii oratio visa est, quàm quæ habenda apud regem esset. Liv.

191. Alexander consedit in regiâ sellâ, multò excelsiore quàm pro habitu corporis. Curt. — Major est quàm pro re lætitia, quùm inter assiduas clades ac lacrymas unum quantumcumque ex insperato gaudium affulsit. Liv.

192. *Non alius est quàm erat olim* : il n'est pas autre qu'il était autrefois.

Aliter loquitur quàm sentit: il parle autrement qu'il ne pense.

Alius, autre; *aliter*, autrement, éveillant une idée de comparaison, se construisent, comme le comparatif, avec *quàm*.

REMARQUES. 1° Au lieu de *quàm*, on se sert souvent de *ac* ou *atque*. On met *ac* devant les consonnes, *atque* devant les voyelles. *Non alius est atque erat olim*, *aliter loquitur ac sentit*.

2° Au lieu de *quàm*, *ac*, *atque*, on répète quelquefois *alius*, *aliter*.

Turpe est aliud loqui, aliud sentire : il est honteux de parler autrement qu'on ne pense; littéralement, il est honteux de dire autre chose, de penser autre chose. SEN.

Aliter cum tyranno, aliter cum amico vivitur: on vit autrement avec un tyran qu'avec un ami. CIC.

3° *Tout autre* signifiant *quelqu'autre que ce soit*, s'exprime par *quivis alius*, *quilibet alius* : et signifiant *tout différent*, il s'exprime par *longè alius*; *tout autrement* se rend par *longè aliter*, et *que* par *ac*, *atque*.

Quivis alius populus ac romanus despondisset animum : tout autre peuple que le peuple romain eût perdu courage.

Longè alius es atque eras : vous êtes tout autre que vous n'étiez.

---

193. *Adhibuit quàm plurimam potuit diligentiam*, ou *quàm plurimùm potuit diligentiæ* : il a employé le plus de diligence qu'il a pu.

Quàm paucissimos potuit libros legit: il a lu le moins de livres qu'il a pu.

---

192. Alexander edixit, ne quis ipsum alius quàm Apelles pingeret. PLIN. — Dissimulatio est, cùm alia dicuntur ac sentias. CIC. — Eventus fallit cùm aliter accidit atque homines arbitrati sunt. CIC. — Non convenit moribus meis, aliud palàm, aliud agere secretò. PLIN. J. — Lux longè alia est solis ac lychnorum. CIC. — Nihil æquè vel augetur curâ, vel negligentiâ interciditur, quàm memoria. QUINT. — Et lætamur amicorum lætitiâ æquè atque nostrâ, et pariter dolemus angoribus. CIC.

. 193. Gallinæ avesque reliquæ et quietum requirunt ad pariendum locum et cubilia sibi nidosque construunt, eosque, quàm

Esto quàm facillimus (s.-ent. *poteris esse*): soyez le plus indulgent que vous pourrez.

Pour marquer une qualité portée au plus haut degré possible, on met *quàm* avant le superlatif, et après on exprime ou l'on sous-entend un temps du verbe *possum*.

Remarque. Au lieu de *quàm*, quelques auteurs emploient *quantus, a, um*. Ex. : —

Quantâ maximâ celeritate potuit : avec la plus grande diligence qu'il put. Curt.

---

194. *Optimus quisque illi favet* : les plus honnêtes gens le favorisent.

Quand le superlatif relatif n'est pas suivi d'un génitif, on ajoute *quisque* au superlatif latin.

---

195. Cette phrase : *plus on est vicieux, plus on est malheureux*, peut se tourner en latin de ces deux manières :

Plus quelqu'un est vicieux, plus il est malheureux : *quò quis vitiosior, eò miserior est.*	Comme chacun est le plus vicieux, de même il est le plus malheureux : *ut quisque vitiosissimus, ita miserrimus est.*

---

possunt mollissimè substernunt, ut quàm facillimè ova serventur. Cic. — Cæsar, quàm maximis itineribus potest, in Galliam ulteriorem contendit. Cæs. — Opera danda est ut verbis utamur quàm usitatissimis et quàm maximè aptis. Cic. — Qui vendit, vult quàm plurimi vendere. Cic.

194. Effugit mortem quisquis contempserit ; timidissimum quemque consequitur. Curt. — Stultissimum credo, ad imitandum non optima quæque proponere. Plin. j.

195. Quò quis versutior et callidior est, hoc invisior et suspectior, detractâ opinione probitatis. Cic. — Quò quisque est solertior et ingeniosior, hoc docet iracundiùs et laboriosiùs ; quod enim ipse celeriter arripuit, id cùm tardè percipi videt, discruciatur. Cic. — Ut quisque est vir optimus, ita difficillimè esse alios improbos suspicatur. Cic. — Ut quisque maximè opis indiget, ita ei potissimùm opitulari debemus. Cic. — Cum

Remarques. 1° *Quis* est pour *aliquis*. On retranche *ali* après *quò*.

2° *Ut* et *ita* peuvent se supprimer : *vitiosissimus quisque miserrimus est* : les plus vicieux sont les plus malheureux.

3° *Plus une chose* se tourne par *plus quelque chose, quò quid*. Plus une chose est difficile, plus il faut y apporter de soin : *quò quid difficilius est, eò major ad id adhibenda est cura*.

CHAPITRE VI. De divers emplois du subjonctif.

Principe général. L'indicatif présente le fait comme certain et positif ; comme existant, ayant existé ou devant exister réellement et indépendamment de l'idée de celui qui parle.

Le subjonctif marque l'indécision, le doute, le pouvoir de faire ou de ne pas faire.

(Voyez l'emploi du subjonctif après certaines conjonctions et après les adjectifs et adverbes interrogatifs, de 89 à 100).

§ 1. *Du subjonctif non précédé d'un autre verbe.*

196. *Quis* credat? qui croira? (qui pourra croire?) *Quis non illud factum* miretur? qui n'admirerait pas (qui pourrait ne pas admirer) cette action?

On a déjà vu (99) que le pronom interrogatif étant entre deux verbes, le second se met au subjonctif; mais alors même qu'il n'y a pas de verbe antécédent, si la phrase renferme une idée de possibilité, on emploie après *quis*, *quæ*, *quid*, le présent du subjonctif, qui se traduit en français par le futur ou par le présent du conditionnel.

---

armato hoste infestis animis concurri debet : adversùs victos mitissimus quisque maximum animum habet. Liv. — Optimum quidque rarissimum est. Cic. —Altissima quæque flumina minimo sono labuntur. Curt.

196. Quis sapiens bono confidat fragili? Sen. — Quis non timeat omnia providentem Deum ? Cic. — Quid voveat dulci nutricula majus alumno quàm sapere ? Hor.

197. *Eum sapere* PUTES: vous croiriez qu'il est sage. *Vix* CREDAS, à peine croiriez-vous, vous ne sauriez croire.

On emploie souvent en latin le présent du subjonctif au lieu de l'imparfait, dans le sens de notre conditionnel présent, surtout avec les verbes *velle*, *nolle*, *malle*, *putare*, *credere*.

___

198. *Non* CREDIDERIM *te errásse*: je ne crois pas que tu te sois trompé. *Vix* CREDIDERIS: à peine croiriez-vous, vous ne sauriez croire. — *Pace tuâ* DIXERIM: je dirai avec votre permission.

Les Latins emploient le parfait du subjonctif dans certains cas où nous employons soit le présent ou le futur de l'indicatif, soit le présent du conditionnel.

___

199. *Fortunam citiùs* REPERIAS *quàm* RETINEAS: on trouve la fortune plus facilement qu'on ne la conserve. P. S.

Le présent ou le parfait du subjonctif s'emploie à la seconde personne, dans une maxime, une proposition générale, et se traduit en français par le pronom indéfini *on* et le présent ou le parfait de l'indicatif.

___

200. *Di omen* AVERTANT! Puissent les Dieux détourner ce présage!

___

197. Dies deficiat, si velim numerare, quibus bonis malè evenerit, quibus malis optimè. Cic. — Horatium in quibusdam nolim interpretari. QUINT. — Malim indisertam optare prudentiam, quàm stultitiam loquacem. Cic. — Vix credas quantùm errori pateat homo. SEN.

198. Ego ipse cum Platone non invitus erraverim. Cic. — Hoc sine ullâ dubitatione confirmaverim eloquentiam rem esse omnium difficillimam. Cic. — Liberalitati quas aptiores comites, quàm humanitatem et clementiam, dixerim. VAL. MAX.

199. Mortem ubi contemnas, omnes viceris metus. P. SYR. — Plus videas tuis oculis quàm alienis. PHÆD. — Agere decet, quod agas, consideratè. Cic.

200. Indocti discant, et ament meminisse periti. HOR. — Assentatio vitiorum adjutrix, procul amoveatur. Cic.

Le subjonctif s'emploie pour marquer un souhait, un désir. (voy. 90.)

§ 11. *Du subjonctif après* qui, quæ, quod.

201. *Temerè credunt multi eum,* QUI *orationem bonorum* IMITETUR, *facta quoque imitaturum:* beaucoup croient inconsidérément, que celui qui imite (qui peut imiter) le langage des gens de bien, imitera aussi leurs actions. Cic.

Nemo reperitur QUI SIT *studio nihil* CONSECUTUS : personne n'est trouvé, on ne trouve personne qui n'ait rien acquis par l'étude. Quint.

Quæ latebra est in QUAM *non* INTRET *metus mortis?* quelle est la retraite où ne pénètre la crainte de la mort? Sen.

On emploie le subjonctif après *qui, quæ, quod,* lorsque la phrase renferme une idée de possibilité, d'incertitude, de doute. Dans le cas contraire on emploie l'indicatif.

---

202. *Non est quod* TIMEAS, c'est-à-dire, (*aliquid*) *non est* (*propter*) *quod timeas:* quelque chose n'est pas à cause de quoi tu craignes, tu n'as pas lieu, sujet ou raison de craindre.

---

201. Nonne satius est mutum esse, quàm, quod nemo intelligat dicere. Cic. — Ennius non censet lugendam esse mortem quam immortalitas consequatur. Cic. — Omnis virtus nos ad se allicit, facitque, ut eos diligamus, in quibus ipsa inesse videatur. Cic. — Cimoni quotidiè sic cœna coquebatur, ut, quos invocatos vidisset in foro, omnes devocaret. Nep. — Quis est qui non oderit libidinosam, protervam adolescentiam? Cic. — Nemo est, qui non equo, quo consuevit, libentiùs utatur, quàm intractato et novo. Cic.

202. Si animum vicisti, potiùs quàm animus te, est quod gaudeas. Plaut. — Non est quod turba ingratorum nos faciat ad benè merendum tardiores, cùm ne deos quidem immortales sacrilegi negligentesque eorum ab effusà benignitate deterreant. Sen. — Nihil est quod festines. Cic. — Gloriâ detractâ

Après *non est quod* on emploie le subjonctif, comme après *nihil est quod*, *quid est quod*.

Remarque. On peut dire aussi : *Non est cur timeas*, ou en prenant un autre tour : *Tibi non est timendi locus*, lieu de craindre n'est pas à toi.

---

203. *Sunt qui* censeant; *inveniuntur* ou *reperiuntur qui* censeant : il y a des gens, il se trouve des gens qui pensent.

Le subjonctif s'emploie ordinairement après les locutions *sunt qui*, il y a des gens qui ; *inveniuntur* ou *reperiuntur qui*, il se trouve, on trouve des gens qui.....

---

204. *Misit hominem* qui *me* moneret (*ut ille me moneret*): il a envoyé un homme qui m'avertît, pour m'avertir.

Qui, *quæ*, *quod* est toujours suivi du subjonctif lorsqu'il tient lieu de *ut* et d'un pronom.

---

quid est, quod in hoc tam exiguo vitæ curriculo tantis nos in laboribus exerceamus ? Cic. — Nihil habeo quod incusem senectutem. Cic. — Non est, cur eorum, qui se studio eloquentiæ dediderunt , spes infringatur, aut languescat industria. Cic.

203. Quæ quibusdam admirabilia videntur, permulti sunt qui pro nihilo putent. Cic. — Fuerunt, qui dicerent, non cœli motu fieri ortus et occasus, sed nos ipsos oriri et occidere. Sen. — Sunt, quos curriculo pulverem olympicum collegisse juvat. Hor.—Qui se ultrò morti offerant, faciliùs reperiuntur, quàm qui dolorem patienter ferant. Cæs. — Inventi sunt multi, qui non modò pecuniam, sed vitam etiam profundere pro patriâ parati essent. Cic.

204. Pyrrhus ad Romanos legatum misit qui pacem æquis conditionibus peteret. Eut. — Homo justus nihil cuipiam, quod in se transferat, detrahit. Cic. — Philippus rex Aristotelem Alexandro filio doctorem accivit, à quo ille et agendi acciperet præcepta et loquendi. Cic. — Leges sunt inventæ, quæ cum omnibus semper unâ atque eâdem voce loquerentur. Cic.

205. *Caninius fuit mirificâ vigilantiâ,* QUI *suo toto consulatu somnum non* VIDERIT, (*qui* pour *cùm is*) : Caninius fut d'une merveilleuse vigilance, puisque, pendant toute la durée de son consulat, il n'a pas dormi. CIC.

Qui, quæ, quod se construit avec le subjonctif quand il tient la place d'une des conjonctions *cùm, quia, quamvis, quòd,* et d'un pronom.

———

206. *Adulator non facilè agnoscitur, quippè qui etiam adversando sæpè* ASSENTIATUR : Un flatteur n'est pas facilement reconnu, car souvent, même en contredisant, il approuve. CIC.

Qui, quæ, quod, précédé de *quippè,* se construit le plus ordinairement avec le subjonctif.

REMARQUE. *Ut qui,* puisque, car, se construit aussi avec le subjonctif.

———

§ III. *De l'emploi du subjonctif dans le style indirect.*

Quand on rapporte textuellement les paroles de quelqu'un, le style est direct. Quand on rapporte le

———

205. Ut cubitum discessimus, me, qui (*a*) ad multam noctem vigilássem, arctior quàm solebat, somnus complexus est. CIC. — Sapiens posteritatem ipsam, cujus (*b*) sensum habiturus non sit, ad se putat pertinere. CIC. — Servum te esse oportet et nequam, hominem peregrinum atque advenam qui (*c*) irrideas. PLAUT.

206. Mihi quidem tribunorum plebis potestas pestifera videtur, quippè quæ in seditione et ad seditionem nata sit. CIC. — Iræ vestræ magis ignoscendum quàm indulgendum est : quippè qui crudelitatis odio in crudelitatem ruitis. LIV. — Qui posteros cogitant, et memoriam sui operibus extendunt, his nulla mors non repentina est, ut quæ semper inchoatum aliquid abrumpat. PLIN. J.

(*a*) Quia ego. — (*b*) Quamvis illius. — (*c*) Quod tu.

sens de ce qu'il a dit et non les mots mêmes qu'il a employés, le style est indirect.

Antonin-le-Pieux disait souvent : j'aime mieux conserver un seul citoyen que de tuer mille ennemis : voilà le style direct.

Antonin-le-Pieux disait souvent qu'il aimait mieux conserver un seul citoyen que de tuer mille ennemis : voilà le style indirect.

---

207. LEGATIONI CÆSARIS ARIOVISTUS RESPONDIT : *se non sine exercitu in eas partes Galliæ venire audere, quas Cæsar possideret*: Arioviste répondit aux députés de César qu'il n'osait point venir sans armée dans cette partie de la Gaule que possédait César. CÆS.

Dans le style indirect, il y a trois sortes de propositions à considérer :

1° La proposition principale qui a toujours pour attribut un verbe exprimant l'action de DIRE: *Legationi Cæsaris Ariovistus respondit.*

2° La proposition infinitive dépendant du verbe principal: *se non sine exercitu in eas partes Galliæ venire audere.*

3° La proposition incidente dépendant de la proposition infinitive: *quas Cæsar possideret.*

Le verbe de la proposition incidente se met au subjonctif, toutes les fois qu'il n'est pas nécessaire d'affirmer le fait comme certain et positif.

---

207. Macedones querebantur sibi easdem terras, quas victores peragrâssent, repetendas. CURT. — Socrates dicere solebat, omnes in eo quod scirent satis esse eloquentes. CIC. — Quùm crebri afferrent nuntii, malè rem gerere Darium, premìque ab Scythis, Miltiades hortatus est pontis custodes, ne à fortunâ datam occasionem liberandæ Græciæ dimitterent. Nam si cum his copiis, quas secum transportaverat, interiisset Darius, non solùm Europam fore tutam, sed etiam eos, qui Asiam incolerent Græci genere, liberos a Persarum futuros dominatione et periculo... Histæus Milesius, ne res conficeretur, obstitit, dicens : non idem ipsis, qui summas imperii tenerent, expedire, et multitudini. NEP.

CHAPITRE VII. Des corrélatifs de tantum, tot, talis, etc.

208. *Non in eo inest* TANTUM *doctrinæ* QUANTUM *arrogantiæ* : il n'a pas autant de science que de présomption.

Non sunt TOT *fructus* QUOT *flores* : il n'y a pas autant de fruits que de fleurs.

TANTI *te facio* QUANTI *me facis* : je vous estime autant que vous m'estimez.

Non TANTA *est terra* QUANTUS *sol* : la terre n'est pas aussi grande que le soleil.

Hæc schola non TANTULA *est* QUANTULA *est nostra* : cette classe n'est pas aussi petite que la nôtre.

TAM *prudens est* QUAM *fortis* : il est aussi prudent que brave.

Non sum TALIS QUALIS *tu,* ou *non sum* IS QUI *tu* : je ne suis pas tel que vous.

Estne tibi TANTUM *otii* UT *fabula legas?* avez-vous tant de loisir que vous lisiez des fables

TOT *plagas accepit* UT *mortuu sit* : il a reçu tant de coup qu'il en est mort.

TANTI *facio virtutem,* UT *eam thesauris omnibus anteponam* j'estime tant la vertu que je la préfère à tous les trésors.

Quis TANTUS *est* UT *etiam infimi non indigeat?* qui est si grand qu'il n'ait besoin même de plus petits ?

Stella hac TANTULA *est,* UT *perspici non queat* : cette étoil est si petite qu'on ne peut la voir.

Non sum TAM *insolens,* UT *regem esse me putem* : je ne suis pas si insolent que je me croie roi

TALIS ou EA *esse debet liberalita UT nemini noceat* : la libéralité doit être telle qu'elle ne nuise à personne.

Quand il y a comparaison, *tantùm, tot, tanti,* autant, *tantus,* aussi grand ; *tantulus,* aussi petit ; *tam,* aussi ; *talis* ou *is,* tel, ont pour corrélatifs *quantùm, quot, quanti, quantus, quantulus, qualis, qui.*

---

208. Tantùmne à re tuâ otii est tibi, aliena ut cures ? Ter. — Tot hominibus commoditates largita est natura, ut nihil ampliùs optare queant. Cic. — Otho cùm tanti se non esse dixisset, ut propter eum civile bellum commoveretur, voluntariâ morte obiit. Eut. — Constantinus urbem nominis sui ad tantum fastigium evexit, ut Romæ æmulam faceret. Eut. — Dolor tantulùm

Quand il n'y a pas comparaison, *tantùm, tot, tanti*, tant; *tantus*, si grand; *tantulus*, si petit; *tam*, si; *talis* ou *is*, tel, ont pour corrélatif *ut* avec le subjonctif.

Remarques. 1° *Assez... pour* se tourne par *tant...que, si... que*, et se rend de même.

Avez-vous assez de loisir pour lire des fables, *tournez*, avez-vous tant de loisir que vous lisiez...

J'estime assez la vertu pour la préférer à tous les trésors, *tournez*, j'estime tant la vertu que je la préfère...

Je ne suis pas assez insolent pour me croire roi, *tournez*, si insolent que je me croie roi.

2° Après *tam, tantus, talis, is,* mis pour *talis,* on emploie fréquemment *qui, quæ, quod* avec le subjonctif, au lieu de *ut*.

Non sum tàm insolens qui regem esse me putem. (qui pour *ut ego*.)

Quis tantus est qui etiam infimis non indigeat? (qui pour *ut ille*.)

Talis ou ea esse debet lib.ralitas quæ nemini nœceat. (quæ pour *ut ea*.)

---

209. *Non is sum* QUI *pedem referam*: je ne suis pas tel que je recule, je ne suis pas capable de reculer, je ne suis pas homme à reculer (*qui* pour *ut ego*.)

Non ea est tua mater QUÆ *liberos suos malè instituat*: votre mère n'est pas telle qu'elle élève mal, n'est pas femme à mal élever ses enfants.

---

malum est, ut à virtute obruatur. Cic. — Quis est tàm miser, ut non Dei munificentiam senserit? Sen.—Nihil tam lætum est, quod non per litteras lætius fiat : nihil tàm triste, quod non per has sit minus triste. Plin. j. — Tales nos esse putamus, ut jure laudemur. Cic. — Talem se esse oportet, qui te ab impiorum civium societate sejungas. Cic. — Ea sit publica fides, ut nusquàm tutiùs sanctiùsve deponi pecunias posse homines credant. Liv. — Iis beneficiis quàm plurimos afficere debemus, ut iis ingratis esse non liceat. Cic. — In consulatu meo, sicut in reliquâ vitâ, fateor, ea me studiosè secutum, ex quibus vera gloria nasci posset. Cic.

209. Zeno nullo modo is erat, qui nervos virtutis incideret : sed contrà, qui omnia, quæ ad beatam vitam pertinerent, in unâ virtute poneret. Cic. — Non is es, Catilina, ut te aut pudor à turpitudine, aut metus à periculo, aut ratio à furore revocaverit. Cic.

Ces locutions *être* ou *n'être pas homme à*, *femme à*, *capable de* se tournent par *être* ou *n'être pas tel* ou *telle que*; on exprime *tel*, *telle* par *is*, *ea*, et *que* par *qui*, *quæ*, avec le subjonctif.

Remarque. *Être* ou *n'être pas capable de*, se rend par *posse*, *non posse*, quand le sujet est un nom de chose inanimée. Ex. :

Tous les trésors du monde ne sont pas capables de satisfaire son avarice : *thesauri quilibet illius avaritiam satiare non possunt.*

CHAPITRE VIII. Observations sur les adjectifs et sur les pronoms.

§ i. *Ipse.*

210. *Avarus sibi* ipse *nocet* : l'avare lui-même se nuit, l'avare se nuit à lui-même.

Te ipse laudas : tu te loues toi-même.

Si *ipse* peut se rapporter au nominatif du verbe, on le met au nominatif, à quelque cas que soit le pronom auquel il est joint.

§ ii. *Uter, quis ; prior, posterior ; primus, secundus ; alter, alius.*

211. Uter *est doctior, tunc an frater?* qui est le plus savant de vous ou de votre frère ?	Quis *nostrûm omnibus horis sapit?* qui de nous est sage à toute heure ?

---

210. Qui se ipse nôrit, aliquid sentiet se habere divinum, tantoque munere Dei semper dignum aliquid et faciet et sentiet. Cic. — Socrates ita in judicio capitis pro se ipse dixit, ut non supplex aut reus, sed magister aut dominus videretur esse judicum. Cic. — Sæpe nihil inimicius homini quàm sibi ipse. Cic. — Mater Darii regis, auditâ morte Alexandri, mortem sibi ipsa conscivit. Just.

211. Diogenem miraris et Dædalum : uter ex his sapiens tibi videtur ? Sen. — Quis omnium Græcorum doctior Aristotele fuit ? Cic.—Potentiæ Romanorum prior Scipio viam aperuerat, luxuriæ posterior aperuit. Vell. — Is primus est vir, qui ipse

Democritus et Heraclitus dissi-millimo ingenio erant ; PRIOR *semper ridebat,* POSTERIOR *indesinenter flebat :* Démocrite et Héraclite étaient d'un caractère très-différent ; le premier riait toujours, le second pleurait sans cesse.

PRIMUS *rex Romanorum fuit Romulus ;* SECUNDUS, *Numa Pompilius ;* TERTIUS, *Tullus Hostilius,* etc. : le premier roi des Romains fut Romulus ; le second, Numa Pompilius ; le troisième, Tullus Hostilius, etc.

Invidus ALTERIUS *macrescit rebus opimis :* l'envieux maigrit de l'embonpoint d'un autre. HOR.

Facillimè ALIIS *consilia damus :* nous donnons très-facilement des conseils aux autres.

Quand on ne parle que de deux, on emploie

uter, prior posterior, alter,

et *quis, primus, secundus, alius* quand on parle de plus de deux.

---

212. ALTER ou UNUS *ait, negat* ALTER : l'un dit oui, l'autre dit non.

ALII *ludunt, cantant* ALII : les uns jouent, les autres chantent.

L'un... l'autre ; les uns... les autres, quand on parle de plus de deux, s'expriment par *alius, alia, aliud,* que l'on répète. Mais, si l'on ne parle que de deux, on se sert de *alter* répété ou de *unus, alter.*

---

consulit quid in rem sit (a) : secundus, is qui benè monenti obedit : qui nec ipse consulere, nec alteri parere scit, is extremi ingenii est. LIV. — Ab alio exspectes, alteri quod feceris. P. S. — Aliis gravis aut molesta est vita otiosorum. CIC.

212. Divitias alii præponunt, bonam alii valetudinem. CIC. — Diei noctisque vicissitudo conservat animantes, tribuens aliud agendi tempus, aliud quiescendi. CIC. — Virtutes ità copulatæ connexæque sunt, ut omnes omnium participes sint, nec alia ab aliâ possit separari. CIC. — Injustitiæ genera duo sunt : unum eorum qui inferunt ; alterum eorum qui ab iis quibus infertur, si possint, non propulsant injuriam. CIC. — Hoc doctoris intelligentis est, sic instituere adolescentes, ut alteri calcaria adhibeat, alteri frenos. CIC. — Milvo est quoddam bellum quasi naturale cum corvo, ergò alter alterius ova frangit. CIC. — Tribuni legem promulgârunt, ut consul alter ex plebe crearetur. LIV.

(a) *Consulere quid sit in rem,* prendre un bon parti dans l'occasion.

213. *Alii aliis rebus delectantur* : autres personnes aiment autres choses, les uns aiment une chose, les autres une autre.

Alii aliò dilapsi sunt : les uns s'en allèrent d'un côté, les autres d'un autre.

Quand *alius*, *a*, *ud* est répété à différens cas dans une même proposition, ou quand il est joint à un de ses dérivés tels que *aliò*, *aliàs*, *aliter*, on le traduit de manière à faire en français deux propositions de ce qui n'en fait qu'une dans le latin.

———

214. *Quære uter utri insidias fecerit* : examinez lequel des deux a dressé des embûches à l'autre.

Uter se répète à différens cas dans une même proposition, et se traduit par *lequel des deux. . l'autre*.

———

§ III. *Hic*, *ille*.

215. *Heraclitus et Democritus dissimillimo ingenio erant; HIC semper ridebat, ILLE indesinenter flebat* : Héraclite et Démocrite étaient d'un caractère très-différent; celui-ci riait toujours, celui-là pleurait sans cesse.

Hic, celui-ci, se rapporte au dernier nom exprimé; *ille*, celui-là, au premier.

———

§ IV. *Si quis*.

216. *Si QUIS te interroget* : si quelqu'un te demande.

———

213. Aliud aliis videtur optimum. Cic.—Alios alio more videmus exta interpretari. Cic. — Sibyllæ versus aliàs in aliam rem possunt accommodari. Cic. — Aliter alii cum suis vivunt. Cic.

215. Cùm sint duo genera decertandi, unum per disceptationem, alterum per vim ; cùmque illud proprium sit hominis, hoc belluarum : confugiendum est ad posterius, si uti non licet superiore. Cic.

216. Si quam præstantiam virtutis, ingenii, fortunæ consecuti sunt, impertiant eam suis, communicentque cum proxi-

Decrevit senatus, ut consul videret, ne QUID *res-publica detrimenti caperet*: Le sénat chargea le consul de pourvoir à ce que la république n'éprouvât aucun dommage. CIC.

Si QUANDÒ, si quelque jour.—*Ne* QUANDÒ, de peur qu'un jour.

Quis se met pour *aliquis, quid*, pour *aliquid*, après *si, ne, nùm, quò*. De même *quò, quandò*, pour *aliquò, aliquandò*.

---

§ v. *Nostrî, vestrî, nostrùm, vestrùm*.

217. *Miserere* NOSTRÎ, ayez pitié de nous; *memoria* VESTRÎ, la mémoire, le souvenir de vous.

Quis NOSTRÙM? qui de nous? *unusquisque* VESTRÙM, chacun de vous.

Nostrî, vestrî, s'emploie après un verbe ou après un nom qui n'est point partitif; *nostrùm, vestrùm* ne s'emploie qu'après les noms partitifs.

---

§ VI. *Suí, sibi, se*.

218. *Superbus* SE *laudat* : l'orgueilleux se loue.

---

mis; si parentibus nati sint humilibus, si propinquos habeant imbecilliores vel animo, vel fortunâ, eorum augeant opes, eisque honori sint et dignitati. CIC. — Neminem hoc errore duci oportet, ut, si quid Socrates aut Aristippus contra morem consuetudinemque civilem fecerint locutive sint, idem sibi arbitretur licere. CIC. — Ne quis tanquàm parva fastidiat grammatices elementa. QUINT.— Nùm quis irascitur pueris, quorum ætas nondùm novit rerum discrimina? SEN. — Augustus, si quò pervenire mari posset, potiùs navigabat. SUET.— Demosthenes dolere se aiebat, si quandò opificum antelucanâ victus esset industriâ. CIC.

217. Quid sit animus, ille rector dominusque nostri, non magis tibi quisquam expediet, quàm ubi sit. SEN. — Si unusquisque nostrùm rapiat ad se commoda aliorum, emolumenti sui gratiâ, societas hominum et communitas evertatur necesse est. CIC.

218. Nicias te, ut debet, amat, vehementerque tuâ suî

Hannibal Alpes sɪʙɪ *patefecit* : Annibal s'est ouvert la route des Alpes. Lɪv.

Le pronom réfléchi *sui*, *sibi*, *se* se rapporte au sujet de la proposition comme en français le pronom *se*, *soi*.

---

219. *Vulpes negavit* sᴇ *esse culpæ proximam* : le renard nia ʟᴜɪ être coupable, dit qu'ɪʟ n'était point coupable (lui, le renard).

Hostes fatentur bellum sɪʙɪ *mali plurimùm intulisse* : les ennemis avouent la guerre avoir fait ᴀ ᴇᴜx, que la guerre leur a fait beaucoup de mal (à eux, les ennemis).

Nos pronoms personnels *il, elle, le, la, les, lui, leur* se rendent en latin, dans une proposition infinitive, par le pronom réfléchi *sui, sibi, se*, toutes les fois qu'ils se rapportent au sujet du premier verbe. S'ils ne s'y rapportent pas, on se sert de *is, ille, hic*. Je crois qu'*il* a menti; *credo* illum *mentitum fuisse*.

---

220. *Herculi Eurystheus rex imperavit ut arma reginæ Amazonum* sɪʙɪ *afferret* : Le roi Eurysthée ordonna à Hercule de ʟᴜɪ apporter les armes de la reine des Amazones. Jᴜsᴛ.

---

memoriâ delectatur. Cɪc. — Omnes virtutes inter se nexæ et jugatæ sunt. Cɪc.

219. Sylla se cremari post mortem voluit. Sᴇɴ. — Noli imitari malos medicos, qui in alienis morbis profitentur tenere se medicinæ scientiam, ipsi se curare non possunt. Cɪc. — Præstantes viri nunquàm tanta conati essent, quæ ad posteritatis memoriam pertinent, ni animo vidissent posteritatem ad se pertinere posse. Cɪc.

220. Multi nil rectum, nisi quod placuit sibi, ducunt. Hoʀ. — Dionysius a filiabus ferrum removit, instituitque, ut candentibus juglandium putaminibus barbam sibi et capillum adurerent. Cɪc. — Persæ, mortuo Alexandro, non alium, qui imperaret

Sibi se rapporte, non au sujet de la proposition subordonnée *Hercules* sous-entendu, mais au sujet de la proposition principale *Eurystheus*, le sens indique assez clairement que c'est à Eurysthée, et non à lui-même qu'Hercule doit apporter les armes.

Jugurtha legatos ad consulem mittit, qui IPSI, *liberisque vitam peterent* : Jugurtha envoie des ambassadeurs au consul, pour le prier d'accorder la vie A LUI et à ses enfans. SALL.

Dans cet exemple l'emploi de *sibi* donnerait lieu à une équivoque, on ne saurait pas s'il faut rapporter ce pronom au sujet de la proposition principale *Jugurtha*, ou au sujet de la proposition subordonnée *qui*, c'est-à-dire, *legati*; si les ambassadeurs demandaient la vie pour eux-mêmes ou pour Jugurtha.

Souvent, mais seulement lorsqu'il n'en peut résulter aucune ambiguité, les Latins emploient dans une proposition subordonnée le pronom *sui*, *sibi*, *se*, en le faisant rapporter, non au sujet de cette proposition subordonnée, mais au sujet de la proposition principale. S'il y a à craindre quelque amphibologie, ils se servent d'*ipse, a, um*.

---

§ VII. *Suus, a, um.*

221. SUA *cum commendat modestia* : sa modestie le rend recommandable.

Puer quem SUA *commendat modestia* : l'enfant que sa modestie rend recommandable.

Son, sa, ses, leur, leurs, joints au sujet, se tour-

---

ipsis, digniorem fuisse confitebantur. CIC. — Lacedæmonii pertimuerunt ne Alcibiades, caritate patriæ ductus, aliquandò ab ipsis desciscoret, et cum suis in gratiam rediret. NEP.

221. Deum colenti stat sua merces. PHÆD. — Trahit sua quemque voluptas. VIRG. — Sui Hannibalem cives è civitate ejecerunt. CIC. — Ovibus sua lana decori est. OVID.

10*

nent ordinairement en latin par *de lui*, *d'eux*, etc.
comme on l'a vu dans l'exemple *ejus indoles est optima* (25); mais ils se rendent par *suus*, *a*, *um*, lorsqu'ils se rapportent au complément du verbe; ce qui
a lieu lorsqu'ils sont suivis de *le*, *la*, *les*, ou précédés
d'un *que* relatif.

L'ambition de cet homme le perdra; *tournez*, son
ambition perdra cet homme : SUA *hominem perdet
ambitio*.

On joint en latin *suus*, *a*, *um* au sujet, toutes les
fois que le sujet français est suivi d'un génitif dont on
peut faire le complément du verbe.

Il faut, autant que possible, rapprocher *suus* du
complément.

———————

222. *Philosophum Aristippum rogavit pater-familiás ut filium* SUUM *susciperet erudiendum* : Un père
de famille pria le philosophe Aristippe de se charger
de l'éducation de son fils.

L'emploi de *suum* ne donne lieu ici à aucune équivoque, parce que le sens fait bien voir que c'est du
fils du père de famille qu'il s'agit.

*Nabarzanes et Bessus Artabazum orabant, ut cau-
sam* IPSORUM *tueretur*: Nabarzane et Bessus priaient
Artabaze de défendre leur cause.

Avec *suam*, on n'aurait pas su de quelle cause il
s'agissait, de celle de Nabarzane et de Bessus, ou de
celle d'Artabaze.

De même que *sui*, *sibi*, *se*, l'adjectif *suus*, *a*, *um*,
lorsqu'il ne peut y avoir d'ambiguité à craindre,
s'emploie dans une proposition subordonnée, bien

———————

222. Pythius piscatores ad se convocavit, et ab iis petivit ut
ante suos hortulos posterâ die piscarentur. Cic. — Alexander à
Lysippo impetravit, ut eorum equitum, qui apud Granicum
flumen occiderant, faceret statuas, et ipsius quoque iis inter-
poneret. Vell.

qu'il se rapporte, non au sujet de cette proposition subordonnée, mais au sujet de la proposition principale.

Si de l'emploi de *suus, a, um*, devait résulter quelque amphibologie, on se servirait d'*ipsius, ipsorum*.

REMARQUE. La meilleure règle à donner sur l'emploi du pronom *sui* et de l'adjectif *suus, a, um*, la seule qu'ait suivie les auteurs, c'est d'éviter toute obscurité.

---

223. *In philosophiæ studio ætatem consumpsi* : J'ai passé *ma* vie dans l'étude de la philosophie. CIC.

Les adjectifs possessifs ne s'expriment pas en latin lorsqu'ils peuvent être facilement suppléés.

---

§ VIII. *Qui, quæ, quod.*

224. *Bis dat,* QUI *dat celeriter* (*Is qui dat celeriter...*) : celui qui donne vite donne deux fois. P. S.

Is est amicus, QUI *in dubiá re juvat* : celui-là est un ami, qui aide dans l'adversité. PLAUT.

A QUO *plurimùm sperant homines,* EI *potissimùm inserviunt* : les hommes rendent service de préférence à celui de qui ils attendent le plus. CIC.

Le plus ordinairement l'antécédent *is, ea, id*, est sous-entendu lorsqu'il devrait être, si on l'exprimait, au même cas que le relatif, et il est exprimé lorsqu'il est à un autre cas que le pronom relatif ou lorsqu'on veut donner plus de force à l'expression.

---

223. Manus lava et cœna. CIC. — Omnia consilia atque facta ad virtutem et ad dignitatem referamus. CIC. — Vespasianus uxori ac filiæ superstes fuit. SUET.

224. Qui non vetat peccare, cùm possit, jubet. SEN. T. — Qui fingit sacros auro vel marmore vultus, non facit ille deos : qui colit, ille facit. MART. — Cœlestis ira quos premit, miseros facit. SEN. T. — Speremus quæ volumus ; sed quod acciderit, feramus. CIC. — Malè se res habet, cùm, quod virtute effici debet, id tentatur pecuniá. CIC. — Quos flagitium aut facinus domo expulerat, hi Romam confluxerunt. SALL.

225. **Au** lieu de *urbs quam statuo vestra est*, on peut dire *quam urbem statuo vestra est* : la ville que je bâtis est la vôtre.

La construction pleine serait : (*urbs*) *quam urbem statuo vestra est* : la ville laquelle ville je bâtis est la vôtre.

Qui, *quæ*, *quod* peut être regardé comme étant placé entre deux cas d'un même nom, dont l'un est exprimé et l'autre sous-entendu.

Il est élégant de mettre ainsi en latin après le relatif le nom qui le précède en français.

REMARQUE. Les deux noms se trouvent quelquefois même exprimés, surtout dans César : *diem quo die*.

———

226. *Animal quem vocamus* LEONEM : l'animal que nous appelons lion.

Le pronom relatif placé entre deux noms différents, mais exprimant une même chose, s'accorde ordinairement avec le dernier.

———

227. *Non idem es erga me*, QUI *fuisti olim* : vous n'êtes pas le même à mon égard lequel vous avez été, QUE vous avez été autrefois.

———

225. Quæ pœna à diis immortalibus perjuro, hæc eadem mendaci constituta est. Cic. — Quas herbas pecudes non edunt, homines edunt. PLAUT. — Hi sapienter faciunt, qui adolescentes maximè castigant, ut, quibus virtutibus omnem vitam tueri possunt, eas in ætate maturissimâ velint comparare. AD HER. — Nullo modo animus audientis aut incitari, aut leniri potest, qui modus à me non tentatus sit. Cic.

226. Levis est animi justam gloriam, qui est fructus veræ virtutis honestissimus, repudiare. Cic. — Est carcer a crudelissimo tyranno Dionysio factus Syracusis, quæ Lautumiæ vocantur. Cic. — Homines domicilia conjuncta, quas urbes dicimus, mœnibus sepserunt. Cic.

227. Nemo nostrûm idem est in senectute, qui fuit juvenis. Cic. — Ego non eadem volo senex, quæ puer volui. SEN. —

Iisdem libris utor QUIBUS *tu* (s.-ent. *uteris*) : je me sers des mêmes livres dont vous vous servez, je me sert des mêmes livres QUE vous.

Le même, la même, s'expriment par *idem, eadem, idem,* et *que* par *qui, quæ, quod,* dont le cas est déterminé par le sens de la phrase.

---

228. *Librum tertium dedico;* QUEM *si leges, lætabor* : je vous dédie ce troisième livre; si vous le lisez, je m'en réjouirai.

Le pronom relatif s'emploie fréquemment au lieu des pronoms *hic, is, ille,* et dans ce cas il commence toujours la phrase.

---

229. *Lacedæmonii Agin regem,* QUOD *nunquàm anteà apud eos acciderat, necaverunt* : Les Lacédémoniens firent mourir leur roi Agis, ce qu'on n'avait pas encore vu chez eux. Cic.

Ce qui, ce que, se rapportant à toute une proposition, se rendent par *quod, id quod; quæ res.*

---

230. *Ex omnibus Britannis longè sunt humanissimi qui Cantium incolunt* : QUÆ REGIO *est maritima*

Eodem anno, quo Carthago concidit, L. Mummius Corinthum funditùs eruit. VELL. — Quâ nocte natus Alexander est, eâdem Dianiæ Ephesiæ templum deflagravit. Cic.

228. Sophocles ad summam senectutem tragœdias fecit : quod propter studium cùm rem familiarem negligere videretur, à filiis in judicium vocatus est. Cic. — Hoc volunt leges, incolumem esse civium conjunctionem : quam qui dirimunt, eos morte, exilio, vinculis, damno coercent. Cic.

229. Thucydides libros suos tùm scripsisse dicitur, cùm à republicâ remotus, id quod optimo cuique Athenis accidere solitum est, atque in exilium pulsus esset. Cic. — Massiliensibus magna cum Gallis fuêre bella : quæ res urbis gloriam auxit. JUST.

230. Samnites Maleventum, cui nunc urbi Beneventum

omnis : de tous les Bretons , les plus civilisés , sont ceux qui habitent le Cantium (comté de Kent) , PAYS QUI est tout maritime. Cæs.

Lorsque le pronom relatif a pour antécédent en français un substantif qui ne fait point partie de la phrase précédente, ce substantif se met toujours en latin après le relatif.

---

231. *Mediam* , QUA *nulla* OPULENTIOR *regio est* , *Parmenionis imperio Alexander subjecit* : Alexandre mit en la puissance de Parménion , la Médie , en comparaison de laquelle nulle province n'est plus riche, qui est la plus riche de toutes les provinces.

Il est élégant en latin d'employer le pronom relatif comme complément d'un comparatif ; le génie de la langue française oblige de prendre un autre tour.

---

232. *Pro tuâ prudentiâ,*
Quæ tua est prudentia , } *quid optimum factu*
Quâ est prudentiâ , } *sit , videbis :*

eu égard à votre prudence , ayant autant de prudence que vous en avez , étant aussi prudent que vous l'êtes, vous verrez ce qu'il y a de mieux à faire.

---

nomen est, perfugerunt. Liv. — In astrologiâ Sulpicius , in geometriâ Pompeius, multi in dialecticis, plures in jure civili operam posuerunt : quæ omnes artes in veri investigatione versantur. Cic.

231. A sapientiæ amore græco verbo philosophia nomen invenit , quâ nihil a diis immortalibus præstabilius hominum vitæ datum est. Cic. — Multi ingenium, quo neque melius, neque amplius aliud in naturâ mortalium est , incultu atque socordiâ torpescere sinunt. Sall.

232. Spero, quæ tua temperantia est, te jam, ut volumus, valere. Cic. — Quæcumque de tuâ dignitate ab imperatore erunt impetranda , quâ est humanitate Cæsar, facillimum erit ab eo tibi ipsi impetrare. Cic. — Ulysses domi contumelias scr-

Ayant autant de prudence que vous en avez, *étant aussi* prudent que vous l'êtes, se peuvent traduire de trois manières, 1° *pro tuâ prudentiâ*, eu égard à votre prudence; 2° *quæ tua est prudentia*, c'est-à-dire, (*pro prudentiâ*) *quæ prudentia est tua*, eu égard à la prudence, laquelle prudence est la vôtre; 3° *quâ es prudentiâ*, c'est-à-dire, (*pro prudentiâ*) *quâ prudentiâ es*, eu égard à la prudence, de laquelle prudence vous êtes.

CHAPITRE IX. Syntaxe des noms de nombre.

233. Dans les nombres au-dessous de cent, le plus petit nombre se place le premier en mettant *et* entre les deux nombres, ou le dernier sans conjonction. *Unus et viginti, viginti unus.*

Dans les nombres au-dessus de cent, le nombre le plus fort précède toujours le plus faible, soit qu'on emploie ou non la conjonction. *Centum unus, centum et unus.*

---

234. Pour les nombres ordinaux au-dessous du vingtième, on place le plus grand nombre le premier avec la conjonction, ou le dernier sans conjonction. *Decimus et tertius, tertius decimus.*

Au-dessus du vingtième, le plus petit nombre se place le premier avec la conjonction, ou le dernier

---

vorum ancillarumque pertulit, ut ad id aliquandò, quod cupiebat, perveniret. At Ajax, quo animo traditur, milliès oppetere mortem, quàm illa perpeti maluisset. Cic.

233. Romulus septem et triginta regnavit annos. Liv. — Plinius historiarum naturæ triginta septem libros scripsit. Plin j.

234. Macedo Alexander nonne tertio et tricesimo anno mortem obiit? Cic. — Tricesimo sexto anno a primis tribunis plebis decem creati sunt. Liv. — Sexcentesimum et quadragesi-

sans la conjonction. *Primus et vicesimus, vicesimus primus.*

Au-dessus du centième, on commence toujours par le nombre le plus grand avec ou sans *et. Trecentesimus nonagesimus quartus.*

Ludovicus quartus decimus decessit anno millesimo septingentesimo quinto decimo : Louis Quatorzième est mort l'an millième sept centième quinzième, Louis Quatorze est mort l'an mil-sept-cent-quinze.

Les Latins emploient le nombre ordinal dans tous les cas où abusivement nous nous servons du nombre cardinal.

Quinto quoque anno Siciliam censor censet : chaque cinquième année, tous les cinq ans le censeur fait le dénombrement de la Sicile.

Pour marquer la périodicité les Latins mettent *quisque* après le nombre ordinal.

---

235. *Decemviri omnes cum* DUODENIS *fascibus prodiére ; centum viginti lictores forum impleverunt :* Les décemvirs parurent chacun avec douze faisceaux ; cent vingt licteurs remplissaient le forum. LIV.

Cæsar epistolas QUATERNAS *pariter librariis dictabat :* César dictait à ses sécretaires quatre lettres à la fois. SUET.

Les noms de nombre distributifs marquent combien pour chacun, ou combien à la fois : ils suivent la

---

mum annum urbs Roma agebat, cùm primùm Cimbrorum audita sunt arma. TAC. — Anno urbis conditæ sexcentesimo septuagesimo sexto mortuus est Nicomedes rex Bithyniæ. EUT. — Nono calendas februarias Caligula est interfectus. SUET. — Olea nòn continuis annis, sed ferè altero quoque fructum affert. COL.

235. Sæpè tribus lectis videas cœnare quaternos. HOR. — Æstus maris bis affluunt, bisque remeant, vicenis quaternisque semper horis. PLIN.

même construction que les nombres ordinaux : *viceni singuli* ou *singuli et viceni*, vingt-un pour chacun ou vingt-un à la fois.

REMARQUE. Avec les noms qui ne s'emploient qu'au pluriel on se sert des noms de nombre distributifs au lieu des cardinaux. *Binæ litteræ*, deux lettres; *bina castra*, deux camps.

---

236. *Mille* indéclinable est un adjectif. *Mille homines.*

Il s'emploie substantivement, et répond à notre substantif millier. *Mille hominum*. Il est singulier.

Millia, pluriel, est un substantif; il se décline. *Millium, millibus.*

Mille se précède des adverbes de nombre, *millia* des noms de nombre cardinaux. *Bis mille homines*, deux fois mille hommes, ou *duo millia hominum*, deux milliers d'hommes.

La seconde locution est la plus usitée.

Si *millia* est suivi d'un autre nombre, il ne se construit pas avec le génitif: *duo millia trecentos homines.*

Venio ad epistolas tuas, quas ego SEXCENTAS *uno tempore accepi*: j'en viens à vos lettres, que j'ai reçues par mille dans un même temps. CIC.

Sexcenti marque, comme *mille* en français, un nombre indéterminé.

---

237. *Biennium, triennium, quadriennium, quinquennium* s'emploient au lieu de *duo anni, tres an-*

---

236. Mille meæ Siculis errant in montibus agnæ. VIRG. —Cum Cimbris Marius conflixit, et duobus præliis ducenta millia hostium cecidit. EUT. — Posidonius a terrâ ad lunam viciès centum millia stadiorum esse contendit. PLIN.

237. Ad Illyricum missus est C. Cosconius, multam partem Dalmatiæ subegit; et, composito bello, Romam post biennium

ni, etc., pour marquer un intervalle de deux, trois, quatre et cinq ans.

Biduum, triduum, quatriduum s'emploient de même au lieu de *duo dies*, etc., pour marquer un espace de deux, trois et quatre jours.

CHAPITRE X. Observations sur les participes.

Les Latins emploient le participe dans différens cas où le génie de la langue française ne permet pas de traduire le participe littéralement, et oblige de prendre un autre tour.

---

238. *Dedit mihi libros* LEGENDOS : il m'a donné des livres devant être lus, des livres A LIRE.

Conon muros REFICIENDOS *ourat :* Conon soigne les murs devant être rebâtis, a soin DE FAIRE REBATIR les murs.

Les verbes *dare*, donner ; *curare*, avoir soin ; *suscipere*, entreprendre, et autres semblables, se construisent élégamment avec l'accusatif du participe futur passif, qu'on rend en français par l'infinitif, précédé de la préposition *à* ou *de*.

---

rediit. Eut. — Julius Cæsar sanxit, ne quis civis major annis viginti, minorve quadraginta plus triennio continuo Italiâ abesset. Suet. — Xerxes bellum a patre cœptum adversùs Græciam quinquennium instruxit. Just. — Nemo est, qui possit biduo aut triduo septinginta millia passuum ambulare. Cic. — Cameli sitim quatriduo tolerant. Plin.

238. Pueris sententias ediscendas damus. Sen. — Natura mulieri domestica negotia curanda tradidit. Col. — Natura distribuit viro calores et frigora perpetienda, itinera et navigationes, labores pacis ac belli. Cic. — Diomedon, rogatu Artaxerxis, Epaminondam pecuniâ corrumpendum suscepit. Nep.

239. *Homerus fuit et Hesiodus antè Romam* CON-
DITAM : Homère et Hésiode existèrent avant Rome
fondée, avant la FONDATION de Rome.

Le participe latin se traduit quelquefois en français
par le substantif verbal, c'est-à-dire, dérivé du verbe,
comme *fondation* de *fonder*.

240. *Vidi eum* INGREDIENTEM : je l'ai vu entrant,
ENTRER.

Illum LOQUENTEM *audies* : vous l'entendrez parlant,
PARLER.

Le participe présent, après le verbe *videre*, voir;
audire, entendre, écouter, etc.; se rend en français
par l'infinitif présent.

241. *Te unum* MONITUM *volo (te monitum esse*, pour
te moneri) : je veux vous être averti d'une chose, je
veux vous avertir d'une chose.

Le participe passif s'emploie élégamment au lieu
du présent de l'infinitif passif après *volo, nolo, cupio.*
On le traduit en français par le présent de l'infinitif
actif.

239. Lacedæmoniis nulla res tanto erat damno, quàm disciplina Lycurgi, cui per septingentos annos adsueverant, sublata. Liv. — Thebæ, ante Epaminondam natum et post ejus
interitum, perpetuo alieno paruerunt imperio. Nep. — Occisus
dictator Cæsar aliis pessimum, aliis pulcherrimum facinus videbatur. Tac. — Sol oriens et occidens diem noctemque conficit. Cic. — Omnis loquendi elegantia augetur legendis orato-
ribus et poëtis. Cic. — In appetendis honoribus immodicus, in
gerendis verecundissimus Pompeius erat. Vell.

240. Socratem audio dicentem, cibi condimentum esse famem : potionis sitim. Cic. — Quòcumque te flexeris, ibi Deum
videbis occurrentem tibi. Sen.

241. Prudenti mandes, si quid rectè curatum velis. Ter. —
Patres ordinem publicanorum offensum nolebant. Liv. — Pelias
rex Jasonem perditum cupiebat. Just.

242. *Urbem* CAPTAM *hostis diripuit* : l'ennemi pilla la ville prise ; APRÈS AVOIR PRIS la ville, l'ennemi la pilla.

Le participe passif latin se traduit fréquemment par le parfait de l'infinitif français, précédé de la préposition *après*.

---

243. *Nihil feci*, NON *diù* CONSIDERATUM : je ne fais rien non long-temps examiné, je ne fais rien SANS y AVOIR long-temps RÉFLÉCHI. CIC.

Soli animalium NON SITIENTES *bibimus* : seuls parmi les animaux, nous buvons n'ayant pas soif, SANS AVOIR SOIF. PLIN.

Le participe joint à une négation, se traduit quelquefois par l'infinitif français, précédé de la préposition SANS.

---

244. *Civibus ferro* NECANDIS *victor pepercit* : le vainqueur pardonna aux citoyens devant être passés au fil de l'épée ; les citoyens devaient être passés au fil de l'épée, le vainqueur leur pardonna.

Souvent le participe se traduit par un verbe personnel, de manière à faire en français deux propositions de ce qui n'en fait qu'une en latin.

---

242. Ægyptum Nilus irrigat, mollitosque et oblimatos agros ad serendum relinquit. CIC. — Hannibal Minutium Rufum, magistrum equitum, pari ac dictatorem imperio, dolo productum in prælium fugavit. NEP.

243. Sapientis est, nihil contra leges, mores, instituta facientem, habere rationem rei familiaris. CIC. — Quàm multa non exspectata venerunt, quàm multa exspectata nunquàm comparuerunt ! SEN.

244. Alexandro cœlestes honores concupiscenti non deerat perniciosa adulatio, perpetuum malum regum. CURT. — Darius Charidemum, maximè utilia suadentem, abstrahi jussit ad capitale supplicium. CURT.

245. *Nullus* AGENTI *dies longus est :* aucun jour n'est long pour l'homme s'occupant, pour QUI s'occupe. SEN.

Le participe se traduit fréquemment par le pronom relatif et un verbe à un mode personnel.

---

246. *Alexander moriens* DETRACTUM *annulum digito Perdiccæ tradidit :* Alexandre mourant donna à Perdiccas son anneau détaché du doigt, Alexandre mourant DÉTACHA du doigt son anneau, ET le donna à Perdiccas. CURT.

Le participe se rend quelquefois par un verbe personnel, de manière à faire en français deux propositions liées par *et*, de ce qui n'en fait qu'une en latin.

---

247. COGITANTES *cœlestia, terrena contemnimus :* pensant, *lorsque nous pensons* aux choses célestes, nous méprisons les biens de la terre. CIC.

Le participe se rend quelquefois par l'une des conjonctions *lorsque*, *quoique*, etc., suivie d'un verbe à un mode personnel.

---

245. Non quæret æger medicum eloquentem, sed sanantem. SEN. — Timotheus a patre acceptam gloriam multis auxit virtutibus. NEP. — Populi grati est, præmiis afficere benè meritos de republicâ cives. CIC. — Pater filio vitam dedit perituram. SEN. — Prudentia est rerum expetendarum fugiendarumque scientia. CIC.

246. Oxidates nobilis Perses, à Dario capitali supplicio destinatus, cohibebatur in vinculis; huic liberato Alexander satrapiam Mediæ attribuit. CURT. — Iphicrates nisi appropinquâsset, non priùs Thebani Spartâ abscessissent, quàm captam incendio delêssent. NEP.

247. Perfectionem in altero desiderans, à quâ ipse longè absum, facio impudenter. CIC. — Sol matutino tempore, et vergens ad occasum, minùs virium habet. SEN. — Hæc prima lex in amicitiâ sanciatur, ut neque rogemus res turpes, nec faciamus rogati. CIC. — Equum empturus, solvi jubes stratum, ne qua vitia corporis lateant. SEN.

CHAPITRE XI. Observations sur les adverbes et sur les observations.

248. Utinam *veris domum hanc amicis impleam!* c'est-à-dire, *opto utinam impleam* : je désire que je remplisse, puissé-je remplir cette maison de vrais amis! Phæd.

Utinam, expression de souhait et de désir, se construit avec le subjonctif, et suppose toujours l'ellipse du verbe *opto*, je désire.

Remarques. 1° *Utinam* est pour *uti* ou *ut*, comme *quisnam* est pour *quis*, *ubinam* pour *ubi*.

2° L'ellipse du verbe *opto* a lieu aussi dans cette locution : *Ne vivam si*... que je ne vive pas si... que je meure si...

---

249. *Nihil tam difficile est*, quin *quærendo investigari possit* (*quin* pour *ut non*) : rien n'est si difficile, qu'en cherchant il ne puisse être trouvé, il n'est rien de si difficile qu'à force de chercher on ne puisse trouver. Ter.

Adest ferè nemo, quin *acutiùs atque acriùs vitia in dicente, quam recta videat* (*quin* pour *qui non*) : il n'est presque personne qui n'aperçoive avec plus de finesse et de pénétration les défauts dans l'homme qui parle, les défauts d'un orateur, que ses bonnes qualités. Cic.

Consilium tuum reprehendere non audeo, non quin *ab eo ipse dissentiam, sed quòd meum consilium non anteponam tuo* (*qui* pour *quòd non*) : je n'ose pas

---

248. Utinam, Cn. Pompei, cum C. Cæsare societatem aut nunquam coïsses, aut nunquàm diremisses! fuit alterum gravitatis, alterum prudentiæ tuæ. Cic. — Ne vivam, si tibi concedo, ut ejus rei tu cupidior sis, quàm ego sum. Cic. — Ne sim salvus, si aliter scribo, ac sentio. Cic.

condamner votre résolution, non que je ne sois d'une autre opinion, mais c'est que je ne préfère pas mon sentiment au vôtre. Cic.

Quin tu urges istam occasionem, quá melior nunquam reperietur? (*quin* pour *cur non*). Que ne tirezvous parti d'une occasion qui ne se trouvera jamais plus favorable? Cic.

Quin se met pour *ut non*, *qui non*, *quòd non*, *cur non*.

---

250. *Rex apum cæteris dissimilis est,* TUM *magnitudine,* TUM *nitore :* Le roi des abeilles diffère des autres, *tant* pour la grosseur *que* pour l'éclat des couleurs. Sen.

Philosophi CUM *veteres,* TUM *recentiores :* les philosophes *tant* anciens *que* modernes.

Luxuria CUM *omni ætati turpis,* TUM *senectuti fœdissima est : Si* la luxure est honteuse à tout âge, *à plus forte raison* est-elle une turpitude dans la vieillesse. Cic.

Pax CUM *jucunda,* TUM *salutaris est : Non-seulement* la paix est agréable, *mais encore* elle est salutaire. Cic.

Avari NON SOLUM *ea quæ habent libidine augendi cruciantur, sed etiam emittendi metu :* Les avares sont *non-seulement* tourmentés du désir d'augmenter ce qu'ils ont, *mais encore* de la crainte de le perdre Cic.

Modò ait, MODÒ *negat :* tantôt il dit oui, tantôt il dit non. Ter.

---

250. Musica et excitat languentes, et languefacit excitatos, et tùm remittit animos, tùm contrahit. Cic. — Cùm omnium rerum simulatio est vitiosa, tùm amicitiæ repugnat maximè. Cic. — Animi tranquillitas et securitas affert cùm constantiam, tùm etiam dignitatem. Cic. — Fœdior non exsilio solùm, sed etiam morte servitus est. Liv. — Non modò reticere homines parentum injurias, sed etiam æquo animo ferre oportet. Cic.

Etrusci QUA *consules ipsos,* QUA *exercitum incre-
pant :* Les Etrusques gourmandent *et* les consuls eux-
mêmes *et* l'armée. LIV.

Sont corrélatifs

Tùm... tùm,	*Non solùm... sed etiam,*
Cùm... tùm,	*Modò... modò,*
Cùm... tùm etiàm,	*Quà... quà,*

et ils se rendent par *tant... que, si... à plus forte raison,
non-seulement... mais encore, tantôt... tantôt, et* répété.

---

251. UT, QUEMADMODUM *ou* TANQUAM *ignis probat
aurum,* SIC *ou* ITA *miseria fortes viros :* comme le feu
éprouve l'or, de même l'adversité éprouve l'homme
courageux.

Ut, quemadmodùm ou *tanquàm,* comme, de même
que, se mettent devant le premier terme d'une comparaison; *sic* ou *ità,* de même, ainsi, devant le second.

---

252. SI NON *homines,* AT CERTÈ *Deum time :* Si
vous *ne* craignez *pas* les hommes, *au moins* craignez
Dieu.

Lorsque la conjonction *si* est en français suivie de
ne... pas, ne... point, et de ces mots *du moins, au*

---

251. Ut in corporibus magnæ dissimilitudines sunt, sic et in
animis existunt etiam majores varietates. Cic.—Ut iis, qui imprudenter læserunt, ignosci convenit : ità iis, qui necessariò pro-
fuerunt, haberi gratia non oportet. Cic.— Quemadmodum temperantia sedat omnes appetitiones, et efficit ut hæ rationi pareant; sic huic inimica intemperantia omnem animi statum in-
flammat, conturbat, incitat. Cic. — Tanquam bona valetudo
jucundior est iis qui è gravi morbo recreati sunt, quàm qui
nunquàm ægro corpore fuerunt : sic omnia desiderata magis
quàm assiduè percepta delectant. Cic.

252. Quos conjunctos summâ benevolentiâ plurimisque officiis amisisti, eorum desiderium, si non æquo animo, at forti
feras. Cic.—Nemo est tàm agrestis, quem non, si ipsa minùs
honestas, contumelia tamen et dedecus magnoperè moveat.
Cic.

moins, on traduit *si... ne... pas*, *si... ne... point* par
si non, *si minùs*, et *du moins*, *au moins*, par *saltem*,
at certè, *ut minimùm*.

---

253. *Si illud quod volumus eveniet, gaudebimus;*
sin secus, *patiemur animo æquo* : Si ce que nous dé-
sirons arrive, nous nous réjouirons; *s'il en est autrement*, nous souffrirons sans nous plaindre. Plaut.

Sinon, *si au contraire*, *s'il en est autrement* s'expriment par *sin autem*, *sin secùs*, *sin minùs*.

---

254. *Communis utilitatis derelictio contra naturam
est; est* enim *injusta* : L'abandon de l'utilité commune
est contre nature, car il est injuste. Cic.

La conjonction *enim*, car, se met toujous après
un mot; il en est de même des conjonctions *verò*,
mais; *autem*, or, mais, et des adverbes *quoque*, aussi;
quidem, à la vérité.

---

255. *Eum* ne *vidi* quidem : Je ne l'ai pas même vu.
Ne pas même s'exprime par *ne... quidem*, que l'on sépare en mettant un mot entre *ne* et *quidem*.

---

253. Scytharum legati ad Alexandrum : Si Deus es, inquiunt, tribuere mortalibus beneficia debes, non sua eripere ;
sin autem homo, id quod es, semper esse te cogita. Curt. —
Omnis cura mea solet in hoc versari semper, si possim, ut boni
aliquid efficiam : sin id minùs, ut certè ne quid mali. Cic.

254. Multa sunt civibus inter se communia. Arctior verò
colligatio est societas propinquorum. Cic.— Cavendum est ne
major pœna quàm culpa sit. Prohibenda autem maximè est ira
in puniendo. Nunquàm enim iratus qui accedet ad pœnam,
mediocritatem illam tenebit, quæ est inter nimiùm et parùm.
Cic. — Quis neget, eximiam quoque gloriam sæpiùs fortunæ,
quàm virtutis esse beneficium ? Curt. — Plurima exempla quidem proferre possimus, sed modus adhibendus. Nep.

255. Nobilis equus umbrâ quoque virgæ regitur ; ignavus ne
calcari quidem concitari potest. Curt. — Sæpè ne utile quidem

Remarque. Tout mot de la phrase ne peut pas séparer ces deux particules. Il faut choisir celui sur lequel on veut appeler l'attention. Veux-je dire qu'on est si peu disposé à me prêter quelque chose d'intéressant, qu'on ne veut pas même me prêter un livre, c'est alors le mot *livre* qui doit séparer *ne... quidem*. On dira donc : *ne librum quidem mihi commodare vis*. Si le sens est que, bien loin de vouloir prêter à un étranger, on ne veut pas même me prêter, ce sera le mot *me* qu'affectera *pas même*, et on construira ainsi : *ne mihi quidem librum commodare vis*. Enfin, si j'ai l'intention de dire qu'on ne veut pas me faire présent du livre, puisqu'on ne veut pas même me le prêter, ce sera le verbe *commodare* qui appartiendra à *ne... quidem*, et l'on dira : *tu mihi librum ne commodare quidem vis*.

———

256. *In victoriâ* vel *ignavis* (ou et *ignavis*) *gloriari licet* : dans la victoire les lâches mêmes ont le droit de se vanter.

Et et *vel* s'emploient quelquefois au lieu de *etiam*, même.

———

257. *Quidam omnia metiuntur emolumentis et commodis*, neque *ea volunt præponderari honestate* : certaines gens apprécient toutes choses par les profits et les avantages, et ne veulent pas que l'honnêteté emporte la balance. Cic.

Neque, nec se mettent pour *et non*, et de même on emploie

———

est scire, quid futurum sit. Cic. — Qui magnum scelus commiserunt, non modò sinè curâ quiescere, sed ne spirare quidem sinè metu possunt. Cic.

256. Timeo Danaos et dona ferentes. Virg. — Pati vel difficillima malumus, quàm servire. Cic.

257. Impedit consilium voluptas, nec habet ullum cum virtute commercium. Cic. — Omnium rerum nec aptius est quidquam ad opes tuendas, quàm diligi ; nec alienius, quàm timeri. Cic. — Horæ cedunt, et dies, et menses, anni : nec præteritum tempus unquàm revertitur. Cic. — Si te amicus tuus moriens rogaverit, ut hæreditatem reddas suæ filiæ, nec usquàm id scripserit, nec cuiquam dixerit : quid facies ? Cic.

Nec ullus	pour et nullus.	Nec unquàm pour et nunquàm.
Nec quisquam	et nemo.	Nec usquàm	et nusquàm.
Nec quidquam	et nihil.	

CHAPITRE XII. Gallicismes.

Nota. L'objet de ce chapitre est d'indiquer par quels équi-
valens on rend en latin les *gallicismes* ou locutions particulières
à la langue française.

§ 1. *Substantifs traduits par un adjectif.*

258. Le haut, le sommet d'un arbre, *summa arbor.*

Au milieu de la place publique, *in medio foro.*

Au bas, au pied d'un arbre, *imâ sub arbore.*

Le bout des doigts, *extremi digiti.*

Le fond de la mer, *imum mare.*

§ 11. *Adjectifs traduits par un adverbe.*

259. I. Les *vrais* sages, VERÈ *sapientes*, sous-entendu
homines, les hommes vraiment sages.

Lorsqu'un adjectif qualificatif se joint à un autre
adjectif pris substantivement, le premier se traduit
par un adverbe.

II. Les *belles* actions, RECTÈ *facta*, sous-entendu *negotia*, les choses bien faites; des mots plaisants, *fa-
cetè dicta.*

L'adjectif se traduit encore par un adverbe quand
il est joint à un substantif qu'on rend par un participe
passif.

§ 111. *Quel. — Tel. — A moi, à toi,* etc.

260. *Quelle* mère n'aime pas ses enfants? QUÆ ou
QUÆNAM *mater non amat liberos?*

Quelle heure est-il? huit heures: QUOTA *hora est?*

octava. (On répond par le nombre ordinal , parce qu'il faut seulement désigner une certaine heure , la huitième, et non pas un nombre quelconque d'heures).

Quel malheur nous menace! QUANTA *nobis instat pernicies!*

Quel, quelle marquant seulement l'interrogation , s'exprime par *quis, quæ, quod* ou *quisnam, quænam, quodnam;* signifiant le quantième , il se rend par *quotus , a, um;* marquant la grandeur , il se traduit par *quantus, a, um.*

---

261. I. Qui n'aimerait pas de *tels* enfants? *quis* HUJUS MODI *puerulos non amet?*

Qui ne haïrait pas de *telles* gens? *quis* ISTIUS MODI *homines non oderit?*

Quand *tel* peut se tourner par *de cette sorte,* on l'exprime par *hujus modi,* en bonne part; *istius modi,* en mauvaise part.

II. Tel rit aujourd'hui, qui pleurera demain, QUIDAM *hodiè rident, qui cras flebunt.* — *Tel* au commencement de la phrase et suivi de *qui,* se tourne par *quelques-uns, quidam,* ou par *il y en a qui, sunt qui.*

---

262. Ce livre est *à moi,* tournez, est le mien : *hic liber est meus.*

Si ces mots *à moi, à toi, à nous,* etc., peuvent se tourner par *le mien, le tien, le nôtre,* etc., on les traduit par *meus, tuus, noster,* etc.

---

§ IV. *L'un l'autre, ni l'un ni l'autre,* etc.

263. I. Ils se nuisent *l'un à l'autre; tournez,* l'un et l'autre nuit à l'autre : UTERQUE ALTERI *nocet.*

Iis ne s'aiment *ni l'un ni l'autre ; tournez*, ni l'un
ni l'autre n'aime l'autre : NEUTER ALTERUM *amat*.

L'un l'autre, ni l'un ni l'autre après un verbe réciproque se rendent par *uterque, neuter*, qui sont les
sujets de la proposition; le complément du verbe est
alter, qu'on met au cas voulu par ce verbe.

II. Je vous enverrai *l'un ou l'autre*: ALTERUTRUM *ad*
te mittam.—Il se mit à les manger *l'une après l'autre*:
cœpit vesci singulis. — *L'un ou l'autre* s'exprime par
alteruter, alterutra, alterutrum ; l'un après l'autre
par *singuli, œ , a.*

III. Une main lave *l'autre; tournez*, la main lave la
main: *manus* MANUM *lavat.*

Il est juste que les citoyens s'épargnent *les uns les*
autres, tournez, il est juste que les citoyens épargnent
les citoyens : *cives* CIVIBUS *parcere œquum est.* NEP.

L'autre, les uns les autres se traduisent quelquefois en latin par la répétition d'un substantif. Remarquez qu'il est élégant de rapprocher les deux substantifs : *manus manum, cives civibus.*

§ v. *Quel que, quelque... que.*

264. I. Défendez vos amis en toute circonstance,
quelle qu'elle soit : amicos in omni fortuná QUÆCUM-
QUE *sit, tuere.*

Quelle que soit sa mémoire, il oublie cependant
bien des choses: QUANTACUMQUE *sit ejus memoria,*
multa tamen obliviscitur.

Quel, quelle que se rend par *quicumque, quæcum-*
que, quodcumque, et si la chose peut se dire grande,
par *quantuscumque, quantacumque, quantumcumque.*

II. *Quel que soit celui des deux* partis *qui* remporte
la victoire, nous périrons : UTRACUMQUE *pars viceril,*
tamen perituri sumus.

Quel que soit celui des deux qui, s'exprime par *utercumque, utracumque, utrumcumque.*

III. *Quelque* parti *que* vous preniez, l'affaire ne réussira pas : QUODCUMQUE *consilium capias, res malè cedet.*

*Quelqu'*espace *que* vous ayez parcouru : QUANTUMCUMQUE *spatium emensus fueris.*

Quelques services *que* vous rendiez à un ingrat, vous ne lui en rendrez jamais assez : QUOTCUMQUE *apud ingratum officia posueris, nunquàm satis multa contuleris.*

Quand il y a un substantif entre *quelque* et *que*, ces deux mots se rendent par *qualiscumque, quicumque* ou par *quantuscumque*, s'il s'agit d'une chose qui peut se dire grande.

Si le substantif est un nom de choses qui se comptent, on se sert de *quotcumque* ou de *quantumvis multi, æ, a.*

IV. *Quelque* savant *qu'*il soit, il ignore cependant bien des choses : QUANTUMVIS *sit doctus, multa tamen ignorat.*

*Quelqu'*estimable *que* soit la science : QUANTICUMQUE *æstimanda sit doctrina.*

Ces deux mots *quelque...que* s'expriment par *quantumvis* ou *quantumlibet*, quand ils sont séparés par un adjectif, et par *quanticumque*, quand ils sont séparés par le participe d'un verbe de prix.

V. *Quelque* grands *que* soient les rois : QUANTICUMQUE *sint reges.*

Quelque grand *que* s'exprime par *quantuscumque* et *quelque* petit *que* par *quantuluscumque.*

─────

§ VI. *Pronoms qui ne s'expriment pas en latin.*

265. Les qualités de l'ame l'emportent sur *celles* du corps : *animi dotes corporis* DOTIBUS *præstant.* — La

vie des hommes est plus courte que *celle* des corneilles : *brevior est vita hominum quàm cornicum* VITA.

Hic, ille, is ne sont jamais en latin suivis d'un génitif, comme le sont en français *celui, celle, ceux, celles;* on répète le substantif.

On peut quelquefois sous-entendre un des substantifs, quand ils sont tous deux au même cas; ainsi on pourra dire : *brevior est hominum quàm cornicum vita.*

---

266. *C'est* ainsi *qu*'il parla, *tournez;* il parla ainsi : *sic locutus est.*

C'est vous-même *que* je cherche, *tournez;* je cherche vous-même : *te ipsum quæro.*

C'est...que ne se rend point en latin.

---

267. I. *Ce qui* me chagrine le plus, *c'est* la mauvaise santé de mon père, *tournez;* la mauvaise santé de mon père me chagrine le plus : *valetudo patris me potissimùm sollicitat.*

Ce qui ou *ce que,* suivis de *c'est* et d'un substantif, ne s'expriment pas en latin.

II. *Ce que* j'espère, *c'est que* je vivrai éternellement, *tournez;* j'espère cela moi devoir vivre éternellement : *illud spero me futurum immortalem.*

Ce que je crains, *c'est que...,* illud vereor ne.

Ce dont je doute, *c'est que....,* illud dubito an.

Ce qui me console, *c'est que...,* illud me consolatur quòd.

Ce qui, ce que, suivis de *c'est que,* s'expriment par *illud.*

III. *C'est* se tromper *que de* croire, *tournez;* celui qui croit se trompe : *errat qui putat.*

C'est, devant un infinitif, suivi de *que de,* se tourne par *celui qui.*

IV. *Ce n'est pas que* j'approuve, *mais c'est que* je doute : *non quòd approbem, sed quòd dubitem.*

Ce n'est pas que, mais c'est que, se rendent par *non quòd, sed quòd.*

---

§ VII. *On.*

Nota. *On* signifie *les hommes* en général. Ce pronom indéfini manque en latin. Nous avons déjà indiqué différentes manières de le rendre, *voy.* règles 70, 122, 123, 195, 199. Nous allons indiquer ici les autres manières de le traduire. *L'on* se met au lieu de *on* par euphonie.

268. I. On loue la probité, *tournez ;* la probité est louée : *probitas laudatur.*

Lorsque le pronom *on* est le sujet d'un verbe actif, la phrase se tourne de l'actif au passif.

II. Plusieurs verbes neutres même ont la troisième personne du singulier passif. — On favorise les jeunes gens : *adolescentibus favetur.*

III. On loue la probité, *tournez,* (les hommes) louent la probité : *laudant probitatem* (sous-entendu *homines*).

On admire la probité : *mirantur probitatem.*

On dit : *aiunt.* — On rapporte, *ferunt.*

On hait celui qu'on craint : *oderunt quem metuunt.*

Le verbe qui suit *on, l'on* peut se mettre en latin à la troisième personne du pluriel, en sous-entendant *homines ;* et c'est ce qu'il faut toujours faire lorsque ce verbe est déponent et ne peut pas se tourner par le passif.

IV. Le verbe qui suit *on, l'on,* peut encore se mettre à la première personne du pluriel ou à la troisième du singulier avec *quisque. Miramur probitatem,* ou *quisque probitatem miratur.*

V. Devant les unipersonnels *pœnitet, pudet, tædet, miseret, piget, homines* doit toujours s'exprimer, parce qu'il est alors à

l'accusatif et qu'il ne peut se sous-entendre qu'au nominatif.—
On se repent d'avoir mal vécu : *homines pœnitet malè vixisse.*

VI. Si le verbe dont le pronom *on* est le sujet, est accompagné d'une négation, *on* se tourne par *personne ne* et s'exprime par *nemo.* Ex.: — On ne peut être heureux sans la vertu *tournez*, personne ne peut être... *nemo sine virtute potest esse beatus.*

VII. *Quand on, lorsqu'on* se tourne par *celui qui, ceux qui.* Ex.:
—Quand on desire le bien d'autrui, on perd justement le sien *tournez*, celui qui desire... *qui bonum alienum appetit, meritò amittit proprium.*

VIII. *Si l'on* se tourne par *si quelqu'un, si quis.* Le verbe se met au subjonctif. Ex. : — Si l'on te demande : *tournez*, si quelqu'un te demande, *si quis te interroget.*

IX. *On voit des gens qui,* s'exprime par *videas homines, homines videntur qui; on trouve des gens qui,* s'exprime par *reperias homines, reperire est homines, homines reperiuntur qui,* et le verbe suivant se met au subjonctif. Ex. : — On voit des gens qui aspirent aux honneurs : *videas homines qui honores appetant.*

X. On enseigne la grammaire *aux enfans,* tournez, *les enfans sont instruits sur la grammaire : pueri docentur grammaticam.*
Les enfans *à qui* l'on enseigne la grammaire, tournez, *qui sont instruits sur la grammaire : pueri qui docentur grammaticam.*
La grammaire que l'on enseigne *aux enfans,* tournez, touchant laquelle *les enfans* sont enseignés : *grammatica quam pueri docentur.*
On demanda *à Caton* son avis : *Cato rogatus est sententiam.*
Le régime indirect français des verbes *enseigner, demander* étant en latin le régime direct des verbes *docere, rogare,* c'est ce régime indirect qui devient le sujet lorsque la phrase est tournée de l'actif au passif.

XI. On dit que les cerfs vivent très-long-temps, *tournez,* les cerfs sont dits vivre très-long-temps : *cervi dicuntur diutissimè vivere.*

Ou: (cela) est dit les cerfs vivre très-long-temps : *dicitur cervos diutissimè vivere* (s.-ent. *hoc*).

On dit, on croit, on rapporte peuvent se tourner au passif de deux manières. Ils prennent pour sujet celui de la proposition subordonnée, ou bien ils se

11*

mettent à la troisième personne du singulier et sont alors suivis d'une proposition infinitive. Le premier tour est le plus usité.

REMARQUES. 1° C'est la seconde manière, la tournure *unipersonnelle*, qu'il faut toujours employer lorsque le verbe de la proposition subordonnée est un verbe unipersonnel. Ex. :

On dit que vous vous repentez de votre faute, *tournez*, il est dit vous vous repentir de votre faute : *dicitur te tuæ culpæ pœnitere.*

2° C'est la première manière, la tournure *personnelle*, qu'on emploie ordinairement pour rendre *il paraît que, il semble que.* — Il paraît que vous êtes malade, *tournez*, vous paraissez être malade : *tu videris ægrotare.*

---

§ VIII. *Changement du passif en actif.*

269. Je suis favorisé de la fortune, *tournez*, la fortune me favorise : *mihi favet fortuna.*

Il est admiré de tout le monde, *tournez*, tout le monde l'admire : *illum omnes admirantur.*

Quand un verbe passif français doit se rendre en latin par un verbe neutre ou déponent, il faut tourner le passif en actif, et, pour cela, changer le complément en sujet et le sujet en complément.

---

§ IX. *Complément unique en français qu'on exprime deux fois en latin.*

270. Dieu aime et favorise l'homme de bien, *tournez*, Dieu aime l'homme de bien et le favorise : *Deus amat virum bonum, illique favet.*

Quand deux verbes n'ont en français qu'un seul complément, et qu'ils régissent différents cas en latin, on met d'abord le complément commun au cas voulu par le premier verbe, et l'on se sert, pour le complément du second, d'un des pronoms *is, ille, ipse*, que l'on met au cas que régit ce second verbe.

REMARQUE. Le relatif *qui, quæ, quod*, se répète devant chacun des verbes qui régissent des cas différens. Ex. :

Les pauvres que nous devons aimer et secourir, *pauperes quos amare et quibus opitulari debemus.*

§ x. *Menacer, attendre.*

271. I. Cet homme me menace : *hic homo minatur mihi*. — Un grand malheur nous menace : *magna calamitas nobis imminet, impendet, instat*.

Quand *menacer* a pour sujet un nom de personne, on le rend par *minari* ; quand il a pour sujet un nom de chose, on le rend par *imminere, impendere, instare*.

II. L'avare nocher attend tous les hommes : *omnes exspectat portitor avarus*. Ovid. — Le même sort vous attend : *eadem sors te manet*.

Quand *attendre* a pour sujet un nom de personne, on le rend par *exspectare* ; quand il a pour sujet un nom de chose, et signifie être réservé à, on le rend par *manere*.

———

§ xi. *Verbes réfléchis.*

272. I. Les verbes réfléchis sont en français de plusieurs espèces ; les uns ne sont réfléchis que pour la forme, et sont tellement identifiés avec leur pronom, qu'ils ne signifient rien si on les en sépare, ou que séparés de leur pronom ils changent de signification. Ainsi, *s'emparer, s'enfuir*, séparés du pronom *se*, n'offrent aucun sens, et *s'apercevoir, s'attendre* ne signifient pas *apercevoir soi, attendre soi* (1). Chacun de ces verbes, comme s'il faisait corps avec son pronom, se traduit par un verbe actif ou neutre qu'indique le dictionnaire.

II. D'autres verbes réfléchis pour la forme ont le sens passif et se traduisent en latin par le passif. Ex. :

Ce mot se trouve dans Phèdre, *tournez*, ce mot est trouvé : *vox illa* INVENITUR *apud Phædrum*.

Il ne s'ébranle pas de vos menaces, *tournez*, il n'est point ébranlé : *minis non* MOVETUR *tuis*.

III. Les verbes véritablement réfléchis sont ceux dont

———

(1) S'attendre dans le sens de penser, *existimare* ; de prévoir, *prævidere*.

le sujet, nom de personne ou nom de chose personnifiée, fait sur lui-même l'action marquée par le verbe. Ceux-là seuls conservent en latin la forme réfléchie. Exemples :

L'orgueilleux se loue : *superbus se laudat ;* il se flatte : *sibi blanditur.*

Le poison se glisse dans les veines, *venenum sese in venas insinuat.*

Si l'occasion se présente *si se dederit occasio.*

IV. Si le verbe réfléchi a en français la signification réciproque, on ajoute au pronom réfléchi *sui*, *sibi*, *se*, l'adverbe *invicem*, à moins que le pronom ne soit le complément d'une préposition. Exemples :

Pierre et Jean se louent : *Petrus et Joannes se invicem laudant ;* ils se battent : *inter se pugnant.*

---

§ XII. *Il y a.*

273. Il y avait là un temple, *tournez*, un temple était là, *erat ibi templum.*

Il y a, se tourne par le verbe *être.*

---

§ XIII. *Aller, devoir, il faut, être près de, sur le point de*, suivis d'un infinitif.

274. Je vais ou je dois partir : *profecturus sum.* (Voy. page 42.)

Il faut obéir, on doit obéir aux lois : *parendum est legibus* (règle 70), ou *oportet parere, debemus parere legibus.*

Il faut pratiquer, on doit pratiquer la vertu, la vertu doit être pratiquée : *colenda est virtus.* (Voyez pages 42 et 137.)

Il a besoin d'être excité au travail, *tournez* : il doit être excité : *is ad laborem est incitandus.*

---

275. Il était près de prendre, sur le point de pren-

dre la ville ; *tournez*, il était devant prendre bientôt
la ville : *mox*, ou *jamjam oppido potiturus erat.*

Être près de, être sur le point de, suivis d'un infinitif, se rendent par un adverbe qui marque le futur, tel que *mox* ou *jamjam*, et l'infinitif qui les suit
se met au participe futur en *rus, ra, rum* pour l'actif,
et en *dus, da, dum* pour le passif.

Remarque. *Être près de, sur le point de,* s'exprime encore par
in eo esse ut avec le subjonctif. *In eo erat ut oppido potiretur.*

---

§ xiv. *Il s'en faut beaucoup, peu s'en faut, tant
s'en faut, faut-il que.*

276. I. Il s'en faut beaucoup, combien s'en faut-il
que vous surpassiez vos condisciples? *Multùm abest,
quantùm abest ut tuos superes condiscipulos ?*

Il s'en faut beaucoup s'exprime par *multùm abest ;
combien s'en faut-il,* par *quantùm abest*, et le *que* se
rend par *ut* avec le subjonctif.

II. Peu s'en faut que je ne sois très-malheureux,
parùm abest quin sim miserrimus.

Peu s'en est fallu, il n'a tenu à rien qu'il ne tom-
bât : *parùm abfuit quin caderet.*

Peu s'en faut, il ne tient à rien que, s'expriment
par *parùm abest*, et *que* suivi de *ne* par *quin* avec le
subjonctif.

Remarques. 1º On peut encore employer les tours suivans:
Seulement il n'est pas tombé : *tantùm non cecidit.*
Il est presque tombé : *penè cecidit.*
2º *Penser, manquer, faillir,* suivis d'un infinitif, se tournent
par *peu s'en faut que*, et s'expriment de même.

III. Tant s'en faut qu'il vous haïsse, qu'au contraire
il vous aime : *tantùm abest ut te oderit, ut contrà te amet.*

Tant s'en faut s'exprime par *tantùm abest* (il est si
éloigné), et les deux *que* qui suivent se rendent chacun par *ut* suivi du subjonctif.

REMARQUE. On peut encore employer les tours suivans :

Tellement il ne vous hait pas qu'au contraire il vous aime : *adeò non te odit ut contrà te amet.*

Il vous aime, bien loin qu'il vous haïsse : *te amat, nedùm oderit.*

---

277. Faut-il que je sois si malheureux? *Mene ità miserum esse!* c'est-à-dire *oportetne me ità miserum esse!*

Cette locution exclamative, *faut-il que*, ne s'exprime pas en latin, et la proposition qui suit se rend par une proposition infinitive, dont le premier mot est suivi de *ne*.

---

§ xv. *Il ne tient pas à moi que.*

278. Il ne tient pas à moi que vous ne soyez heu-reux : *per me non stat quin sis beatus.*

Il n'a tenu qu'à vous que cela ne se fît : *per te unum stetit quominùs id fieret.*

Après ces locutions, *il ne tient pas à moi*, *à vous*, etc., *per me, per te non stat*, etc., *que...ne* s'exprime par *quin* ou *quominùs* avec le subjonctif.

---

§ xvi. *Venir de, avoir beau, avoir de la peine à, avoir la force de, avoir le bonheur de, il me tarde de, suivis d'un infinitif.*

279. Il vient de partir; *tournez*, il est parti tout-à-l'heure, *modò profectus est.*

Venir de, suivi d'un infinitif, se tourne par *tout-à-l'heure*, et s'exprime par *modò.*

---

280. Vous avez beau crier; *tournez*, vous criez en vain, *frustrà vociferaris;* ou quoique vous criiez, *quamvis vociferere.*

Avoir beau se tourne par *en vain*, *frustrà*, ou par *quoique, quamvis.*

281. Il a eu de la peine à obtenir cela : *tournez*, il a obtenu cela difficilement : *ægrè id impetravit.*

Il n'a pas eu de peine à obtenir cela : *tournez*, il a obtenu cela facilement : *facilè impetravit.*

Avoir de la peine à, n'avoir pas de peine à, suivis d'un infinitif, se tournent par *difficilement, facilement, ægrè* ou *facilè.*

———

282. Avez-vous bien eu la hardiesse de me demander cela ? *tournez*, avez-vous osé, *sustinuisti, ausus es me hoc rogare?*

Avoir la force, la hardiesse, le courage de, s'expriment par *sustinere* ou *audere.*

———

283. J'ai eu le bonheur de voir le roi : *tournez*, il m'est arrivé que je visse : *mihi contigit ut regem viderem.*

J'ai eu le malheur d'être vaincu ; *tournez*, il m'est arrivé que je fusse vaincu : *mihi accidit ut vincerer.*

Avoir le bonheur de, s'exprime par *contingere ut*; *avoir le malheur de*, par *accidere ut.*

———

284. Il me tarde de le voir, je suis dans l'impatience de le voir : *nihil mihi longiùs est quàm illum videre* ou *quàm ut illum videam.*

Je n'ai rien de plus à cœur que de vous imiter : *nihil est mihi antiquius quàm ut te imiter.*

Il tarde de, être dans l'impatience de, n'avoir rien plus à cœur que de, s'expriment par *nihil longius est quàm, nihil est antiquius quàm* avec l'infinitif, ou *quàm ut* avec le subjonctif.

———

§ XVII. *Il y va de, il s'agit de.*

285. Il y a va de votre intérêt : *res tua agitur.*

Il s'agit du salut de nos alliés : *agitur sociorum salus.*

Il y va de, il s'agit de, se tournent par *est traité, est mis en question*, et se rendent par le passif de *agere.*

— — — — —

§ XVIII. *Faire , ne faire que , ne faire que de*.
suivis d'un infinitif.

286. I. Faites-moi savoir, *tournez*, faites en sorte que je sache : *fac ut sciam*. —— Quand *faire* signifie *faire en sorte*, on l'exprime par *facere , dare operam ut* avec le subjonctif.

Cela m'a fait croire, *tournez*, m'a engagé à ce que je crusse : *id me impulit ut crederem*. — Quand *faire* signifie *engager à*, on l'exprime par *impellere ut* avec le subjonctif.

Vous me faites mourir , *tournez*, vous me forcez de mourir : *mori me cogis*. — Il le fit tuer, *tournez*, il ordonna lui être tué: *jussit eum occidi*.—Quand *faire* signifie *forcer, ordonner*, on l'exprime par *cogere, jubere.*

Remarques. 1° Quelquefois *faire* ne s'exprime pas du tout. Cimon *fit ensevelir* beaucoup de pauvres à ses frais, *tournez ,* ensevelit : *Cimon complures pauperes mortuos suo sumptu extulit.*

2° Quand *faire,* suivi de *connaître,* a pour sujet un nom de chose inanimée , on le tourne de la manière suivante : Votre lettre m'a fait connaître, c'est-à-dire, j'ai connu par votre lettre : *ex tuis litteris cognovi.*

3° Il y a encore plusieurs manières d'exprimer le verbe *faire.* En voici quelques-unes.

Se faire donner quelque chose par force : *aliquid extorquere.*

Faire espérer à quelqu'un : *aliquem in spem adducere.*

Faire concevoir une bonne opinion de soi : *bonam sui*, ou *de se spem concitare.*

Faire rire, *risum movere.*

II. Il ne fait que badiner, *tournez*, il badine toujours: *perpetuò nugatur.*—*Ne faire que*, suivi d'un infinitif, se tourne par *toujours* et s'exprime par *semper*, *perpetuò*, *indesinenter*.

III. Il ne fait que d'arriver, *tournez*, il arrive tout à l'heure : *modò advenit.*—*Ne faire que de*, suivi d'un infinitif, se tourne par *tout à l'heure*, et s'exprime par *modò*.

---

§ XIX. *Laisser, ne pas laisser de, ne pas manquer de, se mettre à*, suivis d'un infinitif.

287. I. Vos chants ne me laissent pas dormir, *tournez*, ne permettent pas moi dormir : *cantus tui non sinunt me dormire.* —— Laissez - moi me justifier, *tournez*, que je me justifie : *sine me expurgem* (sous-entendu *ut*).

Laisser, suivi d'un infinitif, se tourne par *permettre que*, et se rend par *sinere*, après lequel on emploie la proposition infinitive ou bien *ut* avec le subjonctif.

II. Quoique je vous attende vous-même, ne laissez pas de donner une lettre à ce valet, *tournez*, donnez cependant : *quanquam jam te ipsum exspecto, tamen isti puero da epistolam.* Cic.

Ne pas laisser de, suivi d'un infinitif, se tourne par cependant, *tamen*.

---

288. I. Je ne manquerai pas de lui écrire, *tournez*, je lui écrirai certainement : *ad illum profectò scribam.* —*Ne pas manquer de*, se tourne par *certainement* et s'exprime par *profectò*.

II. Ne manquez pas de l'avertir, *tournez*, souvenez-vous que vous l'avertissiez : *memento ut illum moneas.* —Lorsque *ne pas manquer*, suivi d'un infinitif, peut se tourner par *se souvenir*, on l'exprime par *meminisse.*

289. III. Il se mit à pleurer, *tournez*, il commença à pleurer : *flere cœpit.*

Se mettre à, devant un infinitif, se tourne par *commencer* et s'exprime par *cœpisse.*

---

§ xx. *Venir à, n'aller pas, ne servir qu'à, savoir,*
suivis d'un infinitif.

290. S'il vient à savoir cela, *tournez*, s'il sait cela, *id si rescierit.*

N'allez pas vous imaginer, ne vous imaginez pas, *ne existimes, noli existimare, cave existimes.*

Il s'occupe à lire, il lit : *legit.*

Cela ne sert qu'à aigrir ma douleur, cela aigrit, *hoc dolorem meum exulcerat.*

Il sut profiter de cette occasion, il profita.... *eâ occasione usus est.*

Venir à, n'aller pas, s'occuper à, ne servir qu'à, savoir dans le sens de *avoir l'habileté de*, devant un infinitif, ne s'expriment point en latin.

---

§ xxi. *Dire*, suivi d'une négation.

291. Le renard dit qu'il n'était pas coupable de la faute, *tournez*, le renard nia lui être coupable.... *vulpes negavit se esse culpæ proximam.* Phæd.

Quand la proposition subordonnée qui suit *dire* renferme une négation, on transporte cette négation sur le verbe *dire*, qu'on rend alors par *negare.*

---

§ xxii. *Des participes qui manquent en latin.*

292. I. Cicéron étant consul sauva la république, *tournez*, lorsque Cicéron était consul : *Cicero, quùm esset consul, servavit rempublicam.*

Cicéron *étant* consul, la conjuration fut découverte, *tournez*, Cicéron consul, ou lorsque Cicéron était consul : *Cicerone consule* ou *quùm Cicero esset con-sul, detecta fuit conjuratio.*

Cicéron *ayant été* consul, fut cependant envoyé en exil, *tournez*, après qu'il eut été consul... *Cicero postquàm fuit consul, tamen in exsilium actus est.*

Cicéron *ayant sauvé* la république fut surnommé le père de la patrie : *Cicero, quùm servavisset rem-publicam, cognominatus est pater patriæ.*

Les Grecs *ayant pris* Troie, Énée vint en Italie, *tournez*, Troie ayant été prise par les Grecs... : *Trojá à Græcis expugnatá, Æneas in Italiam venit.* Just.

Le participe présent *étant*, le participe passé *ayant été*, les participes actifs passés, comme *ayant aimé, étant venu*, manquent en latin. Pour rendre ces participes on tourne la phrase par *lorsque, après que* ou par l'ablatif absolu. Ce dernier tour ne peut s'employer que lorsque le nom qui précède le participe français n'est pas le sujet de la proposition principale.

II. Le participe passé actif existe dans les verbes déponens actifs et dans les verbes neutres qu'on nomme neutres passifs, *oblitus*, ayant oublié; *ausus*, ayant osé; *gavisus*, s'étant réjoui, etc. — *Ayant oublié* de manger, il mourut de faim : *oblitus cibi, fame consumptus est.* Phæd.

III. *Ayant été favorisé* de Dieu, il vint à bout de son entreprise : *quùm Deus ei favisset, consilium perfecit suum.*

Ayant été poursuivi des voleurs, il s'échappa : *quùm latrones eum persecuti essent, evasit.*

Toutes les fois que le participe passé français, employé dans le sens passif, doit être rendu par un verbe neutre ou déponent, il faut tourner la phrase par *lorsque* et changer le passif en actif.

§ XXIII. *A*, *de* suivis d'un infinitif.

293. I. Je n'avais rien à vous écrire, *tournez*, que je vous écrivisse : *nihil habebam quod scriberem.*—Quand la préposition *à*, suivie d'un infinitif, peut se tourner par *que*, on l'exprime par *qui*, *quœ*, *quod* avec le subjonctif.

II. A l'entendre parler, *tournez*, si vous l'entendiez parler : *quem si loquentem audias.*——Quand la préposition *à*, suivie d'un infinitif, peut se tourner par *si*, on l'exprime en latin par *si* avec le subjonctif.

III. A dire vrai, *tournez*, pour que je dise vrai : *ut verum dicam.*—A ne pas mentir, *tournez*, pour que je ne mente pas : *ne mentiar.* —— Quand la préposition *à*, suivie d'un infinitif, peut se tourner par *pour que*, on l'exprime par *ut* si la phrase est affirmative, et par *ne* si elle est négative.

294. I. Que vous êtes malheureux d'avoir couru de vous-même à la mort! *tournez*, de ce que vous avez couru... *O te infelicem qui ultrò ad necem cucurreris!* PHÆD. (*Qui* tient lieu de *quòd tu*).

Quand *de* suivi d'un infinitif peut se tourner par *de ce que* ou *puisque*, on l'exprime par *qui*, *quœ*, *quod* avec le subjonctif. Le pronom relatif tient lieu de *cùm* ou de *quòd* et d'un pronom.

II. Vous me ferez plaisir de lui écrire, *tournez*, si vous lui écrivez : *pergratum mihi feceris, si ad eum scripseris.*—Quand *de* suivi d'un infinitif peut se tourner par *si*, on l'exprime en latin par *si*.

§ XXIV. *Pour.*—*Ce n'est pas à dire pour cela que.*

295. I. Pour moi, je suis prêt, *tournez*, mais moi je suis prêt : *ego verò sum paratus.*—Pour vous, il vous

importe, *tuâ autem interest.* — *Pour*, au commencement d'une phrase et suivi des pronoms *moi*, *vous*, etc., ou d'un substantif, se tourne par *mais*, et s'exprime par *verò*, *autem*, qu'on place après le pronom ou le substantif.

II. Il avait assez de littérature pour un Romain : *erant multæ, ut in homine Romano, litteræ.* — Il était habile pour ce temps-là, *erat, ut illis temporibus, eruditus.* — Il est assez savant pour son âge : *pro ætate satis est eruditus.* — *Pour* signifiant *eu égard à*, se rend en latin par *ut* ou par *pro* avec l'ablatif.

III. Pour m'être trouvé avec des méchans, ce n'est pas à dire pour cela que je sois un méchant, *tournez*, quoique je me sois trouvé... *quamvis in gregem improborum venerim, non continuò sum improbus.* Cic. — *Pour* devant le parfait de l'infinitif et suivi de *ce n'est pas à dire pour cela que*, *il ne s'ensuit pas pour cela que*, se tourne par *quoique* et s'exprime par *quamvis*; *ce n'est pas à dire pour cela que*, *il ne s'en suit pas pour cela que*, s'exprime par *non ideò, non idcircò, non continuò.*

---

§ XXV. *Sans* suivi d'un infinitif.

296. I. Il est sorti sans fermer la porte, *tournez*, et il n'a pas fermé la porte, *exiit, nec fores clausit.* — La préposition *sans* suivie d'un infinitif, quand la phrase qui la précède n'est ni négative, ni interrogative, se tourne par *et ne... pas*, et s'exprime par *nec*.

II. Personne ne devient savant, qui peut devenir savant sans lire beaucoup? *Nemo fit doctus, quis potest doctus fieri quin multa legat?* — Si la phrase qui précède *sans* est négative ou interrogative, cette préposition s'exprime par *quin* avec le subjonctif.

III. Je ne partirai pas sans vous avoir dit adieu, *tournez*, avant que je vous aie dit adieu : *non proficiscar priùsquàm tibi vale dixerim.*

Lorsque *sans* peut se tourner par *avant que*, on l'exprime par *priusquàm.*

REMARQUE. Il y a beaucoup d'autres manières de rendre la préposition *sans* suivie d'un infinitif. Voici les principales :

Sans pleurer, *sine lacrymis.* — Sans craindre, *sine metu.* — Passer la nuit sans dormir : *noctem insomnem ducere.* — Sans blesser sa conscience : *salvâ fide.* — Sans se plaindre : *æquo animo.* — Sans faire semblant de rien : *dissimulanter.* — Sans y penser : *temerè, imprudenter.* — Sans rire : *remoto joco.* — Sans tarder : *nullâ interpositâ morâ.*

* * *

§ XXVI. *Au lieu de, loin de, à force de,* suivis d'un infinitif.

297. I. Au lieu de lire il joue, *tournez*, lorsqu'il devrait lire : *quùm legere deberet, ludit.* — Au lieu de jouer il lit, *tournez*, lorsqu'il pourrait jouer : *quùm posset ludere, legit.* — *Au lieu de,* selon le sens de la phrase, se tourne par *lorsque je devrais ... quùm deberem,* ou *lorsque je pourrais... quùm possem...*

II. Lisez au lieu de badiner, *tournez*, lisez, mais ne badinez pas : *lege, non autem nugare.* — *Au lieu de,* précédé d'un impératif se traduit par *non autem,* et le verbe qui le suit se met aussi à l'impératif.

III. Il lit au lieu que vous badinez, *tournez*, vous, au contraire, vous badinez : *legit ille, tu verò nugaris.* — *Au lieu que* se tourne par *au contraire,* et s'exprime par *verò* ou par *autem* que l'on met après le premier mot de la seconde proposition.

* * *

298. Il combattait au lieu de fuir : *pugnabat nedùm fugeret.*

Loin de m'aimer, il me regarde à peine, *tournez,*

il me regarde à peine, loin qu'il m'aime : *vix me as-picit, nedùm amet.*

Loin que vous puissiez fournir à sa dépense, à peine un satrape le pourrait-il : *vix ejus sumptus suf-ferre posset satrapes, nedùm tu possis.* TER.

Loin de, loin que, et *au lieu de* pris dans le même sens, se rendent par *nedùm* qui doit toujours se trou-ver dans la dernière partie de la phrase.

———

299. A force de travailler, il est devenu savant, *tournez,* par beaucoup de travail : *multo labore doc-tus evasit.*

A force de devant un infinitif se rend par le nom dérivé du verbe avec *multus, a, um,* que l'on fait accorder avec le nom.

———

§ XXVII. *Malgré.*

300 I. Il a fait cela malgré lui : *id invitus fecit.*

Je l'ai renvoyé malgré lui : *illum invitum dimisi.*

J'ai fait cela malgré lui : *id illo invito feci.*

Malgré avant un nom de personne se rend par *in-vitus, a, um,* que l'on fait accorder avec ce nom.

II. Il le tua malgré ses cris redoublés, *tournez,* quoi-qu'il criât beaucoup : *illum, quamvis clamitaret, inter-fecit.*—*Malgré* avant un nom de chose se tourne par *quoique, quamvis,* et le nom se traduit par le verbe correspondant qu'on met au subjonctif.

———

§ XXVIII. *Remarque sur les adverbes de lieu.*

301. Partout où il est, *ubicumque est;* partout où il va, *quocumque pergit;* de quelque côté qu'il vienne, *undecumque veniat;* partout où il a passé, *quàcum-que iter fecit.*

Les adverbes de lieu se rendent de diverses manières selon les questions de lieu auxquelles ils se rapportent (voy. le tableau pag. 63).

---

§ XXIX. *Remarques sur les adverbes de quantité.*

302. I. Vous voyez combien nous sommes ici : *vides quàm multi hîc adsimus :* et non pas *quot adsimus.*—*Combien*, signifiant *combien de personnes*, s'exprime par *quàm multi.* (*Quot* et *tot* ne s'emploient que devant un nom exprimé.)

II. Combien y en a-t-il qui soient éloquents ? *quotusquisque est disertus ?*—*Combien*, signifiant combien peu, s'exprime par *quotusquisque, quotaquæque.*

III. Bien autrement : *longè aliter.*—Devant *autrement, aliter, bien*, s'exprime par *longè.*

IV. Un peu d'eau, *tantillùm aquæ ;* un peu blessé, *leviter vulneratus ;* il se fâche un peu, *leviter irascitur ;* un peu plus savant, *paulò doctior.*—*Un peu* devant un nom s'exprime par *tantillùm, aliquantulùm,* avec le génitif ; devant un adjectif ou un adverbe ou un verbe par *leviter ;* devant un comparatif, par *paulò, aliquantò.*

V. Je le haïssais plus : *eum pejùs oderam.*— *Plus*, devant *odisse* et *fugere*, se rend par *pejùs.*

VI. Il possède plus de cinq cents arpens de terre : *plus quingenta jugera agri possidet.*—Ils combattirent pendant plus de deux heures : *pugnaverunt ampliùs horas duas* ou *horis duabus.*— On perdit moins de sept cents hommes : *milites sunt minùs septingenti desiderati.*—*Plus de, moins de*, suivis d'un nom de nombre cardinal et d'un substantif, se rendent : *plus* par *plus, ampliùs ; moins* par *minùs ; de* se tourne par *que* et s'exprime par *quàm*, qu'on sous-entend le plus ordinairement. On met le nom suivant au cas qu'exige sa position dans la phrase, sans avoir égard à *plus, ampliùs, minùs.*

VII. J'ai assez peu d'ambition pour mépriser les honneurs, *tournez*, est en moi si peu d'ambition que je méprise... *inest in me tam parùm ambitionis, ut honores despiciam.*—*Assez peu... pour* se tourne par *si peu...que.* On exprime *si* par *tàm*, *peu* de différentes manières, selon les mots auxquels il est joint, et *que* par *ut* avec le subjonctif.

VIII. Il a trop peu d'esprit pour conduire cette affaire, *tournez*, il a moins d'esprit que (il faut) pour... *minùs habet ingenii, quàm ut rem gerat.* — Il avait trop peu de soldats pour vaincre, *tournez*, il avait moins de soldats que (il fallait) pour... *pauciores habebat milites, quàm ut vinceret.* — Il était trop peu estimé pour..., *tournez*, il était moins estimé que (il fallait), pour... *minoris æstimabatur quàm ut...*

Trop peu... pour se tourne par *moins qu'il faut pour que* ; *moins* s'exprime de différentes manières selon le mot qu'il précède, *que* se rend par *quàm* ; *il faut*, *oportet*, se sous-entend toujours ; *pour que* se traduit par *ut* avec le subjonctif.

IX. Il vous importe autant qu'il m'importe peu : *tuâ tàm magni refert, quàm parvi meâ.*—Après *autant*, *que* suivi de *peu*, s'exprime par *quàm. Autant* s'exprime par *tàm magni* et non par *tanti* parce que *tanti* ne peut avoir *quàm* pour corrélatif.

X. Il est autant estimé qu'il est aimé : *tanti fit quantùm amatur.* — On doit employer *quantùm* et non *quanti*, parce que *amatur* n'est point un verbe d'estime.

XI. Autant que je puis prévoir : *quantùm prospicere possum* (s.-ent. *tantùm*).—*Autant que*, au commencement d'une phrase, s'exprime par *quantùm*.

XII. Vous avez beaucoup de loisir, je n'en ai pas autant, *habes multùm otii, non habeo tantùmdem.* — J'ai beaucoup de livres, vous n'en avez pas autant : *sunt mihi libri multi, non sunt tibi totidem.*— Tu es savant je ne le suis pas autant : *es doctus, non sum item.* — Vous l'aimez, je ne l'aime pas autant : *eum amas, non amo tantùmdem.* — J'estime beaucoup la vertu, vous ne l'estimez pas autant : *magni facio virtutem, non eam œstimas tantidem.*

Autant, à la fin d'une phrase, s'il se rapporte à un nom de choses qui ne se comptent pas, s'exprime par *tantùmdem ;* à un nom de choses qui se comptent, par *totidem ;* à un adjectif, par *item ;* à un verbe ordinaire, par *tantùmdem ;* à un verbe de prix, par *tantidem.*

XIII. Il est aussi prudent qu'homme du monde, que qui que ce soit, *tournez,* que celui qui l'est le plus : *tam prudens est quàm qui maximè* (s. *est*). — Cela m'est aussi agréable que quoi que ce soit, *tournez,* que ce qui me l'est le plus : *id mihi tam gratum est quàm quod maximè* (s. *est*). — Il est autant estimé que qui que ce soit, *tournez,* que celui qui l'est le plus : *tanti fit quanti qui plurimi* (s. ent. *fit*). — La vieillesse était aussi honorée à Lacédémone qu'en aucun lieu du monde, *tournez,* qu'où elle l'était le plus : *senectus tantùm honorabatur Lacedæmone quantùm ubi maximè.* (s. ent. *honorabatur*). — Il est aussi paresseux que jamais, *tournez,* que lorsqu'il l'est le plus, *tam piger est quàm quùm maximè* (s. ent. *est*).

Qu'homme du monde, que qui que ce soit, que chose du monde, que quoi que ce soit, s'expriment par *quàm qui maximè, quàm quod maximè,* et après un verbe de prix, par *quanti qui plurimi, quanti quod plurimi ; que jamais* s'exprime par *quàm quùm maximè,* et *qu'en aucun lieu du monde* par *quàm ubi maximè.*

XIV. Tant il est vrai qu'une amitié fidèle est rare, *tournez,* tant une amitié fidèle est rare : *adeò rara est amicitia fidelis.* — La locution *tant il est vrai que* se tourne par *tant* et s'exprime par *adeò, usque adeò.*

xxx. *Ne... que.*

303. La louange n'est due qu'à la vertu (est due seulement à la vertu), *laus virtuti solummodò* ou *tantummodò debetur;* (est due à la seule vertu), *laus soli virtuti debetur.*

Il n'a pris que sa robe (rien autre chose si ce n'est): *nihil aliud nisi togam sumpsit.*

Ne... que signifiant seulement, se rend par *tantùm, solùm, tantummodò, solummodò,* ou *solus, a, um; ne... que* signifiant rien autre chose que, se rend par *nihil aliud quàm, ac, atque, nisi.*

———

§ xxxi. Que *à la place de* si, quand, avant que.

304. I. Si vous l'aviez voulu et que vous l'eussiez pu : *si voluisses ac potuisses.* — *Que* employé pour éviter la répétition de *si, quand, lorsque, puisque* ne s'exprime pas en latin.

II. Je ne partirai pas d'ici que je ne vous aie vu : *non hinc proficiscar priusquàm te viderim.* — *Que* entre deux verbes et signifiant *avant que* se traduit par *priusquàm, antequàm.*

———

§ xxxii. Que *précédé des mots qui expriment des rapports de temps.*

305. I. *A peine* fut-il arrivé qu'il tomba malade: vix *advenit* quum *in morbum incidit.* — *A peine* s'exprime par *vix* et le *que* suivant par *quùm* avec l'indicatif.

II. Présentement *que : nunc* quum. — Hier *que : heri* quum. — La dernière fois *que* je vous vis : *proximè* quum *te vidi.* — Un jour *que* j'étais avec vous : *quàdam die* quum *tecum essem.* — Il y a long-temps *que* je vous attends : *diù est* quum *te exspecto.* — Du temps *que* Rome florissait : *tùm* quum *Roma floreret.* — Un jour viendra *que : tempus erit* quum. — *Que* après les adverbes et les noms de temps s'exprime par *quùm.*

III. Il y a deux ans *qu*'il est mort: *duo anni effluxére* EX QUO *mortuus est.* (*Ex illo tempore ex quo.*) — La conjonction *que* précédée d'un nom de temps se rend par *ex quo* quand elle peut se tourner par *depuis que.* On sous-entend *ex illo tempore.*

IV. Aussitôt *qu*'il fut arrivé il tomba malade, il ne fut pas plus tôt arrivé *qu*'il tomba malade : *statim ut advenit, in morbum incidit.*—La conjonction *que* précédée des adverbes, *aussitôt, ne pas plus tôt, statim,* se rend par *ut* avec l'indicatif.

---

§ XXXIII. *Pour peu que.*—*Tout... que.*

306. Pour peu que vous vouliez réfléchir , vous comprendrez la chose, *tournez ,* si vous voulez même le moins réfléchir : *si vel minimùm cogitare volueris , rem percipies.*

Pour peu que se tourne par *si même le moins,* et s'exprime par *si vel minimùm.*

---

307. Tout savant qu'il est : *quantumvis sit doctus.*

Tout... que séparé par un adjectif se tourne par *quoique* et se rend par *quantumvis, quamvis, licet.*

===

CHAPITRE XIII. REMARQUES DÉTACHÉES.

§ 1. *Substantifs.*

308. Nom concret pour un nom abstrait. *A puero, à pueris,* pour *à pueritiâ.*

Quàm miserum est, carere consuetudine amicorum, homini præsertim docto *à puero,* et artibus ingenuis erudito! Cic. — Ingenuis artibus *à pueris* dediti fuimus. Cic.

309. Nom abstrait pour un nom concret. *Juventus* pour *juvenes*, *servitium* pour *servi*; *militia* pour *milites*; *remigium* pour *remiges*, etc., de même qu'en français on dit *la jeunesse* pour *les jeunes gens*, *le sexe* pour *les personnes du sexe*, *les femmes*, etc.

Legendus est Gracchus orator *juventuti*. Cic. — Servitia sileant. Cic. — Rex Antiochus cum omni *militiâ* interficitur. Just. — Hannibalem parata instructaque *remigio* excepit navis. Liv.

310. Nom propre pour un nom commun, de même qu'on dit en français : Un *Auguste* aisément peut faire des *Virgiles*.

Sint *Mæcenates*, non deerunt, Flacce, *Marones*. Mart. — *Irus* et est subitò, qui modò *Crœsus* erat. Ovid.

311. Le singulier pour le pluriel, de même qu'en français on dit : Du *berger* et du *roi* la poussière est la même.

Fugientes Volscos *eques romanus* libero campo adeptus, parte victoriæ fruitur. Liv. — Ceres frumenta invenit, cùm antea glande vescerentur. Plin. — Frequens fuit Platonis *auditor*. Cic.

312. Le pluriel pour le singulier, par emphase, comme l'on dit français : C'est la vertu qui a soutenu dans toutes les positions de la vie *les Antonin*, *les Socrate*, *les Fénélon*.

Imitemur nostros *Brutos*, *Camillos*, *Curios*, *Fabricios* : amemus patriam, pareamus senatui, consulamus bonis. Cic.

313. Le génitif, dans la locution *venit mihi alicujus in mentem*, je me souviens de quelqu'un, s'explique par l'ellipse d'un substantif. *Venit mihi Platonis in mentem*, c'est-à-dire, (*recordatio*) *Platonis venit mihi in mentem*, le souvenir de Platon m'est venu dans l'esprit. Cic.

Sp. Carvilio graviter claudicanti ex vulnere ob rempublicam accepto et ob eam causam verecundanti in publicum prodire, mater dixit : quin prodis, mi Spuri? quotiescumque gradum facies, toties tibi *tuarum virtutum* veniat in mentem. Cic.

314. Le datif s'emploie quelquefois pour marquer le même rapport que les prépositions *ad, apud.*

Datif au lieu de *ad.*

Nuntius *regi* venit Romanos Dyrracchium venisse. Liv. — It clamor *cælo.* Virg.

Datif au lieu de *apud.*

Nec major apud Cattos peditum laus quàm *Tencteris* equitum. Tac. — Arsaces non minùs memorabilis *Parthis* fuit, quàm *Persis* Cyrus, *Macedonibus* Alexander, *Romanis* Romulus. Just.

§ 11. *Adjectifs et pronoms.*

315. L'adjectif joint à un verbe tient la place d'un adverbe. *Redit acrior ad pugnam*, c'est-à-dire, *acriùs*, il retourne avec plus d'ardeur au combat. Cette construction est surtout fréquente chez les poètes.

Socrates venenum *lætus* et *libens* hausit. Sen. — Ferte *citi* ferrum. Virg. — Veniam meretur, qui *imprudens* nocuit. Quint. — Quidquid præcipies, esto brevis, ut citò dicta Percipiant animi *dociles*, teneantque *fideles.* Hor. — Exemplaria græca *Nocturnd* versate manu, versate *diurnd.* Hor.

316. *Quantus* se met pour *ut tantus, qualis* pour *ut talis, undè* pour *ut indè, quò* pour *ut eò, ubi* pour *ut ibi. Quantus, qualis, undè, quò, ubi* sont alors suivis du subjonctif.

Gratulor tibi, cùm tantùm vales apud Dolabellam, *quantùm* si ego apud sororis filium valerem, jam salvi esse *possemus.* Cic. — Plancius tribunus plebis fuit, non fortasse tàm vehemens quàm isti, quos tu jure laudas; sed certè talis, quales si omnes semper fuissent, nunquàm desideratus vehemens esset tribunus (1). Cic.

(1) On n'aurait jamais eu besoin d'un tribun ardent (dont le zèle pût lutter contre la fureur de ses collègues.)

— Artaxerxes Lampsacum urbem Themistocli donârat, *undè*
vinum *sumeret.* Nep.— Nihil tàm altè natura constituit, *quo*
virtus non *possit* eniti. Curt. — Omnibus bonis certus est in
cœlo definitus locus, *ubi* beati œvo sempiterno *fruantur.* Cic.

---

317. *Idem, et ipse* se mettent élégamment au lieu
de *etiam,* aussi.

Quidquid honestum est, *idem* est utile. Cic. — Darius cùm
vinci suos videret, mori voluit *et ipse.* Just.

---

318. *Et is, idemque,* se mettent élégamment au
lieu de *et quidem,* et même.

Non lubet mihi deplorare vitam, quod multi, *et ii docti,*
sæpè fecerunt. Cic. — Privatas causas, *et eas* tenues agimus
subtiliùs : capitis aut famæ ornatiùs : epistolas verò quotidianis
verbis texere solemus. Cic. — Vitium est, quod quidam nimis
magnum studium multamque operam in res obscuras atque
difficiles conferunt, *easdemque* non necessarias. Cic.

---

319. Dans ces expressions : *quoad ejus facere po-*
teris, quoad ejus fieri potest, autant que vous pourrez,
autant que possible, *quoad ejus* semble tenir lieu de
quantùm ejus rei ou *quidquid ejus rei.*

Tu velim ne intermittas, *quoad ejus* facere poteris, scribere
ad me. Cic. — Oratoris officium est, de his rebus posse dicere,
quæ res ad usum civilem, moribus ac legibus constitutæ sunt,
cum assensione auditorum, *quoad ejus* fieri poterit. Ad Her.

---

320. *Quî* est un ablatif de *qui, quæ, quod,* ou de
quis, quæ, quid; il est de tout genre et de tout nombre, et s'emploie surtout avec *cum : quicum.* On
sous-entend souvent avec *quî* les ablatifs *modo, ra-*
tione.

Nihil est turpius, quàm cum eo bellum gerere, *quîcum* fami-
liariter vixeris. Cic. — Aristides in tantâ paupertate decessit,
ut, *quî* efferretur, vix reliquerit. Nep. — *Quî* fit, Mæcenas, ut

nemo, quam sibi sortem, Seu ratio dederit, seu sors objecerit,
illà Contentus vivat, laudet diversa sequentes. Hor.

---

321. *Si quis, si quæ, si quid, si qua, si qui,* se
mettent élégamment pour *quicumque, quidquid, omnes ii qui,* quiconque, tout ce qui, tous ceux qui.

Araneolæ rete texunt, ut, *si quid* inhæserit, conficiant. Cic.
—In privatis rebus *si quis* rem mandatam non modò malitiosiùs
gessisset, suì quæstùs aut commodi causâ, verùm etiam negli-
gentiùs; cum majores summum admisisse dedecus existimabant.
Cic. — *Si qui* voluptatibus ducuntur, missos faciant honores;
ne attingant rempublicam. Cic.

---

322. *Nihil* se met pour *nemo, non, minimè; nemo*
pour *nullus; nullus* pour *minimè.*

Nihil me infortunatius, *nihil* fortunatius est Catulo. Cic. —
Nihil mea carmina curas; *nil* nostrî miserere. Virg.—Vir nemo
bonus ab improbo se donari vult. Cic. — Nolite arbitrari, me,
cùm à vobis discessero, nusquàm, aut *nullum* fore. Nec enim,
dùm eram vobiscum, animum meum videbatis : sed eum esse
in hoc corpore, ex his rebus, quas gerebam, intelligebatis.
Eumdem igitur esse creditote, etiamsi *nullum* videbitis Cic.

---

§ III. *Verbes.*

323. La première personne du pluriel se met pour
la première personne du singulier.

Sex libros de republicâ tunc *scripsimus,* cùm gubernacula
reipublicæ *tenebamus.* Cic.

---

324. En latin comme en français, le présent s'emploie au lieu du prétérit pour rendre la narration
plus vive, plus animée.

Pisidas resistentes Datames *invadit,* primo impetu *pellit,*
fugientes *persequitur,* multos *interficit,* castra hostium *capit.*
Nep.

325. Le parfait et le plus-que-parfait de l'indicatif se mettent au lieu du plus-que-parfait du subjonctif.

Mazæus , si transeuntibus flumen Macedonibus supervenisset, haud dubiè oppressurus *fuit* incompositos. Curt.

Populus Romanus, Cæsare et Pompeio trucidatis, rediisse in statum pristinæ libertatis videbatur : et *redierat*, nisi aut Pompeius liberos, aut Cæsar hæredem reliquisset. Flor. — *Perierat* imperium, si Fabius tantùm ausus esset, quantùm ira suadebat. Sen.

---

326. Le futur absolu a quelquefois le sens et la force de l'impératif.

Valebis, meaque negotia *videbis* , meque , Deo juvante, ante brumam *exspectabis*. Cic.

---

327. Le présent du subjonctif se met quelquefois au lieu du futur.

Ubi socordiæ te atque ignaviæ tradideris , nequicquam deos *implores*; irati infestiquè sunt. Sall. — Unus furiosus gladiator, cum teterrimorum manu , contra patriam gerit bellum. Huic *cedamus?* hujus conditiones *audiamus?* Cic.

---

328. Le parfait du subjonctif au lieu du présent du même mode.

Nihil gratiæ causâ *feceris*. Cic. — Si quis *voluerit* animi sui notionem evolvere, jam se ipse doceat, eum virum bonum esse, qui prosit, quibus possit, noceat nemini. Cic.

---

329. L'infinitif s'emploie, dans les poètes particulièrement : 1° au lieu du génitif du gérondif, 2° au lieu du supin après les verbes de mouvement, 3° comme complément d'un adjectif.

Sed , si tantus amor casus *cognoscere* nostros, Et breviter Trojæ supremum *audire* laborem , Incipiam. Virg. — Consilium capit omnem à se equitatum *dimittere*. Cæs.

Non nos aut ferro Libycos *populare* penates *Venimus*, aut raptas ad littora *vertere* prædas. Virg.

12*

Nescia mens hominum fati, sortisque futuræ, Et *servare*
modum, rebus sublata secundis. Virg. — *Indocilis* pauperiem
pati. Hor. — Non ille pro caris amicis, Aut patriâ *timidus*
perire. Hor. — Nos numerus sumus et fruges *consumere nati.*
Hor. — Ambo florentes ætatibus, Arcades ambo ; Et *cantare*
pares, et *respondere parati.* Virg. — Occidit una domus : sed
non domus una *perire Digna* fuit. Ovid. — *Insueto* Philippo vera
audire, ferocior Æmilii oratio visa est, quàm quæ habenda
apud regem esset. Liv.

---

330. *Cœpit* se sous-entend élégamment devant
l'infinitif. Nous avons imité ce tour : «Grenouilles aussitôt de sauter dans les ondes. » La Fontaine (*com-*
mencèrent de sauter).

Plebs, conjuratione patefactâ, quæ primò cupida rerum
novarum nimis bello favebat , mutatâ mente, Catilinæ consilia
exsecrari, Ciceronem ad cœlum *tollere.* Sall.

---

§ iv. *Participes.*

331. Il ne faut pas confondre l'adjectif verbal en
ans , *ens* avec le participe actif présent. L'adjectif
verbal marque une habitude et se construit avec le
génitif, le participe indique l'acte et régit le même
cas que le verbe d'où il vient. *Amans virtutem* est
celui qui actuellement aime la vertu , *amans virtutis*
est celui qui a l'habitude constante de cet amour.

Naturâ sumus studiosissimi appetentissimique honestatis. Cic.
— Omnis summa philosophiæ ad beatè vivendum refertur,
idque unum expetentes homines se ad hoc studium contule-
runt. Cic.

---

332. Les participes en *bundus* gouvernent le
même cas que les verbes d'où ils viennent.

Ut Epaminondas audivit Thebanos vicisse , Bene agere se rem
dixit : atque ita, velut *gratulabundus patriæ*, exspiravit. Just.
— Mithridates multas gentes, Romanum *meditabundus bellum*,
variis beneficiis jam antè illexerat. Just.

333. Le participe passif se joint au verbe *habeo*, qui devient alors une sorte d'auxiliaire. Remarquez toutefois qu'on n'emploierait pas cette tournure avec un participe qui exclurait l'idée de possession. Au lieu de *emi domum*, on peut dire *habeo domum emptam*, j'ai acheté une maison; mais on ne pourrait pas dire *habeo domum venditam*, au lieu de *vendidi domum*.

Atticus philosophorum ita *percepta habuit* præcepta, ut iis ad vitam agendam, non ad ostentationem uteretur. Nep. — An quisquam potest probare, quod *perceptum*, quod *comprehensum*, quod *cognitum* non *habet*? Cic.

———

334. Les Latins ont donné quelquefois à des verbes qui ne régissent pas l'accusatif un participe futur passif.

Ea omninò *deliberanda* non sunt, in quibus est turpis ipsa deliberatio. Cic. — Non paranda nobis solùm, sed *fruenda* etiam sapientia est. Cic. — Expetuntur divitiæ, cùm ad usus vitæ necessarios, tùm ad *perfruendas* voluptates. Cic. — Agesilaus maximam habebat fiduciam regni Persarum *potiundi*. Nep.

———

§ v. *Adverbes.*

335. Deux négations se neutralisent et équivalent à une affirmation.

Nulli non ad nocendum satis virium est. Sen. — *Nemo non* benignus est sui judex. Sen. — Iris *nunquàm non* adversa soli est. Sen. — Atticus rei familiari tantùm operæ dabat, quantùm *non indiligens* debebat pater-familiâs. Nep.

———

336. *Minùs* se met pour *non.*

Nonnunquàm ea quæ prædicta sunt *minùs* eveniunt. Cic.

———

337. *Dùm* pour *adhuc*, encore, s'ajoute aux négations *non*, *nec*, *neque*, *nihil*, *nullus*, *haud.*

Nondùm est virtus, pessimis esse meliorem. Sen. — Quintus frater quid agat, si scis, *nequedùm* Româ es profectus, scribas ad me velim. Cic. — Jul. Cæsar, animadversâ apud Herculis templum Magni Alexandri imagine, ingemuit, et quasi pertæsus ignaviam suam, quòd *nihildùm* à se memorabile actum esset, in ætate quâ jam Alexander orbem terrarum subegisset. Suet. — *Nullasdùm* in Asiâ civitates socias habebat populus Romanus. Liv. — Fiebant itinera, quanta fieri sinebat hiems *hauddùm* exacta. Liv. — Arvum dicitur, quod aratum, *necdùm* satum est. Varr.

CHAPITRE XIV. Ellipse et pléonasme.

Nous ne ferons mention dans ce chapitre que des ellipses que nous n'avons point encore eu l'occasion d'expliquer.

§ 1. *Ellipse.*

338. *Campum* est sous-entendu quand on dit *per apertum ire*, parcourir la plaine.

Caro est sous-entendu avec *ferina, canina, vervecina*, etc.

Legati a Dario Carthaginem venerunt, afferentes edictum, quo Pœni *caninâ* vesci prohibebantur. (*carne.*) Just.

Castra est sous-entendu avec ces mots *æstiva* et *hiberna*, quartiers d'été, d'hiver; et avec *stativa*, retranchemens.

Dii est sous-enseudu avec ces mots : *superi, inferi, manes.*

Flectere si nequeo *superos*, Acheronta movebo. (*Deos.*) Virg.

Festa est sous-entendu avec les noms qui signifient les fêtes des divinités païennes, tels que *Saturnalia, Cerealia.*

Locus est sous-ent. avec une infinité d'adjectifs.

Castris in apertis[1] positis. Liv. — *In invium[2], in avium[2]* — *Ab humili[3], ad summum[2]*.—*In medio[3] situs.*—([1] *locis*, [2] *locum*, [3] *loco*.)

Loca se sous-entend avec les adjectifs *superna, infera*, etc.

Ludi se sous-ent. avec *circenses*, *Megalenses*.

Manus se sous-ent. avec *dextra*, *lœva*, *sinistra*.

Mare est sous-entendu avec *tranquillum*, *profundum*, *altum*.

Littus ama, *altum* alii teneant. Virg.

Millia est sous-entendu dans ces expressions : *Sestertiûm decem*, c.-à-d., *decem millia sestertiorum*, dix milliers de petits sesterces, ou dix grands sesterces. *Decies sestertiûm*, sous-ent. *centena millia*, dix fois cent milliers de petits sesterces, un million de petits sesterces ou mille grands sesterces.

Navis est sous-ent. à l'accusatif dans ces phrases : *Solvite portu*. — *Appulit ad portum* (*navem*).

Pars est sous-entendu dans *dextera*, *sinistra*, *quadragesima*, etc.

Pro litibus *quadragesima* summæ exigebatur. (*pars*.) Suet.

Partes, accusatif pluriel, est sous-entendu avec *primas*, *secundas*, etc.

Quis unquam dubitavit, quin in republicâ nostrâ *primas* eloquentia tenuerit semper, urbanis pacatisque rebus: *secundas*, juris scientia ? Cic.

———

359. *Pecunia* est sous-ent. dans *repetundarum* et *repetundis*, génitifs et ablatifs pluriels.

Postulare aliquem de *repetundis*. (*pecuniis*.) — Insimulari *repetundarum*. (*pecuniarum*.)

Passus, *passuum*, est sous-ent. dans *ire duo millia*; *longitudo septingentorum millium*.

Tempus est sous-ent. à l'ablatif dans ces expressions : *brevi*, *ex quo*, *ex illo*; et à l'accusatif dans ces expressions : *in posterum*, *in perpetuum*, *in æternum*, *in longum*, *in longius*.

Ex quo pecunia in honore esse cœpit, verus rerum honor cecidit. (*tempore*.) Sen. — Archimedes unus obsidionem Syracusarum in *longius* traxit. (*tempus*.) Quint.

Res est sous-entendu dans cette phrase : *satin' sal-væ* (1)? c.-à-d. *satisne res tuæ sunt salvæ?*

Verba est sous-ent. dans ces phrases si communes : *Quid multa?* c.-à-d., *quid dicam multa verba? ne plura*, c.-à-d., *ne dicam plura verba; ne multis*, c.-à-d. *ne utar multis verbis; paucis te volo*, c. à-d., *volo te alloqui in verbis paucis.*

Spatio est sous-entendu dans cette phrase : *a castris aberam bidui.* Cic.

Via ou *parte* est sous-entendu avec *ea*, *quá*, *quá-cumque*, *aliá*, etc.

Hispania, nisi *quá* Gallias tangit, pelago undique cincta est. Pomp. Mel. — Hannibal, *quácumque* iter fecit, cum omnibus incolis conflixit. Nep. — Xerxes, *quá* sex mensibus iter fecerat, *eádem* minùs diebus triginta in Asiam reversus est. Nep. — Equites, sine duce relicti, alii *aliá* in civitates suas dilapsi sunt. Liv.

Aliquis, aliquid se sous-entend ordinairement lors-qu'il est l'antécédent du pronom relatif *qui, quæ, quod.*

In Homero hoc maximum est, quòd neque ante illum, *quem* ille imitaretur, neque post illum, *qui* eum imitari possit inventus est. Vell. — Nihil est difficilius, quàm reperire *quod* sit omni ex parte in suo genere perfectum. Cic.

---

340. *Dico.* Ce verbe se sous-ent. très-souvent en latin. *Quid multa?* c.-à-d. *quid dicam multa verba?*

Fac, faites, j'accorde, supposons, supposé, se sous-entend devant *ut.*

Ut desint vires, tamen est laudanda voluntas. Ovid.

Facere est sous-entendu dans cette phrase :

Quid non mortalia pectora cogis, Auri sacra fames ! Virg.

Pertinet ou *Refert* se sous-ent. dans ces phrases :

Hoc nihil ad me. Cic. — Nihil ad rem, extrema syllaba longa sit, an brevis. Cic. — Quid ad Cæsarem, quid agat nostra Germania ? Flor.

---

(1) Formule que les Latins employaient en s'abordant au retour d'un voyage.

341. *Ita* antécédent de *ut* est sous-entendu dans les phrases suivantes :

Homo non sibi soli natus est, sed patriæ, sed suis, ut perexigua pars ipsi relinquatur. Cic. — Aristoteles ait omnes ingeniosos melancholicos esse : *ut* ego me tardiorem esse non molestè feram. Cic. — Quis est, qui velit, *ut* neque diligat quemquam, nec ipse ab ullo diligatur, circumfluere omnibus copiis, atque in omnium rerum abundantiâ vivere ? Cic.

Propter se sous-entend devant *quid*.

Quid me doces scientiam inutilem ? Sen.

---

§ II. *Pléonasme.*

342. Le pléonasme est une expression surabondante ; c'est le contraire de l'ellipse. Lorsque le pléonasme n'ajoute pas à la phrase plus de force ou plus de grâce, il est défectueux.

Pléonasme de *hoc*, *id* ou *illud*, employé ou comme sujet ou comme complément grammatical d'un verbe ayant une proposition entière pour sujet ou pour complément logique.

Id ago, ut mihi instar totius vitæ sit dies (a). Sen. — *Illud* natura non patitur, ut aliorum spoliis nostras facultates augeamus. Cic. — Inter omnes *hoc* constat, virorum esse fortium et magnanimorum, toleranter dolorem pati. Cic. — Cæsari *id* nuntiatum est, Helvetios per provinciam nostram iter facere conari (b). Cæs.

Pléonasme de *ille* devant *quidem.*

Fortis es et magnus, cùm ita sis affectus animo, ut res geras magnas *illas* quidem et maximè utiles, sed et vehementer arduas, plenasque laborum et periculorum. Cic.

Pléonasme du verbe *sum* et du pronom relatif : de même qu'on dit en français : *C'est* le même Dieu *qui* nous jugera tous.

Justitia *est*, *quæ* suum cuique distribuit. Cic. — Animus *est* qui beneficiis dat pretium. Sen. — Pectus *est quod* disertos facit. Quint.

(a) *Ago id*, scilicet, *ut*, etc. : Je fais cela, c'est-à-dire, que, etc. — (b) *Id*, scilicet, *Helvetios conari iter facere per provinciam nostram nuntiatum est Cæsari :* cela, c'est-à-dire, les Helvétiens s'efforcer de faire route à travers notre province fut annoncé à César.

CHAPITRE XV et dernier.

DES HELLÉNISMES DE LA LANGUE LATINE.

PAR M. CHARMA, PROFESSEUR DE PHILOSOPHIE A LA FACULTÉ DE CAEN

343. Toutes les langues se rapprochent par des traits communs : il est des lois générales auxquelles nul système de sons articulés n'échappe : ces habitudes universelles n'ont pas de nom ; on pourrait les appeler *Holicismes*.

Toutes les langues se distinguent par des traits individuels ; il est des lois spéciales qui président aux développemens particuliers de chacune d'elles : ces habitudes singulières ont un nom ; on les appelle *Idiotismes*.

Quand des rapports, quels qu'ils soient, unissent un peuple à un autre peuple, chacun d'eux emprunte nécessairement à l'autre des formes que sa nature propre n'eût pas produites, et que sans ce commerce il n'aurait pas connues ; quelques-unes des habitudes de langage particulières à celui-ci passent chez celui-là ; elles n'y reçoivent pas, il est vrai, le droit de cité ; on les reconnaît toujours à leur aspect étrange : mais enfin elles y ont cours, et font partie, jusqu'à un certain point, de la monnaie courante, quoique marquée à l'effigie d'une logique étrangère : ces usages venus du dehors se doivent nommer *Hétérocismes*.

L'Holicisme est le sujet de la grammaire générale ; l'Idiotisme, de la grammaire spéciale ; l'Hétérocisme, de la grammaire comparée.

La science d'une langue quelconque, à moins que cette langue n'ait point eu d'antécédens et soit restée isolée, suppose cette triple étude.

On n'aurait donc de la langue latine qu'une connaissance incomplète, si, après en avoir indiqué les Holicismes, épuisé les Idiotismes, on n'en constatait les Hétérocismes.

C'est à la Grèce que Rome a emprunté les principales aberrations de sa langue : l'Hétérocisme chez les Latins, c'est l'Hellénisme.

Faire ici un traité achevé des Hellénismes de la langue latine, c'est une prétention que nous n'avons point : nous nous contenterons de décrire et de coordonner les détails les plus importans.

L'influence de la langue grecque sur le dialecte latin est double : elle l'a modifié par son action, d'une part dans ses élémens, de l'autre dans les rapports qui unissent ces élémens entre eux : de là deux sortes d'Hellénismes; Hellénismes de nomenclature, Hellénismes de syntaxe.

§ 1. *Hellénismes de nomenclature.*

Les mots peuvent être considérés ou dans leur forme matérielle, ou dans leur valeur intellectuelle. Sous ces deux points de vue la nomenclature latine se subordonne dans certains cas à celle de la Grèce.

A. 344. Parlons d'abord des modifications apportées à l'extérieur même des mots. Ce n'est que par imitation de la déclinaison grecque, que la langue des Latins s'est donné des noms dont le nominatif singulier est en *e* ; le génitif en *es*, le datif en *e*, l'accusatif en *en*, le vocatif et l'ablatif en *e*.

Nom. μουσικ ή, music e.	Acc. μουσικ ήν, music en.
Gén. μουσικ ῆς, music es.	Voc. μουσικ ή, music e.
Dat. μουσικ ῇ, music e.	Abl. μουσικ ῇ, music e.

D'où peut venir un génitif latin comme celui que Virgile emploie dans ce vers : « In foribus lethum

Androgeo : Æneid. **VI** , 20 ? » c'est que la déclinaison grecque, chez les Attiques et les Ioniens, présente à chaque instant des génitifs semblables. Μῆνιν ἄειδε, Θεά, Πηληϊάδεω Ἀχιλῆος. HOMER. Iliad. I, 1 (*a*). Le nom neutre κῆτος, κήτεος, baleine, fait au nominatif pluriel κήτεα, et par contraction κήτη : de là dans Virgile, Æneid. V, 881 , immania *cete*.

---

345. La conjugaison latine nous offre , comme la déclinaison , des anomalies, que la langue grecque seule peut expliquer : « Ego fœdera *faxo* : Æneid XII, 316 » , ce futur est tout grec : ἄγω, ἄξω : en y joignant le digamma éolique, c'est-à-dire, le F, les Latins ont eu *faxo*.—Les Grecs redoublent presque toujours au parfait la première consonne du radical qu'ils font suivre de l'augment syllabique : λύω, λέλυκα; τιμάω, τετίμηκα. Les Latins donnent quelquefois ce redoublement au parfait de leurs verbes, et comme ils ne connaissent pas l'augment, ce n'est pas seulement la première consonne du radical qu'ils répètent, ils y joignent encore la voyelle qui suit : *mordeo* , *momordi*, *posco* , *poposci* : mais s'ils changent cette voyelle, c'est l'augment grec qu'ils y substitueront : *pangere*, *pepigi; canere, cecini; tangere, tetigi.*

---

346. La *Syncope* est un holicisme que la rapidité de la couversation amène inévitablement: elle est plus fréquente pourtant chez les Grecs que chez les Latins : ἴδμεν pour ἴδομεν ; ἦλθον pour ἤλυθον ; οἶσθα pour οἶδασθα; ἔσαι pour ἔσεται : en Latin nous trouvons *fertis* pour *feritis; Hercle* pour *Hercule* : *composta* pour *composita.*

(a) Chante , déesse ; le ressentiment d'Achille , fils de Pélée.

347. La *Tmèse* sépare les deux éléments qui entrent dans la composition d'un mot :

Quæ me *cumque* vocant terræ. VIRGIL. *Æneid.*, I, 610.
Hac celebrata *tenus* sancto certamina patri. ID. *ibid.* V, 603.

Hanc ego nunc ignaram hujus quodcumque pericli est,
Inque salutatam linquo... ID. *ibid.* IX, 285.
Ille pedem referens et inutilis, *inque ligatus*
Cedebat.............. ID. *ibid.* X, 793.

L'exemple le plus hardi que Virgile nous donne de cette licence, est sans doute celui des Géorgiq. III, 381.

Talis hyperboreo *septem* subjecta *trioni*
Gens effræna virum Rhiphæo tunditur Euro.

Cette audace est encore loin de celle de ce vieux poète qui a coupé en deux pièces un mot qui n'est point composé :

Saxo *cere* comminuit *brum.* ENNIUS, *fragm.*

Quoi qu'on puisse penser de cette forme grecque qui souvent unit une préposition à un verbe, souvent aussi l'en sépare, et qui permet de dire indifféremment κατακίουσα δάκρυ, ou κατὰ δάκρυ χίουσα, il est certain qu'il ne faut pas chercher ailleurs l'origine de la tmèse latine.

––––––––

348. *L'adjonction* est encore une modification des mots dont les Latins doivent l'idée aux Grecs. ἔγωγε a produit *hicce* et tous les composés analogues.

––––––––

B. 349. Voilà pour la forme matérielle ; voici pour la valeur intellectuelle.

La signification habituelle d'un mot latin varie quelquefois pour se rapprocher de celle du mot grec correspondant.

Εὖ ἀκούειν, κακῶς ἀκούειν, m. à m. bien entendre,

mal entendre, signifient constamment avoir une bonne réputation, avoir une mauvaise réputation.

Ἀνάγκη γὰρ, ὡς ἔοικε, μέλειν ἡμῖν καὶ τοῦ ἔπειτα χρόνου· ἐπειδὴ καὶ τυγχάνουσι κατά τινα φύσιν οἱ μὲν ἀνδραποδωδέςατοι οὐδὲν φροντίζοντες αὐτοῦ, οἱ δ' ἐπιεικέςατοι, πᾶν ποιοῦντες ὅπως ἂν εἰς τὸν ἔπειτα χρόνον εὖ ἀκούωσιν.　　　PLAT. *Epist.* II (1).

Βασιλικὸν μὲν εὖ πράττειν, κακῶς δὲ ἀκούειν.

MARC. ANTONIN. VII, 36 (2).

C'est dans ce sens que P. Syrus a dit :

Bene vulgo *audire* est alterum patrimonium.
Nullo in loco *male audit* misericordia.

---

350. Les Grecs emploient perpétuellement les verbes ἔλπομαι, ἐλπίζω, j'espère, dans le sens d'*attendre*, que l'évènement attendu soit heureux ou malheureux.

Ἔλπεο μὴ ὁπρὸν κείνην πόλιν ἀτρεμέεσθαι,
Μηδ' εἰ νῦν κεῖται πολλῇ ἐν ἡσυχίῃ.　　　THEOGN. 47 (3).

Le mot *sperare* a été employé en latin dans le même sens :

Si genus humanum et mortalia temnitis arma,
At *sperate* deos memores fandi atque nefandi.
VIRGIL. *Æneid.* 1, 546.

---

351. *La force de Priam, le cœur de Jupiter* sont des périphrases usitées en grec, et qui n'ont le plus

---

(1) C'est pour eux, à ce qu'il semble, une nécessité de songer aussi à l'avenir ; ceux en effet qui n'en tiennent aucun compte sont, d'après quelque loi naturelle, les plus méprisables des hommes ; ceux-là au contraire en sont les plus estimables, qui travaillent sans cesse à transmettre un nom honorable à la postérité.

(2) Il y a quelque chose de royal à faire le bien, et à n'en recueillir pour prix que le blâme.

(3) Craignez que cette ville ne soit bientôt agitée, quoiqu'elle jouisse maintenant du calme le plus profond.

souvent d'autre valeur que celle du nom propre réduit à lui-même.

Ἕκτον λέγοιμ' ἂν ἄνδρα σωφρονέστατον
Ἀλκήν τ' ἄριστον, μάντιν, Ἀμφιάρεω βίαν.

ÆSCHYL. Sept. ant. Theb. 441 (1).

On rencontre des formes analogues en latin :

Cor jubet hoc Enni, postquàm destertuit esse
Mæonides quintus, pavone ex Pythagoræo. PERS. VI, 10.

———

352. Νῦν en grec, et *nunc* en latin, s'emploient
dans le sens de *mais*.

Εἰ τοῖς μεθυσκομένοις ἑκάστης ἡμέρας
Ἀλγεῖν συνέβαινε τὴν κεφαλὴν πρὸ τοῦ πιεῖν
Τὸν ἄκρατον, ἡμῶν οὐδὲ εἷς ἔπινεν ἄν·
Νῦν δὲ πρότερόν γε τοῦ πόνου τὴν ἡδονὴν
Προλαμβάνοντες ὑστεροῦμεν τἀγαθοῦ.

CLEARCH., *Comic. Fragm.* (2).

Si fato concederem, justus mihi dolor etiam adversus deos
esset, quod me parentibus, liberis, patriæ, intra juventam
præmaturo exitu raperent : *nunc* scelere Pisonis et Plancinæ
interceptus, ultimas preces pectoribus vestris relinquo.

TACIT. *Annal.* II, 71.

———

353. Ἔστιν ὅτε signifie *quelquefois* : *Est ubi* se prend
dans le même sens, et se construit de même, c'est-à-
dire, comme un adverbe.

Ἔστι δ' ὅτε καὶ ὑπ' αἰθρίῳ τῷ ἀέρι πίπτουσι κεραυνοί.

JOANN. LYD. *de Ostent.* XLV. édit. Hase (5).

———

(1) Le sixième, c'est un héros d'une haute sagesse, d'une
force invincible, un devin, Amphiaraüs.

(2) Si ceux qui s'enivrent chaque jour ressentaient avant
de boire les maux de tête qui suivent l'ivresse, nul de nous
ne s'enivrerait ; mais le plaisir précède la douleur ; et le bien
nous échappe.

(5) Quelquefois la foudre tombe, quoique le ciel soit sans
nuages.

Interdum vulgus rectum videt; *est ubi* peccat.

HORAT. *Epist.* II , I , 63.

───────

354. Ἔςιν ὡς, ἔςιν ὅπως, *est ut* , rendent les expressions françaises *il arrive* , *il peut se faire*, selon l'usage
en grec , par abus en latin.

Ἐγὼ μὲν οὖν οὐκ ἔσθ᾽ ὅπως σιγήσομαι. ARISTOPHAN. *Plut.* 18. *(1).*

   Est ut viro vir latius ordinet
   Arbusta sulcis ; hic generosior
   Descendat in campum petitor. HORAT. *Od.* III , I , 9.

───────

355. Φιλεῖν , *aimer* , s'emploie comme synonyme de
ἐθίζειν, *avoir coutume*. *Amo* remplace de même *soleo*.

Εἰρήνης δὲ γενομένης, καὶ τῆς πόλεως τιμωμένης , ἦλθεν ἐπ᾽ αὐτὴν, ὃ δὴ
φιλεῖ ἐκ τῶν ἀνθρώπων τοῖς εὖ πράττουσι προσπίπτειν, πρῶτον μὲν ζῆλος,
ἀπὸ ζήλου δὲ φθόνος.   PLAT. *Menexen.* (2).

   Aurum per medios ire satellites
   Et perrumpere *amat* saxa , potentius
   Ictu fulmineo.   HORAT. *Od.* III , XVI , 9.

───────

§ 11. *Hellénismes de syntaxe.*

356. Les Hellénismes de syntaxe se peuvent réunir
sous *quatre* chefs : Le pléonasme — l'ellipse — l'attraction — la catachrèse de cas.

───────

Du Pléonasme.

357. Quelquefois en grec et en latin on trouve
dans la phrase des mots que la grammaire ne deman-
dait point, mais qui donnent de la force ou de la

─────────────────────────────

(1) Pour moi, rien ne peut me contraindre au silence.

(2) Lorsque la ville put jouir en paix de sa gloire, elle
souleva contre elle (tel est en ce monde le sort habituel de
ce qui est heureux) d'abord l'esprit de rivalité, et bientôt l'envie qui en découle.

grâce au discours; il n'y a redondance que pour la forme : c'est ce qu'on nomme *pléonasme*.

Les Latins ont imité des Grecs plusieurs genres de *pléonasme*.

Pléonasme de nom. (*Voy*. Règl. 163.)

Τοῖον Ἀλεξάνδρῳ μυθήσατο μῦθον Ἀθήνη.

COLUTH. *Helen. rapt.* 155. (1)

Nemo'st, quem mallem, omnium :
Nam hunc scio mea solide solum *gavisurum gaudia*.

TÉRENT. *Andr.* V, v. 7.

Le même tour a été hasardé en français :

Qu'elle sera belle cette *vie* qu'ils ne *vivront* jamais ! LE-
TOURNEUR. *Young. Nuit.* 1.

Pléonasme de pronom.

Ἀ. Σύρα, Σύρα.—Σ. τί ἐςι; —Ἀ. πῶς ἡμῖν ἔχεις;—
Σ. Μηδέποτ' ἐρώτα τοῦτ', ἐπὰν γέροντ' ἴδῃς,
Ἢ γραῦν τιν'· ἴσθι δ' εὐθὺς, ὅτι κακῶς ἔχει. PHILÉM. *Fragm.* X (2).

Nam qui cupiet, metuet quoque; porro
Qui metuens vivet, liber *mihi* non erit unquàm.

HORAT. *Epist.* I, xvi, 65.

Mais je vois en pitié le Crésus imbécille
Qui jusque dans les champs *me* transporte la ville. DELILLE.

Nous disons en français :

Et moi, qui, soixante ans après lui (Corneille), viens faire parler une vieille Jocaste d'un vieil amour, et *tout cela* pour complaire au goût le plus fade et le plus faux qui ait jamais corrompu la littérature... VOLTAIRE. *Orest. Préfac.*

Cette tournure est fréquente chez les Grecs.

Κρεῖττον γάρ ἐςιν εὖ τεθραμμένην λαβεῖν

---

(1) Telles furent les paroles que Minerve adressa à Pâris.

(2) A. Syra, Syra ! — S. Qu'est-ce? — A. Comment allons-nous? — S. N'adresse jamais cette question à un vieillard ni à une vieille femme; sache bien qu'à notre âge on va toujours mal.

Γυναῖκ' ἄπροικον, ἢ κακὴν μετὰ χρημάτων
Τὴν ἐσομένην καὶ ταῦτα μέτοχον τοῦ βίου.

Diodor. Comic. Fragm. (1)

Elle se rencontre quelquefois chez les Latins.

Motus voluntarius est in nostra potestate nobisque paret ; nec id sine sausa. Cicer. <i>Fat.</i> 25.

De l'Ellipse.

358. Si l'on surcharge parfois la phrase de termes qui n'étaient pas logiquement nécessaires, d'autres fois on y supprime des mots dont l'analyse grammaticale ne saurait se passer : c'est l'*Ellipse*.

On trouve des ellipses de toute espèce de mots, mais plus particulièrement de nom, de pronom, de verbe, de préposition et de conjonction.

Ellipse de nom.

Οὐδεὶς ἀνθρώπων οὔτ' ἔσσεται, οὔτε πέφυκεν,
Ὅςις πᾶσιν ἀδὼν δύσεται εἰς Ἀίδεω. (s. a. οἶκον.) Theogn. 801 (2).

Valde tibi assentior, si multum possit Octavianus, multo firmius acta tyranni comprobatum iri, quam in *Telluris*, atque id contra Brutum fore. (*s. a.* templo.) Cicer. *ad Attic.* XVI, 15.

Μιλτιάδης μὲν γὰρ ὁ Κίμωνος τούςτε ἐς Μαραθῶνα ἀποβάντας τῶν βαρβάρων κρατήσας μάχῃ, καὶ τὸν πρὸς τὸν Μῆδον ἐπισχὼν ςόλον, ἐγένετο εὐεργέτης πρῶτος κοινῇ τῆς Ἑλλάδος· Φιλοποίμην δὲ ὁ Κραύγιδος ἔσχατος. (*s. a.* υἱός.) Pausan. VIII, liii, . (3).

(Adest) una Phœbi Triviæque sacerdos,
Deiphobe *Glauci*, fatur quæ talia regi... (*s. a.* filia.)

Virgil. Æneid. VI, 55.

---

(1) Ne vaut-il pas mieux prendre une femme estimable sans dot, qu'une méchante femme avec une grande fortune ; et cela quand il s'agit de se donner une compagne pour toute sa vie ?

(2) Nul n'a été, ni ne sera qui soit descendu ou doive descendre chez Pluton sans avoir connu la douleur.

(3) Miltiade, fils de Cimon, qui défit les barbares à Marathon, et dirigea contre le Mède une expédition navale, fut le premier des bienfaiteurs de toute la Grèce ; Philopœmen, fils de Craugis, en fut le dernier.

Ellipse de pronom.

L'ellipse la plus habituelle en grec et en latin est celle de l'accusatif du pronom réfléchi de la troisième personne.

'Ως κακῶς ἔχει
"Απας ἰατρὸς, ἂν κακῶς μηδεὶς ἔχῃ! (s. a. ἑαυτὸν.)
PHILEM. *Fragm.* XVI (1).

Benè habet : nil plus interrogo. (s. a. res se.) JUVEN. *Sat.* X, 72.

Ellipse de verbe.

C'est l'ellipse en latin du verbe *possum*, en grec du verbe δύναμαι, qu'il faut voir dans ces phrases :

'Ορθῶς γάρ ἐςι, τῶν νέων πρῶτον ἐπιμεληθῆναι, ὅπως ἔσονται ὅτι ἄριςοι, ὥσπερ γεωργὸν ἀγαθὸν τῶν νέων φυτῶν εἰκὸς πρῶτον ἐπιμεληθῆναι, μετὰ δὲ τοῦτο καὶ τῶν ἄλλων. PLAT. *Eutyphr.* 1. (2).

Condiunt Ægyptii mortuos et eos servant domi. Persæ etiam cera circumlitos condunt, ut *quam* maxime permaneant diuturna corpora. CIC. *Tuscul.* I, 45.

Ellipse de préposition.

Les prépositions que les Latins, à l'imitation des Grecs, sous-entendent le plus souvent, sont :

1° Κατὰ, *secundùm.*

Τῷ μὲν τὸ σῶμα διατεθειμένῳ κακῶς χρεία 'ςὶν ἰατροῦ, τῷ δὲ τὴν ψυχὴν, φίλου.
MENANDR. *Fragm.* XVII. (3).

Laurus erat tecti medio, in penetralibus altis,
Sacra *comam*, multosque metu servata per annos.
VIRGIL. *Æneid.* VII, 59.

---

(1) Le médecin va mal, quand tout le monde va bien!

(2) Avant tout, il faut s'occuper de la jeunesse et de son perfectionnement ; un bon agriculteur donnera d'abord ses soins aux jeunes plantes ; le reste ensuite aura son tour.

(3) Si c'est votre corps qui souffre, appelez un médecin ; si c'est votre âme, un ami.

Augustus Dalmatico bello vulnera excipit. Una acie, *dextrum genu* lapide ictus : altera autem, et *crus et utrumque brachium* ruina pontis consauciatus. SUETON. *August.* 20.

2° Ἕνεκα, *causâ.*

Εἰ δὲ ἄκων διαφθείρω, (scil. τοὺς νεοὺς) τῶν τοιούτων καὶ ἀκουσίων ἁμαρτημάτων οὐ δεῦρο νόμος εἰσάγειν ἐστὶν, ἀλλ' ἰδίᾳ λαβόντα διδάσκειν καὶ νουθετεῖν. PLAT. *Apolog. Socrat.* XIII (1).

*Justiti*æ*ne prius mirer, belli*ne *laborum?*

VIRGIL. *Æneid.* XI, 126.

3° Ἐκ qui n'a pas de correspondant en latin, du moins pour le cas qu'elle régit.

Κέκλυτέ μευ, Τρῶες καὶ ἐϋκνήμιδες Ἀχαιοί,
Μῦθον Ἀλεξάνδροιο, τοῦ εἵνεκα νεῖκος ὄρωρεν.

HOMER. *Iliad.* III, 86 (2).

Et miror *morbi* purgatum te *illius.*

HORAT. *Satyr.* II, III, 27.

Ellipse de conjonction.

Ὥστε se sous-entend dans ces phrases :

Ὅτι ἀπήχθετο Περδίκκᾳ Ἀλέξανδρος, ὅτι ἦν πολεμικός· Λυσιμάχῳ δὲ ἐπεὶ στρατηγεῖν ἀγαθός· Σελεύκῳ δὲ, ὅτι ἀνδρεῖος ἦν.

ÆLIAN. *Histor. var.* XII, 16 (3).

Eximius Phoceus animam *servare* sub undis
*Scrutari*que fretum. LUCAN. *Phars.* III, 179.

Par un autre genre d'ellipse assez fréquente en grec, mais rare en latin, on ne répète dans une réponse pour affirmer que le nom ou pronom de la demande.

----

(1) Si c'est contre mon gré que je corromps la jeunesse la loi ne vous permet pas de me citer pour ces fautes involontaires devant ce tribunal ; il fallait me prendre à part e m'éclairer de vos avertissements.

(2) Troyens, et vous Grecs à la brillante armure, écoute de ma bouche la proposition de Pâris, le premier auteur d cette querelle.

(3) Perdiccas haïssait dans Alexandre son penchant pou la guerre ; Lysimaque, son aptitude pour le commandement Séleucus, son courage.

Σωκράτ. Λέγε δέ μοι· μανθάνεις που παρὰ Θεοδώρου γεωμετρίας ἄττα;
Θεαίτητ. Ἔγωγε, i. e. ἐγὼ μανθάνω.　PLAT. *Theætet.* III (1).

Quæro, si hoc emptoribus venditor non dixerit, ædesque
vendiderit pluris multo, quam se venditurum putarit, num id
injuste, et improbe fecerit? *Ille vero*, inquit Antipater. *i. e. ille
injuste et improbe fecerit.*　CICER. *Offic.* III, 54.

De l'Attraction.

359. On trouve quelquefois en latin des mots qui,
au lieu d'être au cas qu'exige la fonction qu'ils rem-
plissent dans la phrase, prennent le cas d'un autre
mot dont ils ne dépendent pas, mais par lequel ils
sont en quelque sorte attirés; c'est ce qu'on appelle
attraction de cas.

Κεῖται δ' ἄσιτος, σῶμ' ὑφεῖς ἀλγηδόσι,
Τὸν πάντα συντήκουσα δακρύοις χρόνον,
Ἐπεὶ πρὸς ἀνδρὸς ᾖσθετ' ἠδικημένη... EURIPID. *Med.* 26 (2).

Ἠδικημένη, pour αὐτὴν ἠδικημένην, attiré au nominatif par le
nominatif sous-entendu Μήδεια.

Dixit : et extemplo (neque enim responsa dabantur
Fida satis) sensit medios *delapsus* in hostes.
　　　　　　　　　　　　　VIRGIL. *Æneid.* II, 376.

Delapsus, pour *delapsum se*, attiré par le nominatif sous-
entendu *Androgeos.*

Φησίν γε· φάσκων δ', οὐδὲν ὧν λέγει ποιεῖ. SOPHOCL. *Electr.* 321 (3).
Eupolis, atque Cratinus, Aristophanesque poetæ,
Atque alii quorum comœdia prisca *virorum* est,
Si quis erat dignus describi, quod malus, aut fur,
Quod mœchus foret, aut sicarius, aut alioqui
Famosus, multa cum libertate notabant.
　　　　　　　　　　　　　HORAT. *Satyr.* I, IV, 1.

---

(1) Dites-moi, avez-vous appris de Théodore quelques véri-
tés géométriques? — J'en conviens.

(2) Elle gît sans nourriture, le corps brisé par la douleur,
les yeux toujours baignés de larmes, depuis qu'elle s'est vue
indignement traitée par l'homme qu'elle aimait.

(3) Il parle, et ses actions donnent à ses paroles un démenti
formel.

Οἷς συνείληχας ἀνθρώποις, τούτους φίλει, ἀλλ' ἀληθινῶς.

Marc. Antonin. VI, 39 (1)

Primum ego me illorum, dederim quibus esse *poetis*,
Excerpam numero; neque enim concludere versum
Dixeris esse satis; neque, si quis scribat, uti nos,
Sermoni propiora, putes hunc esse poetam.

Horat. *Satyr.* I, iv, 39.

L'attraction ne s'exerce pas seulement d'un *cas*
sur un autre *cas* : elle a lieu aussi pour les *genres* et
les *nombres*.

Attraction de genre.

Ὁ δὲ ἰχνεύμων ὁ ἐν Αἰγύπτῳ, ὅταν ἴδῃ τὸν ὄφιν τὴν ἀσπίδα καλου
μένην, οὐ πρότερον ἐπιτίθεται πρὶν συγκαλέσῃ βοηθοὺς ἄλλους.

Aristotel. *Histor. animal.* IX, 8 (2).

Omnis enim terra, quæ colitur a vobis, angusta verticibus
lateribus latior, parva quædam insula est, circumfusa ill
mari, quod Atlanticum, quod magnum, *quem* Oceanum ap
pellatis.

Cicer. *Somn. Scip.* XV.

Attraction de nombre.

Ἀπὸ τοῦ Βορυσθενεϊτέων ἐμπορίου, ... πρῶτοι Καλλιπίδαι νέμονται
ἐόντες Ἕλληνες Σκύθαι· ὑπὲρ δὲ τούτων ἄλλο ἔθνος, οἱ Ἀλαζῶνες
καλέονται.

Herodot. IV, 17 (3).

Cæsari nuntiatur, Helvetiis esse in animo per agrum Sequa
norum et Æduorum iter in Santonum fines facere, qui no
longe a *Tolosatium* finibus absunt; *quæ* civitas est in Provinciâ

Cæs. *Bell. Gallic.* I, 10.

Quelquefois, par une figure particulière que le
Grecs appellent πρὸς τὸ σημαινόμενον, *regard vers l
chose signifiée*, ce n'est pas avec le mot exprimé qu
les Latins, d'après les Grecs, construisent tel ou te

---

(1) Aime les hommes avec qui tu es en rapport; mai
comme il convient de les aimer.

(2) L'ichneumon d'Egypte, lorsqu'il voit le serpent appel
aspic, s'assure des auxiliaires avant de l'attaquer.

(3) A partir de la ville des Borysthénéïtes, les premier
peuples qu'on rencontre sont les Callipides, nation formée
de Scythes et de Grecs; viennent ensuite les Alazons.

mot, mais avec le terme le plus habituel par lequel l'idée exprimée se traduit : c'est d'une forme qui n'est que dans l'esprit que part ici l'action attractive.

Ἤδη δὲ Μιντούρνης πόλεως Ἰταλικῆς, ὅσον εἴκοσι ςαδίων ἀπέχοντες, ὁρῶσιν ἱππέων ἴλην πρόσωθεν ἐλαύνοντας ἐπ' αὐτούς.

PLUTARCH. *Mar. vit.* XXXIX (1).

Hic *genus* antiquum terræ, Titania pubes,
Fulmine *dejecti*, fundo *volvuntur* in imo.
VIRGIL. *Æneid.* VI, 580.

Nous disons de même en français :

La fleur de la jeunesse en tout temps l'accompagne ;
Avec eux sans relâche il fond dans la campagne.
VOLTAIRE, *Henriad.* IV, 35.

Je suis juste de me défendre, je me promène noc-turne, au lieu de *il est juste que je me défende, je me promène pendant la nuit*, sont des tours familiers aux Grecs, et que les Latins ont quelquefois imités.

Ἡμεῖς γάρ που δικαιοί ἐσμεν, σώσαντές σε, κινδυνεύειν τούτου τὸν κίνδυνον, καί, ἐὰν δέη, ἔτι τούτου μείζω. PLAT. *Crit.* IV (2).

Οὐ χρή παννύχιον εὕδειν βουληφόρον ἄνδρα.
HOMER. *Iliad.* II, 24 (3).

Simul ipse qui suadet, *considerandus* est, adjiciatne consilio periculum suum. TACIT. *Histor.* II, 76.

Non lupus insidias explorat ovilia circum,
Nec gregibus *nocturnus* obambulat...
VIRGIL. *Georgic.* III, 537.

C'est encore une attraction qu'il faut voir dans ces locutions étranges : au lieu de dire toujours, d'a-près la raison, *je n'ai pu faire* (par exemple) *que Vénus me fût propice*, les Latins disent quelquefois d'a-

_____

(1) À peine étaient-ils éloignés d'environ vingt stades de Minturne, ville italienne, qu'ils aperçoivent une troupe de cavaliers qui s'avançaient vers eux.

(2) Nous ne ferions que notre devoir en affrontant, pour te sauver la vie, et le danger dont tu parles, et, s'il le fallait, un danger plus grand encore.

(3) Il ne convient pas qu'un homme dont la voix se fait entendre dans la salle du conseil, dorme toute la nuit.

près les Grecs, *je n'ai pu faire Vénus propice qu'elle me fût.*

Καθόλου τοίνυν περὶ τούτων πάλιν ἐπιτηρεῖν δεῖ τὸν τοῦ Ἑρμοῦ
ἀςέρα καὶ τὴν Σελήνην πῶς διάκεινται πρός τε ἀλλήλους, καὶ τὰ
κέντρα.   PROCL. *Paraphras. Ptolem.* III, 19 (1).

Nam ego hodie infelix diis meis iratissimis,
Sex agnos immolavi, nec potui tamen
Propitiam Venerem facere, uti esset mihi.
         PLAUT. *Pœnul.* II, 1, 4.

De la Catachrèse de cas.

360. Dans une foule de circonstances, les Latins, et avant eux les Grecs, se servaient abusivement d'un cas pour un autre, sans qu'il y eût attraction clairement déterminée.

On trouve: 1° le *nominatif* pour le *vocatif.*

Αἲ γὸρ δὴ οὕτως εἴη, φίλος ὦ Μενέλαε!
       HOMER. *Iliad.* IV, 189 (2).

Pone metum, *Proteus* : et quos contingere portus,
Ede, velis, dixit : terra sistere petita.
        OVID. *Metamorph.* III, 515.

2° Le *génitif* du substantif après un adjectif, au lieu du cas que la phrase demande pour l'adjectif et le substantif.

Οἱ Νομάδες τῶν Λιβύων οὐ ταῖς ἡμέραις, ἀλλὰ ταῖς νυξὶν αὐτὸν
ὀριθμοῦσι τὸν χρόνον.   NICOL. Damascen. *Fragm. ap. Stob.* (3).

Nam Gallos quoque in bellis floruisse accepimus : mox segnitia cum otio intravit, amissa virtute pariter ac libertate : quod *Britannorum* olim *victis* evenit.   TACIT. *Agricol.* XI.

---

(1) En général il faut sur ce point observer les rapports que Mercure et la Lune soutiennent, soit entre eux, soit avec les autres points cardinaux du ciel.

(2) Puisse-t-il en être ainsi, ô mon cher Ménélas !

(3) Les nomades de la Libye comptent par nuits et non par jours.

Le *génitif* se trouve encore après certains verbes qui régissent ordinairement un autre cas.

Si les Latins disent :

> *Desine mollium*
> Tandem *querelarum*.   Horat. *Od.* II , ix, 16.

> Mox , ubi lusit satis, *Abstineto*,
> Dixit, *irarum* calidæque *rixæ*.   Id. *Ibid.* III , xxvii, 69.

> Dicar, qua violens obstrepit Aufidus,
> Et qua pauper aquæ Daunus *agrestium*
> *Regnavit populorum*. . . . . . .   Id. *Ibid.* III , xxx, 1.

c'est que les Grecs avaient dit avant eux :

> Ἀλλ' ἄγε, λῆγ' ἔρ ι δ̃ ο ς, μηδὲ ξίφος ἕλκεο χειρί.
>   Homer. *Iliad.* I , 210 (1).

> Ὁρῶ δὲ καὶ τοὺς εἰς φιλοποσίαν προαχθέντας, καὶ τοὺς εἰς ἔρωτας ἐκκυλισθέντας, ἧττον δυναμένους τῶν τε δεόντων ἐπιμελεῖσθαι, καὶ τῶν μηδεόντων ἀπέχεσθαι. Xenoph. *Memorabil.* I, 11, 22 (2).

> Ἐν Βυάκοις Λιβυσινἀνὴρ μὲν ἀνδρῶν βασιλεύει, γυνὴ δὲ γυναικῶν.
>   Nicol. Damascen. *Fragm. ap. Stob.* (3).

3° Le *datif* — après un verbe passif, au lieu de l'ablatif simple ou de l'ablatif avec *a*, *ab*.

> Ὅτι μὲν οὖν τῷ νομοθέτῃ μάλιστα πραγματευτέον περὶ τὴν τῶν νέων παιδείαν, οὐδεὶς ἂν ἀμφισβητήσειε. Aristotel. *Politic.* VIII, 1 (4).

> Mortale est , quod quæris, opus : *mihi* fama perennis
>   Quæritur, in toto semper ut orbe canar.
>   Ovid. *Amor.* I, 15.

— après *idem*, au lieu de *ac* avec le même cas

---

(1) Allons, apaise-toi, et que ton épée retombe dans le fourreau.

(2) Remarquez que les hommes qui aiment la bonne chère et qui vivent dans le tourbillon des plaisirs, ont moins d'énergie soit pour faire le bien , soit pour s'abstenir du mal.

(3) Chez les Byas en Libye les hommes obéissent à un homme ; les femmes à une femme.

(4) Que le législateur doive avant tout songer à l'éduca-

que devant, à l'exemple des Grecs qui emploien
perpétuellement ὁ αὐτός avec le datif :

Ἄνδρες Πέρσαι, ὑμεῖς καὶ ἔφυτε ἐν τῇ αὐτῇ ἡμῖν χώρᾳ, κ
ἐτράφητε· καὶ τὰ σώματάγε ἡμῶν οὐδὲν χείρονα ἔχετε, ψυχάς τε οὐδ-
κακίονας ὑμῖν προσήκει ἡμῶν ἔχειν.   XENOPH. *Cyr. pæd.* II, 1, 15 (1)

Invitum qui servat, *idem* facit *occidenti.*

HOR. *Epist. ad Pis.* 467.

—après quelques verbes qui, ordinairement, e
latin régissent un autre cas.

*Placit*one etiam *pugnabis amori?*   VIRGIL. *Æneid.* IV, 38.
Κάρτισοι μὲν ἔσαν, καὶ καρτίσοις ἐμάχοντό,
Φηρσὶν ὀρεσκώοισι, καὶ ἐκπάγλως ἀπόλεσσαν.

HOMER. *Iliad.* I, 267 (2).

Hæc primum ut fiant, deos quæso, ut *vobis decet.*

TERENT. *Adelph.* III, IV, 45.

Ἦν οὖν τυραννικὰ τὰ τοῦ γάμου καὶ τοῖς Σύλλα καίροις μᾶλλον, ἢ τ
Πομπηίου βίῳ πρέποντα.   PLUTARCH. *Pomp. vit.* IX (3).

4º L'*accusatif.* On met l'accusatif avec ἐς en grec,
en latin avec *in*, au lieu du datif avec ἐν, ou de l'a-
blatif avec *in.*

Ἣ δ' ἐανὸν βαθύκολπον ἐς ἠέρα γυμνώσασα,
Κόλπον ἀνῃώρησε, καὶ οὐκ ἠδέσσατο Κύπρις.

COLUTH. *Helen. rapt.* 152 (4).

Legati respondent, esse templum Herculis extra urbem, *in*
eam sedem quam Palætyron ipsi vocant.   QUINT. CURT. IV, 7.

---

tion de la jeunesse, c'est ce que personne ne saurait con-
tester.

(1) Perses, vous êtes nés et vous avez été élevés sur la
même terre que nous; nos égaux par les forces du corps,
pourquoi seriez-vous nos inférieurs par les vertus de l'âme.

(2) Redoutables, ils combattaient de redoutables ennemis,
les monstres des montagnes, et ils les exterminèrent.

(3) Les noces se célébrèrent avec une splendeur royale et
qui convenait mieux à la fortune de Sylla qu'à la vie de
Pompée.

(4) Vénus soulèva son voile sans rougir et découvrit son
sein.

5° *L'ablatif* après *alius* comme après un comparatif.

Neve putes alium *sapiente bonoque* beatum.

HORAT. *Epist.* I, XVI, 20.

Les Grecs disaient de même :

Διὸ καὶ Ἄμασις, ἐπὶ μὲν υἱεῖ ἀγομένῳ ἐπὶ τὸ ἀποθανεῖν, οὐκ ἐδάκρυσεν, ὥς φασιν· ἐπὶ δὲ τῷ φίλῳ προσαιτοῦντι· τοῦτο μὲν γὰρ, ἐλεεινόν· ἐκεῖνο δὲ, δεινόν· τὰ γὰρ δεινὸν, ἕτερον τοῦ ἐλεεινοῦ, καὶ ἐκκρουστικὸν τοῦ ἐλέου, καὶ πολλάκις τῷ ἐναντίῳ χρήσιμον. ARISTOTEL. *Rhetoric.* II, 8 (1).

---

(1) Amasis, dit-on, lorsque son fils fut conduit à la mort, ne versa pas une larme; mais il pleura en voyant son ami mendier. C'est que le dernier de ces malheurs excite la pitié, le premier la terreur. Les choses qui font trembler sont bien différentes de celles qui attendrissent; elles repoussent la pitié et souvent elles développent le sentiment contraire.

FIN.

13*

APPENDICE.

MÉTHODE DE L'ABBÉ GAULTIER

POUR FAIRE LA CONSTRUCTION.

Segniùs irritant animos demissa per aurem
Quàm quæ sunt oculis subjecta fidelibus.
HOR.

L'un des hommes qui ont rendu le plus de services à l'enseignement, l'abbé GAULTIER, a imaginé un tableau d'analyse logique qui présente à la fois à l'œil et à l'esprit la construction logique et la construction particulière de la langue qu'on veut apprendre. On nous saura gré de donner ici une idée succincte de cette ingénieuse méthode.

Pour la mettre en pratique, il faut avoir une planche noire ou une feuille de papier rayée de lignes horizontales, et partagée par cinq lignes verticales, avec une marge à gauche. Les cinq colonnes formées par ces cinq lignes sont destinées à recevoir les mots de la phrase à construire.

La première colonne reçoit le sujet et ses modifications.

La deuxième colonne reçoit le verbe, l'attribut et ses modifications.

La troisième colonne reçoit le régime direct de l'attribut et ses modifications.

La quatrième colonne reçoit le régime indirect de l'attribut et ses modifications.

La cinquième colonne reçoit les termes circoustan-ciels de l'attribut.

On met dans la marge les interjections, les vocatifs, les pronoms relatifs et les conjonctions.

Pour distinguer plus aisément ces différens membres de la proposition, on emploiera les questions suivantes :

QUI? QUOI? pour le sujet.

QU'EST-IL? QU'A-T-IL? QUE FAIT-IL? pour le verbe et l'attribut.

QUI? QUOI? pour le régime direct.

DE QUI? DE QUOI? A QUI? A QUOI? PAR QUI? PAR QUOI? POUR QUI? POUR QUOI? etc., pour le régime indirect.

QUAND? OU? COMMENT? COMBIEN? POURQUOI? PAR QUEL MOYEN? DANS QUEL CAS? MALGRÉ QUOI? pour les termes circoustanciels. Exemple :

Dieu donna sa loi à Moïse sur le mont Sinaï. QUI? Dieu, *sujet.* QUE FIT-IL? donna, *verbe.* QUOI? sa loi, *régime direct.* A QUI? à Moïse, *régime indirect.* OU? sur le mont Sinaï, *terme circonstanciel.*

Pour faire la construction d'une phrase directe, pla-cez chacun de ses mots dans la colonne qui le réclame. (Voy. pag. 301. Ex. I.)

Pour faire la construction d'une phrase inverse, placez chacun des mots de la phrase à construire dans la colonne qui lui convient, au fur et à mesure qu'il se présente dans le texte de l'auteur, et descendez d'u-ne ligne toutes les fois que l'ordre logique est inter-verti; lorsque, par exemp'e, vous passez du régime indirect au verbe, du verbe au sujet. Quand la phrase entière aura été transcrite sur le tableau, si vous li-sez les mots verticalement, c'est-à-dire colonne par colonne, en partant du sujet, vous aurez la construc-tion logique; si au contraire vous lisez horizoutalement, c'est-à-dire ligne par ligne, vous retrouverez le texte de l'auteur.

Lisez l'exemple II colonne par colonne, vous aurez la construction logique : *Honos idem non est semper floribus vernis.*

Lisez-le ligne par ligne, vous aurez le texte d'Horace : *Non semper idem floribus est honos vernis.*

Après avoir séparé chaque proposition et en avoir fait isolément la construction, si l'on veut faire l'*analyse logique* de toute la phrase ou de toute la période, on placera chaque proposition subordonnée dans la colonne où se trouve le mot qu'elle qualifie ou détermine, et dans la colonne des termes circonstanciels toute proposition subordonnée exprimant un terme circonstanciel de l'attribut. Exemp. V et VII.

Cette méthode de construction, applicable à toutes les langues, offre les avantages suivans :

1°. Elle présente à la fois, à l'œil et à l'esprit, la construction logique et la construction particulière de la langue qu'on veut apprendre.

2°. Elle facilite l'intelligence d'un texte, fait distinguer aisément la proposition principale de la subordonnée et rend sensible aux yeux la dépendance des propositions.

3°. Elle fait apercevoir les constructions vicieuses.

4°. Elle facilite les moyens de suppléer les ellipses.

Enfin, l'expérience a démontré que les élèves acquièrent par la pratique de cette méthode de la rectitude dans le jugement et de la netteté dans les idées (a).

_____

(a) Nous n'avons pu donner ici qu'une imparfaite idée de cette méthode. Ceux qui voudront l'approfondir et en voir l'application pourront consulter la troisième partie de la *Grammaire française de l'abbé Gaultier* et ses tableaux de phrases et de périodes latines analysées logiquement.

	SUJET.	VERBE.	RÉGIME DIRECT.	RÉGIME INDIRECT.	TERME CIRCONSTANCIEL.
I.	Cæsar............	misit............	epistolam.........	Trebonio..........	per nuncium.
II.	...........idem....	Non.....semper	....	floribus..........	
	honos...........	.....est	....	......vernis.......	
III.	Tu..............	dices..........	nihil..............	....	(*Minervâ*) invitâ
(*et*)	(*tu*)...........	facies*que*.......			Minervâ (*invitâ*).
IV. Quæ	....	accenderit........	.....tantum ignem,		
	causa..........	latet.			
V.	quæ tantum accenderit ignem causa...........	latet.			
VI.	(*tu*)............	fugito,	Percunctatorem		
nam	idem............	.....garrulus.... est.			
VII.	(*tu*)...........	fugito...........	Percunctatorem	....	nam garrulus idem est.

TABLE DES MATIÈRES.

FIN DE LA TABLE.

www.ingramcontent.com/pod-product-compliance
Lightning Source LLC
Chambersburg PA
CBHW071842020726
47502CB00003B/570